ラルーナ文庫

光の国の恋物語

～悠久の愛心～

chi-co

JN196482

三交社

CONTENTS

Illustration

巡

光の国の恋物語～悠久の愛心～

本作品はフィクションです。
実際の人物・団体・事件などにはいっさい関係ありません。

序章

「悠羽《ゆうは》さまっ、お帰りなさいませ！」

「悠羽さま！」

「お帰りなさいっ」

そこかしこから口々にかけられる声に、悠羽は胸がつまって立ち止まってしまった。

己の勝手で黙って帰国したというのに、のこのこ戻ってきた悠羽に対し、光華《こうか》国の王宮の臣下や召使いたちは心から悠羽が戻ってきたことを喜んでくれている。

（私は……なんて浅はかだったんだろう……）

洸聖《こうせい》との距離感が摑《つか》めないからといって、安易に逃げてしまったことが恥ずかしく、ここで何もなかったような顔はとてもできなかった。いや、むしろこの場できちんとけじめをつけなければならない。

悠羽は門前に並び立っていた彼らの顔をぐるりと見渡して、深く頭を下げた。

「こんなに温かく出迎えてくれたことを、心から嬉《うれ》しく思っている。……本当に、ありがとう心配かけて、申し訳なかった」

悠羽の感謝の言葉に、出迎えの声はさらに大きくなった。同時に、隣に立つ洸聖の手が強く悠羽を抱き寄せる。その力強さに洸聖の想いも感じ取り、悠羽は泣きそうになるのを我慢するのに必死だった。

奏禿《そうとく》まで迎えにきてくれた洸聖と共に、悠羽は再び光華国へと戻ることになった。洸聖の方は一日も早く悠羽を光華国に連れて帰りたがっていたが、その意に反して旅路はゆっくりと時間をかけたものにしてくれた。急げば二日ほどの旅程を五日かけ、光華国の様々な町や村を見ながらの帰国になった。

「悠羽には、共に光華をより良い国にして欲しい」

飾りの妻ではなく、共にと言ってくれたことがとても嬉しかった。

出逢ってから、こんなにもずっと一緒にいる時間は初めてで、旅の間中互いの考えや国に対する思いなど、様々なことを話した。その中で、洸聖の誠実さや己への想いの深さを改めて感じ取った悠羽は、洸聖を一生支え続け、共に前を向いて歩いていきたい……そう、心に誓った。

悠羽にとって光華国は既に第二の故郷になっていて、初めてこの大国の地に足を踏み込んだ時とはまるで違う感慨を抱きながら、再びこの地に立つことができた。

しかし、悠羽の緊張はなおも続く。

召使いたちは大歓迎して迎えてくれたものの、一番の難関が待っているからだ。

洸聖と共に王宮内に入った悠羽は、そのまま謁見《えっけん》の間へと案内される。そこには、光華国国王にして洸聖の父親である洸英《こうえい》が既に椅子《いす》に座っており、洸聖と連れ立って入ってきた悠羽をじっと見ていた。

その表情には怒りの色は見えないものの、頬《ほお》を綻《ほころ》ばせて喜んでもいない。

隣に立つ洸聖は堂々と前を向いていたが、この時点で悠羽はやはり洸英の顔をまっすぐに見るのが怖かった。

（怒っていらっしゃるのも当然だ……）

皇太子妃となる悠羽が勝手に祖国へと帰国してしまうなど、どんな理由があったにせよとても褒められた行動ではない。このまま婚約破棄を言い渡されてもおかしくないが、悠羽はもう洸聖と離れることは考えられなかった。

だからこそ、顔を上げた。逸《そ》らしたくなる視線を必死に上げ、心の内まで見透かされそうな洸英の鋭い眼差《まなざ》しに耐えた。

まずは謝罪をと考えた悠羽は、その場に膝《ひざ》を折ろうとする。

すると、

「よい」

洸聖が短く言い、悠羽の腕をしっかりと摑んだまま、父親である洸英に向かった。

「ただいま帰国いたしました」

そう言って軽く頭を下げた。

「父上、このたびのことはすべて私の責任です。悠羽に不安や疑念を抱かせたまま、奏禿に帰してしまうことになり、父上に情けない男だと思われてもしかたがありません」

「洸聖さまっ」

何を言うのだと、悠羽は慌てた。

今回のことはすべて悠羽の独断で、むしろ洸聖は我儘《わがまま》な自分を奏禿まで迎えに来てくれたのだ。本来なら、いや、どう考えても、謝罪すべきは悠羽の方だ。

それでも、責任感の強い洸聖は、その要因が己にあるとはっきりと告げた。悠羽に落ち度はないのだと庇《かば》ってくれるのだ。

洸聖のせいだけにするのはいたたまれなくて悠羽は慌てて止めようとするが、彼は力強く次の言葉を告げた。

「しかし、奏禿で私は悠羽に正式に求婚いたしました。悠羽からは、それに諾という返事を貰《もら》っております。奏禿の王にも、許諾をいただきました。ご心配おかけしましたが、私たちの想いはひとつです」

「……まことか」

「式はできるだけ早く。弟の莉洸《りこう》よりもあとでは、兄の面目が立たない」

洸聖がそうきっぱりと言い切った時、洸英は不意に椅子から立ち上がった。

息子に負けない堂々とした体軀《たいく》の王は、そのままゆっくりと二人の前に歩み寄る。

「洸聖」

「はい」

「悠羽」

「は、はい」

何を言われるのかと緊張する悠羽に対し、洸英の言葉は意外なものだった。

「二人の結婚を許可しよう」

莉洸と稀羅《きら》の結婚のことはあれほどに厳しく反対したというのに、こんな不始末を犯した悠羽のことを許し、気が抜けるほどにあっさりと結婚の許可をしてくれた。

もしかしたら、洸英は悠羽の本当の性を……悠羽が男だということを知らないのかもしれない。光華国の未来を考えるならば、ここで本当のことを告げなければと思った。

「洸英さま」

しかし、悠羽は己の手をしっかりと握る洸聖を振り返り、その目の強い光に急《せ》きこむ気が急速に萎《な》えた。

(それでも……大丈夫だ)

今さら、洸聖を手放すことは考えられない。悠羽が男と知った上で、己の子を産むことができないと理解した上で、それでも欲しいと思ってくれたのだ。

いずれは直面する世継ぎの問題にも、今の自分たちならば逃げずに真正面から対応する覚悟はできると信じられる。

「洸聖、お前はこれから一人ではないぞ？　この光華国を守ると共に、大切な伴侶《はんりょ》である悠羽をも守っていかねばならぬ」

「はい」

洸英の言葉に、洸聖はしっかりと頷《うなず》く。

そんな息子を見て、洸英はようやく頬も目元も和らげて笑った。

「悠羽」

そして、同じ眼差しを悠羽に向けてくる。

「洸聖を頼むぞ。少々頭は固いが、これは誠実で真面目《まじめ》な男だ。きっと良い王になってくれるであろうが、その隣にそなたが立ってくれていれば尚更《なおさら》心強い」

「……はい、洸英さま」

「それではとても味気がない。義父上《ちち》と呼んでおくれ」

「……義父上」

以前にも、同じようなやり取りがあったことを思い出したのか、悠羽は洸英の言葉に少し笑ってそう言いながら、頬を流れる嬉し涙を止めることができなかった。

本章

「悠羽さまっ」

洸英への挨拶《あいさつ》が終わって部屋から出ると、悠羽はまるで子犬のように駆け寄ってきた黎《れい》の潤んだ瞳《ひとみ》に出迎えられた。

「黎」

「お、お戻り、くださって……嬉しいです……っ」

「……うん」

思えば、黎にもなんの言葉も残さずに王宮を出てしまった。一緒に蓁羅《しんら》へと旅をし、いろんな話もして、秘密も明かして……まるで弟のように思っていたはずなのに、どうして捨てるような真似《まね》ができたのか。

振り返れば自分がかなり追いつめられ、思いつめていたのだとわかるが、そのために心配させ、泣かせてしまった大切な人々へは本当に申し訳ないと言うしかなかった。

「お帰りなさい、悠羽殿」

黎の後ろには洸竣《こうしゅん》がいた。いつものように悪戯《いたずら》っぽい笑みを浮かべたまま、悠羽と洸聖を交互に見やって……なんだとポツリと言う。

「兄上、旅の途中という好機を生かさなかったのですか？」

「洸竣っ」

珍しく声を荒げる洸聖を見上げれば、微妙に視線を逸《そ》らされてしまう。

首を傾げた悠羽がもう一度洸竣を振り返ると、そこには先ほどよりももっと楽しげな目があった。

「それとも、目に見えぬ場所に鮮やかな華の印を咲かせたのですか？」

「……お前と私は違う」

「まあ、肝心な相手を前に躊躇《ためら》ってしまうところは、兄弟似ていると思いますよ」

自嘲《じちょう》を込めたその言い方は洸竣らしくなく、悠羽が戸惑うのと同様に洸聖も怪訝《けげん》そうに聞き返す。

「何かあったか？」

「兄上、悠羽殿、お二人方には言っておきますね。私はこの黎を……」

「！」

言葉の途中で、洸竣は背中から黎を抱きしめた。

ふた周り近くも体格が違うので、まるで洸竣が黎を抱き潰《つぶ》しているように見えてしまい、悠羽は慌てて洸竣の身体《からだ》を黎から引き離そうと手を伸ばす。だが、その手は次の洸竣の言葉に止まってしまった。

「私は、黎を愛《いと》おしいと思っています」

「洸竣さま……」

「こ、洸竣さまっ」

呆然《ぼうぜん》と呟《つぶや》く悠羽の声を覆い隠すように黎が叫んだ。

普段おとなしい彼がこんな声を出すこと自体珍しく、悠羽はかえって洸竣の言葉が事実なのだと信じることができた。

洸竣が黎を気に入っていることは悠羽も知っている。町中であんな酷《ひど》い扱いを受けていた黎を見すごせず、王宮に引き取ることにしたと聞いた時から、その思いの種類ははっきりとはわからなかったが、洸竣が何らかの感情を黎に抱いているのだろうと思っていた。

しかし、遊び慣れているという洸竣の噂《うわさ》を聞いていた悠羽は、その想いがどれほど真剣なものか、量りかねてもいたのだ。

「初めから……ですか？」

「いや、初めは可哀想《かわいそう》な子供だと思った」

悠羽の言葉に、洸竣は誤魔化《ごまか》すことなく答えてくれる。

洸竣の腕の中の黎が目に見えて大きく震えたが、洸竣はその身体を離すことはなかった。

「気持ちが変わったのは突然だ。黎を欲しがる他の人間を見て、取られたくないと痛烈に思ったんだ」

「それは……」

愛情とは違うような気がして悠羽は眉《まゆ》を顰《ひそ》めたが、洸竣はにっこりと魅力的な笑みを浮かべた。

「黎のすべてを欲しいと思ったんだよ、悠羽殿。皇子である私が、男の黎を欲しいと思った。その覚悟はわかってくれないかな」

恋愛ごとに不慣れな悠羽は、洸竣のその気持ちの変化は正直理解できないが、かといってまったく嘘《うそ》であるとも思えない。

どう判断していいのかわからないまま、悠羽は無意識に洸聖を振り返ってしまった。

悠羽のその視線の意味を、洸聖は正しく受け止めていた。いや、洸聖自身、今の洸竣の言葉に驚いてはいたのだ。

ただ、悠羽とは違い、そんな洸竣の気持ちの変化はわかるような気がした。

人が人を好きになるのに理由などないと、洸聖自身己の身をもって知ったばかりだ。男とか女とか、そんなものは真実愛する存在ならば関係ないのだ。

今まで色事に浮ついてばかりだった洸竣の真摯な想いは、兄として心から喜んでやりたいとは思う。しかし、一方で光華国の皇太子という立場である洸聖の頭の中には、正面から向き合わなければならない課題があった。

それは、光華国の後継問題だ。

洸聖が悠羽を正式な妃《きさき》に迎えてしまうと、世継ぎの問題も必ずや出てくる。悠羽を手放せず、他の妃を娶《めと》る気のない洸聖は、第二皇子である洸竣の子供を養子にすれば良いと勝手に考えていたが、その考えは改めなければならなくなった。

兄である自分に堂々と告白したくらいなので、洸竣が黎のことを戯れの相手だと考えているとは思えない。そうなると、自分と洸竣、そして蓁羅へ嫁《とつ》いでしまう莉洸を除けば、王家の血筋は洸莱《こうらい》の子へと託すしかなくなる。まだ十代半ばの洸莱にそんな重責を負わせることは本意ではないが、こうなればそのことも考えなければならなかった。

「兄上」

洸竣が声を落として洸聖の名を呼ぶ。黙り込む洸聖の反応が気になったのかもしれない。その姿はまるで幼い頃のままで、滅多に見せない弟の気弱な姿に、洸聖は笑みを浮かべた。

「私は反対はしない」

「兄上っ」

その言葉に、途端に洸竣の顔が綻ぶ。それでもこれだけは言っておかなければと、洸聖は口調を改めた。

「ただし、一言言ってはおくが、黎の気持ちを考えずに手を出すことは許さない。そうでなくとも、お前の今までの所業は褒められたものではないからな」

「……兄上、ご自分はどうなのです」

洸聖が無理やり悠羽を抱いたことに気づいている洸竣は、どうして自分だけというように口を尖《とが》らせた。しかし、これにははっきりと反論できる。

「お前と私は違う」

「……」

「私はお前ほど遊んではいない」

「あ、そんなことを言うんですか」

「異論があるのか？」

まるで幼い男兄弟の口喧嘩《くちげんか》のような二人の様子に、側《そば》で聞いていた悠羽は思わず笑みを誘われてしまった。


「驚きました、洸竣さまのお気持ち」

自然の流れのままに洸聖と共に彼の部屋にやってきた悠羽は、深い息をつきながら言った。

驚きはしたものの、悠羽も反対する気持ちはもちろんない。光華国としては困った事態なのかもしれないが、少し遊び慣れている、だからこそ気持ちに余裕がある洸竣と、ずっと虐《しいた》げられた生活をしてきた黎は似合いのような気がするからだ。

「王には話されるのでしょうか？」

「多分。私が婚儀を挙げれば、次に結婚の話が出てくるのは洸竣だからな」

「洸竣さまは、そこまで黎を想ってくださるでしょうか」

「世慣れている男だからこそ、一度心を決めたら揺ぎない」

自分などよりも洸竣のことを知っている洸聖が言うのならば確かだろう。黎には幸せになって欲しい。あんなにも優しい心の持ち主なのだ。

洸聖の言葉に悠羽が今度は安堵《あんど》の吐息をつくと、不意に洸聖が悠羽の方を振り返った。

「悠羽、人のことばかり気にしていてどうする」

「え？」

唐突な言葉に悠羽は首を傾げるが、洸聖の眉間《みけん》にはわずかに皺《しわ》が寄っている。

「お前が考えなければならないのは、私のことじゃないのか？」

「洸聖さま？」

「お前は、私が奏禿で言った言葉をもう忘れてしまったのか？」

「こと、ば？」

本当にわかっていない様子の悠羽に、洸聖はますます面白くなくなった。

洸聖自身、確かに洸竣と黎のことは気にはなるものの、二人の気持ちを想像しても始まらない。それよりも、悠羽には自分たちのことを考えて欲しかった。

「父上には結婚の許可をいただいた。すぐに準備をして、できるだけ早く式を挙げるつもりだ」

「洸聖さま」

「だが、その前に、私にやり直させて欲しい」

悠羽の手を摑み、しっかりと握りしめる。

「力だけでお前を征服したあの夜を……お前を愛しいと思っている今の私で、やり直させて欲しい」

そう告げた途端、悠羽の大きな目がさらに丸くなるのがわかった。そして、言葉の意味をようやく理解したのか、じわじわと顔が赤く染まっていくのまではっきりと見え、その愛らしさに洸聖は言葉にいっそう熱を込めた。

「一日も早く、そなたを正式な伴侶としたい。情けないが、少し……焦っているのだ」

奏禿で伝えたあの気持ちは嘘ではない。あんなに酷い行為をしてしまった洸聖を許し、そして愛してくれた悠羽を、もう二度と離さなくてもいいように早く我がものとしたかった。

光華国まで帰ってきて、ここは自分の私室だ。誰《だれ》も邪魔に入る者もいない。

「悠羽」

思いを込めてその名を呼ぶ。

肩に触れた時、悠羽はさすがに身体を震わせたが、それでもしっかりと足を踏ん張ってそこから逃げることはなかった。

「愛しい……」

「……私も……」

小さな声で答えて背中に手を回してくる悠羽を、洸聖はさらに強く抱きしめた。

足元も覚束《おぼつか》なくなった悠羽を抱えるように寝室に連れて行き、寝台の上へと押し倒したものの、少し眉を顰めて思案している様子の悠羽を見て、洸聖はくちづけようと近づけた顔を止めた。

「どうした？」

「あの……」

「何か気になることがあるのなら申せ」

否定の言葉は聞きたくなかったが、それでも理性を総動員して問いかける。想いを通い合わせたからこそ、無理強いは絶対にしたくない。すると、悠羽はますます顔を赤くしながら小さな声で言った。

「……あの、湯を浴びた方がいいのではないでしょうか？」

「……」

（……ここまできて言うようなことか？）

さすがにそれを口にしなかったが、洸聖は悠羽が己との性交を嫌がっていないことに心底安堵していた。

確かに身体を重ねる前に身を清める者は多いかもしれないが、気持ちが高まって……それも本当に愛する者が相手だったら、そんな余裕などある方がおかしい。だが、悠羽はおそらく乏しい知識の中で、普通の男女、それも初めて同士が身体を合わせる前にすることを口に出しているのに違いなかった。

「そのままのお前で良い」

ただ、悠羽の身体は男同士でどう交わるか、知識以上に経験を伴って知っている。あれは褒められた行為ではなく、洸聖自身も感情的だったので、己がどういう順序を踏んだのかははっきりと覚えていなかったが、洸聖の男の証《あかし》をどこに入れるかを考えれば、少しでも身体を綺麗《きれい》にしておきたいという悠羽の気持ちは理解できた。

しかし、洸聖は今のままの悠羽が抱きたかった。

いや、湯浴みをする時間ほどが待てないのだ。

「あの、でも、洸聖さま」

「悠羽」

洸聖はこれ以上の言葉はもう聞かないと、いきなり悠羽の唇に自分の唇を重ねた。

突然のくちづけに、悠羽は硬直した。

あまりに突然だったせいか目を閉じることなく瞠《みは》ったようで、ごく間近で目が合った。

その瞬間、悠羽は慌てて目を閉じる。

すると、唇同士を合わせているという生々しい感覚が俄《にわ》かに襲ってきて、助けを求めるように洸聖の腕を強く摑んだ。

（どうしよう……）

悠羽の心の中には、まだわずかな恐怖が残っていた。洸聖と身体を重ねることに、ではない。ここまでくるのに悠羽もそれなりの覚悟はしたし、以前一度だけ身体を重ねた時のあの激痛を、もう一度受けてもいいほどに洸聖を想っていた。

――怖いのは、洸聖の心の中まで見えないことだ。

美しく、賢く、そして大国の皇太子である洸聖には、悠羽よりもはるかに相応《ふさわ》しい姫君が数多くいる。それこそ、姫とは名ばかりの男の……洸聖の血を次世に残せない自分など、本来ならば対象外だ。

その上、己が美しくないことも悠羽は自覚している。せめてサランほどに整った容姿であったならば、たとえ男の身体でも洸聖を虜《とりこ》にし続けることができるかもしれない。内面を磨くことは可能だろうが、外見だけはどうしようもないことは身に染みてわかっている。

そう、悠羽はまだ、洸聖の心変わりを恐れていた。

あの夜の洸聖は、怒りのために悠羽の身体などよくは見ていなかったはずだ。だが、今はこの明かりの下、洸聖に身体の隅々まで見られてしまうと思うと、悠羽は容姿に少しも自信がない己の気持ちが萎縮《いしゅく》してしまう。

赤毛に近い栗色の髪は、柔らかすぎてすぐに乱れ、薄茶の瞳は、ただ子供のように大きいばかりだ。身体は細く痩せすぎなほどで、とても二十歳《はたち》を迎えた歳《とし》には見えなかった。

家族の愛らしいという言葉は素直に受け止められても、それが他人に通じると思うほどに悠羽は傲慢《ごうまん》ではない。美しくない容姿に、貧弱な身体、その上小さいながらも男の証があるこの身体を洸聖が本当に慈しんでくれるかと考えると、悠羽は怖くて怖くて泣きそうになるのだ。

せっかくのくちづけの最中もそのことを考えてしまう悠羽の眉間の皺は、ますます深いものになっていく。

それに気づいた洸聖は音を立てて唇を離し、悠羽と鼻と鼻が合わさるほど近くに顔を寄せた。

「何が気になる?」

尋ねられても、容姿に自信がないという恥ずかしいことを口に出せるはずがない。悠羽は顔を逸らそうとするが、洸聖は頬に手をやってそれを阻止した。

「悠羽」

「……あまり……見ないでください」

「何?」

「洸聖さまのお目汚しになると……嫌です」

「何を言うっ」

とうとう言ってしまった言葉に後悔する間もなく、洸聖が強く否定してきた。

「愛しいお前を見ていたいと思う私の目が汚れるなど、たとえお前自身でも言うなっ」

きっぱりと言い切られ、悠羽の目には見る間に涙が浮かぶ。

「顔の美醜など、歳を重ねれば皆同じだ。私は、お前の大きな目も、低い鼻も、そのそばかすも愛らしいと思っている」

そう言いながら、洸聖は言葉にした悠羽の顔の箇所にそっと唇を触れた。

「綿毛のようなこの髪は陽に透けると輝いて、私にはお前が太陽の化身のように見える」

一房髪をすくい、それにも唇を寄せる。

「私にお前を愛させてくれ、悠羽。この身体も、そして心も、すべてが私のものだということを証明してくれ」

「洸聖さま……」

「そうでないと、私はいつお前が私のもとを去っていくか、怖くてたまらないままだ」

洸聖の一言一言が心に響いた。

悠羽の中の不安が、洸聖の言葉でじわりと溶けていく。

こんなふうに誰かに請われるなどと、考えたこともなかった。しかも、相手は大国の、眩《まぶ》しいくらい綺麗な皇子だ。

(洸聖さまも、同じ……)

悠羽が拒絶することを洸聖が恐れるのなら、洸聖はそんな思いは一生しないはずだ。悠羽は心から洸聖を想っているのだから、洸聖を拒絶するはずがない。言い換えれば、悠羽も怖がることはないのかもしれない。洸聖が、この手を離すつもりがないのなら。

悠羽は一度大きく深呼吸をした。

そして、腕をゆっくりと上げると、目を伏せたまま己がまとっている服の紐《ひも》を外し始める。それが、流されたからというわけではなく、自ら受け入れると決めたのだという悠羽の決意の表れだった。


甘いくちづけを交わしながら、洸聖は悠羽を手伝って服を脱がせていく。

華奢《きゃしゃ》という以上に細く頼りない身体は、子供のようにきめ細かく瑞々《みずみず》しかった。

「……綺麗だ」

「そのようなこと……」

世辞だと思ったのか、悠羽は手を止めて少し洸聖を睨《にら》んだ。

「本当のことを言って何が悪い。お前はとても綺麗だ、悠羽」

美しさとは容姿だけではなく、その心根も十分に反映するものだということがよくわかり、洸聖はそっと悠羽の首筋に唇を寄せた。

くすぐったかったのか、それとも別の感覚があったのか、途端に身体を震わせた悠羽を宥《なだ》めるように、洸聖は唇をゆっくりと下へ移していった。

綺麗に浮き出た首筋のくぼみを舌で舐《な》め、空いた手でくすぐるように耳元や髪を撫《な》でる。

やがてもう片方の手は可哀想なほど小さな、それでも健気《けなげ》に立ち上がった胸の飾りを摘《つま》み上げた。

「こ、洸聖さま」

「どうした」

「そ、そんなところは……私は、女性のように膨らんではおりません」

その言い様が子供のようで、洸聖はこんな時だが楽しくて笑ってしまった。

「それでもいいだろう」

「で、でも……っ」

「可愛がって欲しいと立ち上がっているのだ、愛《め》でなくてどうする」

「……っ」

「それに、これも私のものだ、そうであろう」

その様子がたまらなく愛らしく、洸聖はおもむろに悠羽の小さな乳首を口の中に含んだ。むずかる身体を抱きしめたまま、その乳首に歯を当てる。すると、腹の辺りに何やら小さな……それでも確かに硬く熱いものが当たって、洸聖は自然と頰に笑みが浮かんだ。

小さな乳首を弄《もてあそ》ぶことがこれほどに楽しいとは思わなかった。

どちらかといえば、こういう行為に慣れた大人の女との関係が多かった洸聖にとって、これほどに平らな胸が愛おしく感じるとは。

「ふぁっ、んあっ」

ずっと愛撫《あいぶ》を続けていると乳首はぴんと張りつめ、赤く熟れた小さな花の蕾《つぼみ》のように膨らんでくる。悠羽の身体が自分のために徐々に変化していることが目に見えてわかり、洸聖は嬉しくなった。

二人にとって、想いが通じ合ってからの初めての性交だ。この先も悠羽が己を求めてくれるよう、恐怖ではなく快感を得てくれるよう、洸聖は悠羽を愛するつもりだ。

不思議な気分だった。前は悠羽を屈服させる手段が抱くということだったのに、今は慈しむ手段としか考えられない。

愛らしい乳首を執拗《しつよう》に弄《いじ》り続ければ、悠羽の陰茎が健気に勃《た》ち上がった。濡《ぬ》れた先端が乞《こ》うように洸聖の身体に擦《こす》りつけられ、男が感じているという明らかな証に、洸聖の愛撫はどんどんと積極的なものになっていく。

顔を真っ赤にして快感に歪《ゆが》む表情は本当に幼く、洸聖は己の方が悪いことをしている気分にさえなった。しかし、悠羽は二十歳を超えた大人で、洸聖の許婚《いいなずけ》だ。

（いや、もう間もなく、私の妻となる者だ）

男だとか女だとか関係なく、己の隣に立つ相手なのだ。

可哀想なほどに痩《や》せた胸から腰までをゆっくりと手のひらで確かめるように撫で摩《さす》り、薄い内股《うちまた》に触れた時、思わず足を閉じた悠羽の膝の間に手が挟まってしまった。

「す、すみませ……っ」

無意識の行動に、悠羽は焦った。いや、これまでの己の身体の反応にも混乱し、どうしていいのかわからないのだ。

初めての時の暴力的な経験が、悠羽の心にも身体にも確かに残っていたはずだった。今も、いずれくるだろう痛みを考えてじっと構えているというのに、襲ってくるのは今まで感じたこともないような快感ばかりだ。

(こ、んなの……っ、おかし……っ)

洸聖も悠羽も男で、この異質な行為に痛み以外に感じるはずがない。いくら大丈夫だと言葉で言われたとしても、そんなことはないと頭から否定していた。

それなのに、今己を支配しているのは痛みなどではない。

「あ……っ、んっ、はんっ」

己の口から漏れる言葉がどれほどに甘いか、悠羽は考えるだけで顔が燃えるほどに恥ずかしくてたまらなかった。

(ど、どうしよう、洸聖さまの、手……っ)

両足の間に挟んでしまった洸聖の手をどうすればいいのか。もちろん、このままの状態でいることはできないし、かといって足の力を緩めてしまえば、洸聖の手の動きを許してしまう意思表示になるような気がする。

己が快感を求めている淫乱《いんらん》な人間だと思われたくなくて、悠羽はただじっと洸聖の手を両足で締めつけていた。

「……っ」

不意に、ざわっとした感覚が背中を走った。

「こ、洸聖、さま?」

「お前が足を緩めないからな」

挟んだはずだった洸聖の手が、いや、指先が、悠羽の敏感な内股をくすぐるように愛撫し始めたのだ。

恥ずかしくてさらに足に力を入れたはずなのに、徐々に開いていくのがわかる。

そうなると洸聖の手はどんどんと大胆になってきて、やがてまだ完全には脱げていなかった服を割り、悠羽の男の象徴に触れた。

「ひゃぅっ」

悠羽にとって、己以外に触れることがない場所だ。しかも、排泄《はいせつ》する時以外、性的には淡白で無知なためか己で慰めるということもほとんどない悠羽にとって、他人に……恋する人に触れられるのは耐えがたい。

ここまできても、女ではないのだと明らかにわかってしまう部分を、洸聖に見せることも触れられることも、容易には受け入れられなかった。

「は、離し、て……」

「どうして」

「そ、そのような場所は、触れないでください。は、早く、洸聖さまが気持ちが良いようにしていただければ……っ」

悠羽の快感など考えてもらわなくていい。

洸聖にとって一番簡単で、一番快感を得られる方法で抱いてくれればいいのだ。

「……悠羽」

頑《かたく》なな悠羽の心をどうしたら溶かすことができるのか、真理を追究することを得意とする洸聖もさすがにわからなかった。ただ、ここでやめてしまう方が、さらに悠羽を追いつめるような気がして、多少強引にでも欲しいと思う気持ちを伝えようと決意する。

「洸聖さまっ」

洸聖は悠羽の制止の声も、止めようとする手も無視して、強引に悠羽の陰茎に指を搦《から》めて嬲《なぶ》り始めた。

「ひゃっ、やっ、やだっ」

「悠羽」

「やめて、やめて、くださ……っ」

「私を拒否するな、悠羽、私はお前の身体を愛したい。愛しいお前を抱きたい」

「……こ……せ……さ、ま……」

「案ずるな、今宵《こよい》はきちんと準備はしてある。男の抱き方も習ったし、それに必要なものも揃《そろ》えた」

「……だき、かた……」

洸聖のその言葉に、悠羽の泣き顔が少し怒ったふうに変化する。洸聖が己以外の誰かをその手に抱いたかもしれないと疑ったのだろう。その小さな嫉妬《しっと》が愛されているという気持ちにしてくれ、洸聖は思わず笑みを漏らしてしまった。

「心配いたすな。抱き方は洸竣の知り合いから聞いただけだ。お前以外をこの手に抱こうという気は起こらなかった」

「わ、私は……」

己の嫉妬を自覚した悠羽の顔が、さらに真っ赤になった。その顔を見ているだけで、洸聖の胸の中も温かくなる。

「悠羽、確かに私たちは男同士で、子を生《な》すことは無理だ。それでも、私はお前となら子供以上の大切なものを生み育てることができると信じている。お前はどうだ、悠羽。私はその相手として、お前には相応しくないだろうか？」

「……」

「私を伴侶として、心だけでなく身体も愛することはできないか？」

「洸聖、さま……」

嬉しいという気持ちを、言葉以外でどう表現したらいいのだろうか。

普段は思ったことや考えたことをきちんと言葉で伝えてきたつもりの悠羽だが、こんなに大切な時に何も言葉が出てこないことが悔しくてしかたがなかった。

だから、せめてこの気持ちが伝わるように悠羽は精一杯の勇気を出して、強張《こわば》っていた足から力を抜いた。洸聖を受け入れるという、言葉以上の合図のつもりだった。

「悠羽……」

その意図を正しく受け止めてくれたのか、洸聖は悠羽の顔を見て笑うと、そのまま唇を重ねてくる。

我が物顔に侵入してきた洸聖の舌を噛《か》まないようになんとか受け止め、自ら積極的に動きはしなかったものの、悠羽は深いキスを受け入れた。

くちゅりという艶《なま》めかしい水音を耳元で聞いているとほぼ同時に、悠羽の陰茎を掴んでいる洸聖の手が再び動き始める。

洸聖の片手なら軽く握ってしまえそうなほど成長不足な男の証を、心得たように指先で、腹で、手の平で愛撫を続けてくれる洸聖。時折、先端の部分を爪《つめ》で擦られるのがたまらなく気持ちが良かった。

「はあぁ……んっ」

とうに女の身体を知ってもいい歳だったが、対外的に王女だとされている己にはそんな機会はないだろうと漠然と思っていた。

そういう気持ちが、悠羽を臆病《おくびょう》にしている一因かもしれない。

だが、今、自分の身体は、この貧弱な男の身体は、愛されるという立場になった。

(受け入れて……いいの、か……？)

洸聖の唇が悠羽の唇から離れ、味わうように首筋を舐め上げる。

「ふっ……んんっ」

悠羽は己の陰茎から、どんどん何かが溢《あふ》れてくるのを感じた。まるでお漏らしをしたような羞恥《しゅうち》が襲ってくるが、そんな悠羽の戸惑《とまど》いをすぐに察した洸聖が、喘《あえ》ぐ悠羽の耳元で熱い言葉を囁《ささや》く。

「これはお前が感じている証だ。もっと、私の手がしとどに濡れるほどに……溢れさせるんだ」

「お、かしく……な……い？」

「ああ」

「ほ、んと？」

「お前が可愛くて……泣きそうだ」

「……私、も」

素直に返事をする悠羽に笑い、洸聖はいったん身体を起こす。

あの夜、己とはまるで違う大人の男の身体に抱いたのは恐れだけだったが、今は憧憬《しょうけい》と共に、明らかな欲情も感じている。自分を求めて雄々しく勃ち上がっている洸聖の陰茎を視線に捉《とら》えてしまった悠羽は恥ずかしくてたまらず、反射的に目を閉じてしまった。

思えば、相手のことを気づかって抱くのは初めてかもしれない。

光華国の皇子である洸聖に対し、相手の方が奉仕するのは当然のことで、洸聖はただ欲望をぶつけるのが常だった。いや、欲望というよりも、行為自体男としての一種の嗜《たしな》みだとでも思っていたかもしれない。

だから、相手に労《いた》わりの言葉をかけることもなく、愛していない相手に甘い囁きをかけることもなかった。

それが普通だと思っていたのだが……それは、間違いだったのだ。

今ならば、これほどに愛しいと思う相手に対して、慈しみ、奉仕しないという選択がありえないことがわかる。

愛しているのならば、素肌と素肌で触れ合いたいと思うのが普通なのだ。

「悠羽」

名前を呼ぶと嬉しそうに小さく応《こた》え、悠羽はくちづけを求めてくる。

貪《むさぼ》り合うようなものよりも、軽くじゃれるようなそれが気に入っているようで、悠羽の緊張はかなり和らいできた。

洸聖は寝台の隠し棚に入れてあった香油を取り出す。男同士の性交渉では、こういった道具を使うと円滑に事を進められると教えられたからだ。

悠羽がくちづけに夢中になっている隙《すき》に、洸聖は片手で器用に小瓶の蓋《ふた》を取る。手のひらにたっぷりと香油を垂らし、そのまま手を悠羽の尻《しり》の狭間《はざま》に差し入れた。

「……っ」

その冷たさと違和感にさすがに悠羽は身体を震わせ、物言いたげな視線を向けてくる。

それに向かって洸聖は言った。

「慣らさねば、また以前のようにお前を傷つけてしまう」

「な、慣らす？」

「これは滑りを良くするための香油だ。お前の尻の蕾はとても狭いだろう？　今のままでは私の指さえも受け入れぬ状態だが、これを使って慣らせば、いずれ指が数本入るそうだ。もちろん、指と私の陰茎との大きさが違うのは当たり前だが、少しでもお前が快感を得るように、私のすべてを痛みなく受け入れてもらうためにも、これで慣らすことは絶対にしなければならない。いいな？」

そこまで言われ、嫌ですと首を振ることは悠羽にはできなかった。

理路整然と香油を使う理由と慣らしの重要性を説明してくれる洸聖の声には甘さはほとんどなかったが、悠羽は却《かえ》って物慣れない洸聖のその様子に好感が持てた。

たとえ今までに幾人もの女性をその手に抱いてきたとしても、今自分たちは手探りで、二人だけの愛し方を探しているような気がする。

濡れた洸聖の指が悠羽の尻の蕾の中に挿入され、探るように内壁を愛撫してくる。

身体の中から触れられるという感覚は、本来男ならば経験しないことだろうが、洸聖を愛した悠羽はこの先も何度も同じ感覚を感じるのだ。

洸聖にも早く快楽を与えられるよう、この感覚にも早く慣れなければと唇を噛みしめて耐えていると、

「ひゃあっ」

いきなり、悠羽の身体が弾《はず》んだ。

身体の中のどこかを指の腹で擦られた時、まるで雷で打たれたかのような激しい衝撃を感じたのだ。

「悠羽、痛むのか？」

突然の悠羽の反応に、洸聖は指を抜こうとする。しかし、それさえもたまらない疼《うず》きになって、悠羽は無意識のまま己の中にある洸聖の指を締めつけてしまった。

「……痛みでは、ないいんだな？」

「な、なんだ、か……身体がぞわぞわ、して……あぁっ、こ、わい、怖いですっ、こうせ、さま……っ」

「いや、それで良いのだ。男の身体の中には激しい快感を得る場所があると聞いた。お前は当たり前に感じているだけだ」

悠羽の反応に、教えられたことに間違いはなかったと確信した洸聖は、さらに激しく悠羽の内壁を刺激し始めた。

初めは傷つけることが怖くてほとんど単調な動きしかできなかったが、悠羽が感じ始めると内壁もまるで生き物のように蠕動《ぜんどう》し始め、洸聖の指に縋《すが》るように巻きついてくる。これが己の陰茎だったら……そう思うと心が逸《はや》るが、今回は前回の乱暴な行為のやり直しだと自らの心に言い聞かせ、洸聖は徐々に指を増やしながら執拗に蕾に愛撫を施した。

いつしか洸聖自身の陰茎も勃ち上がり、触れるまでもなく先端から快感の印の液を零《こぼ》し始めたが、洸聖は敷布を濡らすそれにも一切構わなかった。

「あっ、あんっ、はっ……ぅうっ」

それよりも、己の指の動き一つで、淫《みだ》らに身体をくねらす悠羽を見ていることに夢中だった。あれほど恥ずかしがっていたのに、今では大胆に足を開き、洸聖の指を従順に受け入れている。

やがて、悠羽の小さな両手が、勃ち上がっている自らの陰茎を両手で握りしめた。

「悠羽、どうした」

「も……」

「ん？」

「も、漏れて、しまいそ……で……」

快感と羞恥で顔を真っ赤にした悠羽が吐息混じりに答える。尻の蕾への刺激でそれほどに感じているのかと、洸聖は額に滲《にじ》み出た汗が頬に垂れてくるのも構わず口元を緩めた。

その顔に、洸聖は今まで抱いたことのない嗜虐《しぎゃく》的な喜びをも感じた。もちろん、悠羽を責め苛《さいな》むつもりは毛頭ないが、男としての本能的な支配欲が刺激されるのだ。

「手を離せ」

「で、でも……っ」

「私の愛撫で感じているお前を見せてくれ。悠羽、この場には私しかいない。お前がどんなに淫らな姿を晒《さら》したとしても、私は嬉しいばかりだぞ」

「……っ」

「さあ、悠羽」

「……あっ」

まるで洸聖のその言葉に促されるように、次の瞬間、悠羽は小さな叫び声と同時に、洸聖の腹へ向かって精を吐き出していた。

その液を指先ですくい、洸聖はさらに悠羽の蕾を開かせていく。

やがて、その指が三本に増え、悠羽の陰茎も再び勃ち上がった頃合いを見て、洸聖は慎重に己のものを綻んだ蕾にあてがうと腰を進めた。

「力を抜け……っ」

「あ……あ、あぁっ」

(……う……そ)

悠羽があれほどに恐れていた挿入は、呆気《あっけ》ないほどに簡単だった。

もちろん、洸聖の陰茎は悠羽のものとは比べ物にならないほどに大きいもので、挿入された時の圧迫感はかなりのものだったが、洸聖が念入りに解《ほぐ》してくれた前戯のおかげで、切れたりするようなことはなかった。

「ふっ、はぁっ」

初めはゆっくりと、悠羽の反応を見ながら動かされる陰茎は、徐々に激しい動きになっていた。太い先端で先ほど感じた内壁のある部分を刺激されると、悠羽は涙を流しながら恥ずかしいくらい感じてしまう。

痛みは、ある。確かにそれはあるのだが、その痛みを凌駕《りょうが》する快感が頭も身体も覆いつくしていくのだ。

(わ、私は……どうなる……?)

こんなに快感を得て、いったい自分の身体はどう作り変えられてしまうのだろうか。悠羽は不安でたまらなかった。しかし、それ以上に、今洸聖に愛されていることが嬉しい。

「んっ」

くちづけをして、小さな舌を搦めるように吸って。

陰茎は、狭い内部を思うさま蹂躙《じゅうりん》して。

淫らな粘膜の擦り合う音と、身体をぶつける音を部屋の中に響かせながら、洸聖は己の身体全体で悠羽のすべてを支配していると感じていた。いや、己の熱く荒れ狂った陰茎を淫らに搦め取り、愛撫を与えてくれているのは悠羽の方かもしれなかった。

しっかりと身体を密着させ、洸聖は最後の瞬間を迎えるべく、今まで以上に激しく悠羽の身体を貪る。痛々しいほどの痩せた幼い身体が、いつしか花開くように艶《あで》やかに、柔らかく変容してきた。

「ゆ……はっ」

「……!」

ぐっと、最奥に陰茎を押し込んだ洸聖は、そのまま熱い精を吐き出した。

衝撃に身体がずり上がりそうになってしまった悠羽の腰をしっかりと摑み、すべての精を中で吐き出すまで離そうとは思わなかった。

(これで孕《はら》めばよいものを……っ)

子ができれば、悠羽が自分から離れることは絶対にないと思う反面、その生まれた子にさえ嫉妬してしまうかもしれないほどに悠羽に傾倒しているというのを自覚している。

「……悠羽」

とにかく今は、まだこの甘い身体に溺《おぼ》れていたい。

そう思った洸聖はすっかり力が抜けてしまった悠羽の腰を抱え直し、いつの間にか再び射精していた悠羽のそれと、己が最奥に吐き出した精の滑《ぬめ》りを利用して、一向に萎える気配のない陰茎で再び悠羽の身体を貪り始める。

「や……ぁ」

今日という日をようやく迎えたのだという飢餓感の方が強い。

洸聖はまだまだ足りないと、深く腰を沈めていった。


洸聖と共に王に挨拶に行ったきりなかなか戻ってこない悠羽を、サランは悠羽の部屋で一人待っていた。

悠羽が戻ってこない理由にはなんとなく見当がついたが、サランはここで待っていることしかできないからだ。

「……」

夜が更けた頃、誰かが扉を叩《たた》く音がした。

まさかこんな時刻に悠羽が戻ってくるとは思わなかったものの、サランは足早に扉に近づくと大きく開いた。

「……っ」

「夜分にすまぬ」

そこに立っていたのは悠羽ではなく、洸聖だった。

簡単な夜着を身にまとった姿で、湯を浴びたのか髪がわずかに濡れていた。

いつもは禁欲的なほどに硬い印象の洸聖だが、今はどこか……サランの気のせいではないだろう男の色気というものを感じる。それがどういった理由からなのか、サランはじっと洸聖を見上げて彼の口が開くのを待った。

「今宵、悠羽は私の部屋で休む」

「……はい」

「近々、部屋の中も整えて、悠羽の私屋は私と同室にするつもりだ。この部屋はこのままお前が使うといい」

それも、覚悟していた。洸聖が悠羽と離れて生活することを良しとしないことは容易に想像できたからだ。そして、サランの返答もまた、あらかじめ考えていた。

「このような立派なお部屋をいただくわけにはまいりません。私も他の召使いと同等の部屋をお与えください」

「お前は、悠羽の大切な友人だ」

「……洸聖さま」

「悠羽にとって大切な友人ならば、私にとっても大切な存在だ。お前に居心地好くこの国で暮らしてもらわなければ、いつ何時、悠羽と共に奏禿に帰ってしまうか気が気ではない」

そう言いながら、洸聖の顔は笑っていた。

初対面の、いっそ無表情ともいってよかった仏頂面からすれば、これほどに鮮やかに表情がつくとは誰が想像できただろうか。

そう思うと感慨深く、サランは思わず頰に笑みを浮かべてしまった。

「私がお誘いしても、悠羽さまはもう奏禿に勝手にお戻りになることはありません」

「サラン」

「悠羽さまを……末永く可愛がってくださいますように……」

悠羽は、幼い頃から兄弟のように育ってきた。

だが、不完全な身体のサランとは違い、立派な少年だった悠羽は不本意にも王女として育てられていた。

まっすぐで、強く綺麗な心を持っている悠羽には、絶対に幸せになって欲しかった。

そして、ようやく悠羽は居場所を見つけた。洸聖はきっと、悠羽を幸せにしてくれるだろう。いや、悠羽は自ら幸せを掴み取れる人間だ。

まんじりともしない夜が明け、サランはようやく空が明るくなりかけた頃に中庭へと出た。

朝露で草は濡れているものの、空気は清浄でとても綺麗だ。

渡り廊下を朝の支度で忙しく行き交う召使いたちの姿はあるものの、まだ王宮の中は完全に目覚めたという雰囲気ではない。

「……どうするか……」

サランは足元に視線を向けたまま呟いた。

悠羽と洸聖が正式に婚儀を挙げれば、悠羽は大国光華国の未来の王妃という立場になる。

その悠羽の側に、自分のような人間がいてもいいのだろうか。

(私は奏禿に戻って、悠羽さまのお世話は別の者に……いや)

ずっと側にいると悠羽と約束をした今、簡単に国に帰るとは言えない。

それでも、洸聖と共にいる悠羽を見れば胸が疼いた。

「サランさん？」

「……」

そんなサランの思考は、小さな声で破られた。

声がした方を振り返ると、そこには黎が立っている。

「おはよう、黎」

「お、おはようございます」

昨日は帰国後、慌ただしくしていて黎ともゆっくり話せなかったと思い、サランは改めてというようにきちんと黎と向き合った。

「黙って王宮を去って申し訳なかった」

「い、いいえっ、そんなことないです。悠羽さまにもご事情があったのだと思いますし、こうして戻ってくれただけで嬉しいです」

「黎」

「は、はい」

「何か……あった？」

「え？」

「以前よりも感情表現が豊かになったような気がする。私が言うのもおかしいが、黎は思いを心の内に秘める人間のように思えたが」

「……っ」

その言葉に黎は瞬時に耳まで赤くなる。

（サランさんにもわかってしまうなんて……）

『私は、黎を愛おしいと思っています』

あんなにもはっきりと言われたのは初めてだ。

可愛いとか、大事だとか、とても恋愛感情と想像できないような言い回しのことはそれまでも言われてきたが、兄皇子である洸聖の目の前ではっきりとそう言った洸竣に、迷いやからかいの色はまったくなかった。

洸竣には、義兄である京《きょう》に押し倒されているという無様な姿を見られた。助けに来てくれた洸竣のおかげでとりあえずは何事もなかったが……あれは、洸竣の注意をまったく聞かなかった己の自業自得だった。

京が自分になど手を出すはずがない。そう思い込んでいた黎は、洸竣の注意がとても滑稽《こっけい》なものだと思ったのだが、真実は彼の予感通りで、直前に洸竣が見つけ出してくれたのは奇跡といっても良かった。

そんな、人の言葉にも耳を貸さない子供の黎を、洸竣は本当に愛してくれているのだろうか。

──不思議と、嫌だとか、困ったなどとは思わない。

それよりも、嬉しいと思ってしまう自分の心を必死に抑えなければならず、あれこれと考え、悩み続けて眠れないまま夜が明けた。

「黎」

「サランさん、あの……」

「……」

「あの……」

「……言い難いことであれば、今私に告げずともいいのだ、黎。私は人の心の機微を読み取ることができない情けない人間だが、わずかな時間も待てないほどの性急な性格でもない。悠羽さまが洸聖さまと正式に結婚すると決まった今、私もしばらくはこの王宮にお世話になることになるので、お前が良い時に、言いたいことだけを話してくれたらいい」

抑揚なく話すサランだが、その表情は幾分柔らかい。

黎はそう言ってくれるサランの気持ちが嬉しかった。

「ありがとうございます、サランさん」

「礼はいらない」

「でも、それならサランさん、悠羽さまと洸聖さまは本当にご結婚を？」

「そう。じきに正式に公示されるだろうが」

「そうなんですかっ！　おめでとうございます！」

「……ありがとう」

これは光華国にとっても慶事だ。

次期国王となる洸聖が身を固めるということは国民の願いでもあったし、それが悠羽のように明るく強く、そして誠実な人間ならば尚更良い。

（では、悠羽さまともサランさんとも、一緒にいることができるんだ）

身内のようにと思うのも恐れ多いが、黎は心を許せる相手が側にいてくれるのが嬉しかった。

サランと別れ、弾んだ気持ちのまま、黎は毎朝の日課で洸竣の部屋に向かった。

朝の挨拶を交わし、洗面の手伝いをして、そのまま食堂へと一緒に向かう。

一見、すべて人任せで気楽にすごしているように見える洸竣だが、黎が驚くほどに日常の細々としたことは自身でできて、実際黎が手伝うようなことはないのだ。

(それなのに、僕を召し上げてくださった……)

そんなふうに考えるとくすぐったい思いがするものの、それが直接恋とか愛に結びつくことはない……と、思う。

洸竣の部屋の前まで来ると、黎はすうっと大きな深呼吸をする。

そして軽く扉を叩いたが、中からの反応は返ってこなかった。

何度か同じことを繰り返したあと、黎は思いきって声をかけてから扉を開けてみる。

「洸竣さま?」

がらんとした部屋の中に人影はなく、黎は奥に行って寝台の上も見た。簡単にだが整えられた寝台に残っている気配はかなり薄くて、洸竣がここを出てからしばらく時間が経っていることがわかった。

(どこへ行かれたんだろう……)

ゆうべ休む時は何も言わなかった洸竣。いや、突然の洸竣の告白に動揺してしまっていた黎は、洸竣の言葉を何か聞き逃してしまったのかもしれない。

「……」

少し考えて、黎は足早に部屋から出た。

ふらりといろんなところに出かけてしまう洸竣だが、なぜだか黎はその行方を追わなければならないと思った。


洸聖は寝台の端に腰をかけ、こんもりと盛り上がっている敷布の山に苦笑を零すしかなかった。以前なら面倒だと思っただろうが、今はこんな子供っぽい仕草をされても愛らしいだけだ。

「悠羽、いい加減に諦《あきら》めたらどうだ？　お前が私の部屋に泊まったことはもう皆知っている」

「み、皆とは、いったい誰ですか？」

「サランにはゆうべ私が自ら伝えに行った。お前が戻らぬのを心配していると思ってな」

「そ、それは……ありがとうございます」

かけ布で身体をすっぽりと隠した悠羽は小さな声で礼を言った。サランのもとに、わざわざ洸聖自ら赴《おもむ》いてくれたことは嬉しい。嬉しいが、やはり羞恥はあるのだ。

ゆうべ、洸聖と身体を合わせたことに後悔はしていないし、それは悠羽の希望でもあったと、洸聖だけに責任を押しつけるつもりはない。それでも、誰彼構わずに自分たちが既にこういった関係なのだと吹聴することはとてもできなかった。いくら許婚同士であったとしても、まだ婚儀を挙げていない内からと……そこは意外に古臭い考え方の悠羽だった。

「身体は痛まないか？」

そんな悠羽の気持ちを理解しているのかどうか、洸聖はまったく違うことを聞いてくる。その気遣いの理由を考えるとさらに恥ずかしくなってしまうが、黙っていても洸聖に申し訳ないと、悠羽はかろうじて頷いて言った。

「お気遣い、ありがとうございます。痛みは、ありません。ただ、身体が重いだけで……」

「それでは、ゆうべの方法は間違いではなかったということか」

「……た、多分」

正解はわからないので、悠羽はたどたどしく答えるしかない。それでも、からかっているわけではなく、洸聖が本当に心配して言ってくれているのがわかるので、悠羽も恥ずかしさを押し殺して頷いた。

その時、小さく扉を叩く音がした。

かけ布から顔を出した悠羽と洸聖は、一瞬視線を合わせる。

「サ、サランかも……」

「あの者がそんな無粋な真似をするとは思わないが」

「……そう、かも」

確かに、サランならば悠羽が自ら部屋に戻らない限り、洸聖の部屋までくるということは考えられなかった。

誰だろうと思っている悠羽をおいて洸聖が自ら立ち上がり、扉を開けた。

「お、おはようございます」

(黎?)

聞こえてきた声は黎のものだ。

洸竣付きの黎が朝から洸聖の部屋にやってくるのはとても珍しいことで、悠羽も思わず寝台の上で上半身を起こした。

「あの、洸竣さまはいらしてないでしょうか？」

「洸竣？　いや、ゆうべ会って以来だが……どうした、部屋にいないのか？」

「はい、あの、先ほどお部屋に伺ったらいらっしゃらなくて……。ゆうべは特にどこかへ出かけるともおっしゃってられなかったので、もしかしたらこちらにと……」

「黎、洸竣さまは……あっ」

黎に詳しい事情を聞こうと起き上がろうとした悠羽は、ずきんと痛む腰とふらつく足のせいで、寝台から足を滑らせてそのまま床に落ちてしまった。

「悠羽っ？」

その音に驚いたのか、珍しく慌てた様子で戻ってきた洸聖に抱き起こされながら、悠羽はその後ろにいた黎の姿に瞬時に顔が熱くなった。

「あ、あの、あの、僕……」

「れ、黎」

「大丈夫か、悠羽」

黎の顔が、見る間に赤く染まっていく。こんな時間から洸聖の部屋にいる悠羽の姿に、いや、あからさまな状況から、昨夜何があったのか想像してしまったのだろう。

「も、申し訳ありません、僕、なんて失礼なことを……」

「黎っ」

焦ったように頭を下げてそのまま立ち去ろうとした黎を悠羽は呼び止めた。

普段の黎の言動からも、何か意味があって洸聖の部屋にまできたということは明らかだ。その理由を聞かずして帰すことはできない。

悠羽の引き留めに、黎も足を止めてくれる。それでもいたたまれない様子の黎に対し、悠羽はことさらいつもと変わらぬふうを装って言った。

「こんな恰好《かっこう》で、悪い」

悠羽は洸聖に抱き起こされた恰好だ。やはり情けないなと照れ隠しに笑うと、黎は何度も首を横に振る。

「い、いいえ、僕の方こそ、とても失礼を……すみません」

「いいよ。それより、洸竣さまがおられないと聞こえたけれど、どちらに行かれたのか本当に見当はつかない？」

「は、はい。何もお聞きしてないと……思います」

自信がないのか小さな声になる黎に、悠羽は己を抱き上げてくれた洸聖を見上げる。

「洸聖さま、何かおわかりになりませんか？」

「……いや、最近は夜遊びもしておらぬようだし、これほど早朝から剣の稽古《けいこ》というのも考えられない」

「どちらに行かれたのでしょうか」

黎の不安そうな顔に、悠羽も何と言っていいのかわからない。洸聖も困ったように眉を顰めるだけで、三人は顔を見合わせたが、結局誰も答えを出すことができなかった。


「あ、洸竣さま」

「ん？　ああ、おはよう、サラン」

「……おはようという時間ではないですけれど」

軽い口調で挨拶をしてきた洸竣に、サランは少し呆《あき》れの混じった笑みを浮かべた。

既に陽は高く昇り、昼になろうかというような時刻になっている。

早朝に出会ったあと、再びやってきた黎に洸竣の不在を聞いていたサランは、それとはわからないように用心深く洸竣の様子を探ってみた。特に酒の匂《にお》いがするわけでもなく、女の匂いをさせているわけでもなく、洸竣の顔はさっぱりと清々《すがすが》しい。

（まさか、朝から鍛錬でもされていたと？）

「サラン？」

己の顔を黙ったまま見つめるサランに、さすがに洸竣が声をかける。

「私の顔に何かついているかい？」

言葉遊びの苦手なサランは、率直に疑問をぶつけてみた。

「早朝から……いえ、もしかしたらゆうべからかもしれませんが、どちらに行かれていたのですか？」

「え？」

「黎があなたの姿が見えないと捜しています」

「……ああ、そうか、黎には伝えていなかったか」

その声の調子からはとても後ろめたい事情があるようには思えなかった。

黎が思い悩むことではなさそうだと少し安心したサランは、目線を王宮の奥へと向ける。

「今もまだ捜しているはずです。早く会って安心させてやってください」

「わかった、ありがとう、サラン」

「……何がでしょう」

「黎を気遣ってくれて……感謝する」

「いいえ」

「じゃあ、すぐに私も黎を捜すとするか」

そう言いながら王宮の中へと入っていく洸竣の後ろ姿を見送りながら、サランは洸竣も初めて会った頃とはかなり変わってきたと感じた。以前はもっと、言葉も行動も軽かったように思える。

この国に来てまだ間もない気がしていたが、人の内面が変わるほどには時間が経ったのであろうし、いろんなこともあった。

（私も……少しは変わったのだろうか……）

サランは自嘲するように口元を歪めた。

一方、サランと別れた洸竣は部屋へ向かいながら、らしくもなく根回し不足だったことに苦く笑ってしまった。様々なことを早く解決したくて焦っていたのかと思うものの、黎に何も言っていなかったことがそれほど深刻な事態だとは思っていなかった。

「あっ、洸竣さま」

そんな洸竣の前に、向かいからやってきた悠羽が声を上げた。

その後ろに当然のように立っている兄洸聖の姿を見て、洸竣の口元に悪戯っぽい笑みが浮かぶ。

「お揃いで結構ですね、兄上」

「洸竣さま、どちらに行かれていたんですか？」

「え？」

「黎が心配して捜し回っていますよ」

「ああ、黎のことか」

（どうやら本当にかなり捜しているようだな）

サランだけではなく、悠羽や洸聖のもとにも行ったのかと、洸竣は申し訳ないと思うと同時に、なぜか嬉しいとも思う。黎の中で、己の存在がそれなりに大きいと確信が持てたからだ。

緩む頬を隠しながら、洸竣はにこやかに悠羽に言った。

「すぐに黎を捜しますよ」

「早く顔を見せてあげてください」

「ええ、わかりました。……それと、悠羽殿」

「な、なんですか」

いきなり洸竣の声の調子が変わったので、悠羽は警戒したように身構えている。そんな悠羽を見下ろし、洸竣は身を屈《かが》めて悠羽の耳元に口を寄せた。

「細い首筋に、愛された印が残っていますよ」

「……っ」

襟元の緩やかな悠羽の服の隙間から覗《のぞ》く華奢な首筋。そこに鮮やかに残っている淡い赤い痕《あと》を揶揄《やゆ》すると、思い当たることがあるのか悠羽の顔は一瞬で真っ赤になった。

「洸竣」

そんな悠羽を庇うように、洸聖が小さな身体を抱き込むのが微笑《ほほえ》ましい。

あれほど堅物だった兄を、こんなにも鮮やかに変えた悠羽を凄《すご》いと思うし、お互いがお互いを想い合っているのを羨《うらや》ましく思う。

(私が黎とこうなるのには……まだ時間がかかるのかもしれないな)

「洸竣」

「はいはい、もう義姉《あね》上と言った方がいいのかもしれないな、悠羽殿」

「ま、まだ早いですっ」


朝から王宮の中をくまなく捜しているというのに、洸竣の姿はどこにも見当たらなかった。黎もこの王宮内をすべて知っているというわけではないが、朝からずっと洸竣を捜している姿を見ていた他の召使いたちも手分けして捜してくれているというのに、その気配はようとして知れない。

昼近くのこんな時間になってもいないということは、やはり洸竣は王宮の外に行っているのではないだろうか。

「僕には、何も言わなくてもいいと……思ってらっしゃるのかな」

そう考えると悲しくなって、黎は歩いていた足を止めてしまった。

このまま捜していていいのだろうか……そう、思った時、

「黎っ」

名前を呼ばれ、黎は慌てて振り向いた。

「こ、洸竣さまっ」

「すまなかった、ずっと捜し回っていたと聞いて」

「あ、あの、いえ、僕は……」

己がどれほど必死に洸竣を捜し回っていたのかを知られてしまったようで恥ずかしく、黎は首を振って否定する。黎が勝手に焦っていただけで、主《あるじ》の洸竣が謝ることなど何もないのだ。

「一刻も早くと思って、夜が明けぬ内から歩き回ってしまった。その方が都合がいいこともあったし」

「え？」

「今いる遊び相手と、すべて手を切ってきた。ああ、お金で解決したわけじゃなく、ちゃんと話してわかってもらったよ」

黎は、洸竣が何を言っているのかまったくわからなかった。

（遊び相手？　手を切ったって……どういう、こと？）

「綺麗なお前とちゃんと向き合うためには、私自身も綺麗な身体にならないといけないと思ったんだ」

思いがけないその言葉に、黎はさらに目を丸く見開く。その目の中に映る己の姿に、洸竣の笑みは深まった。

今まで特定の相手はいなかった洸竣だが、男の性《さが》というか……もともと楽しいこと、気持ちが良いことも好きな性格からか、遊ぶ相手はかなりの数がいた。それは単に楽しく酒を飲む相手という意味だけではなく、もちろん男と女という関係を結んでいる相手もいる。ほとんどは商売女で、洸竣が皇子だということも知っていて割りきった上での関係だ。

洸竣も己の身分のことは切り離して気軽に遊んできたのだが、兄の許婚という相手がこの国にきた時から、気持ちに変化が表れてきた。

己のために存在する、たった一人の相手。

誰かを欲するという、強い欲望。

洸聖を見ていると、そういった洸竣の知らなかった感情がじわじわと溢れ出してきた。

そして、その感情が黎という存在に向けられた時、洸竣は己が変わらなければならないと痛烈に感じたのだ。

その手始めというわけではないが、洸竣は今まで遊んできた女たちと綺麗に手を切ることにした。

ずっと関係を持っていた者も、一度だけしか関係を持たなかった者も、その関《かか》わりの深さに関係なく、洸竣は自ら頭を下げて浮ついた行動を詫《わ》びた。

ほとんどの者は笑って許してくれたが、中には金を要求する者、泣く者もいた。遊びだと思っても相手によっては違うのだと、洸竣はこの晩しみじみと己の浅慮な行動を恥ずかしかった。

だが、これで少しは変われたのではないか。綺麗な黎の前に立てるほどには、少しは……変わったと思いたい。

「……洸竣、さま……」

黎の戸惑いが、その声の震えからもわかる。

とても恋愛感情には疎そうな……そもそも、人とのわずかな触れ合いにさえも臆病な黎が、洸竣の求愛にどうしたらいいのかわからずに混乱するのは当然だった。

それでも、洸竣は己の覚悟の程を黎に伝えておきたかった。

「これで、私にとっての愛を向ける対象はお前だけになった。すぐに返事ができないのはわかるが、私のことを少し考えてはくれないか？　お前が愛を注ぐのに相応しいか、そうではないか」

「そ、そんなこと……」

「決定権はお前にあるよ。黎、私の愛を受け入れてくれ」

そう言って艶やかに笑み、まっすぐな視線を向けてくる洸竣に、黎の驚きと戸惑いはますます深まるばかりだ。

洸竣は、狡《ずる》い。

急がないと言いながら、こんなにも強く求愛してくる。黎は考える前に、洸竣の愛に溺れてしまいそうだった。

「……さてと、昼食は食べたか？」

どう反応すればいいのか目まぐるしく考えていたが、洸竣はあっさりと話題を変えてきた。その口調はたった今求婚してきた真摯《しんし》なものとは違う、いつもと同じ飄々《ひょうひょう》としたものだ。

その急激な変化についていけず、黎は強張った表情のままぎこちなく首を振った。

「い、いいえ」

「では、私と一緒に行こう。朝から何も食べていないから空腹なんだ」

「は、はい」

洸竣はふっと笑うと、そのまま強引に黎の手を掴んで歩き始めた。

「こ、洸竣さま、手、手を」

さすがにこれはと黎は手を引こうとするが、握りしめる洸竣の力は意外に強い。

「ん？　気にしなくていいよ」

「そんなこと、言っても……」

黎が戸惑っているのがわかっているだろうに、洸竣はそのまま手を離さずに廊下を歩く。

行き交う召使いたちはそんな二人の姿に一度は驚いたように目を瞠るものの、すぐに微笑ましそうに笑いながら優しい視線を向けてきた。

（は、恥ずかしいっ）

黎はとても顔を上げていられなくて俯《うつむ》いてしまうが、洸竣は反対にとても嬉しそうに笑いながら歩いている。

「こ、洸竣さま」

（まだ、まだもう少し……待ってください……）

あまり急がせないで欲しいと、黎は何度も口の中で呟いていた。


王宮の中は平和だった。

いや、王宮内では近々行われるであろう洸聖と悠羽の婚儀の話でそこかしこで笑いと喜びの声が上がっていて、雰囲気が沸き立っているのが感じ取れた。

第三皇子莉洸が蓁羅の稀羅王のもとへと行ってしまったあと、王宮にとって、いや、光華国にとっても、久々に華やかで嬉しい話題だった。

そんな中で、サランは己の心がそれほど高揚していないことに気づいていた。

もちろん、悠羽が幸せになることに異存はないものの、悠羽との関係が変わってしまうという現実を突きつけられ、思った以上に感情を引きずられているらしい。

(召使いである私がこんなことを思う自体恐れ多いことなのに……)

兄弟のように育ったとはいえ、悠羽とは立場が違う。悠羽は腹が違うとはいえ、れっきとした現奏禿の王の御子なのだ。

(引っ越しの準備も早く終えなければならないのに……)

今、サランは悠羽を手伝って部屋の整理をしている。近々、悠羽が洸聖の部屋に引っ越しをするための準備だ。

洸聖の部屋とそれほどに離れてはいないので、悠羽は準備をするのもまだ早いのではと言っていたが、もう一人の当事者である洸聖の言葉を借りれば、それは一刻も早い方が良いものらしい。

一時も手放したくないと思っているのなら悠羽にとっても良いことだが、だとしたらサラン自身はどうすればいいのかと、また同じ悩みを繰り返す。

深い溜《た》め息をつきながら厨房《ちゅうぼう》に向かっていたサランは、ふと向かいの渡り廊下を歩いている人影が目に入った。

(洸莱さま？)

腰に剣を携え、防具をまとった姿なので、今から剣の稽古に行くのだということはわかった。

「洸莱さま」

なぜか、まったく意識していないというのに呼び止めるようにその名を呼んでしまい、サランは己で驚いて口元に手をあてた。

「サラン？」

それほど大きな声ではなかったと思うが、洸菜は足を止めてこちらに視線を向けてくる。

その目が優しく細められたことに、サランはますます居心地が悪くなってしまうものの、そのまま立ち去ることも無礼だと、その場で洸菜が近づいてくるのをじっと待った。

「どこへ行かれる？」

静かに尋ねてくる洸菜に、サランも淡々と答える。

「……厨房に。洸菜さまは剣のお稽古でしょうか？」

「ああ。少しは我が国のために役に立つ存在でありたいから」

まだ十六歳だというのに、その言動がかなりしっかりしている洸菜はとても末っ子とは思えなかった。

大国、光華国の四皇子。

皇太子である第一皇子は賢く、第二皇子は華やかで。

第三皇子は花のように可憐《かれん》で、第四皇子は涼やか。

光華国の四人の皇子たちは様々な国で噂をされているが、末っ子である第四皇子の洸菜のことは、歳もまだ若いせいかそれほど目立った話は聞かなかった。立場的に重要な位置にいないからだと思っていたサランだが、その想像は彼を知って見事に覆されることになった。

洸莱はサランが思っていた以上に思慮深く、大人と遜色《そんしょく》のない考えの持ち主で、サラン自身も何度もその言葉には気持ちを宥められてきた。

噂というものは、真実だけを伝えるものではない……サランは本当にそう思う。

「サラン」

「はい」

そんなサランをじっと見下ろしながら洸莱は一瞬言い澱《よど》み、やがて思いきったように口を開いた。

「私のために、少し時間をくれないか」

「え？」

「サランと、もっと話がしたい」

「私……と？」

唐突な申し出に、サランは困惑した。

蓁羅への旅には同行したものの、本来洸莱との接点はほとんどなく、改めて話と言われても戸惑うだけだ。

どう返事をしたらいいのか、珍しくサランは動揺していた。

（……あ）

まさしくその時、サランのあとを追ってきた悠羽が廊下に佇《たたず》む二人の姿を見つけ、慌てて死角に姿を隠した。

引っ越しの準備など、サランにばかり大変な手間をかけさせているので、たまには手伝おうと茶を入れに出たサランを追ってきたのだが、まさか洸莱と一緒にいるとは思わなかった。

妙に興奮する己の気持ちを落ちつかせ、悠羽は改めてそっと覗き見る。遠くからでも、サランが困惑している様子が窺《うかが》えた。

（珍しい、サランが困っているなんて……）

そのわずかな表情の変化は長年一緒にいた悠羽にはよくわかったが、目の前の洸莱はどうだろうか。

一瞬、悠羽はこのまま立ち去った方がいいのではないかと考えた。二人がどういう理由にせよ、この状況を邪魔しない方がいいのではないかと思ったのだ。

しかし、

「悠羽さま」

悠羽が踵《きびす》を返そうとする直前、サランはその姿に気づいて名前を呼んだ。

縋るような、安堵したような、悠羽にだけに見せる心を許したその表情を、無視することはできなかった。

「サラン」

「どうなさったのですか」

足早にやってきたサランの口調も表情も、一瞬のうちにいつもの状態に戻る。悠羽の存在でサランの感情は平常に戻ったようだが、それが良かったのか悪かったのか、悠羽は洸莱を見上げた。

(相変わらず……表情が読めないな)

サランも無表情だが、それは幼い頃の不遇な生活と己の身体への劣等感で、いつしかすべてを悟りきってしまった感がある。一方洸莱は、どちらかといえばまだ感情を素直に表に出すことができない、どこか不器用な幼さを感じた。

現に今も、突然の悠羽の登場にどうしようかと、当惑した表情がわずかながら見て取れた。

「何か、サランに用でしたか?」

無粋だが悠羽からそう尋ねると、洸莱はようやく落ちつきを取り戻したらしい。

「悠羽殿」

洸莱は少しして頬を緩めた。悠羽が初めて見る、大人びた微笑だ。

「あなたに、許しを請わなければならないかもしれない」

「え?」

「悠羽殿、私は、サランが……この人が、とても気になっているのです。多分、恋しいと……思っています」

「え……」

「洸莱さまっ?」

洸莱の言葉に啞然《あぜん》としたのは悠羽だけではなかった。恋しいと言われたサランも、珍しく目を瞠る。

「……何をおっしゃっているのですか」

サランはきつい口調で言いきり、そのあと後悔して唇を嚙んだ。

それまで、わずかながらでも愛とか恋という感情を感じたり、実際伝えられたりしていたらまだわかるが、これまでの洸莱の言動からは自分に対する恋愛感情など欠片《かけら》も感じられなかった。

いや、蓁羅にいた際、くちづけをせがまれはしたものの、あれは極限の際の、生への執着ゆえと思った。気遣ってもらっているとは思っていたが、まさかそれが愛情からだとはとても考えられない。

突然、洸莱からサランへの恋心を伝えられた悠羽も、動揺してサランの腕を摑んだ。

「お前たち、もしかして……」

「いいえ、洸莱さまは少し思い違いをなさっておいでだと」

「思い違い？」

サランは戸惑う悠羽に、そうですと強く頷く。

「皇子である洸莱さまとただの召使いである私とでは、あまりにも身分が違います」

「で、でも」

それはサランと洸莱だけではなく、洸竣と黎にも言えることだ。いや、どちらかといえば、第二皇子である洸竣が男の黎と恋をするという方が問題ではないかと思う。洸莱は第四皇子で王座とは関係ないが、洸竣はやがて王となる洸聖の、次の王位継承権を持つ存在だからだ。

「それに、洸莱さまは私が半陰陽の身体ということをご存知ですね。たとえ女性と同じ器官を持っていたとしても、私には子を産む力もないということを説明させていただいています」

「サランッ？」

誰にも知られたくなかったであろう身体の秘密を洸莱には言っていたのかと、悠羽は別の意味で驚いて声を上げた。

身体のことは、サランにとっては生きる意味ということに直結するほどの大きな秘密だからだ。

悠羽やその家族、そして、サランを知る周りの人間は気にすることはないと何度も伝えたが、身体のせいで親に捨てられたと思っているサランにとっては、永遠に負い目として背負っていくという深い秘密のはずだった。

普通の人間とは違うと、サランは身体のことは簡単に他人に話すことはなく、当然この光華国の中にはその秘密を知っている者はいないと悠羽は思っていたのだが、まさかサラン本人が洸莱にそのことを告げたとは想像もしなかった。

「サラン、本当に？」

「はい。以前、莉洸さまをお助けするために、蓁羅へと参ったおりに」

「あの時？」

悠羽はさらに驚く。

蓁羅から戻ってかなり時間が経ったというのに、洸莱にまったく変わった様子は見られなかったからだ。まさかサランの身体の秘密を知った上で、あれほど変わらぬ態度を取るとは、とても十六歳という歳若い青年にできることだと考えられなかった。

「悠羽殿、私は確かにサランの身体のことを知っていますが、興味本位でこの人が気になっているわけではありません。私は、サランの……」

「洸莱さま、それはあなたさまの気の迷いです」

「サラン」

「あなたは私などを気にすることはないのです」

「ま、待って、サラン、洸莱さまのお気持ちもちゃんとお聞きして……」

「それが無駄なのです」

頑なに拒絶するサランに悠羽が言葉を継ごうとした時、サランは悠羽をまっすぐに見つめた。

「皇太子洸聖さまは、悠羽さま、あなたと近々婚儀を挙げられます。第三皇子莉洸さまも、稀羅王のもとに嫁がれるのはもう決定していることでしょう」

「そ、そうだけれど……」

「洸竣さまは、どうやら黎を本気で欲していらっしゃるご様子。なれば、光華国の次世は誰の肩にかかってくるでしょうか?」

「あ……っ」

悠羽はようやく気がついた。

洸聖は悠羽と。

洸竣は黎と。

そして、莉洸は……稀羅と。

そう、光華国の四皇子のうち、三人の皇子の伴侶もしくは、そうなるかもしれない相手は皆男性なのだ。

各国では、少数とはいえ同性同士の結婚は認められているし、王族の中でもわずかながら同性を伴侶としている者はいる。それはけして違法ではないが、男同士では当然子供は生まれない。

サランは光華国の未来を考え、いや、悠羽のために、絶対に洸莱の気持ちを受け入れるどころか、その想い自体を黙殺する気だ。

「サラン」

洸莱も頑ななサランの態度に眉を寄せている。それでも感情的にならないのは、相当な精神力の持ち主だ。

「洸莱さま、私は一生涯誰かを愛することはないですし、もちろん、結婚もするつもりはありません」

「……」

「熱というものは一過性です。洸莱さまには、可愛らしい、優しい姫さまがお似合いだと思います」

サランははっきりそう言いきると、悠羽を目線で促した。

悠羽が物言いたげに自分を見ているのはわかるが、サランはこれ以上のことを言うつもりはなかった。

いや、どちらかといえば、悠羽がいるというのに少し言いすぎたかもしれないとも思っている。

子供のことは悠羽の心にも暗い点を落としただろうが、一番明瞭《めいりょう》な理由をはっきり告げなければ洸莱は引かないはずだ。

『この人が、とても気になっているのです。多分、恋しいと……思っています』

まっすぐな洸莱の言葉に、心が揺れなかったといえば嘘になる。悠羽や奏禿の皆以外に、サランの身体のことを知ってもなお、そう言ってくれたことは嬉しい。

それでも、サランが洸莱の想いを受け入れることが絶対にあってはならないのだ。

「悠羽さま、そろそろ洸聖さまの執務が終わられるお時間です。きちんとお部屋でお迎えなさらないと」

そう言うと、サランは悠羽の背中を押すようにして歩き始める。何度も何度も振り返る悠羽に、その都度そっと小さな微笑を向けた。

(私などが幸せになることなど恐れ多い……)

願わくば、周りの優しい人々が皆幸せになって欲しかった。


「どうした、難しい顔をして」

執務を終えた洸聖が私室に戻ると、部屋の中には約束通り悠羽がちょこんと椅子に座って待っていた。

その姿に思わず笑みを浮かべた洸聖だったが、俯き加減の悠羽の表情が冴《さ》えないことにすぐに気がつく。昼前に別れた時までは、こんな表情ではなかったはずだ。

「悠羽、何があった?」

「……洸聖さま」

悠羽は憂いてもなお強い眼差しで洸聖を見上げてきた。

「……私は、人の噂話というものは好きではありません。実際に見ていないものを信じることはできないし、反対に自分を信頼して話してくれた人の秘密を、誰かに話すということもしたくはありません」

「ああ、それはお前の性格ではそうだろうな」

どこまでもまっすぐな悠羽は、きっとそう思うだろうということは想像できた。

「でも……相手に幸せになって欲しければ、自らが悪者になることも必要ではないかとも思うのです」

「悠羽？」

「洸聖さま、私が今から話すことは、その誰かにとってはけして知られたくない大きな秘密です。でも……」

「悠羽」

口籠《くちごも》った悠羽の後ろに立った洸聖は、そっとその身体を抱き寄せた。華奢な身体が小さく震えているのがわかり、両腕で強く抱きしめる。

「婚儀を挙げずとも、もう私たちは夫婦も同然だ。お前が悪者になるのならば、私も同じように悪者になろう」

「……洸聖さま……」

「お前の罪は私の罪だ。悠羽、楽になれ」

悠羽は唇を噛み締めた。

しばらく、いや、かなり長い時間悠羽は迷っていたが、やがて小さな声である人物の秘密を話し始める。

それは、洸聖にとっても思いがけない話だった。

「兄上？」

「夜分すまぬ」

夜も更けた時刻、通常ならばもう部屋から出ることはない真面目な兄洸聖が、己の部屋を訪れたことに洸竣は驚いた。

「申し訳ありません」

さらに驚くことに、その後ろには悠羽の姿もあった。

（いったい、何があった？）

国に関わる大事ではないだろうということはわかる。それならばまず、王である父から招集がかかるはずだからだ。

悠羽との惚気《のろけ》話でも聞かせる気かとも思ったが、二人の表情からすればとても楽しい話とは思えなかった。

「良いか？」

「どうぞ。もう黎も下がらせたので、私が茶の用意をさせてもらいますが」

「それは私がいたします。洸竣さまはどうぞおかけになってください」

就寝時には置いてある酒瓶を取り、悠羽は予備にあった杯《さかずき》を出して洸聖と洸竣の前に置き、それぞれに酒を注いだ。

どうやら悠羽は飲まないらしい。

「兄上、いったい……」

「他言無用の話をする、良いか？」

「え？」

いきなり切り出した洸聖に洸竣は面食らってしまうが、すぐに表情を改めて椅子に座り直した。敬愛する兄の言葉をきちんと正面から受け取るためだ。

「はい」

はっきりと言ったその言葉に、洸聖は深く頷いたあと悠羽を振り返った。

「良いな？」

大切な秘密が一人一人知られていく。それが良いことなのか悪いことなのかは判断つかないが、今のままでは悠羽の大切な兄弟は不幸なままだということだけは確かだ。

（それならば……）

悠羽がしっかりと頷くと、洸聖は洸竣に視線を戻した。

「洸莱のことだが」

「洸莱？」

緊張したように洸聖の言葉を待っていた洸竣は、不意に出てきた洸莱の名前に眉を顰める。

それは予想通りの反応だったのか、洸聖はそのまま言葉を続けた。

「どうやら、あれはサランを好いているらしい」

「え……えぇっ？」

洸竣は驚いたように目を瞠った。あれだけサランの側にいつもいた悠羽が驚いたのだ、洸莱の兄である洸竣もかなりの衝撃を受けたらしい。

「洸莱が、サランを？　それはまことですか、兄上？」

「悠羽が洸莱本人の口から聞いたらしい」

「しかし……確かサランは洸莱よりも年上ではありませんか？」

「六つ上だ」

「へえ」

どうやら驚きから覚めたらしい洸竣は、にやっと口元に笑みを浮かべた。

「年上の女性に想いを寄せるとは……あいつも、男だったというわけか」

一転して楽し気な洸竣に、悠羽と洸聖は顔を見合わせた。

歳の差だけならまだしも、この二人にはさらなる問題がある。それを、洸聖はきっぱりと言った。

「サランは女とは言い難い身体らしい。……両性具有だそうだ」

悠羽からその事実を聞かされた時、洸聖は一瞬声も出ないほど驚いた。

あれほどに美しく、優美な容姿のサランの身体が女ではない、男と女の両方の性を持っていると、どうやったら想像できるというのだろうか。

世の中には男と女の性を持って生まれる者もいるとは聞いたことはあったものの、知識だけで知っているのとは違い、その身体を持つ者が実際に目の前に現れた時、洸聖は理解の範疇《はんちゅう》を超えてしまうということを改めて思い知った。

その洸聖の驚きと同じものを洸竣も感じているらしく、しばらく声も出せないまま洸聖と悠羽の顔を交互に見ている。

「……まことで、ございますか？」

やがて、かすれた声で聞かれ、悠羽が頷いた。

「……はい」

「そうか……」

はあ～と、洸竣は深い溜め息をついた。

いろいろな思いが頭の中を渦巻いているのだろうが、洸竣はその性格に似合った前向きな答えを弾《はじ》き出す。

「でも、女でもあるのでしょう？　それならば問題は……」

「問題はあるのだ。どうやら、サランはどちらの性も未熟のようで、子を生すこともできなければ、産むこともできないらしい」

「それは……」

「問題だろう」

「……ですね」

ここにきて、洸竣もようやく問題の奥深さを理解したらしい。

「私は近々、悠羽と婚儀を挙げる。悠羽以外の者と添い遂げるつもりはないし、他に妾妃《しょうひ》を娶るつもりもない」

何が問題なのか、洸聖は己にも改めて言い聞かせるようにゆっくりと言葉を継いだ。

「莉洸は既に稀羅王に嫁いでいるようなものだし、洸竣、お前も黎を本気で欲しいと思っているのだろう？」

「……はい」

「なれば、光華国の次世は、洸莱の肩にかかっていると言ってもいい。サランが女ならば歳など関係なく二人を祝福できるのだが、子を産めないとなれば……」

「サランは、サランは私のために、私とこの光華国を思って、洸莱さまの求愛を跳ね除《の》けるつもりなのですっ」

洸聖がすべてを言う前に、悠羽が泣きそうになりながら声を振り絞った。

悠羽にとってサランは召使いなどではなく、本当に肉親と同様の大切な存在だった。己の身体のことを卑下《ひげ》し、幸せなど望むことも恐れ多いとしているサランを心配し、悠羽はサランの身体の問題ごと愛してくれる存在を待っていた。

悠羽が洸聖という伴侶に巡り合って幸せだと感じれば感じるほど、サランもと思っていたが……相手が問題だ。

洸莱は、年齢は若いが男気がある人物で、サランの身体のことを知ってもなお、想いを打ち明けてくれたということは、それをサランの主人である悠羽の前でも言ったということは、それだけ固い決意を持ってのことだろう。

洸莱が皇子でなければ。

洸莱がただの町人ならば。

せめて貴族ならば、ここまでサランは頑なな拒絶をしなかったかもしれない。

第四皇子とはいえ、この大国の王族で、さらに世継ぎの期待を一身に背おう身ならば、あれほど遠慮深いサランが洸莱の想いを受け入れるとはとても考えられなかった。

どうすればいいのかわからず、悠羽は洸聖を頼った。

そして洸聖は、その責任の一端を担う洸竣も交えて話そうと、こんな夜更けに彼の私室を訪ねたのだ。

「……悠羽殿」

「……はい」

「サランは本当に子を生すことができないのですか？」

「……幼い頃、サランの母上が町医者に連れて行ったおり、そう言われたと聞きました」

「成長してからは？　医師に診せたりしていないのか？」

続けて洸聖にも問われ、悠羽は不安げな顔のまま頷く。

「サランは、自分の身体を他人に見られるのも触れられるのも厭《いと》うので……些細《ささい》な風邪《かぜ》をひいた時も、切り傷を負った時も、医師には診せておりません」

すると、洸竣がはっと顔を輝かせた。

「兄上、ならば、我が王族専任の医師に診せてはいかがでしょうか？　いくら幼い時にそう診断されたとはいえ、身体は歳と共に成長し、変化します。それに、町医者では詳しい診断や治療はなされぬかもしれませんし、改めてきちんと調べれば、もしやということもあるかもしれません」

「あ……」

「なるほど」

世慣れた弟の意見に、洸聖もそれがあったかとすぐに頷いた。そして、同じ可能性にたった今気づいたらしい悠羽を振り返る。

「悠羽、どう思う？」

「……まったく、考えていませんでした」

洸竣にそう提案されるまで、悠羽は正直《診察をし直す》ということをまったく考えていなかった。

もともと奏禿は豊かな国ではない。それは王族にも例外なく言えることで、王室専属何とやらなど、王族だからと特に特別なものはないのだ。

医師も民と同じであったし、食べる物もそれほど違いはない。

（ああ、もっと早く気づいていれば……っ）

サランの母親が医師に診せたからといっても、普通の民が高名な医師のもとに行けるはずがなく、そこで間違いがなかったと言いきれるとは限らなかった。

「早くサランに……っ」

一刻も早くと立ち上がろうとした悠羽だったが、すぐに動き出すかと思われた足は止まってしまった。

「悠羽？」

「……駄目です、私にはサランを説得できない……」

長い間心に重く圧《の》しかかってきたものは、容易に他人が動かすことなどできない。そうでなくてもたよやかな見かけとは裏腹にサランは頑固だ。幼い頃から比べれば身体は成長していると説明したとしても、今さらとその言葉を笑って跳ね除けてしまいかねない。

「どうしよう……」

可能性があるのに動くことができないと、悠羽は唇を噛みしめた。


早朝の王宮の廊下を、サランは静かに歩いていた。

朝一番に悠羽に飲んでもらう冷たい水を厨房に取りに行くためだったが、いつもは日課のようになんの感情の乱れもなく行う行動が、今朝《けさ》は自分でもわかるくらいに神経が過敏になっていた。

それは間違いなく、昨日の洸莱の言葉のせいだ。

「やあ、サラン」

考え込んでいたサランはいきなり名前を呼ばれ、肩を揺らして立ち止まる。

「洸竣さま……おはようございます」

前回はサランの方が朝帰りをした洸竣の姿を見つけたが、どうやら今日は洸竣の方が先にサランの姿を見つけたようだ。

いや。

なぜかはわからないが、こんなに朝早く、こんな場所に立っている洸竣の行動に何か意味があるような気がして、サランは警戒を解かないまま訊《たず》ねた。

「私に御用がおありですか？」

「ん？」

「……悠羽さま……いえ、洸聖さまから何かお聞きになられましたか？」

悠羽は簡単に人の秘密を口外するような人間ではないが、もしかしたらということもある。

ますます警戒して探るように見るサランに、洸竣は目を細めて笑いかけた。

「サラン、自己犠牲は、もっと歳を取ってからでもできるんじゃないかな？　若く美しい今は、お前ももっと我儘になってもいいと思うが」

「洸竣さま……」

（……洸竣さまは私の身体のことを……）

やはり、昨日のことを気にかけた悠羽が洸竣に何か言ったのだろうかと思ったが、洸竣はサランの身体についてはそれ以上の言及をせず、まったく別のことを切り出した。

「悠羽殿が洸莱の部屋を訪ねたよ」

「え」

「何を話すのかな」

それがなんのためなのか、考えなくてもすぐにわかる。

サランは踵を返すと、洸竣に挨拶もせずに足早に洸莱の部屋へと向かった。

その少し前、洸莱のもとにも来客があった。

「どうぞ」

「はい」

洸莱に促され、悠羽は緊張しながら部屋の中へと入る。女が、それも皇太子妃になる立場の者が、早朝から義兄弟になるとはいえ男の部屋を訪ねるなど、本来はとてもはしたない行為だ。

しかし、悠羽は己が男だという感覚があるので、それほどにこの訪問を気にすることはなかった。もちろん、早朝に訪ねたというのは申し訳ない気分だったが。

「何も用意できないが」

「いいえ、お構いなく」

洸莱は扉を開けてそこに悠羽が立っていたことに少し驚いた様子だったが、それでも部屋に招き入れると、椅子を引いて座るのを促してくれた。そんな一連の行動が洗練されているのを見て取っても、年齢は若いが育ちの良さが窺われる。

優しくて、男らしくて、誠実で。こんな洸莱がサランを慈しんでくれたらと、己やサランよりも年下の相手に頼ってしまいそうになる自分を悠羽は自嘲した。

「悠羽殿、いかがされた」

「あの、昨日のお話なのですが……」

「……サランのこと？」

「はい」

悠羽が訪ねてきたことで話の内容には見当がついていたのか、洸莱は口元に苦笑を浮かべるものの、動揺した様子は見せなかった。

「昨日のサランの言葉をお許しください。サランは私や黎のことを考えてくれて、少し強い口調になってしまっただけなのです」

「大丈夫、悠羽殿。自分でも御しきれない想いをいきなり伝えた俺が悪いから」

「……洸莱さま」

本当に十六歳なのかと思うほどに大人びた考えの持ち主である洸莱に、悠羽はサランにはこの青年しかいないと唐突に思った。

頑なで己に厳しく、だからこそ傷つきやすく優しすぎるサランのすべてを包み込んでくれるのは、まっすぐな瞳のこの洸莱しかいない。

気持ちが固まった悠羽は椅子から立ち上がると、深々と頭を下げた。

「悠羽殿？」

突然の悠羽の行動に洸莱が戸惑っているのはわかっていたが、それでも悠羽は頭を下げ続ける。

「洸莱さま、どうか一緒にサランを説得してください」

「え？」

「サランに、きちんとした医師の診断を受けさせるために、どうかご協力くださいっ」

サランのことなのに、サランの意思を無視してこんなことを言うのは間違いだし、立場が上という奢《おご》りと言われてもしかたがない。それでも、悠羽が動かなければサランは絶対に洸莱と向き合うこともしないだろう。

悠羽は、ゆうべ洸聖と洸竣の三人で話したことを洸莱に告げた。

サランの身体を診てもらったのは幼い頃の一度、それも町医者であり、身体が成長した今、高名な医師のきちんとした診断を受ければ、もしかしたらまた別の答えが出てくるかもしれないということ。

きっと、サランは初めから諦め、自らの幸せを考えることが罪だと思い、診断を受けることを拒むだろうということ。

「高名な医師に診ていただいても、結果は変わらないかもしれません。でも、もしかすればその結果が変わるかもしれないのです。どうか、洸莱さま、サランの幸せを共に願ってくださるのなら、私と共にサランに……」

「……申し訳ない。俺にはできない」

「……え？」

「サランの意思を曲げてまで、その身体を誰かに診せようと俺は思わない」

「洸莱さま、でも、それではサランは……っ」

「悠羽殿、俺は子を産む相手を欲しいと思っているわけじゃない。サランが、あの人がただ……好きなんです」

「……洸莱さま」

「医師に診てもらい、もしもその結果サランが子を産めるとわかったとしたら、それは皆にとってとてもいいことかもしれない。でも、たとえその診断の結果が変わらなかったとしても、俺のサランへの想いは変わらない。それならば、俺はサランが嫌がることをしてまで、新しい結果を得ようとは思わない」

いつもは無口な洸莱が、サランのために饒舌《じょうぜつ》になっている。それだけ、洸莱はサランのことを想い、考えているのだと伝わった。

「それよりも、悠羽殿。あなたの大切な兄弟であるサランを、俺のような若造が恋い慕ってもいいんですか？」

「……い、はい、もちろんです」

サラン本人ではないというのに、悠羽は己が熱烈な告白を受けたような気がして胸が熱くなった。

良い結果も悪い結果も受け入れる覚悟があるから、まず本人の意思を一番に考えたい。子を産む相手に恋をしたわけではないのだとはっきりと言った洸莱に、悠羽はますます頭が下がる。

この青年ならば大丈夫だと、本当に、本当に心の底からそう思い、悠羽は泣きそうになるのを堪《こら》えるため下を向いた。

目の前で必死で泣くのを我慢している悠羽を、洸莱はじっと見下ろす。

そばかすのある顔を真っ赤にして、小さな唇を噛みしめている様はまるで子供のようだが、とても可愛らしく見える。あの堅物で尊大な、しかし次期国王としての自覚と責任を真正面から受け止めている兄、洸聖には、こんな人間味溢れる伴侶が似合いなのだろうと心から思った。

「……申し訳ありませんでした、洸莱さま。私、つい先走ってしまって……」

「いえ、悠羽殿がサランを思いやっているのはよくわかりますから」

それよりもと、洸莱は思う。悠羽にこんな行動をとらせてしまうほどサランの態度が頑なだとすれば、この気持ちを受け入れてくれるように働きかけるのはなかなか容易ではなさそうだ。

もちろん諦めるつもりはないし、急ぐつもりもない。悠羽が洸聖と婚儀を挙げることは決まっているので、悠羽の召使いであるサランも当分は光華国に滞在するだろうし、洸莱自身がまだ十六という歳なので、早急にどうにかしたいとは思っていない。

ただ、自分が側にいて欲しいと、側にいたいと思ったのはサランが初めてで、洸莱はその思いを必ず成就させるという強い決意を抱いていた。

「こんなに早くにお邪魔いたしまして、申し訳ありませんでした」

「部屋までお送りします」

「いいえ、大丈夫ですから」

悠羽が洸莱の申し出を断った時、荒々しく扉が叩かれる音と同時に、

「悠羽さまっ」

いきなり開いた扉の向こうから、今話題の中心になっていたサランが青褪《あおざ》めた表情で飛び込んできた。

「サラン？」

「……悠羽さま」

目の前に目を丸くした悠羽が立っている。それを己の目で確認したサランは深く息をついた。

洸竣が言った通り、洸莱の私室には悠羽がいた。

扉を開けると同時に自分を見つめてきた、見慣れた薄茶の瞳と、深い碧《みどり》の瞳。

サランは足早にやってきたために少し上がってしまった呼吸を整え、二人に向かって頭を下げた。

「いきなり、無礼な真似をいたしました」

「ううん、私も今戻るところだったし」

「戻る？」

「話は終わったから、ねえ、洸莱さま」

にこやかに笑った悠羽が洸莱を振り向くと、洸莱も少しだけ口元を緩めて頷く。

サランは二人の間に何があったのか気になったが、ここでその話題を出すのも躊躇われた。

もしかしたら、サランの話はしていなかったかもしれない。

悪戯好きな洸竣が、ただ面白がってサランをからかっただけなのかもしれない。

二人が己に向かって何も言わないことを、サランが言うこともなかった。

「悠羽さま」

「サランは？　洸莱さまに話があった？」

「……いいえ、私は何も」

「そう」

一瞬だけ、悠羽は寂しそうな表情になったが、それはすぐに消えて洸莱に向かって頭を下げる。

「それでは、洸莱さま」

「……」

「失礼いたします」

悠羽とサランの交互の挨拶に、洸莱は頷いた。

静かに扉を閉めた悠羽は、ちらりとサランを見てから歩き始める。

(ここまできたということは……サランも何か考えて?)

少しだけ後ろを歩くサランの気配を探りながら、悠羽はたった今洸莱と交わした話を頭の中に思い浮かべた。

歳に似合わない思慮深い洸莱の言葉は一つ一つが心に響いて、悠羽は今朝までの不安が綺麗に解消されたような気持ちになる。

もう、何も言わない方がいい。

あとは二人が、ゆっくりと理解し合うのを見守っていけばいいだろう。

「……悠羽さま」

「ん?」

「……いいえ、なんでもありません」

本当は、二人で何を話していたのかと聞きたいのだろうが、それを言えば昨日の会話を蒸し返してしまうことになるので、サランも容易に口にできないらしい。

悠羽は立ち止まり、サランを振り返った。

「昨日はすまなかったな、サラン。お前の気持ちを考えず、自分勝手にどんどんと話を進めようとしてしまった。もう、そんなことは言わないから」

悠羽はサランの手を取る。幼い頃はよく手を繋《つな》いだが、ある程度の年齢になってからはあまりこういった行動は取らなくなった。

サランが戸惑ったように繋がれた手に目を落とすと、悠羽はさらに強く手を握って言った。

「大好きだよ、サラン」

「悠羽さま……」

たとえお互いに愛する人ができたとしても、離れるようなことになったとしても、悠羽にとってサランはかけがえのない存在であることに変わりなかった。


執務室の扉を叩く音がして、洸聖は書面から顔を上げた。

この叩き方から相手は誰かと予想はつき、案の定、許可を言う前に扉を開けて入ってきたのは洸竣だった。

「どうした？」

昼前から洸竣が政務を行うということは今までになく、多分まったく違う話をしにきたのだろうということはわかる。

筆を置いてじっと視線を向けると、洸竣はにやりと楽しそうに笑った。

「兄上、悠羽殿から聞かれましたか？」

「悠羽から？　何をだ？」

「今朝の話です。洸莱とサラン、どうなりましたか？」

「なんだ、お前は……」

洸聖は溜め息をついた。ゆうべ、あれほど弟である洸莱のことを心配していたくせに、今はもう何か楽しい悪戯を思いついたような顔をしている。

もともとの性格もあるのだろうが、本当に困ったことだ。

「……何も聞いていない」

「え？　何も、ですか？」

「ああ」

「サラン……何も言わなかったのか。洸莱もまだまだ子供だしなあ」

「洸竣」

どうやら、洸竣は洸聖の知らない間に何かを仕掛けたらしい。ここで注意をしても懲《こ》りることはないと思うが、洸莱のためにも釘《くぎ》を刺しておいた方がいいと思った。

「洸竣、自分のことはどうなんだ？」

「私の？」

「人の心を弄ぶようなことをしている間は、黎はお前の手の内には入らないと思うぞ」

一瞬、呆気に取られたような顔をした洸竣は、次の瞬間珍しく耳元を赤くする。その表情の変化に内心満足した洸聖は、再び筆を取って書面に視線を落とした。

「仕事をしろ」

「……わかりました、兄上」

諦めたような声のあと、ゆっくりと足音が遠ざかって扉の開閉する音が聞こえる。洸聖はその背を見送らなかったが、口元には苦笑にも似た笑みが浮かんでいた。


黎は目当ての姿を見つけると、慌てて駆け寄った。

「サランさんっ」

「……黎」

相変わらず綺麗なサランが、綺麗な眼差しを向けてくる。

「そろそろ仕立て屋が参ります。お供してよろしいですか？」

近々に迫る悠羽と洸聖の婚儀。皇太子妃として相応しい衣装をと、本来は華美なことを嫌う悠羽も渋々と皆の意見を取り入れてはいるが、それでも納得をしきっていない気持ちを宥めるのはサランの役割だった。

衣装選びも、サランの助言がないとなかなか進まず、黎はそんな二人の手伝いができればとはりきっている最中だ。

「楽しみですね、悠羽さまと洸聖さまの婚儀」

「……黎」

「はい」

「お前は……疑問に思わないのか？　男である悠羽さまが皇太子妃になられることを」

「サランさん？」

黎は立ち止まってサランを見上げた。

悠羽のことを一番大切に思っているサランが、まさかそんなことを言うとは思わなかった。

悠羽を見ていれば、どれほど洸聖のことを愛しているのかがよくわかる。洸聖との結婚は悠羽の幸せにはなっても、その反対になることは絶対にないはずだ。

「そんなこと、考えたこともありません。悠羽さまと洸聖さまはとてもお似合いだと思いますし、悠羽さまなら立派な皇太子妃になられると思います」

「……そうではない、黎。私が言うのは……」

珍しく言い澱むサランの顔を見ていた黎は、あっと思いつく。悠羽の性別を知っている黎に対し、サランが告げる懸念は一つだけ思い当たった。

「もしかして、御子のこと、でしょうか？」

「……そうだ」

いくら想い合っているとしても、皇太子妃になる人物が男ならば絶対に御子の誕生は期待できない。きっとサランはそのことを心配しているのだ。

だとしたら、心配することはないと黎は伝えたかった。

「確かに、悠羽さまは御子をお産みにはなられませんが、その代わりといっても余りあるほどの大きな幸をこの光華に呼び寄せてくれると信じています。サランさん、サランさんは反対なんですか？　お二人のご結婚……」

「嫌なはずがない。私は誰よりも悠羽さまの幸せを願っている」

即座に返すその想いは、きっとサランの真実だろう。

「それならば、心配いらないと思います。洸聖さまは本当に悠羽さまがお好きなようですし、悠羽さまも」

ここにいる誰よりも悠羽の幸せを願っているせいか、サランの心配はなかなか晴れないらしい。

その後も、どこかぎこちないサランの言動に、黎は心配になった。しかし、それをサラン本人に確かめることもできない。

婚儀の準備をする時も楽しいはずなのに、サランはずっと浮かない顔をしていた。それは黎の気のせいではなく、時折サランを見やる悠羽の視線からも、サランの様子がおかしいということは確かだ。

（どうしたんだろう、サランさん……）

サランのことが気になりすぎて、風呂《ふろ》上がりの髪を拭《ぬぐ》いながらも、黎は気づけば手が止まっている。

このあと、サランの部屋を訪ねてみようか。そんなことを考えていると、部屋の扉が叩かれた。

こんな夜更けに訪ねてくるのは誰なのか。何気なく立ち上がって扉に手をかけた黎は、ふとその動きを止めた。

頭の中に出てきた人物の名前。黎は一瞬躊躇ったが、それでも結局は恐る恐る扉を開けた。

「……どうなさったんですか？」

「ちょっと、いい？」

立っていたのは洸竣だった。

予想通りの姿に、黎は激しく動揺してしまう。想いをぶつけられた相手がこんな夜更けに部屋を訪ねてくるわけを、いろいろ考えてしまいそうになる。

「ど、どうぞ」

黎は身体を避けて洸竣を部屋の中に招き入れると、どうしようかと周りを見回した。茶か酒でもあればいいのだが、夜寝る前は口にしないので部屋には何もない。

何か取りに行った方がいいかもしれないと思って振り返れば、洸竣はその視線の意味を咄嗟《とっさ》に読み取ったらしい。

「構わないでいい。少し、話をしたいだけだから」

「は、はい」

「座って」

自分の部屋だというのに落ちつかない気分のまま、黎は椅子に腰かけた。

小綺麗に整頓《せいとん》している部屋は、他の召使いたちに与えられているものよりも随分広い。洸竣が側にと言った通りに用意されたらしいが、黎は身分不相応だということを自覚していた。

それでも、洸竣の心遣いを思えば、部屋を替えてくれとは言えなかった。

「洸竣さま、あの、何か？」

黎は言われた通り椅子に座っているのに、洸竣はその椅子の背に手を置いて立ったままだ。洸竣だけ立たせているというのが、どうも居心地が悪い。

「ねえ、黎、もうすぐ兄上と悠羽殿の婚儀が行われるね」

「は、はい」

黎は素直に頷く。

洸聖と悠羽の婚儀はちょうど三十日後に執り行われると、昨日正式に公示されたばかりだった。

「あの堅物な兄上が結婚する相手が、想い合った相手であって本当に良かったと思っているんだ。……ただ、色事に関しては私よりも奥手の兄上に、色事のことでからかわれるのはどうも、ね」

「え？　……あっ」

面前に回ってきた洸竣がその場に跪《ひざまず》く。一国の皇子が召使いに向かってする行動ではなく、黎はただ呆然とその顔を見つめることしかできない。

（……子供みたいだ）

黎の目が丸く大きく見開かれているのを見て、洸竣は少し笑った。

今までも恋遊びの中でこんなふうに相手に対して膝を折ったことはあったが、本当に真剣な思いで相手に対するのはこれが初めてだ。

「こ、洸竣さま？」

黎が立ち上がろうとするのを制し、洸竣は真摯に告げる。

「あとどのくらい、時間が必要？」

「え？」

「お前は少し待ってくれと言ったが、私はいつまで待てばいいのだろうか？」

「あ……」

幸せそうな洸聖と悠羽の姿を見ていると、洸竣は柄にもなく己の隣が寂しいと思ってしまった。遊び相手なら誰でもいるが、今は本当に欲しい相手しかいらない。

そして、その相手はもう目の前にいるのだ。

「黎」

「ぼ、僕は……」

「気持ちがついていかないというのなら、まずはその身体から私に預けてみないか？」

「か、身体？」

「そう。お前が答えを出せないならば、代わりに私が答えを導いてあげる。本当に私のことを受け入れられないか、それとも受け入れるか……どう、黎」

もちろん、簡単に答えの出せないことだろうというのはわかっている。

それでも恋を自覚した洸竣は、少しでも早く相手が己のものだという証をつけたくてしかたがなかった。

「黎」

再度名前を呼んでも、黎はなかなか口を開かない。身体を任せろと言われて容易に頷けるものではないし、もしも嫌だと思っていても、どう断ったらいいのか考える時間がいるのだろう。

そのすべてを予想した上で、洸竣はさらに言葉を続けた。

「ねえ、黎。まずは試してみるのもいいんじゃないかな？」

「で、でも……」

「幸いにして私は何も知らない初心《うぶ》な男ではないし、黎に痛みだけを感じさせることはないと思うよ？」

ここまで言った洸竣を、黎はどう思うだろうか。

洸竣は黎をまっすぐに見つめた。

己の気持ちを素直に吐露する洸竣とは裏腹に、黎の頭の中は混乱で渦巻いている。

(試すなんて……僕が、洸竣さま、と？)

洸竣の言葉は黎には衝撃的だった。黎の常識からすれば、誰かと身体を重ねるということは愛しているからこそで、けして軽い気持ちなどではできないことだ。

洸竣のことを厭うてはいない。むしろ、環境を変えてくれた恩人として慕っているし、彼が向けてくれる好意も嬉しいと思う。それでも、自分などがと心苦しく、こんな不確かな思いのまま洸竣と……それは、考えられなかった。

しかし、一方でこんなに迷っている己の心を見定めるには、経験豊富な洸竣の言葉に従ってみた方が良いのだろうかと迷う気持ちもある。

「……」

「……」

恐る恐る黎が洸竣の顔を見つめると、洸竣は目を細めて黎の足をそっと撫でた。

「ひゃっ」

服の上からだったが、背中がぞわっとするような感覚に襲われる。

義兄である京に襲われた時も唇を奪われ、身体に触れられたが、今みたいな感覚などなく、ただただ恐怖と悲しみと絶望だけを感じていた。

誰かを恋することも今までなく、想われるということもなかった。

そんな何も知らない己に想いを寄せていると言ってくれた洸竣を、いったいいつまで待たせるつもりなのだろうか。

「……洸竣さま」

「ん？」

「僕は、あなたを恋しいと想っているかどうか、その……よく……わかりません」

「うん」

「ですが、今動かなければ、僕はもっともっと、洸竣さまの時間を奪ってしまうような気がします。ですから……だから、教えてください、僕は、何をしたらいいんでしょうか」

まっすぐな視線を向けてくる黎に、洸竣は苦笑を零さずにはいられなかった。

黎に答えを促したものの、まさか本当に試しで身を投げ出すとは思わなかったからだ。

(愛されていないのに……これは少し辛《つら》いな)

遊びならばともかく、本気の相手に恋愛感情があるかどうかわからないとはっきり言われればかなりの痛手だが、それでもこのままいつ変わるかもわからない黎の気持ちを待つよりはずっと早道かもしれない。

「何もしなくていい」

もちろん、黎が嫌だと言えば最後まではするつもりはないが、その身体や気持ちがどこまで成熟しているかの指針にはなるだろう。

「ただ、本当に嫌だと思うのならばそう言うように。私は力でお前を奪いたいとは思っていないから」

「はい」

素直に頷いた黎の頭を撫でた洸竣は、そのまま手を頬に滑らせた。身体は可哀想なほどに痩せているのに、頬には子供のような丸みが残っている。

「目を閉じて、そのまま」

「はい」

黎の視界から自分の姿が消えたのを見て、洸竣は唇を重ねた。

目を開けたままの洸竣の視界には、その瞬間大きく震えた華奢な肩の動きが見えた。それでも、黎は洸竣の胸を突き飛ばすことはせず、身体の横に置いた手は椅子を握り締めている。

合わせるだけのくちづけを解くと、洸竣は黎の濡れた唇を親指でなぞった。

「口を開きなさい」

何をされるのかわからないはずなのに、黎は素直に口を開いた。

くちづけとは、ただ唇同士を重ねるだけではなく、互いの舌を絡め合う行為もある。身を似《も》ってそのことを知っている黎だったが、今己の口の中を思うさまに犯している洸竣の舌に、どうすればいいのかまったくわからなかった。

「ん……っ、んんっ」

「……」

「ふぅ……んっ」

息継ぎさえままならず、息苦しさから黎は洸竣の身体を突き放したかったが、手を伸ばしてその肩に触れようと思っても……それができなかった。

このまま洸竣の肩を突いてしまえば、ここまででやめて欲しいと望んでいるのだと思われることを恐れたからだ。

(僕は……まだ、嫌だって、思ってない……っ)

くちゅりと、生々しい水音をさせて口の中から舌が遠のく。

ほっとする間もなく、今度は黎の耳が軽く噛まれた。

「……やっ」

「くちづけの最中の息継ぎは鼻でするものだよ」

「は……な？」

「もう一度、今度は上手に息をしてみて」

低く甘い声がそう言うと、再び口の中に洸竣の舌が入ってくる。縮こまった黎の舌に少し強引に絡みついてきたそれに、黎は抵抗できないまま言われた通り鼻で息をした。

（く、苦し……っ）

くちづけというものは心地好いだけではないのだと、黎は必死で洸竣に応えた。

「……ふはっ……」

長いくちづけを解かれ、黎は俯き加減で忙《せわ》しなく呼吸を繰り返す。開いたままの小さな唇の端からは飲み込めなかった唾液《だえき》が伝っていて、その淫靡《いんび》な姿に洸竣は目を細めながら、つっとその唾液を己の舌で舐め取った。

だがその途端、黎の身体が強張ってしまい、洸竣はもう一度くちづけすることを断念する。

「苦しかったか？」

「い、いいえ」

「嫌だったということは？」

「あ、ありません、ん」

本心からか、それとも洸竣を気遣っての言葉か、それだけでは判断がつきかねたが、嫌だと言わなかったのは黎だ。

洸竣は立ち上がり、そのまま黎の背中と膝裏に手を差し入れて抱き上げた。

「あっ」

小柄だからというだけではない、細くて軽い身体。王宮に召し上げてからは不自由ない食事を与えていたし、無理な仕事もさせてはいなかったが、それ以前の屋敷にいた時の苦労は未《いま》だ消えてはいないようだ。

「このままおとなしくしていなさい」

「は……い」

そう言いながら、椅子からそれほど離れていない寝台の上に黎の身体を横たえる。

強く握り締められた拳《こぶし》には、血管が浮き出ていた。

「黎、衣を脱がせるぞ」

「……っ」

「嫌なら私の手を止めて」

狡い言い方だと我ながら思う。いくら洸竣の方が先に愛を自覚していたとしても、二人の関係がまだ主従であることは消せない事実なのだ。

黎の意思を尊重すると言いながら、強引に事を進める己に自嘲しながら、それでも愛しい相手が目の前に身を投げ出している状態で洸竣は引き返すことはできなかった。

手を伸ばし、黎の夜着をゆっくり剝《は》いでいく。紐を解き、重ねた布を捲《めく》れば、下穿《したば》き姿の心許《こころもと》ない白い身体が現れた。

京が押し倒していた時に垣間《かいま》見えていた白い肌が、今は眼下にある。

「気負うことはない、黎。これは試しだ」

目で見てわかる震えを止められない黎に、洸竣はことさら穏やかに言った。

「触れられれば、人は快感を得る。黎、感じることを怖がることはないよ」

「……」

（ああ、本当に……私は汚れているな）

素直に頷く黎を見ると、色事に長《た》けている己がどれだけ卑怯《ひきょう》なのか思い知る。様々な逃げ道を言葉で遮り、誘導することができるのは、今まで数々の遊びの中で経験してきたからだ。

それでも、黎を愛おしく思っている気持ちに嘘はない。

傷つけたくないし、黎を泣かせたくもない。それこそが自らの独りよがりだとわかっている洸竣は、今にも乱暴に黎の身体を引き裂きそうな己の行動を堪え、組み敷いた黎の頬にそっと手を触れさせた。

「黎……」

まだ荒い息の下、それでも黎は微《かす》かな声ではいと返す。洸竣は己の心中がどんなにどす黒い欲情で渦巻いているのかを微塵《みじん》も見せないように、口元に笑みを浮かべて優しく問うた。

「感じてはいるね？」

洸竣に嘘をつくことはできないのか、黎は小さく頷き返す。

洸竣は己のやり方が間違ってはいないのだと確信し、今度は大胆に黎の片足を摑んで大きく広げた。

「なっ？」

いくらこの場には洸竣しかいないとはいえ、明々と点《つ》いた明かりの下で取るには恥ずかしすぎる恰好なのだろう。今までは身体から力が抜けた様子の黎だったが、開かれた足を閉じるためにかなり強く抵抗を始めた。

もちろん、洸竣はその黎の行動を許さず、開いた足の間に自らの身体を滑り込ませる。足を閉じることができなくなった黎は、どうしてという涙で潤んだ眼差しを向けてきた。

「嫌か？」

「こ……しゅさ……ま」

「嫌だと感じたらそう言ったらいい。黎が嫌がることはしたくない」

剝《む》き出しの腿《もも》に手を滑らせ、洸竣はさも良い人間のように告げる。

「どうした？　嫌なら言ってくれ」

黎が嫌だと言えないことをわかった上で、洸竣は唆《そそのか》すように囁いた。

「ぼ……く……」

「どうなの、黎」

黎はゆっくり……本当にゆっくりと首を横に振る。

嫌なはずがないのだ。

「洸竣、さまは、僕をあの家から、連れ出して、くださった……。それに、京さまからも、助けてくださって……僕は、本当に洸竣さまに、感謝して、いるのです」

「黎」

「こんな、価値のない僕の、身体を、欲しいと思ってくださる、なら、僕は……」

洸竣は試しにと言ったが、黎にとってこれは試しなどではなかった。

黎が生まれ育った国の皇子で、虐げられた日々を過ごすしかなかった自分を、救い出してくれたのが洸竣だ。

その恩人が、一時の戯れかもしれないが自分を欲してくれるのなら、喜んで受け入れてもいいと思った。

もちろん、男の身体で男を受け入れることが本当にできるのかと思うと不安だし、黎の貧弱な裸体を見れば洸竣の欲望も萎えるのではないかとも思うが、それでもいいと言ってくれるのなら。

(痛みなど、我慢できる)

「……嫌では、ありません」

自らに言い聞かせるように言った黎は、強張った身体からできるだけ力を抜く努力をする。まったく面白みのない身体をその手にさせるのだ、手間だけはかけないように、ただそれだけを考えた黎は強く目を閉じて、次に何が自分の身に起こるのかを覚悟した。

「……」

「……」

「……」

(……洸竣さま……?)

しばらく、いつ洸竣の動きが再開するのか息をのんで待っていたが、一向に動く気配がない。どうしたのだろうと、黎は恐る恐る目を開いてみた。

すると、見下ろしてくる洸竣は眉を顰め、その目は苦しげな色を帯びている。先ほどまでの熱を帯びた眼差しはまったく見えなくなっていた。

「洸竣……さま？」

戸惑う黎はおずおず洸竣に手を伸ばそうとしたが、まるでその手を避けるように身を引かれてしまい、黎の心臓は一瞬で凍えた。

洸竣もまた、全身が冷える思いをしていた。

黎の告白が、あまりにも衝撃的だったからだ。

（そんなふうに……っ）

己のことを好きか嫌いか、受け入れることができるかどうかを確かめて欲しい。その中には、己の方が立場が上だという卑怯な思いがなかったとはいわないが、それでも洸竣は黎にも選択肢の一端はあると考えていた。

しかし――。

『こんな、価値のない僕の、身体を、欲しいと思ってくださる、なら、僕は……』

黎は自らの身を投げ出す覚悟をしていた。

だがそれは、愛情からなどでは到底なく、むしろ自己犠牲そのままの思いからに他ならない。

これでは、黎の異母兄、京と同じ過ちを犯そうとしているのではないか。

そんな考えに辿りついた洸竣は、黎の身体から手を離して寝台から降りると、大きく目を見開いてこちらを見る黎の身体に、足元に落ちていたかけ布をかけてやった。

「こ、洸竣さま？」

「……すまない、黎。私は間違ったみたいだ」

「え……？」

「このままお前の身体を手に入れれば、お前の心も私の手の中に落ちると思っていた。だが……違うんだな。このままお前の身体を手に入れたとしても、お前は私のことを愛することはない」

「そ、そんなこと……」

「無体をした。このまま休んでくれ……明日は休養日にしよう」

「洸竣さまっ」

これ以上、黎の顔を見るのは耐えきれなくて、洸竣は身支度も整えないまま黎の部屋を出た。

敬愛というものが悪いとはいわない。ただ、根底に奉仕する、捧げるといった気持ちがあるのなら、そこには普通の恋愛感情というものは生まれないのではないか。

力で身体を奪えば恨みもされるし、泣きもされるだろうが、その激しい感情は黎の本物の心の声だというのがわかる。しかし、もちろん黎を傷つけるのは本意ではなかった。

二つの均衡が大きくずれているとしたら……いずれその気持ちが愛情に変化したとしても、洸竣はずっとその気持ちを自己犠牲だと疑ってしまうかもしれない。

そんな気持ちでは、愛し合うということなど考えられない。

そこまで考えて、洸竣は激しく舌を打つ。こんなことに気づくなら、己の権力を振りかざして無理やり押し倒せばよかった。それならばこれほどの後味の悪さを感じなかったと、洸竣は酷い後悔に唇を嚙みしめるしかなかった。

「洸竣……さま……」

そして、取り残された黎は何もできず、その場から動けなかった。

己の言った言葉の何が洸竣の手を止めたのかまったくわからない。それでも、洸竣の気持ちが途切れてしまったのは確かだ。

「……僕の、せいだ」

（僕が何か、洸竣さまのお気に障ることを言ったから……）

こんな自分を大切にしてくれる洸竣になんとか恩返しをしたかったのに、結局はあんなに辛い表情をさせてしまった。後悔しても、もはや後戻りもできない。

震える手を伸ばし、黎は脱がされた夜着を取った。

いつまでもこんな恰好をしていても洸竣は戻ってこないだろうし、風邪を引いてしまったら洸竣の世話をすることもできない。

「お世話……お世話をちゃんとしないと……」

洸竣を受け入れられなかった自分にできることは限られている。黎は何度も口の中でその言葉を繰り返しながらもぞもぞと身支度を整える。その目からはほろほろと涙が零れたが、黎は拭うことも忘れていた。

「稀羅さまっ、兄さまが、洸聖兄さまと悠羽さまが結婚なさるってっ」

手紙を開いてすぐ、莉洸は顔を上げて稀羅に報告した。

ゆったりと椅子に腰かけていた蓁羅の王、稀羅は、その弾んだ声に鷹揚《おうよう》に頷いてみせた。

渡す物があると使いを出して呼び出した私室で、無言のまま差し出した封書。不思議そうな表情になった莉洸は差出人の名前を見て目を瞠り、急いで封を開けて中の手紙を読んでいた。

誤魔化すことのない莉洸の言葉でその内容は稀羅にもすぐに伝わり、予想はできていたそれに稀羅は頷いたのだ。

「ああ、どうしようっ、もう少しあとになるかと思っていたのに、これほど早く式を挙げられるなんて。ねえ、稀羅さま、素晴らしいことですよねっ？」

手紙をしっかり抱きしめるようにして、莉洸はまるで踊っているかのようにくるくると部屋の中を弾むように歩いている。

それをじっと見つめていた稀羅は、自然と笑みが浮かんでしまった。

隣国光華国から、莉洸に宛てた手紙が届いたのは数日前だった。

王宮に届く書状や手紙を一括して預かる部所の役人がまず衣月《いつき》に知らせ、衣月が稀羅に知らせた。

「いかがいたしますか」

衣月の言葉に、稀羅はすぐに返事ができなかった。

莉洸を蓁羅へと連れてきて以来、様々な食べ物や衣類など、生活に必要な品々は頻繁に送られてきたし、兄弟たちからの私信も同封されていた。だが、今回届いたのは、光華国から莉洸に宛てた正式な親書だったからだ。

蠟《ろう》で封をしている手紙を無理に開けてしまえば、莉洸はいったいどう思うだろうか。表面上非難することはないだろうが、それでも悲しい思いをするかもしれない。

莉洸を信用していないわけではないが、稀羅はまだ光華国への不信を払拭《ふっしょく》しきれていなかった。

光華の王、莉洸の父である洸英と約束した百日という猶予期間。その間、莉洸は蓁羅で暮らしているとはいえ正式な稀羅の妃ではない。もちろん、既に身体は我が物としているし、莉洸自身も稀羅に対する想いを育ててくれていると信じている。

それでも、あれだけ家族に愛され、国民に愛された莉洸が、光華国のことをきっぱりと忘れたということはありえない……稀羅は心のどこかでずっとそう思っていた。

「莉洸さま宛の手紙とは別に、稀羅さまにも正式な婚儀への招待状が届いております」

「……あの第一皇子が私を招待するとはな」

「お相手の方のご意向ではないですか」

確かに、悠羽ならばありえそうだ。

初対面の時からほとんど物怖《ものお》じせずに稀羅に対してきた悠羽。あの性格ならば稀羅を招待しようと言い出してもおかしくはないし、洸聖を説き伏せることも可能だろう。

想像した稀羅は、思わずふっと笑みを零した。

「光華のような大国の婚儀に私が呼ばれるとは異なことだ」

「稀羅さま」

「その手紙、莉洸に渡すように」

「はっ」

もしかすれば、正式な招待状として稀羅宛に届いたものと、莉洸名指しで送られてきた手紙の内容は違うものかもしれない。王である洸英が認めたとはいえ、兄弟は稀羅と莉洸の結婚をできれば阻止したいと思っているはずで、親書には稀羅の新たな不穏話や、莉洸の見合い話があるのかもと、様々な想像をしてしまった。

それでも、こんなことで怯《おび》えていては、この先もずっと光華国の呪縛《じゅばく》から逃れられない。

稀羅はそう無理やり己を納得させた。

（莉洸への手紙も婚儀のことだったのか）

気にしないようにと思いながらも、莉洸の言葉に稀羅は内心安堵していた。

「莉洸」

「はい」

「婚儀に出席をしたいか？」

「え……」

莉洸は足を止め、稀羅を振り返る。

「あ、あの……お許しいただけないのでしょうか」

心外だとあからさまに不安な顔をされてしまい、稀羅は笑みを隠しながら続ける。

「そなたの気持ちを聞いているだけだ。私の意志は関係なく、そなたは光華国に帰国したいと思うのか？」

稀羅の言葉を否定と捉えたのか、莉洸の表情は急に曇ってしまった。

敬愛する兄洸聖と、大好きな悠羽の婚儀が決まったとの連絡を受け、莉洸は嬉しくて嬉しくてたまらなかった。

本来ならばすぐにでもきちんと顔を見て祝いの言葉を送りたかったが、こうして莉洸に宛てて二人直筆の招待状を送ってもらい、自分もまだ家族なのだと胸が熱くなった。

莉洸同様、稀羅も二人の結婚を祝ってくれると当然のように思っていたが、想像していなかった稀羅の言葉にどう答えていいのかわからなくなる。

（稀羅さま……まだ我が国を憎んでおいでなのだろうか……）

莉洸が生まれるずっと前の、光華国と蓁羅の根深い対立。

莉洸も稀羅も、直接には知らない不幸な出来事のせいで、二つの国はつい最近まで国交断絶の状態だった。それが、莉洸が稀羅の婚約者という立場になってから、急激に関係は好転してきているはずなのだが、長い間の不遇は稀羅の心をすぐには溶かしてくれないのかもしれない。

そうだとしたら、莉洸の答えは一つだった。

「……稀羅さまが行かれないのでしたら、僕も……出席しません」

「莉洸」

「僕は、稀羅さまと行動を共にします。稀羅さまは僕の、夫となる方なんですから……あ、あの、でも、お祝いの手紙は送ってもよろしいでしょうか？　式に出席できないのでしたら、言葉だけ……あっ」

なんとか手紙だけは許してくれないだろうかと言いかけた莉洸は、不意に立ち上がって手を伸ばしてきた稀羅を見て身体を硬直させた。打たれるとは思わなかったが、咄嗟の動きには思わず身体が怯えてしまうのだ。

いつまでもこんなことではいけないと思い、焦って口を開きかけた莉洸は、そのまま伸びてきた長い腕にすっぽりと抱きしめられてしまった。

「稀、稀羅さま？」

「すまぬ」

「え？　あ、あの……」

「そなたを試すようなことを言ってしまった」

予想外の言葉に、どう反応していいのかわからない。

「そなたが未《いま》だ光華に戻りたいと思っているのではないかと思って試したのだ……許してくれ」

莉洸の気持ちを試したと言われても、稀羅に対しての怒りは湧《わ》かなかった。むしろ、未だに稀羅に疑われてしまうような態度を取っているのかもしれない己を反省する。

(僕は稀羅さまを一番に考えなければならないのに……駄目だな、つい甘えてしまっていた……)

手紙に書かれてあった兄と悠羽の言葉に、一瞬のうちに弟としての気持ちが蘇《よみがえ》ってしまった自分が恥ずかしい。

莉洸は優しく抱きしめてくれる逞《たくま》しい背中に己の手を回した。

(莉洸……)

抱きしめた莉洸は腕の中から逃げようとはしない。

そればかりか、遠慮がちではあるが稀羅の背中に小さな手を回してくれた。

強い王として秦羅という国の頂点に立ち続けた己が、こんな些細なことで気持ちを揺らしてしまうのが情けなかった。

愛する者の存在というのは、自分を強くもするが……弱くもするようだ。

「秦羅の国宛にも招待状は届いた」

「え……」

稀羅は、莉洸が一番望む答えを告げた。

「出席するという返事を送る。もちろん、婚約者のそなたを連れて」

「稀羅さま……っ」

「いつまでも光華を恐れていてはならないな。既に彼《か》の国は、我が故郷蓁羅と同等の愛すべき国になっている……そなたの、大切な故郷なのだからな」

ただその存在を欲して奪うように連れ去ってきた莉洸だが、彼はそんな稀羅の行動を許し、その上で受け入れてくれた。心だけでなく、身体だけでなく、存在のすべてを稀羅に預け、共に蓁羅の発展の手助けをしたいと言ってくれた。

男の身で男を受け入れ、敬われた大国の皇子が、こんな貧しい小国に自らやってきてくれたのだ。大切に、大切にしなければならない存在を、己の狭量で悲しませてはならない。

「すまなかった」

「……一緒に、行ってくださるのですか？」

「もちろんだ。私たちの大切な兄弟の晴れ姿を祝わなければなるまい」

「……はい」

腕の中の莉洸が何度も頷く。稀羅はその存在を確かめるように、さらに抱きしめる腕の力を強くした。

嬉しい報告のあと、莉洸は促されて湯浴みに向かった。

湯船に入って大きな息をついた莉洸は、湯を手ですくって遊びながら呟く。

「本当に驚きました……まさか、稀羅さまが冗談を言われるなんて。いつも真面目なお顔をなさっているし、軽口もお聞きしたことがないほどに言葉数の少ない方だから……本当に、驚いて……」

稀羅の言葉の中に光華国へ出向くことを良しとしない響きを感じ取った時、莉洸はとても寂しいとは思いながらも、稀羅の気持ちを押しきってまで帰国しようとは思わなかった。

結局、それは杞憂《きゆう》に終わったものの、いつの間にか心の中では稀羅の存在が最優先になっているということに今さらながら気づき、莉洸は自分にとって稀羅が本当に特別になったのだなと思った。

「莉洸さまはどう思われたのですか？」

薄い布で仕切った向こう側に控えていた衣月が穏やかに聞いてきた。

「……驚きました」

「それ以外には？」

「それほどにお心を許していただけるようになったのかなって……嬉しくも思いました」

家族はもちろん知り合いもまったくおらず、この見知らぬ蓁羅という国で生きていく莉洸にとって、頼るべきはいずれ夫となる稀羅だけだ。

その稀羅が少しでも自分と心を通わせてくれるのならば、こんなに嬉しいことはない。

「稀羅さまは、とうに莉洸さまにお心を預けておられますよ」

「え？」

「今のあの方にとって、莉洸さま以上に大切な方はおられません」

きっぱりと言いきられて戸惑ってしまう莉洸だが、そんな気持ちさえ手に取るようにわかるのか、衣月は笑いを含んだような声で続けた。

「あなたさまが大切で、愛おしくて。だからこそ、誰にもそのお身体を見せたくはないと、召使いに湯浴みのお手伝いをさせないように命じられました」

「あ……」

（これって……そういう意味だった？）

『我が国は光華のような大国ではない。自分でできることは自分でするように。湯浴みなど、子供でもできることだろう』

稀羅にそう言われた時、莉洸はいつまでも甘えた気分でいた自分のことを叱《しか》られたと思った。

確かに身体の汚れを流すことなど自分でもできるし、何より稀羅と身体を重ねるようになってから、頻繁にとは言わないが身体に淡いくちづけの痕が絶えることのないくらいには愛されている身体を、その行為の痕跡《こんせき》が残ったままで誰かに見せるのも恥ずかしく思えて、一人で湯を浴びるようになった。

もちろん、湯殿の周りには護衛がいるし、布で目隠しをしたすぐそこには衣月が控えてくれている。

それは莉洸の自主性を鍛えるためだとばかり思っていた稀羅の言葉に別の意味があると言われ、それが自分を想ってのことだけに莉洸は恥ずかしくてしかたがなかった。


湯浴みを終えた莉洸を部屋にまで連れて行った衣月は、そのまま執務室へと向かった。

夕方、急な地方の役人からの使いがきたので、そのまま稀羅は食事も取らずに会議へと出ていたのだ。

「莉洸は？」

「お部屋に」

「そうか」

聞けば、報告は山から鉱石が掘れたというもので、もしかすれば有益な輸出品となるかもしれないという良い報告だった。

機嫌の良い稀羅に、衣月も柔らかく笑みながら言う。

「湯浴みの手伝いを禁じられた理由を話しましたよ」

ふと手を止め、稀羅は書類から視線を上げた。

「お教えしてもよろしいかと思いました」

稀羅は憮然《ぶぜん》とした表情になったが、莉洸の反応が気になったのか、衣月を叱責《しっせき》するようなことは言わず、そのまま視線で先を促した。

「恥ずかしがってはおられましたが、稀羅さまを責めるようなことは何も」

「……」

「ご自分のお言葉で伝えられたらよろしいのに」

当然のように言われても、稀羅は素直に頷けなかった。

稀羅は己が周りにどんなふうに見られているのかよく知っている。

女はよくその顔や身体を賛美してはいたが、稀羅はそんなものは皮一枚のことだと本気には取ったことがなかった。強く、負けない王であることを望まれている稀羅は、誰かに己が懇願するということなど考えられないのだ。

そんな自分が、ただその身体を見せたくないからと……そんな理由で莉洸に懇願するなどとてもできず、結局回りくどい理由で納得をさせてしまった。その女々しさを見せたくはない。

「もっと、お言葉を交わされたらいかがですか。莉洸さまならば、稀羅さまのお心をきちんと受け止めてくださると思いますが」

「……わかっておる」

このような小国の王に、自らついてきてくれた心優しい莉洸ならば、言葉数の少ない稀羅の気持ちも受け止めてくれるだろうということは想像がつく。

ただ……稀羅自身、こんなにも大切な相手は今までおらず、甘やかな気持ちを抱くようになったのは莉洸に会ってから初めてで、そんな己の変化に自分自身がついていけていないのだ。

「政務は、もう終わられますね？」

「……お前は食えない奴だな」

稀羅が今何を考えているのか、衣月はとうにわかっているのだろう。

「私が思っていることはただ一つ、稀羅さまの良いようにと」

「……あとは明日だ」

「御意」

丁寧に頭を下げる衣月の横を通り抜け、稀羅はそのまま王専用の……いや、今では莉洸と二人専用になった湯殿へと向かった。

たとえ王でも自分でできることはする稀羅は、そのまま服を脱ぎ捨て、熱い湯船の中に入る。先ほどまでここで湯に浸《つ》かっていた莉洸は、いったい何を考えていただろうか。

「……笑えるな」

ふと気が緩めば、稀羅が考えるのは莉洸のことだ。

今までならばどんな時でも国のことしか考えていなかった己の中に、いつしか大きな存在として住み着いてしまった莉洸。だが、その存在が何よりも心地好い。

素早く汚れを落とした稀羅は、芯《しん》から温まる前に湯から出た。一刻も早く莉洸の身体を抱きしめたいと思ったからだ。

衣月に言われたからではないが、早く、少しでも早く莉洸の顔が見たくなった。

「稀羅さま」

「王」

世話はせずとも控えていた召使いは早い湯浴みに怪訝そうに声をかけてきたが、稀羅は下がってよいと短く告げてそのまま私室へと足早に向かう。

莉洸の部屋は稀羅の隣だ。王妃となる人物が入る部屋ではないが、稀羅は莉洸を自らの側に置いておきたかったし、莉洸もそれを望んでくれた。

「……そうか」

莉洸は、とうに態度で示してくれていたのだ。

部屋に着いた稀羅は扉を叩くのももどかしい思いがしたが、それでも莉洸が出迎えてくれるのを期待して軽く二度ほど扉を叩く。

「稀羅さま」

時間を置くことなく開いた扉の向こうから、莉洸が笑みを浮かべながら稀羅の名を呼んでくれた。

「莉洸」

「ご政務、お疲れさまです。……稀、稀羅さま？」

当然のように自分を受け入れてくれる莉洸の身体を、稀羅は高まった感情のまま抱き上げた。

恋しいという己の想いを自覚する前に、稀羅の身体を受け入れてしまった莉洸。それでも今は確かに稀羅への愛情があるし、己もまた愛されているのだと日々伝えられている気がしていた。

自分よりもはるかに大柄な身体に抱きしめられても、それが父や兄の抱擁《ほうよう》と同じ意味だとはもう思わない。そこには確かに、お互いを想うという感情が存在しているのだ。

「んっ」

寝台にゆっくりと下ろされながら重なってくる唇。唇を舐められ、莉洸は反射的に口を開けて稀羅の舌を受け入れた。

「ふ……っ」

深いくちづけを交わす時の呼吸の仕方も、舌の絡め方も、すべて稀羅の好みのやり方を教えてもらった。こういったことにまったく免疫がなく、また、少しは知識として知っていた男女の関係からも逸脱している自分たちに合うやり方というのは想像もできなくて、申し訳ないと思いながらも一から稀羅に教えを乞うた。

何も知らなかった莉洸にいちいち教えるのは稀羅にとっても大変なことだったとは思うが、身体を重ねるごとに互いに想う気持ちが大きくなっていくのは嬉しかった。自分でも見ることのない秘部を晒すことも、排泄に使う器官を口で愛されることも、莉洸にとってはこの上もなく恥ずかしいことだったが、それを稀羅も望んでいるのだと思えば我慢もできる。

いや。

（僕は……愛されたいと思っている……）

莉洸は舌を絡め合う濃厚なくちづけになんとかついていきながら、稀羅の背中に回した手に強く力を込めた。

「莉洸……」

小さな莉洸の身体を抱くのは今でも怖いが、それでも稀羅は手を伸ばすことを止められなかった。

男の身で男を受け入れるという、莉洸の身体には多大な負担がかかるとわかっていても、最低限の日を空けるだけで、気づけば己の身体の下に組み敷いていた。

「莉洸」

「……稀羅さま」

恥ずかしそうに頬を染めながら名前を呼んでくれる唇を奪い、そのまま夜着の紐を解いていく。すぐに真っ白な肌と、淡い胸の飾りが面前に現れた。

「愛らしい」

「あっ」

胸の飾りを口に含みながら、稀羅は手を下半身に伸ばす。快楽に弱い莉洸の陰茎は、既に今の時点でじわりと甘い蜜《みつ》を零し始めていた。

「ん、まっ、待って、くだ……っ」

快感を感じていても、莉洸の理性はまだ残っている。己の陰茎を愛撫される恥ずかしさで口では拒絶の言葉を吐くものの無意識に細い腰がわずかに揺れ始め、勃ち上がった陰茎を握り締めている稀羅の手に擦りつけてきた。

「あっ、あっ」

稀羅から見れば、かなり淫らな光景だ。普段は世の汚らわしい欲とはまったく無縁に見える莉洸だからこそ、無意識の内に愛撫をねだる姿を稀羅はいつも楽しんでいた。莉洸が望めば望むほど、自分が欲しがられていると思えるからだ。

「莉洸、どこが心地好い？」

「そ、そんなっ……ことっ」

「言葉で言わねばいつまでもこのままだぞ」

稀羅の片手の中にすっぽりと入ってしまう小振りな陰茎の先端を爪で引っ掻《か》き、震える感触がわかっても、射精を促す愛撫を与えない。しっかりと快感を塞《せ》き止められてしまった莉洸は、ますます身体を震わせた。

「稀、稀羅さまぁ……っ」

「どこが良いのだ」

「……稀、稀羅さまの……お手が、触れて……る、ところが……」

「熱い蜜を零しておる、ここか？」

そう言うと、稀羅は陰茎を強く擦る。

「はっ……いっ」

「よく言えた、莉洸。すぐに……」

指先や手の腹を使い、稀羅は莉洸の陰茎に濃厚な愛撫を施す。

途中で止められていた莉洸の気はたちまち昂《たか》ぶり、

「あぁぁっ！」

あっという間に、稀羅の手の中に白濁した快感の証を吐き出してしまった。

「はぁ、はぁ、はぁ」

荒い息を吐きながら、莉洸は己の目の前で稀羅が濡れた指を舐めているのを見た。

白く汚れているのは莉洸の吐き出したもので、本来ならそんな汚いものを稀羅に舐めさせたくはない。しかし、快楽に弱い莉洸の身体はいつも稀羅の思いのままで、今夜も情けないほど呆気なく射精してしまった。

「あ、あの……」

「どうした」

「は、早く、稀羅さまも気持ちよく……」

自分だけが気持ちよくなるのは申し訳なかった。莉洸は力の入らない足をどうにかして動かし、稀羅に向かって膝を広げる。

少しだけ指先が触れてしまったそこは、莉洸自身が吐き出したもので既に濡れていた。

だが、このままではまだ稀羅を受け入れることができないということも、莉洸は今ではよくわかっている。自分のものとは比べ物にならないほどに長大な稀羅の陰茎は、勃ち上がった状態では子供の腕ほどの大きさになってしまうのだ。

解さないままでは当然莉洸の小さすぎる穴は切れてしまうし、何よりも稀羅に快感を与えることができない。

「稀羅さま……お願い……」

ここを、稀羅の陰茎が受け入れられるほどに解すのは稀羅の役目だ。こういった行為は入れる側がするのだと教えられた莉洸は、早くして欲しいと稀羅に願うことしかできない。

「お願い……っ」

再度願うと、じっと見下ろしていた赤い瞳が欲情に濡れたように光るのが見えた。


莉洸が己の尻の蕾に触れながら誘うさまは、淫らなのに初々しい。

ここに触れていいのは稀羅だけだと教えているので、莉洸はどんなにそこが熱く濡れても、身体の内側から疼きがこみ上げても、自ら弄ることができない。

そのじれったさに身体を揺らし、ただ自分に懇願するしかできない莉洸が可愛かった。

「わかった、すぐに可愛がってやる。身体の力を抜け」

言葉で言わなくても、既に莉洸の身体からはすっかり力が抜けていて、稀羅は軽々とその腰を抱き寄せて足を大きく開かせる。

精を吐き出したばかりの莉洸の陰茎は小さく萎《しぼ》んでしまっているが、そのもっと奥、稀羅を受け入れるその蕾は、まるで誘うように震えていた。

莉洸の吐き出したものはあらかた舐めてしまったが、まだ濡れている手と、莉洸自身の陰茎から零れてしまった液を利用して、稀羅は蕾にそっと触れた。

「んっ」

どんなに気が急いていても、この準備を丹念に、それこそ莉洸が泣いてやめてくれと言い出すほどに濃厚に愛撫を加えなければ、愛しい莉洸の身体が傷つく。

最初のようなことは、絶対に繰り返すつもりはなかった。

あの時は稀羅自身も急いて、どんなに気をつけたつもりでも結局は莉洸の身体を傷つけてしまった。莉洸自身、男をそこで受け入れることが初めてな上、稀羅の陰茎はかなり大きい。

今では念入りな愛撫を施せば傷つくことはなくなったが、それでも莉洸には受け入れるだけで負担を与えてしまうのだ。

どんなに本人が嫌がっても、ここの手間を惜しむことはない。

「ふ……あんっ」

熱く濡れたものを尻の奥に感じた莉洸が甘い声を上げた。

それが稀羅の舌だともうわかっているが、莉洸は目を開けることなどとてもできない。

嫌などではなく、そんな場所を舐めさせて、稀羅に申し訳ないと思うからだ。

できればそれは自分がしたいのだが、莉洸は己のそこに触れるのさえも怖くて恥ずかしくてできなかった。

「はっ、あっ、あっ」

生々しい水音が耳に響き、同時に確かに感じるその部分への愛撫に身体が震える。

「稀、稀羅さまっ、もっつ……」

もう、ここまででいいと莉洸は半泣きになりながら訴えたが、そこを弄る稀羅の舌の動きは止まらない。

やがて、にゅるりとその部分に何かが入り込んできた時、それが稀羅の舌だと思った瞬間、思わず身体に力が入ってしまった莉洸は稀羅の舌を締めつけてしまった。

自分でそこを見ることができないのは当然だが、それでも感触はわかる。莉洸は必死に身体から力を抜こうとするが、そう思えば思うほど下半身に力が入った。

羞恥に身体を熱くした莉洸だが、不意に稀羅の舌は身体の中から出て行く。

痛みを感じさせたのかもしれず、莉洸は半泣きで謝罪した。

「すっ、すみませんっ、僕……っ」

「構わない。お前が締めつけてくれたおかげで、ほら、私のこれが早くお前の中に入りたいと訴えてきた」

稀羅の言葉通り、莉洸の内股に擦りつけられている稀羅の陰茎はもうかなり大きく、ぬるぬるとした液も零れていた。これは稀羅が莉洸の身体に感じてくれている証拠だと教えられていたので、羞恥を堪えてさらに足を広げてみせる。

次は、この稀羅の大きなものを自分の中に受け入れるのだ。

莉洸の覚悟が伝わったのか、稀羅の唇が重なってきた。

つい先ほどまで、己の秘部を舐めていた稀羅の舌が口の中に入ってくる。そう思うと、莉洸は恥ずかしさと共に稀羅への愛おしさが増した。

「莉洸」

舌に感じた熱さを、早く自らの陰茎でも感じたい。

そう考えたあとは、理性などないに等しかった。濡れた莉洸の尻の蕾に陰茎の先端をあてがい、くちづけで莉洸の身体の力が抜けた瞬間を狙《ねら》って、稀羅は狭い内襞《うちひだ》を一気に貫いた。

もう何度もここを味わったが、いつまでも最初の抵抗は激しく、稀羅を容易には受け入れない。それでも、上から体重をかけて突き入れると、徐々にだが蕾は先端の一番太い部分を呑《の》み込み、続いて脈打つ竿《さお》の部分を受け入れていった。

(熱……い)

莉洸を抱くたびに感じる思い。今まで抱いた誰に対しても感じたことのない愛おしさが、抱くごとに深くなっていく。

莉洸の身体は稀羅以外知らず、すべてが稀羅の思うように変化してきている。

稀羅のための、稀羅だけの、愛しく淫らな身体だ。

「はっ……あ……ぅ……っ」

「……っ」

「ふぐっ」

下生えに、滑らかな感触が当たった。陰茎が根元まですべて収まったことがわかり、稀羅は熱い吐息をついた。

そうすると、己の下にある小さな身体が快感と痛みに震えているのが見て取れ、稀羅は腕を回して強く抱きしめる。

「痛むか?」

「い……え」

「本当のことを言ってくれ」

この行為が一方的なものではなく、互いに望んでいるものだと思えばこそ、莉洸のどんな感情も受け止めたい。ここで抱くのをやめることはできないが、痛みを感じているのならば少しでもそれを和らげてやりたかった。

「莉洸……」

「す……こし、じんじんして……」

「痛いのか?」

「痛みは、少し、です。あとは……圧迫感が……」

「それは……」

正直な莉洸の言葉に、汗ばんだ稀羅は珍しく苦笑を漏らす。己の陰茎の大きさと莉洸の蕾の狭さは合わないので、圧迫感があるのはある意味しかたがないことなのだ。

一度精を吐き出したら少しは楽になるだろうが、莉洸相手では今までの経験でも一度の吐精くらいでは陰茎は萎えず、さらに快感を求めるために大きくなってしまうくらいだ。

「……すまぬ、それは少し我慢してくれ」

「……ふ……」

情けない稀羅の表情というのは珍しく、莉洸は涙で潤んだ目を細めて思わず笑ってしまった。

「うっ」

「……っ」

しかし、その拍子に下半身に力が入ってしまい、蕾は強く稀羅の陰茎を締めつけ、その刺激によってさらに大きく硬くなったものに内部を圧迫されて、二人は同時に呻《うめ》いてしまった。

苦しいが、この苦しさの次には稀羅の与えてくれる快感がある。そして、自らもさらなる快感を稀羅に与えることができると知っている莉洸は、己の身体を気遣って動かないままの稀羅の背中を小さな手ですっと撫でた。

「稀羅さま……」

「……っ」

莉洸が何を言おうとしているのかわかって、稀羅は再びくちづけを落としながらゆっくりと陰茎を引き抜いていく。

「ふ……っ」

その何ともいえない感覚に思わず漏れてしまった莉洸の声は、稀羅の口の中に呑み込まれてしまった。

稀羅に抱かれるごとに快感が深く大きくなっていくのが、莉洸はとても怖く感じる。それでも、稀羅はそんな莉洸を愛しいと言ってくれるのだ。

「莉洸……っ」

「んぁっ」

莉洸の熱い内壁を陰茎で擦り、抉れば、きついだけだった締めつけが、今では心地好く己のものに絡みついてきた。

しっかりと稀羅に抱きついたまま荒い息を吐く莉洸の表情の中にも、痛みや圧迫感からくる苦痛は薄れ、稀羅に与えられる刺激に感じている恍惚《こうこつ》の表情が現れてくる。

莉洸は陰茎を受け入れたまま、既に何度か吐精していた。逞しい稀羅の腹は莉洸の放ったもので白く濡れ、それが二人の下半身に伝え落ちてさらなる潤滑剤の元になっていた。

「あんっ、はっ、もっ」

莉洸の陰茎は身体が揺さぶられるごとに稀羅の腹筋で擦れ、再び勃ち上がってきたが、

莉洸にとってはもはや快感を通り越して辛くなっているのかもしれない。

「……っつ」

そして、稀羅も数度、莉洸の最奥に精を吐き出していた。

抜き差しを繰り返すたび、莉洸の蕾から泡状の液が滲み出る。隙間がないほどに狭いそこから精液が出てくる前に、何度も何度も稀羅が中で掻き回しているせいだ。

何度抱いても足りなかった。

己がこれほどの肉欲を持っているとは、莉洸の身体を手に入れるまで気づかなかった。

「稀、稀羅さまっ、も、もうっ」

従順な莉洸は簡単にやめて欲しいという言葉は言わないが、もはや身体のどこにも力が入らないほどに疲れきっているのがわかる。

もう、莉洸の身体を解放してやらなければならない。名残惜《なごり》しげに頰を舐め、柔らかな耳たぶを歯で嚙み、細い腰を抱いていないもう片方の手で、尖りきった小さな乳首を摘む。

「くっ……！」

激しく陰茎を突き刺し、稀羅は何度目かわからない精を莉洸の身体の奥深くに吐き出した。

(孕めば……よいものを……)

稀羅の子供をその身に宿せば、莉洸は二度と離れていかない。しかし、もちろんそれが無理なことは承知しているし、何より子がおらずとも、莉洸は己から離れていかないと今は信じられる。

莉洸の中へと勢いの衰えぬ精を吐き出しながら、稀羅はくったりとしたその身体を抱きしめた。

「莉洸……」

早く陰茎を抜き出してやらなければ負担になると思いながら、稀羅はもう少しだけ莉洸の熱い内壁に抱きしめてもらいたかった。

「……おはようございます、洸竣さま。今日はいかがされますか」

「朝は洸莱の剣を見てやる約束をしているんだ。黎は昼まで自由にしているといい」

「……はい」

朝、洸竣の部屋に世話をしにきた黎は、今日の予定を訊ねるなり突き放されてしまったような気がして、内心かなり落ち込んでしまった。しかし、そんな表情を洸竣に見られるのも嫌で、できるだけ動揺を抑えてすぐに寝台を整えにいく。

寝乱れたかけ布を整えていると、わずかに洸竣が身に着けている花の匂いがした。身だしなみに気を使う洸竣が己用にと、特別に選んだ花の蜜を加工して作ったという香油だ。

「黎？」

「あ、はい、すぐに参りますっ」

「いや、身支度は自分でできるからいいよ。寝台を整えたら食事に行こう」

「はい」

黎の部屋から洸竣が出て行って、既に数日が経っていた。

洸竣の腕に抱かれることを覚悟していたのに結局は最後まで抱かれることはなく、黎は自分でもわからないまま洸竣に辛い表情をさせてしまった。

己の言葉の何が悪かったのか、黎は今もってわからない。だが、明らかにあの夜を境にして、洸竣が黎に対して一歩引いた態度を取るようになったのは事実だった。

今でも、黎はどうしたらよかったのか答えが出ていない。

ただ、物のように寝台に横たわっていたらよかったのか。それとも、町の商売女のように、足を広げて自ら洸竣を誘ったらよかったのか。

何をどうしたらいいのかわからなくて、黎はただ洸竣の命じるように動いているだけだ。逆らうこともなく、聞き返すこともなく、もうあんな洸竣の辛そうな顔を見たくなくて、ただ黙って従っていた。

「……」

黎が黙って働くのを、洸竣も無言で見つめていた。

以前は控えめにでも言い返してきたこともあったのに、今ではまったく逆らうことはない。

この状況がいいとは思っていないが、黎相手にどうしたらいいのか情けないが洸竣も迷っていた。

これがいつもの遊びならば、どんなに甘い言葉も少し強引な態度も取ることができるのに、どうしても黎に対しては強気に出られない。

結局、洸竣自身もただ毎日、溜め息をつくしかなかった。

「洸莱」

「兄上？」

軽く朝食を取った洸竣は、既に食事を終えていた洸莱の姿を見て呼び止めた。

「剣筋を見る約束をしていたな?」

「え?」

「さあ、いこう。黎、それではあとで」

「……は、はい、お気をつけて」

黎が深く頭を下げて見送るのを背に、洸竣は洸莱の腕を掴んで、別棟にある兵士の訓練場へと足を向ける。

「兄上?」

「……黎ですか?」

「悪い、もう少し付き合ってくれ」

「……」

「なんだか、寂しそうな顔をしていましたが」

洸莱の言葉に、洸竣は眉を顰めた。

黎は洸竣の前ではできるだけ無表情を装っているが、洸竣の視線がないところでは暗く、思いつめた表情をしているらしい。

昨日、悠羽に問いつめられたのだ。

『黎を追いつめるのはおやめください』

強い口調ではなかった。

それでも、言葉以上に非難をこめた眼差しに、洸竣は何も言い返すことができなかった。

本当は自分こそどうすればいいのかわからないのだと悠羽に聞きたいくらいだったが、わずかな矜持《きょうじ》がその言葉を口の中で押し殺してしまい、結局は黙ってしまって悠羽に溜め息をつかれたのだ。

「兄上」

「ん？」

「兄上は黎がお好きなのですか？」

「……驚いたな」

洸竣は思わず足を止め、自分よりはまだ背の低い洸莱を見つめる。

こういった色恋事に一番縁遠そうな洸莱にそう言われたことが、驚きと共に不思議に思えた。

しかし。

(ああ、洸莱も、今恋をしていたか……)

見た感じではまったくわからないが、洸莱も悠羽の召使いであるサランに好意を抱いていることを知っていた洸竣は、弟とこんな話をするようになったのかと思わず笑ってしまう。

「兄上？」

「相談に乗ってくれるか、洸莱」

「私が……ですか？」

「話を聞いてくれるだけでいいよ。できれば、私のどこが間違っているのか教えてくれると嬉しいけどね」

笑いながらそう言った洸竣は、訓練場に向かっている足の向きを変え、王宮の中庭へと洸菜を誘った。その後ろを、洸菜は黙ったままついて行く。

莉洸以外の上の兄たちと話す機会はあまりなく、改めて向き合っても戸惑いはするものの、洸菜は家族皆好きだ。

幼い頃離れて暮らしていた分、己に愛情を注ごうとしてくれていることがよくわかるからだ。

父洸英は鷹揚に。

長兄洸聖は生真面目に。

次兄洸竣は茶目っ気たっぷりに。

三男莉洸は無邪気に。

それぞれが自分を大切に思ってくれているからこそ、洸菜は離れていた時間を恨むことはない。

やがて、東屋に到着すると椅子に腰かけ、洸竣は洸菜に話した。

己が黎を好きになったきっかけや、黎の義理の兄のこと。そして数日前、未遂に終わってしまった夜のこと。弟に話すには少し情けないこともあったが、もしかしたら自分自身わからない何かに気づいてくれるかもしれない……そんな期待があった。

「何が問題なのですか？」

ことのあらましを話し終えた時、洸莱が最初に言ったのはそんな言葉だった。

「え？」

「だって、黎は嫌ではないと言ったんですよね？」

「……そう、だが」

「それならば、嫌ではないのでしょう」

「……それだけ、か？」

「はい」

あっさりと頷いた洸莱を、洸竣はしばらくじっと見つめた。

嫌ではないと言ったから、嫌ではない。

まるで言葉遊びのようだが、洸莱の短い言葉は洸竣の胸の中に深く染み渡った。

「……そうか。嫌ではないのか」

「兄上は、本当に黎のことを大切に想ってらっしゃるのですね」

そう言った洸莱はわずかに微笑む。普段はあまり表情の変わらない洸莱のその笑顔は歳相応で、莉洸の笑顔にも似ているように思えた。

「大事にしてください」

「洸莱」

弟に諭されるとは情けないが、それでも洸莱の言葉は嬉しかった。洸莱は自分と黎のことを、心から祝福してくれていると伝わったからだ。

臆病になりすぎている己の心を落ちつかせ、洸竣はもう一度黎と向かい合おうと思った。少し頭を冷やせば、今度こそ黎の言葉を裏読みせずに、そのまままっすぐ受け取ることができるかもしれない。

「ありがとう、洸莱」

礼を言われて戸惑ったような表情になった洸莱の髪を、洸竣は笑いながら乱暴に撫でた。


先ほどから、悠羽が何度も扉に視線を向けている。

サランはそれが両手で数えきれないほどの回数になった時、しかたないと苦笑を浮かべながら言った。

「気になさっているのですか？」

「え？」

「何度も扉をご覧になられている」

「……そうだった？」

自分では気づいていなかったのか、サランがそう指摘すると悠羽は目を瞬《しばた》いて驚いた。

表情の豊かな悠羽だからこそよくわかるのだという言葉は言わないまま、サランも扉の方へと視線を向ける。その向こうには人の気配は感じられなかった。

「様子を見てきましょう」

「あ、サラン」

「私も気になるので」

朝から元気がない黎を気にしていたのは悠羽だけではなかった。サランも、元気がない……どちらかといえば洸竣の一挙一動を気にしているような黎が気がかりなのだ。

(何かあったわけではなさそうだが……)

肉体的な接触があったようには見えない。

おそらく、誰とも身体を重ねたことがないであろう黎ならば、洸竣と何かあったら悠羽のように翌日、足腰が立たない状態になっているはずだ。そんな下世話なことを考えてしまった己を恥じ、サランは身軽に立ち上がる。

朝食のあと、洸竣と別行動をするらしい黎を部屋に招いたのは悠羽だった。

あれから時間も経ち、もうそろそろきてもおかしくはないと、サラン自身も思っていた。

「少しお待ちください」

「……うん、ありがとう」

どんなことに対してもきちんと礼を言ってくれる悠羽に静かに微笑むと、サランは部屋から出た。

皇太子である洸聖の部屋で暮らすようになった悠羽と、洸竣の世話をする黎の部屋はかなり離れている。一括《くく》りに王宮といっても、大小の棟が連なってそういうのだ。

まずは黎の部屋に向かうため、初めて訪れる者は迷いそうな複雑な回廊を歩いていると、ふと向こうからやってくる人影が目に入った。

「……和季《わき》殿？」

昼間の、こんな明るい王宮内で見かけるはずがないその人物は、現王、洸英の影、和季だ。

歴代の王全員についていていたわけではないという、洸英にしても三代ぶりにつく影の和季。確か彼は莉洸が稀羅と共に光華国を旅立った頃から姿を見せなかったが、洸英の勅命で国外にいると聞いた気がする。

――――いや。

いつの間にか姿が見えなくなっていて、その理由をこちらが勝手に考えていたことに今さらながら気づいた。思い返せば、最近の洸英はどこか不機嫌で、何かを捜しているように視線を彷徨《さまよ》わせることが多かった。

すると、向こうもサランの姿を認識していたらしい。

「サラン」

低くなく、高くもない、抑揚さえない和季の声。

感情が出づらいと自覚するサランよりも、はるかに無機質な雰囲気をまとっている和季は、じっとこちらを見ている。そのまま立ち去ることもおかしいと思い、サランは和季のもとへ歩み寄った。

「どちらに行かれていたのですか？　王がお困りになっていたように思いますが」

「私がいると王がお困りになる」

　思いがけない返しに、サランは珍しく目を瞬かせる。

「それは、どういうことでしょうか」

「そなたはわからなくてもよい」

「和季殿」

　珍しく強い口調でその名を呼ぶが、和季はまったく意に介さない。

「私と同じ性を持つそなたとは、もっとゆっくりと話がしたいと思っていた。だが、どうやら、そなたには私の言葉など不要のようだ」

　淡々と話す和季の言葉の意味がわからない。

　それでも、何か言わねばと、サランの心は急いた。こんなふうに感情を揺さぶられるなど、悠羽のこと以外ではもしかすれば初めてかもしれない。

「和季殿、少しお時間をください。私はあなたと話がしたい」

「サラン、そなたと私は同じ性なれど、その立場はまるで違う。王の手足として必要とされている私と、心からの愛情を欲されているそなたと」

　和季の綺麗な青い目が、じっとサランの顔を見つめた。

よく見れば、自分とよく似た目の色だ。自分の方は少しくすんだ蒼《あお》の色で、和季の方は澄んだ空の青色。

どちらに生気が……と、いうより、人間味があるかといえば、和季よりは己ではないかと思ってしまった。それほどに和季の目の色は美しく、作られたような色だった。

「サラン、そなたは目の前にある手を逃さぬように」

そう言うと、和季はそのまま音もなくサランの横を通りすぎてしまった。

不覚にも、その背中が消えるまで呆然と見送ってしまったサランは、我に返ってあとを追うものの、既に和季の姿は見えない。

そのことを確認した途端、サランは足早に悠羽の待つ部屋へ踵を返した。

「悠羽さまっ」

常にない大きな声で名前を呼びながら部屋に駆け込んできたサランを、悠羽は驚いたように振り返った。

「ど、どうした、サラン、黎に何かあったのかっ?」

黎の様子を見てくると言って出て行ったはずのサランのその剣幕《けんまく》に、悠羽は黎に何かあったのではないかと危ぶんだ。

しかし、サランはすぐに首を横に振ると、そのまま悠羽の手を取って懇願する。

「お願いでございます、すぐに王の部屋にっ」

「王……って、洸英さまの？」

「そうですっ。側付きでもない召使いの私が、いきなり王の私室を訪ねることはできません、早く、早くお願いいたしますっ」

「サ、サラン、いったいどうしたんだ？」

これほど動揺しているサランを見るのは初めてで、悠羽は自分までもどんどん不安になっていった。それでも、どうして黎の部屋ではなくて洸英の部屋なのか、いったい何があったのか説明が欲しくて、悠羽はサランに掴まれている腕を振り解くと、反対にサランの腕を掴んだ。

「落ちつけ、サラン！」

その一言で、サランの動きが止まる。

「急いでいるのはわかるが、説明してくれなくては私も動けない。いったい王の部屋に何をしに行くつもりなんだ？」

焦るサランとは対照的にことさら落ちついて訊ねてみれば、サランも己の無作法に気づいたらしく、何度か深呼吸を繰り返してから頭を下げた。

「申し訳ありません、取り乱してしまいました。……今しがた、回廊で和季殿とお会いしたのです」

「ワキ？　……あ、王の影の、和季殿？」

「そうです。普段は王の側に寄り添い、滅多に姿を見せないはずの和季殿がなぜお一人でそこにいたのか……。彼は何も言いませんでしたが、私にはわかったのです、悠羽さま」

和季と面と向かって会ったのは蓁羅でのあのわずかな日々だけだったが、それでもサランは彼に己に共通するものを感じていた。生まれも育ちもまったく違うのに、背負っている業が心の共鳴を導くのだ。

「同じ性を持つ者同士、心の中が見えるのです。和季殿は、王宮から、この洸華国から離れようとしておられます。悠羽さま、どうか和季殿をお止めくださいっ」

「同じ性って……」

こんなにも間近にサランと同じ身体を持つ人物がいるとは思わなかった悠羽は驚いたものの、すぐに我に返ってサランの腕を摑み、部屋から飛び出した。

「急ぐぞ、サランッ」

詳しい事情はまだよくわからないまでも、サランの焦りに悠羽も引きずられていた。


「王」

扉を叩き、返事がある前に王洸英の執務室に入った和季は、驚きに目を瞠るという珍しい洸英の顔を見て目を細めた。

無表情な顔はそれだけでも随分と変わり、洸英は笑われたのかと思ったようですぐに表情を憮然としたものへと変える。

本当に、まだ子供のような男だ。

賢王と呼ばれるほどの政治手腕を持ち、私生活でも未だ歳若い愛人を何人も持つ精力溢れる男。成熟した男の魅力と子供のような無邪気さを持つこの男を、和季は確かに愛おしいと思っていた。

「和季」

「はい」

「お前が守るべき私は、こんな狭い部屋の中にずっと押し込められているというのに、影であるお前が自由に出歩くなどとはどういう了見だ」

どこに、行っていたのか。

誰と、いたのか。

本当に聞きたいだろうことを一切口にせず、洸英は和季の影としての行動を諌《いさ》めてくる。

そんな男の態度は予想できていたので、和季は少しも動揺することもなくゆっくりと歩み寄ると、椅子に座っている洸英の足元に両膝をつき、額を床につけるほど下げて言った。

「影の任を解いていただきます」

「……」

望みではなく、既に決定しているかのような言いように、洸英の眉間の皺はこれまでになく深くなる。それでも、和季の姿が見えなくなってから、洸英はどこかでその言葉を想像していた。

洸英は驚いているくせに妙に納得している己の気持ちを冷静に見つめ、内心皮肉気な溜め息を漏らす。

任を解く許可を貰うのではなく、既に決定した事項を認めてもらうという和季の言葉。

それは、王が影を選ぶのではなく、影が王を選ぶという慣例を踏まえてのことだろう。

(私を……切るか)

光華国の歴史の中ですべての王に付くわけではない影は、有能な側近や王妃のいない不遇な王を助けるために、不意に姿を現すといわれる一族だった。彼らがどこに住んでいるのか、どんな種族なのか、なぜ光華国の王にだけ付くのか。それは代々影が付いた王にもわからなかったが、伝えられていることはただ一つだけあった。

それは、彼らが両性だということだ。

男でもなく、女でもない彼らには、個人的な欲というものがない。

己の子供を残すことも、生むこともなく、誰かの愛情を欲するというわけでもなく、ただその時の光華国の王となった者に対して絶対的な忠誠を誓うという影。

彼らは高い身体能力と頭脳の持ち主だが、仕えた王に不遇な扱いをされても裏切ることは絶対になく、王が亡くなって代替わりをする時か、自身の命が尽きるその時でしか、王の側から離れることはないと言われてきた。

ただ、影自身がどうしてもその王の側にはいられないという事態が起きてしまった時、影が涙を流すほどの感情の崩壊があった時、影は自ら王を見限り、二度と姿を見せることがないという話も聞いた。

過去に、影に見限られた王は、数百年前のたった一人だ。

両性である影に自らの子を産ませようと数ヶ月に亙《わた》って陵辱し続け、その命が尽きてしまう寸前、その影は自ら王を切り捨てたという話だった。

（私とのことは、お前の意に沿わぬことであったのか……？）

女よりも美しく、たよやかな容姿の和季に心を奪われ、会った瞬間に欲しいと率直に告げた。

さすがに驚いたように目を瞬かせていた和季だったが、それでも否とは言わなかった。

過去、影と肉体関係を結んだという者の記述はなかったが、この影……和季と自分は、今までの王と影の関係とは違うと信じていた。

そう思うことは、もしかしたら洸英の傲慢だったのだろうか。

「それはもう決断したことか？」

一抹の希望を抱いて聞き直せば、和季は静かに肯定する。

「はい。我が王には、この命尽きるまでお仕えする覚悟でございましたが、既に私という存在が必要のないものだということがわかりましたので」

馬鹿が！　洸英はそう叫びたいのをかろうじて抑えた。

稀羅がどんな危険な決断をしようとも、必ず側にいて的確な意見をし、共に正しい道を歩もうと言ってくれた和季。

花の間を飛び交うように、様々な女を手にしても、わずかな苦笑を浮かべたまま許してくれた和季。

あまりにも身近にいたので、その存在の大切さを改めて言葉にはしてこなかったが、それでも和季だけは己が死ぬまで側にいるものと信じていた。

和季にもその想いは伝わっていたと思っていたが、いつ、どんな時に、必要とされていないなどと愚かな誤解をしたのだろうか。

「和季」

「はい」

「お前……私が憎いか」

本当ならば、言葉を尽くして和季を引き留めたい。しかし、今まで常に優位に立っていた洸英は、この想いをどう伝えていいのかわからなかった。和季に対し、女を口説《くど》くような安い言葉で愛を囁くことだけは、絶対にできない。

「……いいえ、王。私は今でも、あなたを愛おしいと思っています」

「ならばっ」

洸英は和季の腕を摑むと、強引に顔を仰向《あおむ》かせた。

「なぜ私から離れようとするのだ！」

感情的な洸英の言葉に、和季はただ静かな眼差しを向けてくる。

やがて、射るように見つめていた洸英の眼差しからわずかに視線を逸らし、少しだけ声を落として言った。

「あなたが私を……ただの慰めの相手にしてしまったのです」

「慰めの相手？　馬鹿なっ、私はそんなことなど……っ」

洸英がすべてを言う前に、いきなり扉が勢いよく開かれる。

現れたのは意外な人物だった。

「和季殿っ」

「……悠羽」

飛び込んできた悠羽が、驚いたような目でこちらを見る。その後ろにサランがいたことで、和季はすべてがわかってしまった。

(さすが……同じ性を持つ者同士ということか)

回廊で少し話しただけなのに、サランは和季の異変を本能で察したのだろう。控えめな彼が洸英の部屋まできたのは悠羽の存在があったせいだろうが、己が心配をされたということが妙にくすぐったい気持ちになった。

綺麗な青い目を悠羽に向け、続いてサランを見つめた和季は、二人にわかるほどに口元を緩める。無表情な和季のその変化は雄弁で、一瞬見惚《みと》れてしまった悠羽は声が出なかった。

同じように和季の顔を見ていた洸英の手の力も緩み、和季はすっと身を引いて三人と対峙《たいじ》する。本当は、洸英を退《の》ける体術は心得ていたが、和季自身、洸英から逃げようとは思わなかったのだ。

「何用だ」

いつになく硬い口調で問いかけてきた洸英は、どこか余裕がなく見える。ちらりと和季を見たあと、意を決した悠羽が言った。

「和季殿が、もしかして……この国を出て行かれるのではと思いまして」

言葉がなくても、その表情の変化ですぐにわかる。悠羽は洸英から和季に視線を移した。

「理由はお聞きしませんが、どうか思い留まってください」

「なんために？」

「なんの……ため？」

「私がこの国に存在しても、いなくても、この国の未来に変化はない。あなたは、洸聖皇子と立派にこの国を支えてくだされば、いずれ私のことなど思い出すこともないでしょう」

己の存在などそれほどの価値もない。はっきり言う和季の言葉が悲しくてたまらず、悠羽は両手を強く握り締めて首を振った。

「変化はある」

「悠羽さま」

「少なくとも、私も、サランも、あなたがいなくなったら寂しいと思っている」

悠羽は和季に歩み寄り、白い手を両手で強く握る。サランよりももっと冷たい肌が、なぜか悲しかった。

「王が要《い》らぬのなら、私が貰い受ける。和季殿、どうか私と洸聖さまに力を貸して欲しい。共に、この光華国を更に発展させよう？」

　和季が笑った。

　少し、眩しいものを見るような眼差しを向けてきた和季にさらに言葉を継ごうとした悠羽だったが、

「それは私のものだぞ、悠羽」

　それまで黙って話を聞いていた洸英が、悠羽の前にいる和季の腕を掴んで強引に腕の中に抱き込んだ。

「洸英さまっ」

「私と和季の話だ。お前たちは下がりなさい」

　下がれと言われ、簡単にその言葉に従うわけにはいかない。どう見ても洸英と和季の間にある雰囲気は険悪で、自分たちがいなくなれば和季に対してどんな暴挙に出るのかわからなかった。

　どうにかして洸英を止めなければと目まぐるしく考えた悠羽は、はっとサランを振り返る。

「サラン、洸聖さまを呼んできてくれ」

「……どういうつもりだ。洸聖は関係ないぞ」

憮然と言い放つ洸英に対し、悠羽も一歩も引くつもりはなかった。

「洸聖さまは次期光華国の王となる方です。そして、《影》という存在は光華国のためにあると聞いています。ならば、洸聖さまも無関係ではありません。サラン」

「はい」

洸英の反論を許さぬ悠羽の勢いに、サランもすぐに部屋を飛び出した。


サランに連れられ、洸聖が部屋にやってくるのにそれほど時間はかからなかった。

先ほど、血相を変えて回廊を走っていた悠羽とサランの姿を見た召使いが慌てて洸聖に告げに行き、すぐに執務室を出た洸聖が小走りのサランを見つけたからだ。

道中、サランから簡単に事情を聞いた洸聖は、部屋に入ると呆れたように深い息をついて言った。

「父上、いい加減になさってください」

「洸聖さまっ」

部屋の真ん中で洸英と睨み合っていた悠羽が、慌ててこちらを向いて名前を呼ぶ。光華国の王に対し、一歩も引いていない様子はさすが悠羽だと自然と笑みが浮かんだ。

だが、洸英に対しては呆れた眼差しを向けるしかない。和季の決断は洸英のせいだとしか思えないからだ。

洸聖も文献を読んだだけだが、王と影の関係では一見表に立つ王の方に主導権がありそうなのだが、むしろすべては影の意思次第で決められるらしい。

王を選ぶのも、王を見限るのも、すべては影次第なのだ。

そして、今の影である和季にとって洸英が良い王かといえば……とても頷けない。政治手腕はとても尊敬するが、私生活においてはまったく誠実とは思えないからだ。

洸聖は悠羽の肩にそっと手を置いて落ちつかせると、和季を抱いたまま眉を顰めている洸英を見据えた。

「影の決断に、我らは逆らえないはずです」

「私と過去の王は違う」

「和季は我儘な父上にこれまでよく仕えてくれました。父上のどんな身勝手な行動にも、それこそ派手な女遊びも、すべて後始末は影にさせて。私が物心つく頃母上が亡くなって、それ以降、正妃を娶られないのは和季がいるせいでしょう」

洸聖が三歳になるかならないかの頃、母である正妃が亡くなった。

その頃、洸英は臣下の勧めた者の他、幾人かの妾妃を既に持っており、その間に洸竣という子もいたので、誰もが次期正妃はその妾妃がなるのだろうと思っていた。

しかし、洸英は妾妃は妾妃のままに置き、それ以降今まで、正妃の位置を空席にしていた。

「私は、微かながら覚えています。白く美しい人が、母を亡くして泣いてばかりいた私の身体を優しく抱きしめてくれたことを。その頃はまだ洸莱の歳くらいだったな……和季」

洸聖の言葉を和季は否定も肯定もしない。

ただ、口元に浮かぶ微かな笑みが、すべてを表しているように見えた。

「洸竣の母親は、臣下が王家の繁栄のためにと連れてきた方で、正妃になる身分も教養も十分にあった。それでもあなたは早々にその方を里に帰し、数年して……今のような色恋事が派手になられた。子を作ることは注意されていたようですが、莉洸と洸莱の母は、貴族の姫だから子を作ったのですか？」

「……兄弟は多い方がよいだろう」

不遜《ふそん》な物言いに、洸聖は眉を顰める。

「今となっては、莉洸も洸莱も私にとって大切な兄弟です。でも、まだ幼い頃は、女に会いに王宮を抜け出すあなたの姿を寂しく見送っていた。そんな私や、まだ言葉さえ話せない洸竣の世話をしてくれたのは和季です。父上、私は幼い頃の私の寂しさを受け止めてくれた和季の味方です。彼が父上から離れたいというのなら、全力で協力しますよ」

「わ、私もですっ」

それまで、初めて聞く話にただ驚いていた様子だった悠羽も、まっすぐに洸英を見つめながら言う洸聖の腕を摑んで叫んだ。

今の洸聖の一番の味方はここにいる。

これほどに得難い存在を手にした己には、父のような影がつくことはないだろう――洸聖はそう確信していた。

「父上」

「……」

一歩も引かずに対峙する生真面目な長男の言葉に、洸英は何も言い返すことができない。

洸聖の言葉は、いちいち胸に響くのだ。

だが、己と和季の関係を、洸聖に理解するのは無理だろう。


愛し合って結婚したわけではなかったが、それでもおとなしく穏やかな正妃を大切にしていた。身体が弱い彼女を気遣い、慈しんできたつもりだった。

身体の弱い正妃が、皇太子である洸聖を産んで亡くなってしまい、幼い我が子を抱えてどうすればいいのかと途方にくれてしまった時、まるで煌《きら》めく星が落ちるように現れたのが影、和季だった。

その頃、和季はまだ十七歳だった。

どこからきたのかも、どんな身分なのかも言わず、ただ、和季という名前と、影であるということだけを伝えてきた。

影のことは、洸英も父王から聞いていた。代々の王になる者だけに伝えられてきた存在だが、影という名前からはとても想像できないほどに、和季は美しく、神秘的な存在だった。

若い洸英が、心を奪われるのに時間はかからなかった。

これまでの王の中で、影と心だけでなく、身体を交わした者がいるとは記述されておらず、過去は手を出した影に切り捨てられた王がいるとあった。その王は、数年後反乱軍によって斃《たお》されたらしい。

一番身近で、一番手の届かない存在が影なのだが、まだ若かった洸英はそんな過去を恐れなかった。真正面から和季を欲しいと言い、抱きたいと訴えた。

そんな洸英を、意外にも和季も受け入れてくれたのだが、抱いた彼は両性具有という身体の持ち主だった。その不思議な身体は女になり、男になって、洸英をたちまち魅了し、洸英はぜひ正妃に迎えたいと言った。両性具有とはいえ、和季のことは国内の誰も知らず、女として正妃に迎えることができると言いきった洸英に、和季の答えは固い否だった。

国を共に支えること。

抱き合うこと。

それは今まで通りに受け入れるが、正式な妃として表舞台に立つことだけは頑強に拒絶をした。

和季を抱いている時、確かに愛されていると思っていた。

これほどに得難い存在はいないと、初めて洸英は愛するということを知った。

しかし、どんなに言葉を尽くしても和季は結婚を承諾してくれず、いつしかその苛立《いらだ》ちを和季にぶつけてしまうかもしれないと思った洸英は、それを欲情という形に変化させて、様々な女を抱くようになった。

一夜だけの遊びの女。

莉洸や洸莱のように子まで産んだ女も。

和季はどんな相手が洸英の隣にいようとも感情を荒立たせることなく側にいて、時折思い出したように乱暴に抱いても拒絶せずに受け入れた。和季が冷静でいればいるほど、洸英の苛立ちは治まらず、反比例するように女遊びは激しくなる。

次第に洸英は、女を抱きたいから抱いているのか、それとも和季の感情を荒立たせたいから女を抱くのか、自身でもわからなくなっていた。


「和季」

「はい、王」

名前を呼べば、和季は変わらず返事を返してくる。

まるで、つい先ほど影の任を解いてくれと言った言葉が嘘のようだ。そんな男が、愛しくて、憎い。

「お前は好かれているな。洸聖だけでなく、悠羽だけでなく、おそらく……他の子供たちもお前を慕っているだろう。もしかしたら、父である私よりも」

「そんなことはありません。皇子たちは皆、王を尊敬し、愛していらっしゃいます」

その言葉はとても嘘には聞こえない。しかし、洸英が今聞きたいのはそんな言葉ではなかった。

「お前はどうだ。お前は私を愛しておらぬのか？」

和季にまっすぐな言葉でこんなことを聞くのはどのくらいぶりだろう。少しだけ声が震えているのを、和季は気づいているだろうか。

「先ほども申しました。私はあなたを愛おしいと思っていると」

「それならば、なぜ私の前から消えようとする？」

「消えるのではありません、王よ。以前に……私がこの国にくる以前に戻るだけです。いずれあなたの記憶の中からも、私の痕跡は跡形もなく消えるでしょう」

「……馬鹿がっ」

鋭く否定し、洸英は和季の腕を摑んでいる手にさらに力を込めた。

「私がお前を忘れるはずがないだろうっ。お前が姿を消しても、何日も、何年も経ったとしても、私の中からお前の存在が消えることはないっ」

洸英は己の腕の中にいる和季を射るように見下ろす。洸英の愛する綺麗な青い目は、心なしか少し揺れているように感じた。

「本当のことを言え、和季」

「……伝えたいことは申しました」

「相変わらず素直ではない口だ。それではここで、お前の可愛い洸聖のいる前でお前を組み敷き、その身体を私のもので貫こうか」

「父上！」

この光華国にとって影がどれほど重要なのか、洸英はわかっていない。

若い頃は手先となる信頼する部下は少なかったはずで、それらを取りまとめ、洸英の政策を強く後押しする和季は、政《まつりごと》をする上において欠かせない存在だっただろう。

まさかその上、洸英の閨《ねや》の世話もしていたというのは洸聖も成人するまでは知らなかったことだ。しかし、それでも洸英が和季のことを特別大切にしていると思っていたからこそ、何も言わなかった。

だが、今の洸英の言い分はあまりにも自分勝手だ。さすがに今の言葉を聞き逃すことはできずに声を出したが、そんな洸聖を睨《ね》めつけながら、洸英は傲慢に言い放った。

「子供は黙ってそこで見ていろ。これは夫婦の問題だ」

洸英はこのまま和季を逃すつもりはなかった。

「洸聖さま……」

こんなにも激しい親子喧嘩を見るのは初めてで、洸聖と洸英の会話にはらはらしていた悠羽の揺れる眼差しがふと和季へと向けられた。洸英の力強い腕に抱きしめられている和季は、さすがに戸惑っている様子が見えた。もちろんその表情に明確に表れているわけではないが、揺れる青い瞳が垣間《かいま》見えたのだ。

一方で、洸英はといえば、まるで反対の表情をしている。息子である洸聖を挑発するように睨み、暴言を吐いている洸英の瞳は、なぜか嬉しそうに細められていた。

その理由がなんなのか、悠羽は今にも洸英に向かっていきそうな洸聖の身体を引き止めながら考えていた。

「父上は、人を人とも思っておられぬのか？」

「これは人ではない、私の影だ」

「影でも、生きている人間でしょうっ」

「生かすも殺すも私次第だ。これを人間にも、人形にも、どちらにもできるのは私だけだ」

洸英の言葉は、とても思いやりを含んでいるとは思えない。それでも、その言葉の中に激しいほどの執着と愛情を感じるのはなぜだろうか。

(もしかして王は……)

「父上っ」

「出て行け、洸聖」

「父上、お聞きくださいっ」

「これは夫婦の問題だと言っただろう」

「夫婦？　とてもそうは思えません。父上が和季を愛しているとは……っ！」

そこまで言った洸聖は、妙に楽しそうな表情になった洸英にようやく気づいた。つい先ほどまではかなり切羽詰まった表情だったのに、どうしてこんなにも鮮やかに表情を変えたのかまったく理解できなかった。

「変わったな、洸聖」

「……なんですか」

「以前のお前ならば、男の和季を妻と呼ぶなど言語道断だと言っただろう。だが、今お前の口から出るのは和季を思いやった言葉ばかり。お前にとって、悠羽は良い影響を与えているようだ。悠羽」

「は、はい」

「洸聖とお前が婚儀を挙げれば、私は近いうちに退位しようと思っている」

その言葉に驚いたのは悠羽だけではない。

洸聖も突然の洸英の言葉に驚いたように目を瞠っている。

「父上、何を突然……っ」

「悠羽と出会う前のお前は、まだ若くて譲位は早いと思っていた。それがな、今のお前を見ていれば、立派にこの光華国を背負っていけると確信している」

「父上……」

「洸聖、私はもう、政を挟んで和季と向き合いたくはない。朝も、昼も、夜も、愛しいこの身体を抱きしめていたい。わかるだろう？　今のお前なら」

一国の王である前に、ただの男でいたい。

確かに以前の洸聖ならばとても信じられないその言葉も、今ならば少しは……わかる気はする。洸聖も、もしも悠羽と政のどちらを取るかと言われたら、すぐに政とは言えなくなっていた。

ただ、いずれは己が継ぐことは覚悟していたが、それがこんなにも早くとは想像もしておらず、妙な焦りを感じる洸聖の腕をしっかりと摑んでくる者がいる。

振り向いた洸聖の目に映ったのは悠羽だ。

「悠羽……」

そう、自分には悠羽がいる。一人で立っているわけではないのだと、洸聖は悠羽の顔をじっと見つめた。


和季は嬉しくて、悲しかった。

光華国の王洸英にとって、己はただの影……当然のごとく政を助け、その身体さえも捧げる、光華国の王に忠実なだけの影のはずだった。

本来ならば、名前さえも呼ばれぬままその一生をすごし、仕える王の命が尽きるか、自らの命が尽きるどちらかまで、ただひたすらに仕える一生を宿命づけられた自分が誰かに、光華国の王に、愛を告げられるなど想像もできなかった。

こんな己にそこまで想いを寄せる洸英が、愚かで……愛しい。

「和季、今の私の言葉が聞こえたか」

「……はい」

「私は、たとえお前が光華国王の影を辞したとしても、この手を離すつもりはない。このままお前の身体を拘束してしまうぞ」

「私には勿体《もったい》ないお言葉でございます。どうか、このままお捨て置きください」

「ならぬ」

「……では、しかたありません」

そう言った直後、和季は最小限の動きで男の手を掴み、そのまま身体を反転させて洸英の後ろの位置を取った。剣や小刀などは持ってはいないが、そのまま首筋に突き当てた鋭い爪は、いつでも洸英の首を切り裂くことができる。

和季の方が洸英よりも小柄であるし、華奢な肢体をしているが、その体格差をものともしない華麗な動きにはそこにいた者は皆目を奪われてしまった。だが、和季に鋭い爪を突きつけられている当人、洸英の顔には、驚きも恐れの表情も浮かんでいない。

「……私の命が欲しいのか」

「いいえ、王。私はあなたに一日でも長く生きて欲しいと思っています」

「では、これはなんだ？　お前がもしも一緒に死んで欲しいというのならば、喜んでこの命などくれてやるものを」

「和季殿！」

焦ったように悠羽が声をかけてくる。

「和季、その手を離せ」

洸聖が、厳しい視線を向けて言う。

「和季殿」

サランの表情の中に、悲し気な色が見える。

和季は皆の顔を見つめて、初めて鮮やかな笑みを浮かべて言った。

「私は、こうしていつでも王の命を狙うことができる。こんな危険な人間は、王のお側に置かない方がいいでしょう」

「和季っ」

「王に刃を向ける者は、どのような立場、理由であれ、厳罰を持って処する——ですね」

和季は淡々と言葉を継いだ。

「洸聖さま、どうぞ拘束を」

「だが……」

「こういう場面で情けは無用。いずれ国の頂点に立たれる方は、いざという決断となさらなければ」

洸聖は一瞬唇を噛み締めたが、すぐに大きな声で叫んだ。

「衛兵っ、和季を拘束せよ！」

　王である洸英の部屋の前には常に衛兵が立っている。彼らは洸聖の叫びに慌てたように部屋の中に入ってきたが、すぐに動くことはできないようだ。

「こ、洸聖さまっ」

「この者が王の首筋に刃を向けた」

「や、刃……」

「しかし、そこにおられるのは影で……」

　衛兵たちは、洸英と和季がどんな関係なのかを知っている。深夜、王の部屋に入っていく和季を何度も見送っているからだ。衛兵だけでなく、王宮に仕えている者はほぼ正確に二人の関係を把握していた。

　それに、和季は誰が見ても洸英に命をかけて忠誠を誓っていて、光華国の今を築いた一端でもある人物だ。そんな関係の二人が揉《も》めるなど、とても信じられないのだろう。

「そ、それに、刃など持たれては……」

「……これを」

　すぐに動かない衛兵に向かい、和季はゆっくりと洸英の首に爪を走らせる。するとその後に赤い線ができた。鋭い爪先で皮膚が一枚切れたようだ。

「私の爪は、十分殺傷能力がある。早く拘束をしなさい」

　洸聖は眉を顰めたが、このままでは埒《らち》が明かないと思い、重い口調で衛兵に命じる。

「……捕らえよ」

再度の命に今度は衛兵が動き、抗《あらが》わない和季は簡単に拘束された。後ろ手に縄を巻かれる和季を、洸英は無言のままじっと見る。和季の腕ならば、あんな甘い縄のかけ方ではすぐに解くことができると、口元が歪んだ。

王への暗殺未遂は極刑にも値する重罪で、今から和季は地下牢《ろう》へと入れられ、審議を待つことになる。

結局、そこまでして和季は洸英を拒絶したいということらしい。

あれほどに言葉に尽くしても、それでもなお背を向けた和季に、洸英は頑なな決意を見た。

「父上」

「……よい、あの判断は正しい。……審議は速やかに。私は参加しないし、報告はすべてが決定してからでいい」

「父上っ」

「今宵は外に出る」

誰かに、甘やかして欲しかった。あの冷たく綺麗な存在が手に入らないのならば、その相手はもう誰でも構わない。

半ば自棄になってしまった洸英は、唇を引き結んで部屋から出て行った。

「洸聖さま、和季殿は、彼はいったいどういった罪に処されるのでしょうか」

どうしようと悠羽は洸聖を見上げるが、洸聖も硬い表情になっている。

和季が本気で洸英を殺そうとしたわけではないとそこにいた者は皆わかっているが、きっと和季はその口で暗殺に失敗したと証言するだろう。

私欲のためか、それとも未来の光華国のためか。

理由はどうとでもつけられる。そして、多分極刑という絶対的な逃げ場を得るに違いない。

「常ならば、極刑にしなくてはならないだろう」

「……っ」

「大丈夫だ、絶対に死なすことはない」

「洸聖さま……」

「近く私とお前の婚儀がある。その祝いの恩赦と称して極刑は必ず回避させる。だが……国外追放はやむをえまい」

国の最大の慶事の一つでもある皇太子の結婚。

その祝いのために、それまで罪を犯して服役をしている者は少しずつ罪を免除される。

まさか和季はそこまで考えてはいないだろうが、結果的に和季は当初訴えていた通り、影の任を辞して洸英の前から去ることになる。

「洸聖さま、王があれほど和季殿を好いていらっしゃるのに、どうして和季殿は受け入れて差し上げないのでしょうか」

「……私から見れば、二人共頑固者だ」

「頑固者?」

「父上は、断られることを恐れて求愛を滞り、長い間和季を蔑《ないがし》ろにして女遊びを続けた。和季は、影という立場に固執するあまり、父の求愛を拒み続け、やがて女へと走った父上を見てやはりと納得をしてしまった。どちらも……子供だ」

傍《はた》から見れば明白な二人の想いも、当人同士が気づかなければ言葉を尽くしても結果は同じだ。どちらにせよ、今は動けない。

洸聖は溜め息をついた。

「私は今から大臣と協議をしなければならない。影を裁くなど前代未聞のことでもあるし……しばらくは慌ただしくなる。悠羽」

「は、はい」

「おとなしくしているように」

自分が思いつく前に釘をさされてしまい、悠羽は思わず眉を下げた情けない顔になってしまった。

影の拘束。

光華国の国民にもほとんど知られていない影の存在だが、王宮内、それこそ政に関わっている者にとっては影の存在はとても大きなものだった。

昔から大国と言われていた光華国だが、その国をさらに豊かに発展させたのはもちろん洸英の王としての力量であるが、影の力もかなり大きかったのだ。

皇太子の婚儀で沸き立っていた空気が一転、王宮の中が形のない不安にざわめいている。

「サラン」

「……」

「サランッ」

「……洸莱さま」

まったく名前を呼ばれていたことに気づかなかったサランは、大股《おおまた》に廊下を歩いてくる洸莱を振り返った。

「考え事をしているようだったが……影のことか？」

いくら政に関わっていない未成年の洸莱でも、今王宮を騒がせているのがどんなことなのかわかっているのだろう。

サランは顔には出さないものの、どうにか和季と会えないだろうかと焦っていた。刑が決定し、そのまま国を出て行ってしまう前に、もう一度和季と話をしたかった。

　聡明《そうめい》そうな瞳をわずかに曇らせて、洸莱はサランに言った。

「三日後、刑罰が決まる」

「そんなに、早く？」

　現実を突きつけられ、サランの顔が青褪める。洸莱はどう思っているのか、口調だけは変わらずに続けた。

「影が急いで欲しいと訴えているようだ。兄上も、不要に長引かせることはしたくないらしい。……サラン、影に会いたいのか？」

「……会いたいと、思っています。私と同じ身体で、私以上に長い間生きてきたあの方に、私はどうしても話がしたい……その思いを聞きたいのです」

「……わかった」

「洸莱、さま？」

「俺と一緒なら、地下牢にも入れる」

　あまりにもあっさりと言いきられ、サランは戸惑ってしまった。いくら皇子とはいえ、罪人に勝手に会うことなど許されるのだろうか？　もしもそれで、洸莱になんらかの罰が科せられるかもしれないと思うと、サランはすぐに頷けない。

「しかし、そのようなことをして……よろしいのですか？」

「俺も聞いてみたいんだ。サランと同じ身体を持つ、影の本当の気持ちを」

「洸菜さま……」

「明日まで待っていてくれ」

サランは様々な思いが胸の中を巡ってしまい、ただ洸菜の目を見つめ返すことしかできなかった。


この国で罪を犯した者は、通常裁所という、刑を述べ、執行する場所へと連行される。鞭《むち》打ち百回から、採掘場での強制労働、国外追放など、罪の大きさで罰は異なり、最大の罰……死刑というものも刑罰の中にはあった。

死罪は、多数の人間を殺したり、国に対して反逆を企てた者が受ける罰だ。

重罪を犯した者は裁所ではなく、離宮の地下牢に隔離され、そのまま刑を執行されるのが常だったらしい。

しかし、洸英が即位してからは死罪となる罪人は出ていなかった。それほどこの光華国は豊かであったし、洸英を追い落とそうとする者が現れなかったということだ。

そんな中、何十年ぶりかに開けられた地下牢。

その中に、王の半身ともいえる影が入るのはなんという皮肉かと皆思っていた。

不甲斐《ふがい》なく一切の権限を放棄してしまった父王洸英に代わり、洸聖は手続きの書面に名を書きながら溜め息を押し殺した。

（あのように細くか弱い者が、長い間地下牢に入っていても大丈夫なのだろうか……）

和季が見かけとは違い、精神も肉体も強いことは知っている。それでもあの見かけなので、洸聖は拘束する場所を変えた方がいいのではないかと思い始めた。

その時、執務室の扉が叩かれ、中に洸竣が入ってきた。

「兄上」

「どうした」

「影の反乱を見ることができなかったのか悔しくて」

洸聖は書面から目を上げた。

面白そうな響きの言葉通り、洸竣の顔は笑っている。

「笑いごとではないぞ、洸竣」

「でも、私は影の……和季の味方だから」

「それは、私もだ」

父と和季、二人の間に何があったのかは想像するしかないが、洸聖と洸竣が一番多感な時を女と遊び歩いていた父親よりも、側にいて抱きしめてくれた和季の方を慕ってしまうのは当然だ。

洸竣も洸聖と同じように、父と和季の本当の関係を知ってからは距離を置くようになったものの、和季は変わらずに大事な位置にいる存在だった。

「お前は心配ではないのか？」

「万事、兄上が上手くやってくださると思っていますし。それに、兄上と悠羽殿の結婚の恩赦で死罪にはならないでしょう？　……国外追放くらい、ですか？」

「……ああ」

皮肉にも、それは和季が望んでいることだ。

「それで？　父上はどちらに？」

「町に下りるとおっしゃった。新しい女でも見つけに行くのだろう」

「……そんなことをしても、渇いた喉《のど》は潤うことはないでしょうけどね」

口元に笑みを浮かべた洸竣は、色事に関してはおそらく自分よりも場数を踏んでいるだろう。父と似ていると称される弟をじっと見ていた洸聖は、ふと頭の中に浮かんだ面影を口にした。

「お前、黎とはどうなっている？」

「……っ」

「あれだけ兄の前で堂々と想いを述べたくせに、あれから少しも変化はないのか？」

洸聖は何気なくいったのだが、洸竣にとっては痛いところを突かれた気分だ。

女性経験という意味でははるかに兄には勝っているとは思っていても、根本的なところで洸竣は兄に敵《かな》わない。真面目で頑固だが、真意をつく兄はきっと、真実の愛というものは数や経験だけではないと堂々と言い放つだろう。

そんなところを、洸竣も尊敬していた。

「……相変わらずですよ、黎は」

「相変わらず？」

「私に遠慮して、怯えている。あれはなかなか手強《てごわ》いです」

兄に諭され、弟にも気遣われ、洸竣自身まったく不甲斐ない立場だが、いざ黎の面前に立つとどうしてもいつもの強気が出なかった。

「……人の色恋沙汰《ざた》は面白いのですがね」

「お前は少し慎んだ方がいい」

「今は黎だけですよ」

「それは私に言うことではないだろう」

「……兄上、冷たい」

「そう思うのなら、政務を積極的に手伝うのだな、洸竣。私が即位したら、片腕となるお前はもっと多忙になるぞ」

「え？」

思いがけない兄の言葉に、洸竣は思わず聞き返してしまった。

王宮の中を騒がしている影の話題の他に、もしかしたらもっと重要な案件が起こっているのだろうか。

洸聖は急に黙り込み、真面目な顔をして視線を向けた洸竣に、動かしていた手を止めて身体をきちんと洸竣の方へと向けながら言った。

「父上は譲位される気だ」

「え……」

「おそらく、近い内に私は光華国の王に即位する。洸竣、お前には私を助けて欲しい……頼むぞ」

いずれは、兄が王位を継ぐものだとわかっていたが、それがこんなにも早いとは正直思わなかった。

簡単に祝いの言葉を口にするには、この光華国という大国の王になる大変さを洸竣も知っている。だが、兄のまっすぐな眼差しを見れば、既にその覚悟はしたということだ。

以前の兄ならば、まだ退位は早いと父に進言しただろう。若い自分には国を統べる自信はまだないと、なんとか説得して改心してもらうように言ったはずだ。

しかし、それを受け入れたということは……覚悟ができたというのは、きっと悠羽の存在があるからだ。共に国を守り、栄えさせる伴侶を得たからこそ、洸聖はあまりにも早いこの即位を受け入れたに違いない。

（いいな……兄上……）

真実愛しい者を手に入れた兄が羨ましくて……少し、妬《ねた》ましく思ってしまった。

「本当によろしいのですか」

「ああ」

昨日の約束通り迎えにきてくれた洸莱を、サランは戸惑ったまま見つめた。

「でも、洸莱さまはともかく、私まで……」

「影に会いたい本命はサランだろう？　大丈夫。裁判長の許可は貰った」

確かに許可を取ったのだろうが、それはあくまで洸莱一人だろう。

そうは思うものの、サランは己の手を引く洸莱の手を振り払うことはできない。洸莱がわざわざ裁所にまで出向き、頭を下げてまで裁判長の許可を貰ってきたのは己のためだということがわかるからだ。

和季の刑罰が下るのはもう明日。

明日になればもう絶対に会うことなど不可能で、今という時間しかないのは事実だ。

昨日から何度も裁所に出向いてくれた洸莱だが、たとえ皇子であっても王の命を狙ったという大罪人に会う許可はなかなか下りなかったらしい。それが、今日になって下りたのはもちろん洸莱の熱意もさることながら、洸聖や洸竣の口添えもあったからだと洸莱は言った。

二人の兄皇子をどうやって説得したのかはわからないが、結果的にサランはこうして和季に会える。

サランは自分の前を歩く洸菜の背中をじっと見つめた。

「洸菜さま」

「……何？」

「ありがとうございます。私などの身勝手な思いをくんでくださって……」

「サラン」

そんなサランの言葉を、洸菜は途中で遮った。

「私など、ではないよ。サランだから、私は動いた。好きな相手に喜んでもらいたかったから」

「……っ」

「だから、そういう言い方はやめて欲しい」

なんと……言い返していいのかわからなかった。

口数の少ない洸菜の言葉はどんなことでもいちいち心に残っていたが、その中でも躊躇わずに言う愛の言葉には本人が自覚がないだけに正直困る。

口を噤《つぐ》んだサランにちらりと視線を向けたものの、洸菜は黙って歩いた。

まだ成人していない洸菜は、国政のことはよくは知らない。

それでも、父や兄の話を漏れ聞けば、近年重罪を犯す者はおらず、この離宮の地下牢もかなり長い間閉ざされたままだということだった。

「洸菜さま？」

「許可はいただいている」

突然地下牢の入口に現れた洸莱を驚いたように見つめた門番に、裁判長から貰った許可状を見せると恭しく頑丈な鍵《かぎ》を開いていく。ここから見ても、中は薄暗かった。

「そこにある灯火器をお使いください。油を使っているのでお気をつけて」

「ありがとう」

一日中絶やすことのない篝火《かがりび》から火を貰い、移動用に手に持つ灯火器に火を点けると、ぼんやりとした明るさが広がった。

「サラン、滑るから気をつけて」

「はい」

地下水が岩肌に染み出して滑りやすくなっていると気づいた洸莱は、器を持っているのとは反対の手でサランの手をしっかりと握りしめる。

自然の地下洞窟《どうくつ》を利用したせいか、下から感じる風は身を竦《すく》めてしまうほどに冷たい。

和季は何を思ってここにいるのか、洸莱はサランのためにだけでなくても知りたいと思っていた。

かなり長い石の階段を下りると、広い空間があった。

「……誰も、いないのですね」

「逃亡の恐れがないということで、兄上が見張りを置かなくてもいいと言ったらしい」

「そうですか……」

こんな狭い空間で、誰かにじっと見張られているのは息苦しいだろう。

しかし、誰もいなければそれで、気の遠くなるような孤独を感じないだろうか。

「一番奥の牢だと言っていた。そこならばまだ多少は冷えも避けることができるし、広いと」

広い空間から、さらに奥へと延びる道。その片側が牢になっているらしく、冷たい青銅で作られた格子が入口にはめられている。中はかろうじて大人が一人横たわることができる空間があるだけで、そこには地下なのでもちろん窓もなく、横たわる寝台もない。

ここに入る者はきっと――。

「生きて出る者はいなかったんだろうな」

まるでサランの心の内を代弁するかのように言う洸莱に、サランも小さな声で答えた。

「……寂しい場所ですね」

「寂しいな」

サランの手を引く洸莱の手の力が一段と強くなる。

「あ……」

薄暗い石牢の中に、やがて白く浮き上がっているもの。それが和季の姿だとわかったサランは、思わず洸莱の手を振りほどいて駆け寄った。

「和季殿っ」

「……サラン」

まるでサランが現れるのを知っていたかのように、和季は少しも驚いた様子もなく、むしろ頬にわずかな笑みを浮かべて静かに口を開いた。

「許可は……洸莱さまが？」

「はい」

「そう……大事にされているな、サラン」

サランは格子の前に跪き、和季の顔をじっと見つめた。

格子の向こうで、和季は簡素な木の椅子に座っている。寝台も小さな机もあるそこは、想像していたものよりも随分待遇が良かった。

それが、もともとそうなのか、それとも和季のための仕様なのかは判断つかないが、どこにいても和季は泰然としていた。

「教えてください、和季殿。なぜあなたはそんなにも強く生きられるのですか？　同じような忌まわしい身体を持ちながら、どうしてあなたはまっすぐに前を見つめることができるのです？」

同じ性を持つ者として、どうしても聞いてみたかったことだが、和季はこともなげにその答えを告げた。

「それは、この身体を愛されたからだよ、サラン」

「……っ」

目を瞠るサランを見て、和季はふふっと声を出して笑っている。

「し……かし、影は本来、王とは交わらないのでは……」

「そう、歴代の影は皆王を敬愛し、深い愛情を注いでいたが、その中に肉欲というものは存在しなかった」

「では、なぜなのですか？　あなたは、洸英王を……」

「私があの方を愛しているのがそんなに不思議なことだろうか？」


光華国の王に仕える影。それがいつから始まったのか、なぜ光華国の王なのか、和季の世代ではその理由も既にわからなくなっていた。

それに、影になるとはいっても数十年、いや、場合によっては百年以上に一人だけなので、その正式な理由を伝承されている者はいないのかもしれない。

和季の里は、光華国よりもはるか北にある、その存在さえもほとんど知られていない少数民族の集落だ。

この里の人間は昔から皆、類《たぐい》まれな政治的能力と身体能力の持ち主だったので、それを聞いた光華国の王が望んだのかもしれない。

始まりはわからないまま、ある一定期間ずつに里の人間の中で一番優秀な、それも両性具有の者が選ばれて光華国へと旅立っていった。

両性具有の者が選ばれたのは、王の子を産むことができず、王妃や王女に己の子を産ますことができないから、と言われている。政争の種を蒔《ま》かないためだ。ただ、両性具有の者はその不思議な身体の仕組みからか容姿が類まれなほど美しい者が多く、歴代の王の中にも惑う者が少なからずいたとは聞いた。

しかし、決定的な行為に及んだものは過去一人だけで、その卑劣《ひれつ》な行為をどうしても受け入れられなかったその影は、最終的に王を拒絶して光華国を去った——。

「里に戻ってきたその影の話は禁忌であったが、私はどこかで羨ましくもあった。方法は乱暴だとは思うが、その者が影としてだけでなく、人として求められたのだろうと思って」

「和季殿……」

「サラン、私の里には、私やお前と同じ身体の者は幾人もいた。避けられることはなかったが、子孫を残せないということで求められることもなかった」

気持ちが波たつことのない穏やかな日々は幸せなことかもしれないが、死すれば己の存在自体も皆忘れてしまう。生きた証を欲することは、それほど無謀な願いではないはずだ。

「だから、両性の者は影になることを望む。その能力だけでも欲してもらいたくて」

「……では、なぜ王の言葉を受け入れなかったのです？　王はあれほど和季殿を欲しているというのに」

サランからすれば、いや、他の者も同じように感じるだろう疑問だ。存在を欲して欲しいのならば、それこそ洸英の手を取るべきではないかと。

「……怖いと、思ったから」

「怖い？」

「今、王は私を欲してくれていても、いずれはその気持ちも変化するかもしれない。愛されることに慣れてしまったあとでその手が放されてしまった時、私はどうすればいいのかまったくわからない」

お前が欲しいと言った数年後には、他の女を抱き、子まで作った男だ。それを非難するつもりはないが、やはり男は女を愛するものだと理解した。

歳をとり、容姿が衰えれば、見かけだけに注がれる愛情は消える。

それまでに愛された過去があればあるほど、その事実はきっと和季を打ちのめしてしまうだろう。

「サラン、私は逃げたいだけだ。いずれ去っていく王の後ろ姿を見たくなくて……逃げるんだ」

これは、熱烈な愛の告白だとサランは思った。

愛しているから、捨てられる前に捨てるのだと、見かけは無表情で感情の揺れなどまったく感じさせない和季の中に、本当はこんなにも人間らしい熱い感情があったのかと思い知らされた。

自分はどうなのだろうとサランは考える。

男でも女でもない身体を愛してもらえれば、サラン自身も強く生きられるのだろうか。

もしかしたら、とても弱くもなるかもしれないが、それでも今よりははるかに幸せかもしれない。

「和季、父上の側にいてやってくれ」

サランが己の思考の渦に巻き込まれていた時、洸莱が和季に向かって言った。

「父上は和季を大事に思っている」

「ええ……わかっています。ですが、王には他にも大切な方がおられますから」

「……お前を欲しいと言ったくせに、他の女に子まで産ませた……生まれた俺を憎く思っているか」

洸莱の言葉にサランは目を瞠るが、和季は静かに首を横に振る。

「いいえ、洸莱さま。私は王の血を引く皇子さま方を大切に思っていますし、愛しいとも感じています。あなたを憎いとは思ったことは一度もありませんよ」

「……よかった」

十歳を迎えるまで親兄弟と離れて暮らしていた洸莱が、初めてこの王宮へ戻ることが決まった時、離宮まで迎えにきてくれたのは和季だった。

道中、和季の操る馬の背に、共に座った洸莱。二人共王宮に着くまで一言も話さなかったが、王宮の正門までやってきた時、和季が静かに言ったのだ。

『お帰り、洸莱』

敬称をつけずに呼ばれたのはその時だけで、それ以降、和季は積極的に洸莱に関わったことはない。

それでも、洸菜にとってその言葉がとても嬉しかったのは事実だった。

「それならば、和季、お前がこの国を去る理由などない。俺も、兄上方も、皆お前のことを大事に思っている。もしかしたら、父上よりも」

洸菜の物言いに、和季の目が笑みの形に細められた。

「そのようなことを言ったら、王が悲しまれる」

「和季」

「もうお戻りください、洸菜さま。このような場所に皇子であるあなたがいるのは似つかわしくない。サランを連れて、外に」

「一緒に出よう」

初めからその気だった洸菜は言葉を継ぐが、和季は頷くことはなかった。

「……それはできません。洸菜さま、私は今から裁かれる身です。今あなたとここを出てしまったら、それこそ牢破りになってしまいます」

「それでも構わない」

「あなたが罪人になるのは困ります」

「では、私ならよいな、和季」

いきなり背後からかかった声に、サランと洸菜は咄嗟に振り向く。

牢の中にいる和季の表情も、一瞬にして強張った。

薄闇《うすやみ》の中、ゆっくりと現れた洸英は和季の入っている牢の前まで歩み寄ると、その顔を見て深い溜め息をついた。

「王……」

無表情のはずなのに、和季が困惑しているさまはサランにはよくわかる。

それぞれに驚く三人の前で、洸英は膝をつくと格子の向こうへと手を伸ばした。

「あるはずもない危惧《きぐ》などすべて捨て去り、このまま私の手を取れ、和季。お前が私を選ばないのなら、このまま二人、この地下牢で蜜月を過ごすことになるぞ」

この期《ご》に及んでも、洸英は洸英だった。

「私も考えた。だが、どんな女の柔肌に手を触れても、お前の面影が頭から離れない。和季、ここまで私を骨抜きにした罰だ、生涯私の側にいると誓え。否という言葉は聞かぬぞ」

「……」

突然現れて傲慢に言い放つ洸英に、その場の空気は張りつめる。

まさか、こんなところにまでくるとは思わなかった。

和季の知っている洸英の性格からすれば、あれほどきっぱりと拒絶した和季を三度は望まないはずだった。

もともと実直な性格をしている洸英は、ただ肉欲だけで女遊びをしてきたのではないだろう。情を交わしてきた女たちにはそれなりに愛情を感じていただろうし、だからこそ子まで生したのだと思う。

本来、優しい洸英だ。

既に愛はなくとも情を感じているのかもしれない和季のために、王である洸英にこんな場所までできてもらうとは申し訳なくてたまらなかった。

「王、私は……」

「否という言葉は聞かぬと言った」

和季が洸英をよく知っているように、洸英も和季の性質を見抜いており、簡単に逃げ道を作らせてはくれないらしい。

「お前が今、洸莱に言った言葉がお前の真実だ。それならば、私がお前を見捨てることも、お前が私を置いていくことも何も考えなくていい」

王者らしく堂々と言い放った洸英は、手に持っていた鍵で牢の錠を外した。

「出てこい、和季。お前が自ら出てこないのであれば、私がその中に入ることになるぞ？お前の大事な光華国の王がその中に入ってもよいというのか？」

「……」

本当に、酷い男だ。何をどう言えば、和季が動かざるを得ないかを知っていた。

和季は一度目を閉じると、ゆっくりと椅子から立ち上がった。

「和季殿……」

サランは縋るようにその名を呼ぶ。

半ば脅す物言いだとしても、こうして和季が動いたのは、彼の中にある洸英への確かな愛情からだろう。

サランは音もなく牢の外へと出てくる和季を、呆然と見つめることしかできなかった。

「もっと早く素直になれば、こんなに遠回りをしなくてもよかった」

和季が己の足で目の前まで歩いてきたことに満足したのか、洸英の顔は晴れやかに笑っていて、すぐに手を伸ばして和季を抱きしめる。

「……いいえ、王。この長い時間がなければ、莉洸さまと洸莱さまはお生まれにならなかった」

和季の言葉に、サランの隣にいる洸莱の空気が揺れた。

「和季……」

「私は本当に……王の血を引くお子さま方を愛おしく思っているのです」

まるで母親のような慈しみの眼差しで、和季は洸莱を見つめた。今までの、ほとんど感情を見せなかった和季とは別人のような表情に、胸を突かれたのはサランだけではなかったようだ。

見つめられている洸莱自身も何か考えるように眉を顰めていたし、和季の思いが我が子にさえ向けられるのが惜しいと思ったのか、洸英はまるで誰からの視線をも遮るかのように和季の身体を抱き込む。

「お前には、私の想いをその身体で思い知ってもらわねばならぬ」

「王」

「先に戻る。お前たちもここにはもう用はないだろう」

そう言い放ち、洸英は和季の身体を抱き上げると、そのまま外界への道を戻り始めた。


和季の口から、あんなにもはっきりと愛していると言われた洸莱の胸は、今まで感じたことがなかった温かさに包まれていた。

生れ落ちてすぐ母に捨てられた形になっていた洸莱は、今まで母の温《ぬく》もりというものをまったく知らなかった。もしかしたら、和季は洸莱にとって母親に似た存在だったのかもしれない。

もっと話せばよかったと、今さらながら思っていた。

お互い口が重いせいか、なかなか意志の疎通ができなかったことが悔やまれる。

「サラン」

「……」

「父上が現れたのは予想外だったが……和季に訊ねたかったことは聞けたか？」

和季と同じ、両性の身体を持つサラン。その悩みも様々な苦しみも、和季とだったらわかり合えたかもしれないが、強引な父の出現によって中途半端になってしまった。

改めて話をするにしても、あの父の様子ならばしばらくは和季を放さないだろうし、誰とも接触をさせないような気がする。

「少し時間を置くことになるが……」

「洸菜さま」

「なんだ？」

「和季殿のおっしゃった言葉は……本当でしょうか」

「え？」

「和季殿は、自分の身体を愛されたから、怖がらずに前へと進めるとおっしゃった。それならば私も……私も、同じように愛してもらえれば、この気持ちも変わるのでしょうか」

それはどういう意味なのだと、洸菜は聞き返すことはしなかった。

「愛してもいいのか、俺が」

「……気味が悪くありませんか？　私の身体」

「サランの身体は、とても綺麗だと思う。ただ……俺は、今まで誰も抱いていないから、サランを喜ばすことはできないかもしれないけど」

十六歳で性交の経験がないのが遅いということはないかもしれない。

しかし、一国の皇子であることを考えれば、それまでに性教育としてそれなりの相手を宛がわれてこなかったというのは少し遅いかもしれなかった。

ただ、父は今までの洸菜の生い立ちを考えて無理強《じ》いはしなかったし、兄たちもその気になるまではと見守っていてくれていた。

一瞬、この日のために経験をしておいた方がよかっただろうかなどという考えが頭の中を過《よ》ぎったが、考えれば洸菜自身、今まで抱きたいと思った相手はいなかった。

練習のために愛してもいない相手を抱くことはできなかったと思う洸菜は、未経験だと正直にサランに伝えるのを躊躇わない。

洸菜の正直な告白に、サランは笑うことも驚くこともない。

「私も初めてです」

「え？」

「誰かと、閨を共にするのは初めてなので……私の方こそ、洸菜さまに何もして差し上げられないと思います」

「それは、本当なのか？」

「はい」

「……サランは、とても綺麗で優しいから……きっと、誰かから愛されたことがあると思っていた」

サランは思わず洸菜を見つめ、やがてふっと互いに笑い合った。

「私たちは、お互いに世間知らずなのかもしれませんね」

「本当に。でも、俺はサランと共に一つ一つ覚えることの方が嬉しい」

「……はい」

「サランにとって、俺と身体を合わせることが自らの存在を確かめるためでも構わない。俺は好きな人をこの手に抱けるのだし、もしかしたらサランも俺の身体を気に入ってくれるかもしれない。失敗する可能性は大きいけれど……」

地下牢で、話すことではないのかもしれない。

傍から見れば、とても滑稽な会話だっただろう。

それでも洸茱は真面目に話してくれたし、サランも大真面目に考えていた。

身体を合わせることで、何かが変わるとはいえないかもしれない。

もしかしたら洸茱を利用するようなことになるかもしれないが、洸茱以外の誰かと肌を合わせることなど考えられない。

「私も、洸茱さまをきちんと受け入れることができるかどうかはわかりません。私は不完全な身体をしているので」

「違う」

自嘲気味に呟いたサランの言葉を、洸茱はきっぱりと否定した。

「サランの身体は、神に愛されてできた身体だ」

「……神に？」

「こんなにも心根が美しい者には、どちらか片方の性だけでは足りないからと、神がより多くの者に愛されるようにと与えてくださった身体だ。サランが卑下することはない」

「洸茱さま……」

「神が愛したように、俺にもサランを愛させてくれ。年下の俺のような男では頼りないかもしれないが、この先もずっとサランだけを見つめ続けることができると思う」

その言葉が、この時限りでもいいとサランは痛烈に思った。

（愛されたというのは……こんな気持ちだったのですか、和季殿……）

ひと時でも、自分のこの醜い身体を愛してもらえれば、サランは己の人生がすべて根底から変わるような気がした。誰かを愛し、愛されるということを経験すれば、こんな自分でもきっと、前を向いて歩いていけるはずだ。


「サランが、ですか？」

「ああ。今頃は洸莱と共に和季に会っているはずだ」

悠羽は洸聖の言葉にわずかながら眉を顰めた。

自分がすべてのことに関わることはできないとわかってはいるものの、誰よりも彼の側にいると思っていただけに、サランが頼ったのが洸莱だということに一抹の寂しさを感じてしまう。

もともと、本当に結婚するつもりできたわけではない光華国。しかし、悠羽は洸聖と出会い、彼の不完全さもすべて愛しいと思い、身も心も捧げる決意をした。自分には特別な相手がいるというのに、その上サランの手も離したくないというのは子供の我儘だ。

「悠羽」

そんな悠羽の気持ちをわかっているのか、洸聖が柔らかな髪をくしゃりと撫でてくれた。

「……痛っ」

「ああ、すまぬ」

細くて癖のある髪はよく絡まってしまうが、今も洸聖の指がそれを引っかけてしまった。少し痛かったがおかしくもなって、悠羽は先ほどまでの顰めた眉を解く。

「洸莱さま、本当にサランを大切にしてくださっていますね」

「あれは情の深い人間だ」

「……洸聖さまは、反対なさらないのですか？」

「たとえ私が反対したとしても、洸莱はそれくらいで諦めるような男ではない」

「でも……跡継ぎのこと、とか……」

「悠羽」

言ってしまってから、顔が上げられなくなった。

悠羽の心の中では、既に決着がついていることだ。今は、洸聖は自分だけだと言ってくれるが、いずれ国を継ぐ跡継ぎが望まれた時、洸聖が他の姫を手に抱くことも覚悟している。

小国とはいえ、悠羽も一国の王子だ、血統の大切さは理解していた。

それでも……いちいちこんな反応をするから洸聖が困るのだと頭の中ではわかってはいても、やはり気持ちがざわめいてしまうのはしこりが残っているのかもしれない。

「確かに、本来ならば私の子や……父上の血を受け継ぐ兄弟誰かの子がいることは望ましいと思う。だが、私はお前を手放すつもりはないし、子を生すためだけに妾妃を迎え入れるつもりもない」

「……洸聖さま」

「もちろん、己の我儘だけを通して、弟たちの気持ちは無視するなどということもできないからな」

洸聖は悠羽の不安すべてを取り除くつもりで言葉を継いだ。

「悠羽、サランが洸莱を受け入れてくれるかはわからないが、今は静かに見守ることにしよう」

「……はい」

「それに、今は洸莱たちよりも父上の方が問題だしな」

それまでの希望に満ちた物言いとは違い、溜め息混じりになった洸聖に悠羽もそういえばと訊ねた。

「王はお戻りになられてないのですか？」

「ああ」

「もう、和季殿の判決が出るというのに……」

「今まで自由気ままにやってきたあの人だ。初めて拒絶されたのが最愛の者だったというのがよほどこたえたようだな」

今現在、洸英がどこにいるのか洸聖は把握していた。思った通り高級酒場の女のもとだったが、珍しくまだその腕に抱いてはいないらしい。相手の女が酒場の店主に愚痴を零していたというから、多分それは間違いないだろう。

「さすがに、こういう時に女に手を出す気持ちにはならなかったとみえる」

それでも王宮を不在にしていることは確かで、洸聖と洸竣の負担はかなり増してしまっていた。

「いくら譲位を決意されたとはいえ、まだ王であるお立場なのだが」

「……怖いのでしょうか」

「怖い？」

「和季殿に必要とされないことが怖いのではないでしょうか」

光華国の王に、その命までも捧げるという影だ。だが、譲位を口にした洸英は、近いうちにその王座から降りてしまう。そうなれば、影として和季が洸英に付く意味がなくなってしまうのだ。

(王は、和季殿と完全に絆《きずな》が切れてしまうのを見届けるのが怖いのかも……)

「自分で蒔いた種だ。今さら後悔しても遅い」

生真面目な洸聖はそう言うが、悠羽は忘れられるよりも憎まれた方がまだいいという洸英の気持ちがわからないわけではない。

洸聖の執務室を出た悠羽は、少し考えて……足を離宮へと向けた。

洸聖にはわかったふうなことを言ったが、やはり気になってしまう気持ちは止められず、少しだけでも様子を見ようかと考えてしまったのだ。

しかし、地下牢など誰もが入れる場所ではない。

門番になんて言おうかを考えながら歩いていると、

「悠羽さまっ」

後ろから名前を呼ばれ、悠羽は振り返った。

「黎」

「どちらに行かれるのですか？」

さすがに地下牢へとは言えず、悠羽は苦笑して誤魔化す。

「ん～……、少し散歩をしようと思って。黎は？　洸竣さまのお使い？」

「い、いえ……あの、悠羽さま、よろしければ僕もご一緒してもいいですか？　今、洸竣さまは政務をされていて、僕、何もすることがなくて……」

黎の顔は、困惑というよりは、寂しそうだ。その表情を見て、悠羽はああと気づいた。

サランと洸莱のことや、洸英と和季のことに気を取られていて忘れていたが、この黎と洸竣のことも気になる問題だった。

ぎこちない雰囲気だったはずの二人のことがまだまったく解決していなかったと思い出

した悠羽は、いい機会だと意識を切り替えて黎に笑いかける。

「うん、私一人では寂しいと思っていたから」黎さえ時間があるのだったら付き合ってはもらえないだろうか。

悠羽にそう言われ、黎はやっと頬を緩めることができた。

ここのところ、王洸英の姿がなく、政務は皇太子の洸聖と、第二皇子の洸竣が手分けをして執り行っていた。洸聖は政務だけではなく、近々行われる自身と悠羽の婚儀のことでも細々とした雑事があり、洸竣は今まで以上に多忙になっている。

そんな洸竣に手伝えることはないかと申し出たが、笑ってゆっくりしているようにと言い、黎になんの用も言いつけないので、日中何もすることがなくなってしまった。

最近では、洸竣は町へと遊びにも行かない。

それが嬉しくないわけではないが、同時に己の役割もすべて取り上げられたような気がして、黎は何をしていいのかわからないままだった。

「中庭の方へ行きますか？」

「……本当はね、散歩に行きたいわけじゃないんだ。ちょっと、地下牢を覗きに」

「えっ？」

「これは内緒だよ？」

そう言って、悠羽は今地下牢に洸莱とサランが出向いていることを教えてくれる。

地下牢には王の影が囚《とら》われているということは知っていたが、その影に二人がなんのために会いに行っているのかはわからなかった。

　不思議そうな顔をしている黎に気づいたのか、悠羽が言葉を続けた。

「和季殿しか、サランの憂鬱《ゆううつ》を晴らしてくれる者がいないから、かな」

「憂鬱？」

「それは、私の口からは言えない……いや、多分、私では理解しきれていないかもしれない。ただ、少しだけ心配だから、様子を見ようかなと思ったんだ」

　サランが和季に何を聞くのか。

　そして、なぜそこに洸莱がいるのか。

　黎の知らないことばかりを次々に言われてしまったが、それでも悠羽は黎には関係ないと突き放しはしなかった。

　そんな何気ない言葉の端々が嬉しくて、黎は悠羽のすぐ後ろをついて歩く。

　すると、

「あっ」

「え？　あっ」

　驚く悠羽の声に視線を向けた黎は、そこに和季を抱きかかえている洸英の姿を見た。

「洸英さまっ？」

　悠羽が驚いたように叫んで、二人のもとに駆け寄る。その後ろを黎も慌てて追った。

「どこに行く？」

悠羽と黎が驚いていることはわかっているだろうに、洸英は何事もなかったように普段通りに声をかけてくる。悠羽は洸英の腕の中の和季を見たまま、珍しく戸惑ったように訊ねた。

「ど、どこって、あの、和季殿はどうして？」

「ああ、これは私のものだから、地下牢まで取りに行っていた。洸莱とサランもじきに戻るだろう」

「取りにって、洸英さま、和季殿を物のように扱うなど……」

「悠羽、これが私だ」

眉を顰める悠羽の言葉を遮った洸英は、和季の頬に唇を寄せる。向ける眼差しは、こちらが赤面するほどに甘いものだった。

「この歳まで私は変わることができなかったし、この先ももう変われないだろう。それゆえ、己の言葉でしか和季を繋ぎ止めることができないが、我が子らは、洸聖はまだ変わることができる。こんなにも早く、お前という愛しい存在を手に入れたのだ、悠羽、もっともっと、あ奴を良い男に変えてくれ、頼むぞ」

「洸英さま……」

「私は今から、勝手に私のもとを去ろうとした和季を躾《しつ》けねばならぬ。ではな」

とても父親らしいことを言っていたのに、そのすぐあとには洸英はもう男の顔に戻っていた。文句を言うことはもちろん、引き止めることもできなかった悠羽はしばらくその場に佇み、やがて途方にくれたように黎を振り返る。

「なんだか……豪快な方だな」

和季が地下牢から連れ出されてしまったのでは、今さらそこに向かう意味はなかった。

洸英の言葉の通りならば、間もなくサランと洸莱も姿を現すのだろう。このままここにいた方が良いかもしれないと思う間もなく、二人は姿を現した。

「サラン」

離れていた時間はわずかだというのに悠羽はその姿を見て安堵し、次に隣にいる洸莱を見つめ、最後に二人の繋いである手に目がいった。

「父上が地下牢にまで和季を迎えにこられた」

サランの代わりに洸莱が答える。それはとても自然で、悠羽はもう一度サランに視線を向けた。

「サラン、お前と洸莱さまは……」

口籠る悠羽にサランはわずかに笑み、続いて隣の洸莱を見上げた。

洸莱は頷き、悠羽に告げる。

「悠羽殿、サランは、俺と試す気になってくれました」

「た、試す？」

いきなりそう言われた悠羽は、言葉の意味をどう取っていいのか判断がつかないようだ。

サラン自身、まさか洸莱がここで悠羽に言うとは思わなかったが、それが恥ずかしいと感じるよりも先に二人の決意表明のような気がして、否定はせずにさらに洸莱との間合いをつめた。

寄り添うように並び立つサランと洸莱に、悠羽の目が丸くなる。

「俺を嫌ってはいないらしいが、それでも心を傾けるほどに想える相手なのかはわからないそうです。互いの気持ちを確認するためにも、試すことは悪いことではないと思います」

「何を、試すのですか？」

「……サラン、これは言ってもいいことだろうか？」

「秘め事は、あまり人さまには言わないものではないでしょうか？」

サランと洸莱は大真面目に話しているのだが、どうやら悠羽はなんとなく事情を察したらしい。色白の頬を赤く染め、動揺したように視線を彷徨わせる悠羽を困惑したように見つめていたサランは、ふと、その隣の黎が自分を一心に見つめているのに気づいた。

「黎？」

「サランさんは……洸莱さまと試すのですか？　それは、身体が合うかどうかということでしょうか？」

「れ、黎っ？」

黎にしてはあからさまな言葉に悠羽は驚いたようだが、サランはその質問を受けることを不思議には思わなかった。

洸茱の口から零れる言葉は、黎にとっては信じられないものばかりだった。

サランと洸茱が、というのも驚きの一つだが、あんなにも真面目な二人が、気持ちを試すために身体を合わせせると言い出すとは考えられなかったからだ。

『ねえ、黎。まずは試してみるのもいいんじゃないかな？』

『幸いにして私は何も知らない初心な男ではないし、黎に痛みだけを感じさせることはないと思うよ？』

洸竣に言われたその言葉。

遊び人と噂され、色恋事にも慣れているだろう洸竣の言葉に、黎は自らの想いを確認するよりも先に、すべてを任せた方が楽ではないかと思ってしまった。

息苦しく、自分の存在さえも見えなかったような屋敷から連れ出してくれた洸竣。異母兄に襲われた時も助けにきてくれた。

彼は黎にとっては本当に恩人で、その上この国の皇子だ。求められ、それまでの恩を返すつもりで頷いてしまった己の安易さに今は後悔しているものの、それならばどうすればよかったのか今考えてもわからない。

自らの心が見えなくなってしまった黎と、軽口を叩くのさえ遠慮をし、身体に触れることもなくなってしまった洸竣と。二人でいることに息がつまっていた時に聞いたこの洸莱の言葉は、本当に大きな衝撃だった。

黎と洸竣が立ち止まってしまったというのに、どうしてサランと洸莱はその先に進めるのか。

わからなくて、どうしても知りたくなって、黎は自分がどんなに際どいことを言っているのかも気づかないまま訊ねた。

「サランさん、教えてくれませんか」

「……黎は、洸竣さまにそう言われた？　それとも、お前の方が言ったのだろうか？」

「……洸竣さまが、おっしゃいました。僕の気持ちの踏んぎりがつかないのならば、まずは試してみるのもいいのではないかと」

「洸竣兄上の言われそうなことだ」

洸莱はわずかに呆れたような声で言ったが、それでもその言葉自体を否定するような響きにまではなっていなかった。

「黎、兄上はあのような方だから、すべての言葉が軽く聞こえてしまうかもしれないが、お前に関しては誠実な態度を取ってらっしゃると思う」

「洸莱さま」

「一夜の遊び相手だとしたら、あの兄上ならばとうに黎に手を出しているはずだ」

「……ふ」

悠羽は思わず噴き出した。

実の兄弟にしてはあまりの言いようだったが、洸莱は彼なりに兄の言葉の足りなさを補っているつもりなのだろう。恋愛初心者の洸莱にそんなことをされたと知ったら洸竣は苦笑を浮かべるかもしれないが、それでもありがとうと言葉短かに礼は言いそうだ。

そんな洸莱の後押しに、悠羽ももちろん同意した。

「黎、私も洸竣さまの黎への気持ちは本物だと思う」

「悠羽さま」

「洸聖さまの面前で、あんなにもはっきり黎への気持ちを告げられたし」

立場が違うので黎の気持ちをすべて理解できるとはいえないものの、それでも洸竣のあの言葉を嘘や冗談だとは思わなかった。

悠羽の言葉を継ぎ、洸莱は言った。

「黎、どうか、兄上のことをもう一度考えてやって欲しい」

ただ、口下手な洸莱はそれ以上黎を説得できる語彙《ごい》がない。

(情けない……)

どうすれば兄の恋を応援できるのかと考えた。

隣にいるサランも洸莱とそう大差なく恋愛事には無関心というか、基本的に淡泊らしく助言は期待できないし、悠羽だとてその方面には疎いように思う。

考えればここにいる全員、色恋事には不慣れな者ばかりだ。

洸莱はふと、顔を上げた。

「黎、兄上のところに行こう」

「え？」

いきなりそう切り出した洸莱に、黎は驚いたように目を丸くする。洸竣のことを話しているのに、その本人に会いに行こうという洸莱の意図がよくわからないらしい。

悠羽も、そしてサランも、黎と大差ない表情で洸莱を見つめてくる。その三人に同時に答えるように、洸莱は自らが思いついた案を告げた。

「兄上本人に確かめた方が早い。黎を抱いたあとどうするつもりか、はっきり聞いた方がいいだろう？」

洸竣の気持ちは洸竣に聞く。黎が洸竣の気持ちをどうしても信じられないのならば、本人に言葉を尽くさせたらいいとそう言った洸莱は、早速サランの手を握っているのとは反対の手で黎の手を取って歩き始めた。

「ま、待ってくださいっ」

洸莱の言葉に呆気に取られてなすがままに歩き始めた黎だったが、ふと我に返って焦った。こんなにも恥ずかしいことを洸竣本人に訊ねるなんて、羞恥で死んでしまいそうだ。

しかし、皇子である洸莱の手を振り払うことができない黎は、必死になって言葉で止めた。

「ぼ、僕、とても洸竣さまにそんな話はできませんっ」

「どうして？」

「ど、どうしてって、だって、そんなはしたないこと……っ」

「でも、これは黎にとっては大切なことだろう？　あまり悩みすぎて待たせてしまったら、あの兄上のことだ、煮つまってすべて諦めて、他に目をやるかもしれない。昔のように、不特定の女性と快楽だけを分かち合う……黎、お前はそれを兄上の側で見ていることができるか？」

洸莱の言葉が胸に突き刺さり、黎の顔色が青褪める。

本当にそんなことになったとしたら……洸竣の腕の中に誰かがいたとしたら、自分はいったいどんな気持ちになってしまうだろう。

多分……いや、きっと、そうなったら洸竣の側にはいられない。

「僕……」

「俺が言うのもおかしいが、黎、言わなければわからないこともある」

「……」

「聞かなければ、答えは返らない」

立ち止まった洸莱は手を離し、黎の丸い頭を無造作に撫でた。

「俺たちが一緒だ。怖いことはないだろう？」

そう言った洸莱が笑った顔は、やはりどこか洸竣に似ている。

そんなふうに思ってしまった自分に、黎は唇を嚙みしめて俯いた。

「サラン」

洸莱と黎の会話を聞いていた悠羽は思わずサランの側に歩み寄ると、その耳元に唇を寄せて囁いた。

「意外に大人だな、洸莱さまは」

「はい。私など……いえ、私を欲してくださるような方ですから」

自らを卑下したような言い方を言い換えたサランに気づき、悠羽は嬉しくなってふふっと笑った。サランと洸莱がお互いを想い合うようになれば嬉しいが、もしもそれが叶《かな》わなくても、きっと洸莱の存在はサランの心を豊かにしてくれるはずだ。

(みんなが、幸せになってくれたらいいのに……)

跡継ぎなどの諸問題はあるものの、想い、想われた相手が上手くいってくれたらいい。己だけが洸聖と幸せになって笑うのではなく、洸竣と黎も、そしてサランと洸莱も、どうか幸せな結末を迎えて欲しいと思う。

(私も、少しは変わったのかもしれない)

洸聖に愛され、悠羽も愛するということを知って、以前よりももっと周りの人間が大切に思えるようになった己を、悠羽は少しだけ自慢に思えた。

洸莱が黎の腕を掴んで執務室にやってきた時、そこには当然洸聖もいて、二人はいきなり現れた一行に怪訝そうな視線を向けてきた。

「どうした、悠羽」

本来ならば先頭で部屋の中に入ってきた弟の洸莱に訊ねるのが普通だが、洸聖は当たり前のように悠羽へと声をかける。それだけでも、洸聖の悠羽への信頼の比重が見え、洸莱は真面目な人ほど入れ込んだら激しいのだなと感心した。

「洸竣兄上に話が」

「私に？」

それまで、己には関係ないだろうと構えていたらしい洸竣は、洸莱に名指しされて不思議そうに首を傾げた。確かに、今ここにいる人間を見ても、なかなか話の要点は掴めないだろう。

洸莱に黎に、悠羽にサラン。いったいなんのことだと、それでも立ち上がってこちらに足を向けてくれた洸竣に、洸莱は己の隣に立つ黎の身体を兄の面前に押し出した。

「兄上、黎の身体を手に入れたあと、いったいどうされるおつもりですか？」

「は？」

いきなり核心を告げると、洸竣は一瞬面食らったような顔をした。

続いて、頑なに俯いたままの黎を見下ろし、ようやく洸莱が言った言葉の意味が頭の中に入ってきたらしく、珍しく困ったような笑みを頬に浮かべる。

洸竣が迷っている素振りを見せたら、黎はますます萎縮して己の正直な気持ちを言わなくなってしまう。それだけは避けなければと、洸莱はさらに言い募った。

「黎は不安に思っています。これまでの兄上の所業を考えれば無理のないことですが」

実の兄にはっきりと、今までの奔放な女性関係を非難する。

「今までの遊ばれてきた女性のように、一時の熱が冷めてしまったらそれきりになるのではないかと恐れています」

「洸莱」

さすがに洸聖が止めようとしたが、洸莱は普段の無口さが嘘のように舌鋒《ぜっぽう》鋭く洸竣を追いつめていく。

「兄上が本当に黎を欲しているのならば、もっと言葉を重ねてもよろしいのではないかと思います。黎は兄上とは違い、色恋事に慣れているわけではないのですから。手を差し伸べておいて、そのまま逃げ出すのは卑怯です」

己の言葉が洸竣にどんなふうに届いているのかはわからない。ただの子供の、意味のない正義感だと聞こえているのかもしれない。

それでも、洸莱はこの言葉が無駄にならないようにと願い、また、そうでなくてはそれこそ意味のない言葉になってしまうと思った。

「洸莱……」

洸竣には、洸莱の言葉はいちいち胸に痛かった。

普段あれほど口の重い洸莱が、こんなにも言い募るのは黎のためもあるだろうが、それと同様に洸竣のためを思ってくれているのだというのも十分わかる。

弟にこんな心配をされるとは情けないが、一方でくすぐったいほど嬉しくもあった。

そして、洸竣は黎を見つめる。ここまで周りに心配され、それ以上に黎に心細い思いまでさせて、それでも己の矜持にしがみつくつもりはない。

「……黎」

「……っ」

他の人間がいる前でこんなことを言うのはさすがに躊躇ってしまうものの、心配をかけたであろう洸莱や、悠羽やサラン、そして洸聖にも知っておいてもらった方がいいかと洸竣は続けた。

「私は、お前を愛しいと思っている」

その瞬間、華奢な肩が大きく揺れたのが見える。

「その気持ちは、以前お前に伝えた時と少しも変わってはいないよ」

「こ、洸竣さま」

黎が泣きそうな眼差しを向けてきた。

洸竣が考えていた以上に、黎は不安に思っていたのだろう。思わず手を伸ばした洸竣は、震えている黎の小さな身体を引き寄せた。

「黎、お前は知らないかもしれないが、私が心の底から愛しいと思ったのは……お前が初めてなんだよ」

　多くの浮名を流してきたが、こんなにも思い通りにならない感情に振り回されたのは初めてだった。

「お前も……いや、この国の者が皆知っているように、私は愚かなほどの遊び人だった。自分がどんなに誠意のない男だったか……こうして本当に欲しいものができた時、簡単に動けなくなるほどに臆病になってしまったのは、すべて己のせいだというのもわかっている」

「洸竣さま、僕……」

「お前が、恩のために私に身体を与えようとした時、私は皇子という自分を情けなく思ったよ。もしも私がただの男だったら、黎は私など振り向いてはくれないのではないかと考えたりもしてね」

　黎を王宮に召し上げられたのは、王族としての力を使ったせいだ。皇子でなかったら、どんなに黎が苦しんでいたとしても、洸竣は助けることもできなかった。黎が洸竣に感謝をし、仕えてくれるのもすべてがこの身分のせいで、これで身体までこのまま奪ってしまったら。

「男として、一生愛が勝ち得ないかと思うと、なかなか手を出すことができなくて……すまなかった、黎。そのことがかえってお前を混乱させてしまったんだね」

　誰よりも愛おしいと思った相手を悲しませたことを、洸竣は痛烈に反省しなければならなかった。

「洸竣さま……」

洸竣に抱きしめられた瞬間、黎は自分でも自覚しないまま身体が強張った。

それは、洸竣に対する恐怖というよりも、自分などにまだ触れてもらえるのかという戸惑いの方が大きかったのだが、今耳に聞こえてきた洸竣の告白にはさらに戸惑いが大きくなる。

洸竣も怖かったなどと、思いもよらなかった。

経験豊富で、どんな恋愛も軽く受け入れているように見えた洸竣が恋愛など今までしたこともなかった黎と同様、触れるのが怖かったとは考えもつかないことだ。

おずおずと、黎は洸竣の背中に手を回す。広い背中に、一瞬触れていいのかどうかと迷ったが、それでも思いきって抱きしめた。

すると、まるでその力に後押しされたかのように洸竣が告げる。

「お前を愛してるよ」

「……」

「お前が欲しいんだ」

「……」

「お前が私に恩を感じているというのならば、それでももう、構わない。ただ、その感情を別のものに育てるように、どうか……どうか、黎……」

唐突に、黎は洸竣が愛しいと思った。

自分にだけ弱い姿を無防備に晒してくれる洸竣が、皇子ではなく、自分に想いを寄せてくれるただの男に思え、深く愛されているとようやく思い知って、黎は今この瞬間に自らの気持ちを確信した。

ここまで言ってくれた洸竣に、黎だけ逃げることはできなかった。

「た、確かに、あの屋敷から僕を連れ出してくれたことに感謝をしています。でも、それだけで、恋などできません。感謝だけでは、この身を投げ出そうとは思わない。洸竣さま、僕……まだ、間に合いますか？　あなたの愛情を受け入れても……よろしいのですか？」

身分違いはわかっている。もしかしたらこの恋は、途中で引き裂かれてしまう可能性もある。

それでも、ようやく気づいたこの己の想いを押し殺すほどに黎は大人ではなく、今こそ子供のように正直になりたいと思った。

「いい加減にしろ」

抱き合う洸竣と恋人になりたての黎を見ていた洸聖は、深い溜め息をついた。

洸聖が声をかけると、我に返ったのか黎が慌てて身を引こうとする。しかし、洸竣はそれを許さずに黎を抱きしめたまま、眉を顰めている洸聖を振り返った。

「兄上は、私と黎のことに反対ですか？」

「仕事中だ」

「は？」

「そのような恋人同士の戯れは、仕事が終わってからすればいい。ほら、お前たちも下がりなさい」

洸聖としては極当たり前のことを言ったつもりだったが、なぜか洸竣は噴き出し、悠羽も頬を緩めて笑い出した。

「……何がおかしい」

「兄上は真面目だなと思って。ねえ、悠羽殿」

「それが洸聖さまの素晴らしいところではありませんか。ねえ、洸聖さま」

少し含みがあるようにも感じたが、悠羽の言葉は素直に嬉しい。

洸聖は知らずに頬を緩めかけたが、一同の視線が向けられていることに気づくと、咳払《せきばら》いをして真面目な顔を作った。

「私をからかうのではない」

賑《にぎ》やかな笑い声が、さらに部屋の中に広がる。

洸聖は唇を引きしめたが、いつしか自分も笑みの形に崩れてしまっていた。


「お、王っ？　何をなさるおつもりですかっ？」

「これは私のものだ、連れ帰る」

「し、しかし、この者は反逆罪で、間もなく判決を待つ身でっ」

「王である私が、反逆などなかったと証言しよう。もともとただの痴話喧嘩だ、あとの処理はすべて私がする」

　地下牢の門番にそう言い放った洸英に半ば担がれるようにして男の私室に運ばれてしまった和季は、連れ去ったという荒っぽさに似合わない優しい仕草で寝台に下ろされた。

「和季」

「……王」

　洸英は和季の前に跪き、その足を手に取る。履物もなかったため、白い足は岩で傷つき、土で汚れていた。

　それを見て眉を顰めた洸英は、手を伸ばして椅子にかけていた夜着の上に羽織る上着を取ると、無造作に和季の足の汚れを拭っていく。王の肌に触れる物なのでもちろん生地も上等な物だが、それで足を拭《ふ》くことなどなんとも思ってはいないようだった。

　手に入らなければ切り捨てようとしたくせに、切り捨てられようとすれば、手を伸ばしてくる。

　我儘な暴君の、それでも正直なその行動には、和季も苦笑を漏らすしかなかった。

「……どうされるのですか？」

「どうもしない。私のものであるお前に罰を与えることができるのは私だけだ」

言葉と行動が伴わない洸英に、和季は静かに告げた。

「私のような不完全な人間を手にしなくとも、あなたなら望めば美しい女性を誰でも、何人でも手に入れることができます。私に罰を与えるというのなら、どうかお側から離すように」

歪《いびつ》な考えしかできない己ではなく、素直に洸英のことを愛していると言える相手を側に置いた方がよほどいいと思うのだが、そう言った和季の足をさらに強く摑んだ洸英は、そのまま細い足に舌を這《は》わせた。

「王」

「名を呼べ」

「……」

「私の名を呼べ、和季。私が王である限り、お前は私から離れないのであろう？」

「では、王でなくなったら？」

「何？」

「あなたは、洸聖さまに譲位をするとおっしゃったではありませんか。そうなればあなたは当然王ではなくなる。影は王のための存在です。王でなくなったあなたに私が付いている必要はない」

「……」

洸英は軽々しく譲位をすると言ってしまった己の浅はかさに舌打ちをした。

あの時は、王でなくなれば和季を堂々と愛する対象として手に入れることができると思ったのだが、今和季に言われて改めて気がついてしまった。確かに、影というのは王に付く存在で、その王が王でなくなった時、影も同時に姿を消していたと聞く。今までは、王は戦で死んだり、老衰で亡くなったりと、その命を引き換えにしての譲位がほとんどで、自ら位から降りるということはなかったはずだった。

「私は……今までの王とは違う」

なんとしても和季を引き留めたくて、洸英は必死に言葉を継ぐ。

「この若さで王位を息子に譲るのだ。まだ先の長い人生を、愛する者とすごしたいと思ってもおかしくはないだろう」

「それは、何も私ではなくてもよいでしょう？　あなたはつい最近まで、町の若い女性と愛を交わしておられた」

それには、返す言葉もない。

なかなか心を許してくれない和季に焦《じ》れて、妬《や》きもちをやいてもらおうと若い女に手を出した……いや、それは言い訳かもしれない。ただ欲求を解消するために、若い女の身体で快感を貪ったということも否定できなかった。

和季が素直に洸英のものになっていたらと悔しくなり、思わず目の前の白い足に歯を立てた。

「……子供ですか、あなたは……」

和季の言ったことが真実なので、言い返すことができないのだろう。それでも、なんとか己の意思を伝えたいと思う行為が、こんな言葉の言えない子供が取るような手段だとは。

和季は洸英の性格を思って思わず笑んだ。

政に関してはあれほど冷徹に、あるいは大胆に、己の持つ力を最大限効果的に利用して、もともと大国だった光華国をさらに繁栄させた賢王と褒め称《たた》えられる存在なのに、思えば和季にだけはいつも我儘で甘えた、子供のような態度を見せていた。

それが心を許してくれているのだと思えて嬉しかったが、今も洸英は昔のまま、和季にだけは王ではない、ただの洸英としての顔を見せてくれる。

囚われているのは、和季の方だった。

強引な手段を取らなければ、洸英から離れることなどとても叶わない。いや、もう既に遅いことはわかっていた。

最後の最後で逃げられなかった和季は、今ここにいる時点で洸英の術中に嵌《は》まっているも同然だ。

「……」

「……」

和季の足を抱きしめたまま、洸英はどんな言葉を言えば和季が己のものになってくれるのか必死に考える。どんな言葉も和季は心を動かさないような気がして、いっそこのまま強引に身体だけでも奪ってしまおうかとさえ思った。

「……王」

その時、和季が静かに洸英を呼ぶ。

何を言われるのかと緊張した面持ちで洸英が顔を上げると、和季はまっすぐな視線を向けたまま言葉を続けた。

「一つ、お聞きしたいことがあります」

思いがけない切り出しに、洸英は眉を顰める。

「……なんだ」

「以前、あなたが初めて私を欲しいと言ってくださった時、私はこんな不完全な身体を差し出すことができないと申し上げたことを覚えておいでですか？」

「……私は、それでも構わぬと言った」

「確かに。お前は子を産む必要などないとおっしゃった。その意味を、聞いてもよろしいですか？」

和季がなぜそんな昔のことを今さら言い出したのかわからないが、洸英にとってそれは隠すようなことではないので堂々と言い放った。

「あの時の私にはもう皇子が二人いて、世継ぎを作らねばならないという責務は果たしていた。両性を持つお前がもしも懐妊して子を産んだとしたら、情の厚いお前の心のほとんどは子供に向くことはわかりきっていた。お前は、私のものだ。たとえ私の子だとしても、お前の愛情を分け与えたりなどしたくなかった」

当時、己の子でもない洸聖や洸竣を、言葉少なに、それでも愛情豊かに見守り、育てていた和季だ。自分の子が産まれたとしたら、それこそ溢れるほどの愛情を注いだことだろう。

それだけは、嫌だった。

和季は洸英だけに与えられた大切な存在で、和季にも自分だけを見つめていて欲しかった。

「お前と私の間に子などいらぬ。お前の愛情はすべて私に向けられなければならないし、お前の目は私だけを見ていればいい」

それがどうしたと不遜に笑う洸英に、和季は小さな溜め息をついた。小さいながら、それは和季にとって長年の重いしこりが解けた、意味のあるものだった。

「……ようやく、わかりました。あなたが、まだ幼い子供だということが」

「何っ？」

馬鹿にされたと思ったのか、顔を上げた洸英は身を起こして片手を寝台につくと、そのまま上から和季を睨みつける。鋭く強いそれも、和季にとっては愛しい男の目だった。

「愛情を持って、育てねばなりません」

「和季？」

「譲位されたら、それこそあなたは綱のない馬と同じ。御する者がいなければ迷惑になりますものね」

笑いを含んだ和季の口調に、洸英の眼差しが次第に見開かれていく。

「……お前が御するというのか」

「私以外にできる方がいらっしゃいますか？」

「……おらぬ」

「では、あなたが望まれる限り、お側にいることを誓いましょう……洸英さま」

次の瞬間、和季の唇が厚い洸英のそれで塞がれた。何度も交わしたはずのくちづけなのに、今の和季にとって、いや、洸英にとっても、それは神聖で深い官能を伝えるものに感じる。

想いを認めれば、くちづけはこれほども甘くなるものなのだ。

己の心境の変化は身体の感覚さえも変えるものなのかと不思議に思いながら、和季はさらに深く己を貪ってくる愛しい男の身体を抱き寄せ、自らも相手の存在を確かめるように目を閉じた。


もう、何度この身体を抱いてきたのかは覚えていない。

確かに数多くの女もその手に抱いてきたが、洸英は噂で言われていたほどに荒淫《こういん》しているわけではなかった。

ほとんどが一夜だけの快楽を共にしただけであったし、妾妃として王宮に迎えた者もいるにはいるが、訪れるたびに抱いていることはなく、ただ話をして時をすごすことも多々あった。

女たちの多くは洸英を王と知って打算で身体を与える者もいたし、中には本当に愛情を向けてきてくれた者もいたが、洸英自身真に愛しいと思える存在は、過去にも現在にもただ一人、和季しかいなかった。

「和季」

「洸英さま」

名を呼ぶと、すぐに言葉を返してくれる。

綺麗でいながらいつもは無表情な顔に今は温かな微笑を浮かべているのを見れば、和季が本当に受け入れてくれたのだとじわじわとした実感が湧いてきた。

唇を重ねて舌を絡めると、冷たい体温からは考えられないほどの熱い口腔《こうこう》内が洸英を迎え入れ、和季からも積極的に舌を絡めてくる。お互いの唾液が混ざり合い、横たわる和季の顎《あご》から滴るそれも勿体ないと舐め上げた洸英は、そのまま簡素な和季の衣を脱がした。

「洸英さま、湯浴みを……」

その時、和季が少しだけ身じろいだ。

「なぜ？」

「このままでは、あなたの身体を汚してしまいます」

何日も牢にいたわけではないが、それでも和季にとっては少しでも綺麗にしたいという思いがあるのかもしれない。

だが、洸英にとってそれはまったく無用な懸念だった。

「そなたの匂いは私の欲情をそそるだけだ。気にせずそのまま私を求めよ」

「……っ」

言葉以上に雄弁な舌が、まるで味わうように和季の肌の上を滑る。熱い吐息がかかるたびに身体が震えてしまうのを、和季は唇を噛みしめて耐えた。

それが気に食わないのか、洸英がわざと和季の敏感な場所に指を這わせ、焦らすようにくすぐる。平坦な胸のささやかな乳首を口に含み、舌で舐《ねぶ》るかと思えば軽く歯を立てられて、和季は腰を揺らしてしまった。

「声を漏らしていいぞ」

「……い、え……っ」

いつもは性器に触れられるまで、和季はこれほど感じたことはなかった。そもそも、こういった行為は洸英を慰めるためという意味が大きく、己の快感など二の次だった。

それに、女ではないのだからと胸に触れられても感じることなどないと思っていたし、実際そうだったが、なぜか今日は……洸英の手がどこに触れても熱く、ざわざわとした感覚に次々と襲われてしまう。

いつの間にか性器も勃ち上がっていて、とろりとした蜜を溢れさせている。それに気づいた洸英が、濡れた陰茎を掴んだ。

「どうした、もう感じているのか？」

「ん……っ」

「お前のここは、もう甘い雫《しずく》を零している。愛しいな、和季」

身を隠すこともできない寝台の上で、こんな甘い言葉を言われたら抵抗する術《すべ》はない。

和季の神経は、身体の隅々を愛撫する洸英の繊細な指の動きに集中した。

もう何年も肌を合わせてきた男は、和季のどこが感じるのか嫌というほど知っている。

己にそんな感覚があったことさえ知らなかった和季にとって、洸英との性交は自らが生きている実感を得る行為であった。

そして、洸英にとってもまた、出会ってから二十年近く経っても変わらない和季には驚嘆するしかない。同じように歳をとっているはずなのに、和季の白い身体は昔と変わらず瑞々しく、それと同時に円熟した柔らかさを持って洸英の愛撫を受け入れてくれた。

洸英は和季の腰を抱き寄せ、胡坐《あぐら》を組んだ己の足の上にまで身体をずり上げると、そのまま細身の陰茎を口に含む。

「！」

両性を持つ和季だが、身体の仕組みはどちらかといえば男性体の方が強く出ていた。陰茎は細身ながらもきちんと勃ち上がるし、精を吐き出すこともできるが、その陰茎の下には双球はなく、そのまま女性器にあたる幼い小陰唇が垣間見えた。

男か、女。性別で和季を区別しているわけではなかったが、今まで洸英は和季の女性器に挿入したいとは思わなかった。

妊娠しないといわれていても、万が一できてしまったら。いくら自らの血を継ぐ子だとしても、和季の愛情が己以外にも分け与えられることを考えるとどうしても我慢できなかった。

今はもう、どんなことがあっても和季の愛情を疑うことはないし、逃げることもさせないが、あまりに幼いその部分は今まで抱いてきた女のその部分とは違いすぎ、己の陰茎を押し込めば壊れてしまうのではないかとも恐れる。

それに、今までの経験で、和季の後孔は洸英の陰茎を柔らかく受け入れてくれる術を心得ていて、ここでも十分快感を得ることができるのだ。

「んっ、ふっ、んんっ」

口の中で陰茎を甘噛みし、先端部分を舌先でくすぐると、たまりかねたように和季の唇から声が漏れ始めた。高い嬌声《きょうせい》ではない押し殺したようなその声が、洸英の欲情を一気に高めていく。

「……んぁっ」

指を一本、慎ましやかな蕾に差し入れた。きつい抵抗はあるものの、少しずつ洸英の指を含んでいったその内部は進入してきた指を締めつけ、熱く蠢《うごめ》いている。それを感じるだけで、早くここに自らを突き入れたい欲求にかられた。

洸英は口の中から陰茎を解放すると乱れていなかった己の下穿きの紐を緩め、和季の可憐な蕾に陰茎の先端をあてがったと同時に押し入った。

「！」

まるで、まだ知り合った当時のような性急な挿入に、和季は強い痛みと圧迫感を確かに感じた。いつもなら香油を使ったり、和季が羞恥で身もだえするほどに解してから押し入ってくるのに、今日の洸英には余裕がまったくないようだ。

慣れているとはいえ、やはり苦しいし、痛い。

それでも、己の中をいっぱいに満たしてくれる洸英の陰茎の存在を感じるだけで、痛みさえ愛しく思えてしまう。それほど自分は洸英を愛しているのだと、身体中が叫んでいた。

「あ……」

「しばらく、このまま……」

根元までの挿入は強引だったが、すべてを和季の中に収めた洸英は、まるでその感覚を和季の中に植えつけるようにそのまま動かないでいる。

洸英が動かなくても陰茎の脈動は和季の内壁に伝わり、和季の感覚はどんどん研ぎすまれ、高まっていった。このままでは、洸英よりも先に精を吐き出してしまうことになってしまうが、それを我慢することはできそうにない。

「……っ」

「和季？」

肩にしがみつく和季の顔を覗き込もうと洸英の身体が動くと同時に和季の身体の中のものの角度が変わってしまって、敏感な内壁をぐっと押し退《の》けるように動いた。

「！」

その瞬間、洸英の腹に熱い精を吐き出してしまった和季は、色白の肌を紅潮させて泣きそうに顔を歪める。

「……和季」

腹に飛び散った和季の精。熱いそれが和季の感じた証だと、洸英の頬には鮮やかな、そして自信に満ちた王者の笑みが浮かんだ。

「お前は、私のものだな？」

この身体は、既に自分の言うことしか聞かない。現に、たった今精を吐き出したばかりで身体から力が抜けてしまったはずの和季だが、それでも内壁は洸英の陰茎を離さないというように締めつけている。

和季の額に、鼻に、頬に、触れるだけのくちづけをすると、汗ばんだ顔にわずかな笑みを浮かべた和季が言った。

「あなたも……私のものですね？」

「……ああ、そうだ。今までも、そしてこの先も、私の心も身体も、お前だけのものだ、和季」

洸英の答えに、和季は目を細める。

「今までは、違うかもしれませんが」

「そう言うな、和季。お前が私につれなくしたので、子供のように反抗しただけだ。許せ」

「もちろん……許しますよ、私の王」

拗《す》ねているだろうに、微塵もそんな素振りを見せない和季が、言葉を肯定するように洸英の頬に手を触れる。

愛しい、愛しい、愛しい。この気持ちを表すのに何度言えばいいのか、どんな言葉で表していいのかわからない。それは和季も同じだったのか、しばらく視線を合わせたあと、なぜか同時にふっと笑みを漏らした。

「お前が足りない、和季」

まだ和季の中に収めたままの陰茎の勢いは衰えておらず、さら更なる高みを目指すために奪うように和季の唇にくちづけをしながら、洸英は再び愛しいその身体を貪り始めた。


夕食の時間、洸英が和季を伴って食堂に現れた。

「遅れてすまない」

洸英はそう言って席に着いたが、その場にいた者の視線はある一点、和季へと向けられている。

本来、和季がこんな場にいるのはとても珍しいことだ。常に王である洸英の側にいるという印象ながら、公の場所や家族がいる場所ではいつの間にか姿がないことが当然だったからだ。

「椅子の用意を」

いつまで経っても己の隣、王妃の席があるはずの場所に椅子と食事の用意がされないのを見て、洸英は眉を顰めながら言う。そんな洸英を、和季が静かに諫めた。

「王、突然言われても、皆が困惑してしまいます」

「これからは常にお前がこの席に座るのだ、言い聞かせなくてどうする」

え……っと、いうのは、その場にいた者たち全員の思いだろう。代表をするように洸聖が洸英に訊ねた。

「父上、本日から和季も共に食事をするということですか？」

「そうだ」

洸英は鷹揚に頷くが、和季としては納得していないらしい。その表情をちらりと見た洸聖が言う。

「……和季は納得していないようですよ」

また無理強いをしているのかと眉を顰める洸聖に、洸英はまだ立ったままの和季の腰を抱き寄せた。

「納得も何も、妃が私と共に食事をするのは当たり前だろう」

「え？」

今度こそ、皆は揃えて声を上げる。

洸英は何がおかしいというように顎を上げた。

「……」

有言実行が洸英の信条だと知ってはいたが、こんな時に発揮しなくてもよいのにと和季は呆れる。

その場にいた全員の、それこそ召使いも含めた全員の呆《ほう》けた顔というのはなかなかに壮観だったが、このままではせっかくの食事が冷えてしまうと、和季はそっと洸英の肩に手を置いた。

「洸英さま、それはまた日を改めてご説明をされた方がよろしいのではないですか？」

洸英の気持ちをくすぐるようにわざと名前で呼んだのだが、和季の意図に気づいたはずの洸英はさらに傲慢に言い放った。

「そんなことをして、またお前の気が変わらないとも限らない。私は一日でも早く、お前が私のものだと皆に宣言したい。洸聖、洸竣、洸莱、悠羽、そして、ここにいる者皆に宣言をする。本日より、この和季を私の正妃として扱って欲しい。公の場にも共にするゆえ、すぐに恥ずかしくない衣装や宝飾も用意するように」

宣言して安心したのか、洸英は満足そうに笑いながら和季を見上げる。そんな洸英に呆れるものの、同時に愛おしいと思う自分がいた。

　こんなふうに考えてしまうようでは既に自分も洸英の熱に感染しているようだと、和季は諦めることにする。

「……なるほど」

　そんな洸英の言葉に最初に我に返ったのは、その性格が父親譲りだと言われる洸竣だ。

「はいはい、子供の前でそれ以上熱い言葉を言わないでください、父上。ほら、お前たちも、早く和季の席を作ってくれないか？　父上の大切な方なんだから」

「は、はいっ」

　その言葉に慌ただしく動き始めた召使いを見て、洸竣は次に洸英に視線を向けた。

「今度は逃げられないようにしてくださいね、父上」

「お前に私のことが言えるのか？　洸竣、お前が一番私に似ているんだからな」

　洸竣の助言をあっさり退け、反対に口元を緩めてからかうように言う洸英に、洸竣は苦笑を浮かべるしかない。

（一番大切なものになかなか素直になれないところも……かな）

　それでも、洸竣はまだ父に勝っているところがあると、言い負かしたぞというように笑う洸英に反論した。

「確かに私は父上と似ていますが、父上が大切なものを何十年もかけて手に入れたのとは違い、私はもう間もなくかも……ねえ、黎」

「な、何をおっしゃって……っ」

黎は真っ赤になって誤魔化そうとしたがなかなか言葉にならないようで、結局泣きそうに眉を下げて俯いてしまう。

その顔が可愛らしくて、洸竣はにっこりと笑った。

「でも、確かに父上は良いお手本です。私も大切な者に逃げられないように気をつけますよ」

「……」

父と兄のかけ合いに、洸莱は小さく息をつく。

洸竣も祝福する気持ちからだろうが、どうも一言多い気がする。あまり調子に乗るようなことがあったら、黎を手に入れる時間はもっとかかってしまうのではないかと反対に心配になるほどだ。

「父上」

「なんだ」

「洸竣兄上」

「何？」

「早く落ちついてくださらないと、食事をすることができません」

淡々と言う洸莱に、さすがの二人も口を噤む。その姿を見た洸聖が、わざと大きな溜め息をついた。

「洸莱の言う通りです。父上、浮かれるのもわかりますが、このあと私と共に執務室にいらしてください。いろいろと事後処理がありますので」

「……事後処理か」

形だけとはいえ、一度は地下牢に収監された和季の処遇を書類上もきちんと処理しなければならないことにようやく気づいたのだろう。面倒な書類仕事を思ってか、ようやく落ちついた洸英を洸聖は呆れたように見た。


夕食が終わり、それぞれの部屋に戻ることになったが、サランは洸莱の部屋の扉の前に立っていた。

扉を叩くと、しばらくして中から洸莱が顔を覗かせる。そこに立っているサランを見て少し驚いたような表情になっているのが歳相応に見えて、サランは思わず口元を緩めてしまった。

「中へお邪魔してもよろしいですか？」

「ああ」

最初の衝撃が通りすぎると、洸莱はいつもの無表情になる。しかし、その表情の中にもわずかながら嬉しそうな気配を感じ取れたのは、同じように感情表現が苦手なサランだからかもしれない。

部屋に招き入れた洸莱はサランを椅子に座らせ、寝る前に飲むためなのか用意されてあるお茶を入れてくれた。そして、自身もサランの向かいの席に座ると、少しして呟くように言う。

「……少し、驚いた」

「何がでしょう?」

「まさか、今夜きてくれるなんて思わなかったから」

「私も、少しでも早く……知りたいと思いましたから」

まずは、試してみようと言ってくれた洸莱。初めはその言葉を素直に受け入れることができなかったサランだが、今は違った。自らも、試してみようと思えるほどに、心が大きく動いていた。

誰かが……洸莱が、この醜い身体を洸莱が愛してくれたら、己の気持ちも変わるような気がする。

だから一刻も早くと、今夜という時間を選んだのだ。

『今宵のお世話はできません。申し訳ありません、悠羽さま』

そう伝えた時の悠羽の顔は驚きに大きな目を瞠り、次の瞬間嬉しそうに、泣きそうに歪んだ。

悠羽のためというのももちろんあるが、それと同じくらい……いや、もしかして少し大きいくらい、サランは己のために考えていた。

「……サラン」

向かい合い、目を合わせるだけで、洸莱にはサランの気持ちが手に取るように伝わってきた。きちんと覚悟をし、洸莱と向き合うためにここにきたサランの決意を尊重するし、とても嬉しく思う。

洸莱が手を差し出すと、サランは躊躇うことなく細い指を重ねてくれた。

何を、どうするか。男と女の性交の方法は書物で読んだことがあるものの、サランはそんな洸莱のわずかな知識にはとても当てはまらない身体の持ち主だ。

とにかく、傷つけないようにしなければならない。

初めて人を抱く自分が、初めて人に抱かれるサランの身体を傷つけてしまう可能性は十分あって、もしかしたらその痛みで二度と抱かれることは嫌だと言われる可能性も否定できない。

しかし、誰でも初めてはあるのだし、その互いの初めてが互いで良かったと、最後はそう思うようになりたかった。

「サラン」

「はい」

「痛みを感じたらすぐに教えてくれ。絶対に我慢はしないで欲しい」

「はい」

「気持ちがいい場所があれば、それも教えて欲しい」

生真面目に告げる洸莱の言葉に、サランは少し目を瞬かせたが、それでも素直に頷く。

「それと……」

洸莱はどう言おうか少し考えてしまったが、ここは自分の思いのままに伝えた方がいいかと考えた。

「今だけは、試しだと思わないで欲しい」

「洸莱さま？」

「俺はサランを愛おしいと思って抱くし、サランもできれば……」

「はい」

頷いたサランは少しだけ笑っている。

洸莱はサランを寝台に腰かけさせると自分はその前に立ち、身を屈めて唇を重ねた。

冷たい指先からサランの唇も冷たいと想像していたが、思った以上に温かくて甘かった。

重ねるだけのくちづけを何度か繰り返し、いったん唇を離した洸莱はもう一度唇を合わせて、今度はその合わせ目に自分の舌を差し入れてみる。

サランの舌は逃げることなく、洸莱が触れてくるのにじっとしていた。どうやって口腔内を愛撫したらいいのか迷いながら、洸莱はそのままサランの身体を寝台に横たえた。

「……っ」

唇を離して真上からサランの顔を見つめると、サランは目を閉じていた。白い頬に長いまつげが影を落とし、普段の人形のような表情を思いがけなく頼りなく見せる。

こんな表情もするのだと、洸茉は初めて知るサランの別の顔に気持ちがざわめいた。

「……洸茉さま」

「なに？」

「……あまり、触れないでください」

サランは小さな声で言い、それを伝えるために洸茉の腕を掴む。

まだ、唇と唇が重なっただけだ。手と手が触れ合うのと変わらないと思っていたのに、サランは思いがけず己の胸が高鳴っていることに戸惑っていた。目を開いていると動揺がそこに表れる気がして、目を閉じるものの、そのせいで洸茉の表情が見えないことがまた不安で、サランは知らず自らを追いつめていた。

「……あっ」

サランの懇願に洸茉は応えてくれず、そればかりか身体に触れる指の動きに遠慮がなくなったような気がした。視界が遮られているせいなのかもしれないが想像しているよりも敏感に感じてしまい、サランは無意識のうちに声を上げてしまった。

恥ずかしくてすぐに口を閉じるが、洸茉の手はまるで美術品や宝飾に触れるように冷静に、何かを探るように動いていて、サランは思わず身を捩《よじ》って重ねて懇願した。

「……あの……」

「なに？」

だろう。

気持ちがよくないと答えるのは簡単だった。そう言えば洸菜はきっと手を止めてくれる

「どうして？　気持ちがよくないだろうか？」

「……そのように、触れないで」

しかし、サランは初めに洸菜と約束したのだ。

『痛みを感じたらすぐに教えてくれ。絶対に我慢はしないで欲しい』

『気持ちがいい場所があれば、それも教えて欲しい』

洸菜の言葉は、強く頭の中に残っている。羞恥のあまりここで首を横に振ってしまったら、洸菜に対して自分は嘘をつくことになってしまう。この身体を愛そうとしてくれる洸菜に、嘘だけは絶対につきたくなかった。

「……我を忘れてしまいそうになるので……怖いのです」

声は小さくなってしまったが、それでもサランははっきりとそう告げた。

「大丈夫だ、サラン。俺も、触れているだけで……我を忘れている」

サランの言葉に洸菜は内心安堵すると共に、自らのやり方がそれほど間違っていないことを確信した。知識だけしかないが、それを補う愛情があればなんとかなるかもしれない。

「嫌われたくないからと自制しているが、今にもこの衣を剝ぎ取ってサランのすべてを見たいと心が急いている。そんな俺を愚かだと思うか？」

応えは返ってこなかったが、サランの指先は洸菜の腕を摑んできた。

そんなサランの仕草に洸莱は笑みを零し、そのままもう一度軽く唇を重ねてから、サランの衣の紐に手をかけた。

衣が擦れ合うわずかな音のあと、洸莱の面前に現れたのは素晴らしく綺麗な身体だった。

「……綺麗、だ」

どこもかしこも真っ白な肌だ。小さな胸飾りさえ、ほんのわずかに色づいているだけで、色素などまったくないように思えた。下生えも薄く、その下の陰茎は洸莱の片手に収まるほどに小さく、幼い姿のままだった。

（この奥に、女性器があるのか）

両性具有というサランの身体には、目に見えない場所に……陰茎のつけ根の、本来は精子が溜まる場所である陰嚢《いんのう》の代わりに、女性器があるはずだ。しかし、まだ医師に診せない前にすべてを今手に入れるつもりはない洸莱は、感じさせようとそのまま小さな陰茎を片手で摑む。

傷つけないように、できるだけ優しく触れたつもりだが、

「！」

ひくんとサランの身体が飛び跳ねて、洸莱は思わず陰茎から手を放してしまった。己のものとはあまりにも違うそれに、手加減ができていなかったのかもしれない。

洸莱は眉を顰めながらサランの顔を覗き込んだが、どうやらその表情の中に苦痛の色は見当たらなかった。

「サラン、痛かったか？」

「……い、いえ、痛みは……」

か細い声ながら否定してくれたその言葉に安堵した洸莱は、これからどうしようかと考えた。また同じように触れて、サランに痛みを感じさせるという可能性はあるし、かといってこのまま触らないでいることもできない。

想像以上に美しいサランの身体に触れたいという湧き上がる欲望を抑えるには洸莱はまだ若く、ただ、相手を気遣うという気持ちは歳以上のものがあった。

手だから、力が出るのかもしれない。洸莱は細い足をもう少し広げると、いきなり、サランの陰茎を口で銜《くわ》えた。

「んぁっ」

いきなり生温かく湿ったものに陰茎が包まれ、サランは思わず声を上げた。

突然、下半身を襲った感触にいったい何が起こったのかわからなくて少しだけ顔を上げると、自らの下半身に顔を埋める洸莱の姿を目にしてしまった。

「は、放してくださいっ、あなたが汚れてしまう……っ」

「……」

忌むべき己の性の象徴。これまで排泄でしか使ったことのない場所に洸莱が口をつけるなど、恥ずかしさ以上に申し訳なくて思わず叫んでしまい、サランは洸莱の顔をそこから離そうともがいて必死で肩を押し返す。

しかし、洸莱の身体はまったく動かず、そのままサランの陰茎を口で愛撫し続けた。舌で舐め、歯で甘噛みし、窄《すぼ》めた口全体で竿の部分を刺激してくる。情けないほどに幼い陰茎は初めての愛撫に浅ましくもすぐに反応してしまい、本人の意志を無視して勃ち上がった。

「あっ、あっ」

息が苦しくて口を開けると、耳を塞ぎたくなる嬌声が聞こえてくる。

普段の自分からは信じられないような甘ったるい声にサランの体温は急上昇し、さらに感覚が研ぎ澄まされて大きな声になってしまった。声を止めようと必死で口に手のひらを当てようとしたが、その手さえも洸莱によって阻まれてしまう。

「サランの声が聞きたい」

陰茎を銜えたまま話すので、吐息さえ愛撫になって腰が震える。

「だ、駄目、駄目です、放してっ」

何かがこみ上げてくると思った次の瞬間、洸莱の歯が先端部分を掠《かす》り、

「！」

サランはそのまま洸莱の口の中に精液を吐き出してしまった。

「ふ……はぁ……」

荒い呼吸をしているサランの陰茎をようやく口から解放した洸莱は、こくんとその精液を飲んでしまった。

自分が男の精液を口にするとは思っていなかったが不思議と嫌な味ではない。確かに甘いものとはいえないが、それでもサランの吐き出したものなら口にできる。

そして、洸莱は自らの身体の変化も自覚した。

サランの身体を見た時から下半身が熱くなったが、今明らかに己の夜着を押し上げるほどに大きくなっていた。

「こ……らい、さま……」

なんとか落ちついたらしいサランは、申し訳ありませんと震える声で謝罪してくる。どうやら洸莱の口の中に吐精してしまったことを後悔しているようだが、洸莱自身、それはサランが己の愛撫に感じてくれた証《あかし》なので嬉しいと思うだけだ。

「サランが気持ちよかったのならいい」

「洸莱さま……」

「……続き、してもいいだろうか」

今の行為で痛みを感じていないのならば、洸莱は先に進みたかった。好きな人の身体をもっと深く知りたいと思うのは自然な感情だ。

黙ったまま返事を待っている洸莱にサランは少しだけ身を捩ると、寝台の上に座っている洸莱の膝へと手を乗せてきた。

「サラン？」

「洸莱さまのものも……こんなに」

細い指が夜着の上から洸莱の陰茎をなぞる。その瞬間、洸莱は眉間に皺を寄せて、今にもそのままサランを押し倒しそうになるのを我慢した。

そんな洸莱の表情を下から見上げていたサランは一瞬迷うような眼差しをしたあと、洸莱の夜着を肌蹴《はだけ》て、既に半分勃ち上がっている陰茎を見下ろした。

「今度は、私がご奉仕をする番です」

サランの指にひと撫でされた洸莱の陰茎は、さらにぐんっと勢いを増す。

（……大きい……）

男の陰茎など、こんなに間近で見たことはない。

もちろん、悠羽の背中を流すために一緒に湯に入ることは多かったが、自身のものはもちろん、悠羽のものも大きいとまでは言えず、そもそも、快感を感じて勃ち上がったところなど見るのは初めてだった。

女と交わったことはないと言っていたが、洸莱の陰茎は立派に大人の形をしているし、色は多少色素が濃いが、綺麗だといってもいい色だと思う。

サランは意を決して口の中にそれを迎え入れた。

「……っ」

とても、全部は口の中に入らなかった。喉の奥まで入れようと思っても要領がわからないので苦しいだけだし、少しでも油断してしまったら歯で噛んでしまいそうだ。

先端と、竿の部分が少しだけ。とにかくそれだけは口に含むと、サランはぎこちなく愛撫を開始した。愛撫といっても、洸莱が先ほどしてくれたことを返すだけしかできない。己の身体を忌むせいか、性的なことに関してはほとんど耳に入れないようにしてきたので、こういう時に具体的に何をすればいいのかまったくわからないのだ。

それでも、洸莱に少しでも気持ちがよくなって欲しいと、唇を動かした。

含みきれない竿の部分は、両手で握って擦ってみる。すると、

「……っ」

頭上で、息を殺すような気配を感じ、口の中に含んでいる陰茎が震えるのがわかった。洸莱に快感を与えているのかもしれないと思うと嬉しくて、頭を動かす。

「サ……ランッ」

大きな陰茎は銜えているだけでも顎が疲れるし、無意識なのか洸莱自身も腰を動かし始めたので、時折喉を突かれるようで息苦しさは増す。それでも、サランは愛撫を止めようとは思わなかった。

「サランッ、もう……っ」

それから間もなく、洸莱はそう言ってサランの頭を引き離そうとするが、自分の精液を飲んでもらったお返しに……というわけではないものの、サランも洸莱の精液を己の口で受け止めたかった。

しかし、サランよりも洸莱の力は強く、サランの頭は半ば強引に上げさせられてしまう。

「……うっ」

サランの口から出された陰茎は、もう我慢の限界だったのか勢いよく精を吐き出した。白いそれは、間近にあったサランの顔にかかる。

一瞬の出来事に驚いてしまったサランは目を瞠ったが、珍しく洸莱も慌てて、自身の夜着で精液で汚れてしまったサランの顔を拭ってくれる。その手がわずかに震えているのにサランは気づいた。

「……すまない」

「いいえ、だって……これは、洸莱さまの快感の証でしょう？」

サランは顎に残っていた精液を指先で拭うと、躊躇いなく口に運んだ。

（……不思議な味）

美味《おい》しくはないが、これが洸莱の味だ。忘れることなく覚えていようとサランはもう一度指先を舐め、やがてじっと自分を見下ろす洸莱を見上げた。

「この続き……洸莱さまはご存知なのですか？」

「……サランの女の部分はまだ幼い気がする。だから、ここに入れるのは少し無理だと思う」

洸莱は医学書を読んでいるかのように生真面目に答えた。

サランの身体が両性具有だと知ったあと、洸莱は少しだけ医学書を調べてみた。公な資料はほとんどなかったが、ついでのように男女の交わり方も読んだ。

もちろん、本で書かれている一般的な性行為と、サランの身体が同じではないとわかっているが、いずれはサランの身も心も欲しいと思っていた洸菜のその行動を誰も責めはしないだろう。

「サランが嫌だと言えばしかたないが、肛孔に入れてもいいだろうか？」

「……それは、どこでしょうか？」

言葉で説明するよりは、その場所を実際に教えた方が早い。洸菜は手を伸ばすと、細いサランの腰の下、双丘の狭間へと指を滑らせた。

「……ここだ」

「……そんな場所、性交に使う場所なのですか？」

「男同士は、多分そこしか入れるところはないだろう？　口や手で愛撫し合うだけでなく、身体すべてを交わろうと思えば、そこしか使うことができないと思う」

洸菜自身も多分ということしか言えないし、そもそもサランがそこまで覚悟しているのかどうかわからない。そうでなくても性ということに関して潔癖なサランだ、嫌だと言われてもしかたがないと覚悟していた。

「……」

「……サラン」

「……」

黙って俯いていたサランの次の行動に、洸菜は思わず目を瞠る。

華奢な、白すぎるほど白い足が、洸菜の目の前でゆっくりと開かれていったのだ。

己の取っている体勢がどんなに淫らなものか。それでもサランの中に、このまま洸莱を拒絶するという選択はなかった。

サランの身体を気遣って、女の部分には挿入しないと決めてくれた洸莱。

それでも、サランの身体が欲しいと言う洸莱。

サランだとて……洸莱を受け入れたいと思っているのだ。

顔だけでなく、身体全体が燃えそうなほどの恥じらいを感じながら、サランはゆっくりと足を開いた。こんな恰好をすれば、先ほど陰茎を愛撫された時以上に己の身体の隅々まで見られてしまうことになるが、サランの身体に洸莱に隠さなければならないところなど一つもない。

「……ここに」

「サラン」

「あなたを、入れてください」

恐る恐るというように、洸莱の手が頬に触れた。

続いて、そっと触れるだけのくちづけが唇に落とされる。

大切にされているのだと泣きそうな気持ちになって、サランは自ら洸莱の唇を奪った。

たっぷりの香油を垂らされた秘所が、淫らな水音を立てている。

「痛かったら言ってくれ」

頷いたサランを見たあと、洸萊はその腰を自らの膝の上に持ち上げ、足を大胆に広げさせて、真剣な表情で肛孔を慣らしていた。

男どころか女さえも抱いたことがなく、サランも同様に性的に未経験で、どんなに細心の注意を払ったとしても傷つけてしまいそうだという不安はあった。それでも誰かに教えてもらおうとは思わない。サランのこの綺麗な身体を誰にも見せたくなかった。

だから、一つ一つ手探りで、サランの身体を開いていく。それが、洸萊の喜びにも繋がっていった。

小ぶりながら陰茎も綺麗な形と色をしていたが、この肛孔もまるで花の蕾のような可憐な形と色をしていた。当然他人のそんな場所を見るのは初めてだし、この先も見る気もなかったが、おそらく、サランはどんな人間よりも綺麗な身体の持ち主だろうと洸萊は思った。

（ここも……綺麗だ……）

「あ……んっ」

初めは小指の爪先さえも入らないほどに硬く慎ましやかに閉じられていたそこは、洸萊の熱心な愛撫と香油の力でようやく指が二本ほど入るようになっていた。それでも、指は強く締めつけられて、このあとの行為を思う洸萊は己の心臓が高鳴っていくのを感じる。

「痛いか？」

「い……え」

「嘘じゃ、ないか？」

自分のための思っての強がりじゃないかと案じるが、何度訊ねてもサランは首を横に振るだけだ。洸莱は狭いサランの中を指先で何度も撫でさすり、その白い頬に赤みが差してきたのを確認した。

「んっ」

ようやく、三本目の指が入り、洸莱は意を決してサランの顔を覗き込む。

「……入れてもいいだろうか」

「……はい」

頷かれ、洸莱は少し体勢を変えると、今まで解していたそこをじっと見ながら自らの陰茎を擦る。既に先走りの液で濡れたそれを、ほのかに赤みを帯びた蕾へと押し当てた。

ぬちゅりという淫らな水音と共に、ほんの少し陰茎がめり込む。

「ん……っ」

「サラン」

その熱さと硬さに一瞬身体を硬直させたサランは、動きを止めた洸莱にわずかに頷いてみせた。

洸莱がかなり我慢していることは、触れた陰茎の先端が既に濡れていることからもわかる。サランとは違って正常な普通の男である洸莱が、この歳ここまで理性的に欲望を抑えているには相当な忍耐が必要のはずだ。

「い、入れて、くださ……」

「……っ」

促すと同時に、我慢の限界だったのかまるで内臓を突き上げるような強い衝撃が襲ってきた。

「……っ、ま、まだ、先も入って、ない、ぞっ」

「う……そ」

もう、腹の中いっぱいに陰茎を押し込まれたような感覚なのに、それがまだ先端も入っていないのか。サランは気が遠くなりそうだったが、それでも洸莱に先を促すように、しなやかに逞しい腕を摑んでいる指先に力を入れる。

その瞬間、灼熱《しゃくねつ》の棒が身体の中心を貫いた。

「サランッ」

これ以上時間をかければ痛みだけが長引くと、洸莱はサランの腰を摑み直して一気に腰を突き入れた。先端部分の半分くらい呑み込んでいた肛孔は、その勢いと香油の力でぬるりと根元まで収まってしまう。

「……っ」

自らの下生えがサランの尻をくすぐっている。すべてがサランの中に収まったのだと思

うと言葉にできないほどのいろんな思いが胸の中に渦巻くが、身体の下で苦しそうな呻き声を上げるサランに気づき、洸莱はゆっくりと陰茎を引き出した。

(早く終わらせないと……っ)

とにかく早く射精して、サランの負担を軽くしなければ。そう思った洸莱はゆっくり、ゆっくりと陰茎の出し入れを始めた。

「ふっ、んっ、……っ」

「……サ、ランッ」

きついサランの内部はそれだけで洸莱の陰茎を刺激する。蠢く内壁に陰茎は愛撫され、洸莱はそれほど長く持たないと悟った。

男としては情けないが、これもサランの身体が素晴らしすぎるからだ。

「……ああっ」

ぐぐっと最奥まで陰茎を突き入れた時、サランは無意識に息をつめた。その瞬間、洸莱はサランの中に熱い精液を解き放つ。

「……ぅ……っ」

これまで感じたことのない快感に、洸莱はしばらく呆然として固まっていた。

「サラン……愛している」

抱き合ったからというわけではない。その前からサランを愛しいと思っていたが、抱き合ってからはさらに愛しさが増した。これが身体を合わすことなのかと、洸莱は初めて知る。

思わずそう呟いた洸莱に、サランは汗ばんだ顔を綻ばせた。

「私も……」

嬉しくて、嬉しくて。洸莱は思わず強くサランを抱きしめると、綻んだ唇に熱いくちづけを落とした。


悠羽は、顔に何かが触れたことで目を覚ました。

「あ……」

「おはよう、悠羽」

「……おはよう、ございます、洸聖さま」

「お前が寝坊するなど珍しいな。昨日はなかなか眠れなかったからか？」

洸聖の言葉に、悠羽は少し恥ずかしそうな笑みを浮かべた。

ゆうべ遅くまで起きていたのは洸聖との甘い夜をすごしたわけではなく、サランと洸莱のことが気になってしかたがなかったからだ。

（なんだか下世話だけれど……大丈夫かなって……）

サランと共に育ってきた悠羽は、当然のごとくサランが誰とも肌を合わせたことがないのを知っている。それどころか、どうせ役に立たないのだからと、未成熟な陰茎を切り取り、膣を焼きつけて欲しいと、まだ十にもならない少年が一人で医師のもとを訪ねたくらいなのだ。

（その医師が、母上に連絡を取ってくれたからよかったけれど……）

『サラン、お前が自らの身体を厭うのは勝手です。しかし、神から与えられた身体を自分勝手に傷つけることは許されません。その生を終えるまで、お前はその身体と共に生きるのです』

王妃である母の言葉をサランがどう取ったのかはわからない。それでも、それ以来サランは身体のことを口にすることはなかった。

成長し、誰の目にも美しい容姿に育ってからも、どんな相手からの求愛も一切受けつけることなく、問答無用に切り捨てていたサランが、本当に洸莱と上手くいくのだろうか。

考えると落ちつかず、悠羽は昨夜もなかなか寝つけなかったのだ。

「悠羽、お前はそんなにサランのことが心配なのか？」

「それは……サランは私の兄弟と同じですし……」

「……それに？」

「……私も、そうですけど、サランも誰かと、その……あの……」

「同衾《どうきん》したことはなかった？」

はっきり言わなくてもいいのにと思いながら、悠羽は渋々頷いた。

男でありながら王女として育った悠羽と、両性具有の身体を持つサラン。蔑《さげす》まれることはなく、皆から愛されていたとは思うが、そこに男女の恋愛が絡むような感情はなかった。

悠羽は眉を顰めながら洸聖を見つめる。

「なんだ」

「……」

（洸聖さまと洸竣さまは、そんなことはなかっただろうな）

どこからどう見ても、羨ましいほどに整った容姿と、申し分のない家柄。未成年の洸莱と、どちらかといえば愛《め》でられる立場に見えた莉洸の二人とは違い、洸聖と洸竣はその手の話には不自由がなかったように思えた。

「悠羽？」

「なんでもありません」

悠羽はなんだか面白くなかった。過去のことをどうこう言ってもしかたがないと思うのに、洸聖の向こう側に今までの相手の姿を想像するだけで胸がムカムカしてしまうのだ。

「悠羽」

「なんでもありませんっ」

そんな理由を話すのも恥ずかしくて、悠羽は寝台から起き上がるといたたまれないまま部屋を出た。

部屋を飛び出した悠羽はどんな顔で洸聖と向き合えばいいのか迷い、時間かせぎではないがそのまま洸莱の部屋に足を向けた。まだ朝食前の早い時間だが、サランが無事なのかどうか、その顔を見るだけでもよかった。

扉を叩くと、しばらくして中から開かれる。現れたのは洸莱だった。

「あ、お、おはようございます」

「おはようございます」

いつもと変わらない無表情な洸莱だが、どこか充足した雰囲気を感じた。その理由を考えると顔が熱くなり、咄嗟にサランの名前を出すことも躊躇われた。

(私は……お邪魔かも)

今さらながら口籠る悠羽をどう思ったのか、洸莱が淡々と告げた。

「悠羽殿、サランは今日一日、せめて半日、ゆっくりと休ませてもらえないか？」

「……あ、はい」

「すまみません」

「い、いいえ、私の方こそ朝早くからきてしまってごめんなさい」

早口で言った悠羽はそのまま踵を返そうとして、あっともう一度振り返った。

「サランには、二、三日ゆっくりしてって伝えてくださいね」

そう告げ、今度こそというように悠羽はその場から立ち去った。

(本当に、強い繋がりを持っているんだな)

男女間の恋愛感情とも親子の愛情とも少し違う、悠羽とサランの不思議に強い絆。妬けることはなかったが、洸莱は羨ましかった。

血が繋がっていなくても、こんなにもお互いを想い合える関係。悠羽には、ずっとサランをそんなふうに思っていて欲しい。

そんな洸莱と悠羽の声は、部屋の中にいるサランにも丸聞こえだった。

真っ正直な洸莱はまったく誤魔化そうとせず、悠羽もゆうべの自分の言葉から、何があったのかは正確に把握したのだろう。

なんだかとても恥ずかしい気がするが、それと同時に嬉しくも思った。自分が誰かとこういう行為をすることができるとわかっただけでも、悠羽にとって心配の種が減ったと思いたい。

「サラン」

寝台の側に戻ってきた洸莱は、わずかに身を起こしているサランを見て眉を顰めた。

「無理を……」

「していません。洸莱さまが大切に抱いてくださいましたから」

「……嘘ではないな？」

「ええ」

初めての性交なのに、洸莱はサランが申し訳ないと思うほどに辛抱強く、優しく抱いてくれた。痛みは確かにあったものの、それは十分我慢できるものだった。

（和季殿が言われていたのは、このことだろうと……わかった）

こんなにも大切にされれば、もしかしたら己の身体はそれほど忌むものではないのかもしれないと思える。誰かに愛おしく想われるということは、これほどに心が優しく、豊かになるものだと、知ることができただけでも奇跡だった。

「サラン」

ゆっくりと寝台から降りようと動くサランを、洸茉はさりげなく助けてくれた。ここで止めたとしても、サランが言うことを聞くとは思わないとわかっているらしい。

「少し遅れましたが、悠羽さまのお世話に行きます」

「大丈夫か？」

「はい。それに、悠羽さまのお顔を見て、きちんとお伝えしたいのです」

「……」

「私も、自分の身体が少し、好きになったということを」

「サラン……」

一度にすべてが変わることはないが、それでも変化をせずにこのまま一生をすごしていったかもしれないもう一つの未来を思えば、この変化はとても素晴らしいものだ。

「身体を合わせてみてよかった。そうでなければ、私は世の中がこれほどに色鮮やかなものだと気づかないままだったかもしれません」

「……それなら、サラン。私とのことを真剣に考えてくれるのか？」

「……洸茉さまは試しだと思わないで欲しいとおっしゃった。私はこの先もずっとそうだと思っていたのですけど？」

　年下の頼もしい皇子に首を傾げながら言うと、洸莱は珍しく言葉につまっていた。


　悠羽の世話をするサランとはいつも水場で会うのだが、今日はその姿を見かけなかった。どうしたのだろうかと思っていた黎は、朝食の時間に洸莱と共に食堂に入ってきたサランの姿を見てあっと気づいてしまった。

けして、身体に触れ合っているわけではないし、じっと見つめ合っているわけでもないのだが、時折見交わす目が、サランを促す洸莱の手が、見ている者が照れくさくなるほどに甘い雰囲気があるのだ。

「あ～あ、弟に先を越されるとはなあ」

　すると、いきなり隣に座っていた洸竣が面白くなさそうな声で言った。

「洸竣さま？」

「洸莱、お前ちゃんとできたのか？」

「……兄上、食事の時に言うような話ではないです」

「サラン」

　洸莱がまったく相手にしないので、洸竣の矛先《ほこさき》は洸莱の相手であるサランに向けられる。

「洸莱は上手かった？」

「兄上」

さすがに洸莱がそれ以上の言葉を止めようとしたが、サランはいいのですよというように洸莱に笑いかけたあと、洸竣を見てきっぱりと言いきった。

「私は洸莱さま以外に存じませんが、とてもよかったと思いますよ」

「……」

「他の、どの皇子さまよりも、洸莱さまが一番素晴らしい方です」

「……なるほど」

あまりにきっぱりと言われて、洸竣も引き下がるしかなかったようだ。

洸莱と視線を交わして静かに笑うサランを見て、黎は呆れたように溜め息をつく洸竣をちらりと見つめた。

サランの言葉を聞いて、洸竣は何を考えているのだろうか。もしかしたら自分もと、なかなか応えることのできない黎のことを考えているのではないか。

揺れる黎の気持ちを知ってか知らずか、部屋に戻った洸竣が突然切り出した。

「明日から隣国に使者として向かうことになったから」

「えっ」

急な旅の知らせに、黎は目を丸くする。

「兄上と悠羽殿の婚儀の件で、国境の警備のこともあるだろう？　そのまま二カ国回って、莉洸にも会いに行こうと思っているし、十日くらいは不在にすると思う」

「で、では、旅のお仕度を」

「それは、黎にはわからないことも多いと思うし、慣れている召使いに頼んだから心配はいらないよ。私が不在の間、ゆっくりと羽を伸ばしたらいい」

「そ、そんな、僕は……」

「何か珍しい土産《みやげ》を買ってこよう、お前が喜ぶような」

そう言いながら、洸竣は子供にするように黎の頭を撫でた。

その手が温かくて優しくて……それでも、黎は寂しいと思ってしまった。

自分だけではなく、悠羽や、兄弟皇子たちの前ではっきりと想いを告げてくれた洸竣。

身分違いも、同性であることも乗り越えてのその真摯な想いに、黎は早くきちんとした答えを出したいと思っていた。いや、答えだけならばもうとうに出ていた。黎にとって洸竣は恩人であると同時に憧《あこが》れの存在でもあり、その想いが限りなく恋に近いものだということも自覚している。

ただ、身分違いという大きな壁を、黎がなかなか飛び越えられないのだ。

自国の皇子である洸竣の想いを躊躇いなく受け入れるには、まだもう少し時間がかかる。

そんな焦りを感じている中での洸竣の旅は、黎の中の不安をさらに刺激した。

翌日、黎の不安な眼差しの先に、旅支度を整えた洸竣が立っていた。にこやかに見送りの人々と話している洸竣を、少し離れた場所から見つめることしかできない自分が情けない。

結局、旅の準備はみな他の者がしてしまったし、洸竣は他の用事も言いつけてくれなくて、黎は洸竣のために何もできないままこの場に立っているしかなかった。

「すまぬな、洸竣」

「いいえ、大切な兄上と悠羽殿の婚儀ですから、万全を考えるのは当たり前のことです」

一方、洸竣はこの旅がよい機会だと考えていた。

自分が側にいる限り、黎は考えることすらできないだろう。少し離れることは互いのためにもよいと思い、今回の役目を快く引き受けた。

それに、洸聖と悠羽の婚儀は、次期光華国王の婚儀ということもあってかなりの客人を招待することになっている。その警備は自国の名誉のためにも完璧《かんぺき》でなくてはならず、それには皇子である洸竣が直接隣接国に赴いて確認をするのが最良の手段だった。

それには父も洸聖も賛成で、ゆうべ、洸聖は洸竣の部屋まで赴いて頭を下げたくらいだ。

「洸竣さま、お気をつけて」

「悠羽殿、あまり兄上を甘やかさないように。これ以上でれでれとした兄上の情けない顔は見ていられないから」

「洸竣」

正門の前には洸聖を始め、多くの見送りの人々が洸竣の周りを取り巻いている。

華やかな存在である洸竣が十日ほどだとはいえ、光華国を不在にするのはやはり寂しいものなのだ。

「あ、黎っ」

きょろきょろと辺りを見ていた悠羽が、黎の姿を見つけて声をかけてきた。

賑やかなあの輪の中に入っていくのは勇気が必要だが、それでも呼ばれたからには向かわなくてはならない。

「悠羽さま」

「黎、洸竣さまにお言葉をかけないと」

「こらこら、悠羽殿、無理強いはしなくていいよ」

洸竣は苦笑しているが、悠羽はいいえと首を横に振った。

「この中で、多分黎が一番強く思っているはずですから、洸竣さまの無事のご帰国を」

悠羽に顔を覗き込まれ、黎は慌ててこくこくと頷く。この中で一番かどうかはわからないが、洸竣の無事を願っているのは確かだ。

「こ、洸竣さま」

「ん?」

「……お気をつけて、ください」

「うん、ありがとう」

「お、お土産なども、いりませんから」

そんなものを選んでいる時間分早く、ここに戻ってきて欲しいと思う。

そんな黎の、言葉にならない思いは伝わったのかどうか、洸竣は一瞬だけ黎の頬に触れると、わかったと甘い声で答えてくれた。

「手間をかけさせてすまぬ。よろしく頼むぞ、洸竣」

「では、行ってまいります」

「行ってらっしゃいませ！」

「お気をつけて！」

「ご無事で！」

正式な使者であるので、今回は二十人近くの大きな集団で出立することになる。

その中心で守られるように馬に乗った洸竣は、手を振る相手ににこやかな笑顔を向けた。

「ありがとうっ」

(黎……複雑な顔をしていたな)

可愛らしい顔が固く強張っていたのに気づいていたし、それが確実に今回の旅にも関係あるとは思うが、かといって、黎を同行させたとしたら、緊張で窒息しかねない。

そこまで言うのは大袈裟だが、洸竣は離れている間に己の心もしっかり決めるつもりだった。

不在は十日あまりだ。

戻ってきたら強く、あの小さな身体を抱きしめたいなと思った。

「行ってしまわれた……」

馬の立てる土煙が次第に遠くなる。黙ってそれを見つめていた黎は、悠羽の呟きに胸を摑まれた思いがした。

再び、それも十日ほどで戻ってくることは聞いているのに、どうしてか二度と会えないような気がしてしまったのだ。

不吉な思いは、不吉な現実を呼んでしまう。

昔、誰かがそんなことを言っていた気がして、黎は思わず首を激しく振った。

「黎？　どうした？」

「い、いえ」

「……私たちのために、黎に寂しい思いをさせてしまうが……きっと無事戻ってこられるから、ここで一緒に待っていよう」

「……はい」

黎の返事に悠羽は頷き、そのまま門の奥へと入っていく。他の見送りの人々も、それぞれが自分の仕事へと戻るために移動を始めていた。

黎もそのあとに続こうとしたが、ふと足を止めてもう一度洸竣が向かった方へと視線を向けた。

（ご無事に、どうかご無事にお戻りください……）

家族ではなく、恋人でもなく、今はまだただの召使いでしかない黎は、表立って祈る姿を見せるわけにはいかない。

人がいなくなって初めて両手を組んで目を閉じた黎は、洸竣の無事の帰国を神に願うと、しばらくその場から立ち去ることができなかった。

隣接国の対応は概《おおむ》ね好印象だった。

光華国《こうかこく》が大国であることはもちろん、もともと好戦的な国でもなく、何より第二皇子自らが赴《おもむ》いたことが大きかった。

近隣諸国でも洸竣《こうしゅん》の端麗な容姿は噂《うわさ》の的《まと》で、その上愛想もよく華やかな雰囲気だ。どこの国でももっと長期の滞在を望まれたがなんとかそれを辞して、今は秦羅《しんら》へと向かっていた。

「莉洸《りこう》さまはご健勝であられるでしょうか」

「稀羅《きら》殿は可愛《かわい》がってくれていると思うけどね」

「……」

「何？」

「少々……複雑な思いもいたします」

旅を共にしている従者の言葉に、洸竣は思わず苦笑を零《こぼ》した。

これが、他の皇子たちにならば言わなかったかもしれないが、自分はやはりそれなりに民に近い存在らしい。そのことを喜びつつ、莉洸の身を案じてくれる従者に、洸竣はことさら明るく言った。

「この目でその姿をしっかりと見届けよう。莉洸が今どんな生活を送っているのかを。莉洸の幸せを私たちは願っているのだしね」

「……はい」

洸竣の中にも、未《いま》だ莉洸の相手が稀羅だということに納得ができない部分はある。相手が同性だからということ以上に、蓁羅という裕福ではない国で、莉洸がどんな暮らしなのかを危惧《きぐ》する部分が多かった。

莉洸が稀羅の婚約者という立場になってから、蓁羅も光華国からの援助を受け入れるようになったが、それだけで国の生活水準が急激に上がるとは思えない。

(少しでも顔色が悪かったり、痩《や》せていたら……)

どんなに莉洸が拒否しても国に連れて帰ろうと、洸竣は密《ひそ》かに思っていた。

昨日は野営をして、今日も既に日は傾き始めている。

陽が暮れる前に到着すればいいと思っていたが、どうやら予定通りにきたようだ。

「洸竣さま、そろそろ蓁羅の国境が見える頃です」

前の国に滞在している間に、蓁羅へは先に使いを差し向けていた。

過度な歓迎行事などせず、粛々と迎え入れて欲しい旨を伝えた。なんの連絡もしなかった場合、国境でかなり足止めをくう場合も考えられ、その無駄な時間を省くためにも先に連絡をしていたのだ。

「さて……どのような国なのか」

洸竣にとっては初めて訪れる国だ。

以前、蓁羅を訪れた悠羽《ゆうは》や洸莱《こうらい》、そして黎《れい》からも話は聞いていたが、その言葉を自らの目で確かめる時はもうすぐそこだった。

「皇子、あまり前方へは行かれないように」

「ん？」

「この辺りは無国籍地帯で、各国から追放された者が盗賊と化しているとも聞きます。蓁羅の国境の門へ入るまでは我らの背後に、よろしいですね？」

「はいはい」

「皇子」

「わかったよ」

己の腕を過信しているわけではないものの、洸竣も多少は剣術の心得がある。通常の旅ならばこれほど煩《うるさ》く言われないだろうが、やはり周りの者たちは蓁羅に向かうことに神経を尖《とが》らせているのだ。

明らかにただの商人や旅人には見えない一行。まさか王族とも思われないだろうが、それなりに裕福な貴族の旅路と思われるかもしれない。

荒れた岩山や裸の木々がある中で、盗賊が身を潜める場所もないと思ったが、心配する従者の言葉には素直に従おうと、洸竣が走らせていた馬の速度を落とした時だった。

ヒヒィィィ！

「っ？」

いきなり、洸竣の乗った馬が高く嘶《いなな》き、前足を大きく振り上げた。

「皇子！」

必死に手綱を握って振り落とされないようにした洸竣の腹に、次の瞬間熱い衝撃が襲う。

「皇子を守れ！」

「あの岩場に人影が！」

「………………」

（な……に、が……？）

焦る周りの騒ぎを聞きながら、次第に視界が赤くなってくる。洸竣はゆっくりと視線を下ろし、己の腹に矢が突き刺さっているのを確認した。

（くそ……っ、莉洸に……心配を、かけて……）

「洸竣さま！」

たかが矢一つが突き刺さったくらいで、こんなにも意識が朦朧《もうろう》としてしまうだろうか。おそらく、この矢じりには毒が仕込まれていたのだろうと頭の片隅では冷静に考えながら、洸竣はそのまま意識が遠くなってしまい——次に、身体《からだ》が何かに叩《たた》きつけられる衝撃を感じたまま意識を失った。

うろうろと落ちつきなく部屋の中を歩く莉洸を、稀羅はあまり面白くはない思いで見つめていた。

（そんなにも兄との再会が待ち遠しいのか）

莉洸が久し振りの兄との対面を、少しでも早くと心を躍らせているのがわかっていたからだ。

近々行われる、光華国皇太子洸聖《こうせい》と悠羽との婚儀。

そのための警備等様々な確認に、第二皇子自らが隣接国を回るという連絡があった。もちろん、蓁羅へも訪れ、その際には蓁羅の王の婚約者、つまりは稀羅の婚約者であり、光華国の第三皇子の莉洸にも会いにくるとの通達に稀羅は苦々しく思ったものの、無邪気に喜ぶ莉洸のためにこうして国境近くの離宮までやってきていた。

「……嬉《うれ》しいか？」

「はいっ」

もちろん、兄弟に会ったからとはいえ、身も心も自分のものにしたはずの莉洸が今さら祖国に帰りたいと言い出すとは思っていない。人質としてこの国に連れ去った時でさえ、莉洸は表面上帰りたいと泣くことはなかった。

稀羅はただ、莉洸の目が己以外を見つめるのが嫌なのだ。

兄という、稀羅には絶対に相容《あいい》れない血の繋《つな》がりを持つ二人が再会を喜び合うところなど見たくない。本当は手紙を交わすことさえ、苦々しく思っていた。それでも、この再会を強引にやめさせるという心の狭さを莉洸には見られたくなくて、稀羅は渋々ながらも今日訪れる予定の第二皇子を共に待っていた。

「稀羅さま、洸竣兄さまがいらしたら、国を案内してもよろしいですか？」

「お前が？」

「ええ。僕がどんな国で暮らしていくのか、兄さまにもちゃんと見ていただきたくて」

「……わかった。それならば私も同行しよう」

「稀羅さまも？」

「私が行ってはおかしいか？」

「で、でも、稀羅さまはお忙しくていらっしゃるし……」

「お前の兄弟を案内するくらいの時間は取れる。お前がどんなにこの国を愛そうとしているのか、私もわかってもらいたいと思っているからな」

できるだけ莉洸と洸竣が二人になる時間を少なくすればいいのだと、稀羅がようやく内心で折り合いをつけた時、慌ただしく部屋の扉が叩かれた。

その、常にない様子に、莉洸が不安気に視線を向けてくる。

莉洸を怯《おび》えさせた者にどんな罰を与えようかと、稀羅は眉《まゆ》を顰《ひそ》めながら扉を開けた。

「煩い、何事だ」

「か、火急の知らせにございますっ」

稀羅の剣幕《けんまく》に驚いただろうが、それ以上に差し迫ったことがあったのだろう、衛兵は膝《ひざ》をつきながら一気にまくし立てた。

「南の国境付近にてっ、光華国の洸竣皇子が何者かに襲われたご様子！」

「何？」

「兄さまがっ？」

衛兵の言葉に、莉洸も慌てて駆け寄ってきた。

「それは本当のことですかっ？」

「はいっ、今国境警備の詰め所に安置されておりっ、医師を向かわせ……っ」

「莉洸！」

話を最後まで聞かず、莉洸が部屋から飛び出していく。

「馬鹿者がっ」

これほどの大事をいきなり莉洸に聞かせた衛兵を一喝したあと、稀羅も急いでその背中を追いかけた。すぐに莉洸に追いついた稀羅は、青褪《あおざ》めた横顔に内心舌を打ちながら宥《なだ》めるように言う。

「馬を出す、落ちつくんだ、莉洸」

強引に足を止めさせると両腕を摑《つか》み、その顔を覗《のぞ》き込んだ。

「……稀羅さま……」

「行くぞ」

できるなら莉洸を置いて、まずは状況確認に自分だけ向かいたいところだが、報告を耳にした似上莉洸は絶対におとなしく待ってはくれないだろう。それならば、稀羅自身がしっかりと莉洸を守ればいいだけだ。

馬を用意させ、稀羅は莉洸を乗せて走らせる。間もなく、国境警備の詰め所に駆けつけた莉洸は、出迎えた門番の先導で仮眠を取るための部屋へと飛び込んだ。

「……兄さま……」

簡易な寝台に横たわっている洸竣は、青白い顔色で眉間《みけん》に皺《しわ》を寄せ、荒い呼吸をついている。

「莉洸さまっ」

洸竣の側《そば》にいた数人の従者は、莉洸にも顔馴染《なじ》みの近衛兵たちだった。

衣は土埃《つちぼこり》で汚れ、身体から血を流して傷ついた者もいるようだが、誰《だれ》もが自身の身体のことよりも洸竣に傷を負わせ、こうして命の危機に晒《さら》してしまったことを深く後悔し、責めているようだった。

「申し訳ございません！」

「我らがついていていながら、このような大事！」

「死してお詫《わ》びしようにも、皇子の容態を思うと、自害することもできませぬっ」

「皆……」

光華国の近衛兵の言葉に、莉洸は泣きそうになりながら首を横に振った。

「死ぬことは……許しません。兄も、皆の命を犠牲にすることは望まないはずです」

「皇子……」

「兄さまは、きっと大丈夫です」

　そう自らに言い聞かせなければ、莉洸自身が不安で押し潰《つぶ》されそうになってしまう。必死にその場に立つ莉洸の耳に、国境の衛兵が稀羅に報告する声が聞こえてきた。

「どうやら、毒矢を使われたご様子でございます。矢じりの突き刺さった肌が変色し始めております」

「毒矢か」

「今、薬剤所に薬を取りに行かせております」

（毒矢なんて……）

「兄さま、洸竣兄さま、目を、目を開いてください……っ」

　寝台の側に跪《ひざまず》き耳元で莉洸が何度名を呼んでも洸竣は目を開けてはくれない。莉洸はこのまま洸竣が死んでしまうのではないかと自分の方が気を失いそうになってしまった。

　ふらっと身体を揺らした莉洸をしっかりと抱きとめてくれた稀羅は、大丈夫だと力強く言ってくれる。

「我が国の薬草は、近隣諸国の中でも随一の効き目が良いものだ。解毒の良い薬も、今至急に取り寄せに走らせている。莉洸、お前の兄を我が国で死なすことはせぬ」

「稀羅さま……」

　稀羅の言葉は嬉しい。

それでも、莉洸は一度も目を開いて自分を見てくれない兄に、消えない不安がますます大きくなるばかりだった。


「王っ、蓁羅より火急の使いが参っております！」

その日、光華国王、洸英《こうえい》と、皇太子洸聖、そして悠羽の三人は間近に迫った婚儀の打ち合わせをしていた。

派手なことを嫌う悠羽を洸聖が理論で説得し、そんな二人を洸英が笑いながら見つめているといった平和な午後、いきなりの衛兵の知らせに、三人は同時に立ち上がった。蓁羅という言葉に、一同の頭には莉洸の顔が思い浮かんだのだ。

「使いは？」

「今使者の控え室に……皇子っ」

大国であるがゆえに、光華国には頻繁に他国からの使者や使節団、国賓や公賓も多い。そのため、王や皇子が他の来客に会っている間の待合所のような部屋がいくつも用意されていた。

その中の一つの部屋に、洸聖は足早に駆けつけて扉を開ける。その勢いに驚いた使者が慌てて礼を取るのももどかしく思いながら、洸聖は努めて落ちついて訊《たず》ねた。

「莉洸に何かあったのか？」

蓁羅からの使いなど、莉洸のことしか考えられない。

大切な弟に何か緊急の事態が襲ったのかと洸聖が使者を問いつめる間に、洸英と悠羽も部屋に到着した。

「い、いいえっ、莉洸さまにおいてはお健やかにおすごしでございますっ」

「……健やか？」

「はい、我が王は、莉洸さまに掠《かす》り傷さえつけてしまうことを厭《いと》われておいでで、それは大切に扱われております」

その言葉に、洸聖も、そして洸英も悠羽も安堵《あんど》の息をついた。

落ちついて考えれば、あれほど莉洸を欲して攫《さら》っていった稀羅が、莉洸に無体な真似《まね》をするとは思えなかったし、傷をつけることもあるはずがない。

そうだとすれば、今回の使いの目的はなんだろうか。

「では、いったい火急の用件とは？」

洸聖ではなく洸英が問うと、使者は恐れながらと書状を差し出しながら言った。

「我が国の国境近くで、貴国の第二皇子、洸竣さまが盗賊に襲撃されましたっ」

「洸竣さまがっ？」

目を瞠《みは》る洸聖と洸英の側で、悠羽が思わず声を上げてしまった。他国の使者に大きな感情の揺れを見せるものではないのに、取り繕うことを忘れてしまったのだ。

「傷は腹に受けた矢と、落馬された折の背中と足、手にも傷がございます。その矢は毒が仕込まれているもので、ただ今我が国の解毒を施している最中で……詳しいことは、我が王稀羅さまからの書面に書かれてございます」

差し出された書状に目を通した洸英が、それを洸聖に渡す。

親書には二日前の夕刻、秦羅の国境に接する無国籍地帯で一行が襲撃に遭い、洸竣が毒矢を受けたことが書かれていた。

今は秦羅の薬草で治療をしているが、意識はまだ戻っていないらしい。

簡潔に事実だけが書かれた書面に、洸聖は思わず唸《うな》ってしまった。

しかし、驚きと怒りをすぐに抑えた洸聖と洸英は、すぐに医師団の派遣を決める。

呆然《ぼうぜん》とその会話を聞いていた悠羽は、はっと顔を上げた。

「黎に知らせますっ」

悠羽は短く告げ、部屋から飛び出した。誰よりも洸竣の無事を願っていた黎に告げるには残酷な連絡だが、それでも黙っていることはできなかった。

洸竣が不在の今、黎はサランを手伝って悠羽の世話をしてくれている。サランは悠羽の勧めで洸莱と一緒にいる時間を取るようになったので、その代わりに夕食後などは黎が悠羽の部屋にいることが多かった。

「黎！」

「悠羽さま？」

今も悠羽の部屋で服の入れ替えをしていた黎は、いきなり駆け込んできたその姿に驚いた。

いつも楽しそうで、にこやかな口調で話す悠羽が、青褪めて泣きそうな表情になっている。婚儀が近い今、幸せの真っ只中《ただなか》にいるはずの悠羽のその表情に、黎は自分まで姿の見えない不安に襲われてしまった。

「悠羽さま、あの……」

悠羽は黎の腕を掴む。その強さに思わず顔が歪《ゆが》んだ黎の耳に、信じられない言葉が飛び込んできた。

「洸竣さまが……怪我《けが》をされた」

「……え？」

「蓁羅の国境近くで盗賊に襲われたらしい。その時に受けた矢に毒が仕込まれていたようで、今、蓁羅の王宮で治療を受けていらっしゃるそうだ」

悠羽が何を言っているのか、黎はしばらく理解ができなかった。

「今、洸聖さまが医師団を蓁羅に差し向ける準備をされていて……」

「……」

（洸竣さまが……？）

「……も、一緒に……」

「……」

（毒……を？）

「黎っ」

身体を強く揺さぶられ、黎は呆然としたまま悠羽を見上げる。目の前にいる悠羽は初めて見るような怖い顔をして、まっすぐに黎の顔を見つめていた。

「しっかりしろ、黎。私は洸聖さまに進言して、医師団と共に秦羅へ行こうと思っている。お前はどうする？」

「ぼ……く……」

「ここで待つか、私と共に行くか」

黎は混乱していた。

黎の知る洸竣はいつも余裕があり、大きな心で黎を包んでくれていた。とても強くて、大きな存在で、黎は洸竣が傷つくとは想像もしていなかったのだ。

その洸竣が、遠い異国の地で倒れたという。自分を抱きしめてくれたあの力強い身体が、力なく寝台に横たわっている姿を正視できるか自信がない。しかし、ここで待っていても、何もわからない不安だけが大きくなり、それこそ自分がどうなってしまうのか。

「……つ、連れて、行って……くだ、さい」

「わかったっ」

黎のその言葉を待っていたかのように悠羽はその手を摑み、すぐに出国の了承を得るために洸聖のもとへと急いだ。

稀羅は二度ほど扉を叩いてから開くと、そのまま奥の寝台へと足を向けた。

「莉洸」

「……稀羅さま。本日も政務、お疲れさまでした」

稀羅の顔を見て莉洸がそう言うと、稀羅はそのまま視線を莉洸から寝台に横たわる人物へと向けた。

「容態は？」

「朝よりも呼吸が楽になったような気はするんですが……」

目を伏せる莉洸の髪を、稀羅はさらりと撫《な》でた。

光華国の皇子をいつまでも国境の詰め所には置いておけないと、煎《せん》じた薬草を飲ませてから多少は容態が落ちついた洸竣を、稀羅は離宮の客間へと運ばせた。とても光華国のような豪奢《ごうしゃ》な建物ではないが、それでもきちんとした寝床だ。

莉洸はずっと洸竣の側についていて、定期的に薬を飲ませ、傷ついた身体に貼《は》りつけている薬葉も交換していて、少しも休んだ様子がない。さすがに、傷ついた兄弟を心配することに妬《や》くことはないが、それでももともと丈夫ではない莉洸の身が心配で、稀羅はその肩を抱き寄せるようにして言った。

「先ほど、光華国より早馬がきた」

「え？」

「すぐに医師団を寄越すようだ。医師よりも我が国の薬の方が毒にははるかに効くとは思うが……一国の皇子が倒れたのだ、その対応もしかたあるまい」

「お医者さまがいらっしゃるのですね」

「医師団には悠羽殿も同行するようだ」

「悠羽さまがっ」

途端に、莉洸の顔が明るくなった。莉洸にとって、悠羽の存在は既に兄弟と同様のものになっているようだが、稀羅としても他の兄弟たちにこられるよりは、あの面白い存在の方が目の前にいても苦痛ではない。

もっとも、今回はそんなのんびりとした話ではないが。

「明後日の夕刻までには到着するだろう。莉洸、お前も少し休め。第二皇子の容態は、我が国の医師が手抜かりなく診《み》ている」

「……それは、わかっているんですけど……」

「お前が倒れてしまえば、第二皇子も不本意だろう。命の危険は取りあえず去ったということだ。光華国の使いがくるまでに、お前のその顔色を戻しておかなければ余計に心配されるぞ」

俯《うつむ》く莉洸に、稀羅はさらに言葉を継いだ。

「休むな？」

「……はい」

「では、医師を呼ぼう」

稀羅は莉洸の身体から手を離して部屋から出た。

蓁羅の薬草の力か、五日前に倒れた時から比べると、洸竣の容態はわずかずつだが回復に向かっていた。

もともと頑強で、それなりに身体を鍛え、栄養も良かった若い男の身体は、簡単にはその命を縮めることはなかったようだ。これが、もしも莉洸だったらと思うと、その方が稀羅には恐ろしく感じた。

莉洸が己の前からいなくなってしまうことなど考えられず、ましてや、誰かの手によってなどということになれば、稀羅は再びただの狂王になってしまうだろう。

(討伐をしなければならんな)

たかが盗賊、領地外の問題。

しかし、そんなことは言っていられない。今後、万が一にも莉洸や自国民に危害を与えられないよう、稀羅は隣国と協力して盗賊討伐のために動かねばならないと思った。

そして、二日後の夕刻――――。

蓁羅の国境の門には、三十人はいるかというほどの旅団が到着した。

「悠羽さま！」

「莉洸さまっ」

国境の門前で、光華国からの使者がいつくるのかと待ち続けていた莉洸は、先頭の馬に乗っていた悠羽の顔を見た瞬間に思わず叫んでいた。

悠羽もすぐに馬から飛び降り、羽織っていた被《かぶ》り物を取って莉洸を抱きしめる。

「よく頑張りました」

「……っ」

「莉洸さま、あなたは大丈夫ですね？」

毒矢に倒れた洸竣のことが気になるだろうに、まず自分のことを気遣ってくれた悠羽の心遣いに胸がいっぱいになり、莉洸は悠羽に抱きついたまま頷《うなず》くことしかできない。

「悠羽殿」

「稀羅王」

そんな莉洸の後ろから、稀羅が声をかける。

悠羽は顔を上げるとそっと莉洸から手を離し、深く頭を下げて感謝の意を述べた。

「このたびは的確な処置をしていただき、光華国王族、そして国民共に深く感謝しております」

「感謝など必要ない。光華国の第二皇子は私にとっても大切な兄弟。できることをするのは当たり前だ」

言いきった稀羅をじっと見つめていた悠羽の顔に、少しだけ笑みが浮かんだ。

「ありがとうございます」

「さあ、早く離宮に参ろう。我が国の薬草の効果に、そちらの医師団もきっと驚くだろう」

「はい。急ごう、皆っ」

悠羽は自分の後ろを振り返って言う。

今この場にいる光華国の人間の中では、皇太子妃となる悠羽の立場が一番上になる。いずれは王妃という立場になる悠羽の堂々とした振る舞いに、莉洸は自分もただ狼狽《うろた》えているばかりではいけないと思った。

「案内します」

莉洸がそう言うと、悠羽は頷いて振り返る。つられるように視線を向けた先には、なんと黎の姿があった。

(兄さまのことを心配してくれて……？)

「行くぞ、黎」

「は、はい」

頷いた黎は、悠羽と共に莉洸のあとをついていく。

本来なら、ただの召使いという立場の自分が、医師よりも前に歩くなどありえない。これは黎の気持ちを考えてくれた悠羽の配慮なのだろう。

どうか無事であって欲しい。

黎には、ただ祈ることしかできなかった。

国境の門前で、莉洸から命の危険は去ったようだと聞かされても、自分の目で確かめるまでは不安は消えない。

その間にも、どうしてもっと早く洸竣の想いを受け入れなかったのだろうかと後悔ばかりがあとからあとから湧《わ》いてきて、これは優柔不断な自分への罰ではないかとさえ思ってしまった。

罰ならば、洸竣ではなく自分に向けられるはずなのに……そんなことまで考える。

また、黎とは違った立場で、悠羽も不安だった。

洸竣の病状把握に秦羅へ行きたいと願い出た時、意外にも洸聖はすぐに了承してくれた。

きっと、容易に動けない己の代わりに、悠羽の目と身体を重ね合わせるつもりなのだと感じた。

悠羽などより、洸聖や洸英の方がよほど洸竣のことが心配なはずだ。その気持ちを思うと、洸竣が本当に無事なのかどうか、彼の姿を見るまで悠羽の不安は消えなかった。

盗賊に遭う危険を考慮し、少し遠回りをして秦羅にやってきた。

その延びた時間、ずっと不安と闘っていたのだ。

(ここが……秦羅の離宮)

王宮は以前見知っていたが、離宮に足を踏み入れるのは初めてだ。

前回、莉洸を助けるための来国は、できるだけ自分たちの存在を知られないためにわざと遠回りをし、光華国から一番離れた国境の門から入国したのだが、今回は二日ほどで離宮に着いた。

　二つの国がこんなに近いのだと改めて思った悠羽は、質素な佇《たたず》まいの内部を感慨深げに見上げる。悠羽の祖国である奏禿《そうとく》も貧しい国ではあるが、自然豊かなせいかもっと明るい雰囲気だ。

（それでも……以前とは違う気がする）

　活気に満ちていたとはいえ、どこにいても張りつめた雰囲気があった蓁羅。

　しかし、王である稀羅が愛する存在を得て余裕ができて落ちついたのか、国の雰囲気は以前よりもはるかに良好になっているようだ。これで他国との国交がもっと盛んになれば、国が潤うことは間違いないだろう。

「こちらだ」

「……っ」

　稀羅に声をかけられ、悠羽は慌てて意識を戻した。

　命の心配がないと聞いた途端、他のことが気になってしまった悠羽は、そんな己を叱咤《しった》しながらすぐに指し示された部屋へと足を踏み入れる。

「……洸竣さま……」

　目の前に、青白い顔の洸竣が寝台に横たわっていた。

　生きているとわかるのは、微《かす》かに上下する胸の動きだけだ。

「……本当に、命は？」

「大丈夫だ。皇子の部下がすぐに毒を吸い出したことと、その毒に効く薬草が我が国にもあったからな」

「……そうですか」

深く、深く、安堵の溜《た》め息をついた悠羽は、痛いほどの力で自分の腕にしがみついている黎に側に行くようにと促す。だが、黎は身体が固まってしまったかのように動かない。

「ほら、黎」

少し強引に身体を押し出すと、黎は数歩足を踏み出し、やがて泣きそうに顔を歪めながらか細い声で名前を呼んだ。

「洸竣さま……」

こんなにも弱々しい洸竣の姿を見るのは初めてで、黎はどうしたらいいのかわからなかった。本当に生きているのかと不安で、それでも触れるのは怖くて、黎は寝台の側まで近づくことができない。

そんな黎を見つめていた悠羽は、そっと肩を叩いた。

「今から医師に見ていただこう。蓁羅の医師も最善を尽くしてくれただろうが、こちらとしても改めて容態を確認したい。それまで外で待っていようか」

「……さい」

「え？」

「ここに、いさせてください」

「黎」

「洸竣さまのお側にいたいのです。お願いします、悠羽さま」

目を離している間に、もしも……もしもと、嫌な想像をしてしまう。

自分がここにいても何もできなくて、ただ邪魔な存在だというのはわかっているものの、黎はどうしても洸竣の姿が見える場所から離れたくなかった。

そんな黎の気持ちは、悠羽も痛いほどわかる。

洸竣がこんな姿になったのも衝撃的だったが、もしもこれが洸聖だったらと想像するだけで、指先まで冷たくなるような感覚に襲われたからだ。

「悠羽さま……」

「うん、わかった」

悠羽は黎の言葉を受け入れ、医師にあとは頼むと言い伝えて、自らは別に用意された部屋へと向かった。

早馬で大体の状況はわかっていたものの、それでも詳しいことは不明だ。光華国の王族の代表としてここまできた悠羽は、帰国して王や洸聖にきちんと説明ができるように、稀羅から詳細を聞くことにした。

「お疲れになったでしょう」

部屋に行くと、早速莉洸が甘い茶を入れてくれる。

自ら動くその姿は王族らしくないかもしれないが、悠羽はなんだか微笑《ほほえ》ましくなってしまった。莉洸が、もうこの蓁羅に溶け込んでいるように見えるからだ。

「ありがとうございます、莉洸さま」

受け取った茶に口をつけた悠羽は、そのまま稀羅の方へと視線を向ける。

「事情をお聞きしてもよろしいでしょうか？」

「私もその場にいたわけではないからな」

稀羅の話は、早馬の使いが持ってきた書状に書かれていたこととさほど変わりなかった。

そして、やはり盗賊の存在は各国の脅威になりえるものだと、改めて誰が犠牲になってもおかしくなかったのだと感じ、背筋に冷たいものが伝った。

(盗賊が蓁羅の国境近くにいるということは、いずれ光華国にも影響が出てくるかもしれない)

国と国との関係が良好だとしても、その国境間にある無国籍地帯での出来事に関しては情報交換はあまりない。どこか避けているとも取れる対応だが、今回のようなことがあると真面目《まじめ》に考えなければならない問題だ。

「討伐軍の編成を打診しようと思う」

そんな悠羽の気持ちを読んだかのように、稀羅がはっきりと口にした。

「討伐軍ですか？」

「今回はたまたま、我が国の国境の門近くで光華国の皇子が襲われたが、その危険性は無国籍地帯に面する国にはどこでもあることだ。大きな悲劇が生まれる前に、毅然《きぜん》とした処置は取っておいた方がいいだろう」

「稀羅王……」

「……どう思う？」

「素晴らしいです」

悠羽はすぐに答えた。

「こういう時にこそ、各国は協力しなければなりません」

「他の国を動かすには、我が国の名前よりも光華国の名前の方が大きな影響がある。皇太子の婚儀の折、光華国に伺った時にその話をしたい」

「わかりました、私からも洸聖さまにお伝えしておきます。洸聖さまも、きっと賛成してくださいます」

強く頷いた悠羽は、ほっと息をついた。

稀羅の素早い対処ももちろんだが、洸竣の容態も命に別状がないということで、ようやく心から安堵できた。

「本当に、ありがとうございます、稀羅王。莉洸さまも」

「悠羽さま」

相も変わらず温かな笑顔を持つ悠羽は、やはり先ほど会った時は洸竣のことを心配して強張《こわば》った表情をしていた。しかし、容態が安定していることを知り、実際にその目で洸竣を見て表情にも明らかな安堵の色が浮かんでいる。洸竣のことを本当に大切に思っていてくれることがよく伝わり、莉洸は胸の中が温かな思いでいっぱいになっていた。

「今回はあまり良いことではなくて訪問してしまいましたが、こうして莉洸さまのお顔を拝見することができて良かった」

「え?」

「とても、お幸せそうだから」

そう言った悠羽が、笑みながら稀羅に視線を向ける。

「愛されていることがよくわかります、ねえ、稀羅王」

「ゆ、悠羽さま」

あからさまな言葉に莉洸は狼狽えてしまったが、そんな莉洸の腰を摑んで己の方へと抱き寄せた稀羅は、ゆったりとした笑みを口元に浮かべた。

「当たり前だ。光華の王や、皇子たちにもしっかりと伝えてもらいたい。蓁羅の王は片時もその腕の中から放さないほどに、莉洸皇子を慈しんでいると」

「稀、稀羅さまっ」

「はい、しっかりと」

慌てる莉洸を挟んで、悠羽と稀羅は顔を見合わせて笑っている。莉洸は恥ずかしくてたまらなくて、稀羅の肩へと顔を埋めてしまった。

身体の奥深くまで繫がったというのに、莉洸は相変わらず恥ずかしがり屋で初心《うぶ》だ。そんな姿を見ているのも楽しく、ここ数日張りつめた時間をすごしていた稀羅は笑みを隠さなかった。

やはり、悠羽が来国してよかった。

蓁羅に対してなんの偏見もない悠羽は、稀羅の言葉をそのまままっすぐに受け止めてくれる。盗賊の討伐のことも、莉洸への想いも、悠羽の中では真実として納得してくれているのだ。

これが洸聖だったとしたら、あの頭の固い皇子相手ならば、いつまで経っても話は進まなかったかもしれない。蓁羅に対して思うところがあり、それに加えて大切な弟を奪われたという気持ちがあって、簡単には稀羅の言葉にも耳を傾けなかっただろう。

「それにしても、蓁羅の薬草は凄《すご》い効力ですね」

莉洸も落ちつき、改めて三人で向かい合うと、茶を飲みながら考えていたらしい悠羽が切り出した。

「我が国の薬草の効力は、近隣諸国からも注目をされている」

「きちんとした流通を確保すれば、もっと外貨も得られるのではないですか？」

いきなり金のことを言い出した悠羽に、稀羅はわずかに眉を顰める。誤解されないようにと悠羽は続けた。

「稀羅王、これは正当な商売です。価値のあるものを提供し、それに見合う外貨を得るのは当然でしょう？　私の国の奏禿は何もない国で……蓁羅が羨《うらや》ましいほどです」

「悠羽殿」

「今のままでは、洸聖さまはいつまでも莉洸さまの心配をなさるかもしれません。ですが、光華を凌《しの》ぐような大国になれるかもしれない宝がここには無限にあるんです、稀羅王、洸聖さまを見返したいとは思われないのですか？」

洸聖の妃《きさき》になる立場の悠羽が、こんなふうに稀羅を発奮させるとは思わなかった。

「……私が、皇太子に勝っても良いと？」

「簡単には勝たせません。私も、微力ながら洸聖さまにできる限り協力します。それに、洸聖さまもあなたにだけは負けたくないと思われているのではないでしょうか」

「……なるほど」

あくまでも、悠羽は洸聖の側だということだ。

(本当に、面白いな、こ奴は)

互いに競い合いながら成長する。そう前向きに思う悠羽の思考に感化されたかのように、稀羅は笑って頷いてみせた。

医師が忙しく動いている。

いったいどんな治療をしているのか黎にはわからなかったが、それでも、その行動一つ一つで少しでも洸竣の容態が回復するように、両手を握り締めて祈った。

「どうやら、毒素はかなり抜けていらっしゃるな」

医師の一人の声が聞こえ、黎は慌てて顔を上げる。

「外傷も矢じりの箇所は小さなものだが、落馬された時にどれほど身体を痛めていらっしゃるか……これは、皇子がお目覚めにならなければはっきりわからないな」

「深刻でなければよいが」

「あ、あの」

思いきって医師に声をかけた黎は、縋《すが》るような眼差《まなざ》しを向けた。

「お命は……お命は、大丈夫なんですね？」

「ああ、それは大丈夫です。噂には聞いていたが、蓁羅の薬草の力はかなり強力なものがあるようで、我が国も積極的に受け入れた方がいいかもしれません」

「……良かった……」

まだ手を動かしながら話している医師から視線を外し、再び洸竣の姿を見つめた黎は、命があるだけでも神の奇跡のように思い、感謝の言葉を胸の中で呟《つぶや》いた。

誰もが、洸竣の回復を信じた。

しかし、洸竣はなかなか目覚めなかった。

確かな呼吸もしているし、顔色も良くなってきてはいたが、黎が悠羽と蓁羅にきて二日経った今日も、変わらず寝台の上で眠っている。

医師たちに焦った様子はないが、何もできず、何もわからない黎の不安は増していった。

「お水を、飲まれますか？」

綺麗《きれい》な布を少しだけ水につけ、それを唇に当てて少しでも水分を取らせる。それは、何かできることはないかと訴えた黎に、医師が与えてくれた指示だ。

「洸竣さま、少しでも飲んでくださいね」

先ほどまで一緒にいてくれた悠羽は、稀羅に呼ばれて席を外していた。

その時だ。

「あ……」

見下ろす洸竣の長いまつげが微かに動いた気がした。

「洸竣さま？」

気のせいかともっと近くまで顔を覗き込めば、今度は明らかに口元が動いた。

次の瞬間、まるで眠りから覚めるかのように、ゆっくりと目が開く。起き抜けとは思えぬ涼やかな眼差しをまっすぐに向けられ、黎は震える声でもう一度その名を呼んだ。

「……洸竣、さま」

「……あ、あ、おは、よ……黎」

掠れてしまった、弱々しい声。

だが、その声を聞いた途端、洸竣が生きているのだと強烈に感じて、黎の目からは洪水のように涙が溢《あふ》れ出てくる。

その涙が洸竣の顔にかかってしまい、黎は慌てて準備されている布で拭《ふ》こうとしたが、洸竣が見慣れた笑みを浮かべてくれて、さらに涙が止まらなくなった。

洸竣が目を開いてくれた。

弱々しいながら名前を呼んでくれた。

黎は、それが自分にとっての都合の良い夢ではなく真実だということがわかり、こみ上げる感情のまま涙がとめどなく溢れてしまった。

命の危機は去ったと医師は言っていたが、黎達が蓁羅にきて三日経っても洸竣は目を覚ましてくれなかった。毒矢に倒れてからもうすぐ十日になり、このまま目覚めないということがあるのかもしれないと恐れていた時の洸竣の目覚めは、喜びと共に驚きも多分に含まれていたのだ。

黎の連絡で控えていた医師がやってきて、新たな治療を始めた。

「……水を、くれる？」

「は、はいっ」

枕元《まくら》には、水分補給用の水差しが常備されている。解毒剤が効いてくると喉《のど》が渇くものだと言われ、いつ目覚めてもいいように常に新しいものと取り換えていた。

医師たちが介助して少し身体を起こした洸竣に用心深く水差しを銜《くわ》えさせる。すると、意外にも喉を鳴らしてしっかりと水を飲んだ洸竣が、はあ～っと大きな息をついてから黎に笑いかけてくれた。

「ここは……光華国？」

「い、いいえ、蓁羅です」

「蓁羅……じゃあ、黎はわざわざここまできてくれたのか」

「わざわざではありません。ぼ、僕が、無理を言って連れてきていただいたんです」

「黎？」

「洸竣さまがっ、洸竣さまが……っ」

我慢していようと思ったが、どうしても高まった感情を抑えることができず、黎はそのまま寝台から起き上がった洸竣の膝の上に顔を伏せてしまった。恐れ多いと、まだ身体の弱っている洸竣には負担だろうとわかっていても、黎はこうして会話をしてくれている洸竣を見ているとたまらなく嬉しくなったのだ。

「うえっ、えっ」

嗚咽《おえつ》交じりに泣き出してしまった黎は、ますます洸竣にはこんな姿を見せられないとかけ布に顔を埋める。すると、少しして頭にそっと大きな手が触れ、髪を撫でてくれた。

「暑い砂漠を、一人で歩いていたんだ」

まるで独り言のように、洸竣は話した。

「喉が渇き、足が棒のように疲れても、歩き続けなければならないと思っていた。このまま歩きながら、私は死ぬのではないかと思ったが、心が挫《くじ》けそうになった時、必ず、優しい雨が降って火照《ほて》った身体を鎮め、渇いた喉を潤してくれた」

髪を撫でる手が頬《ほお》に移動し、促されるように黎は涙に濡れた顔を上げる。

「どのくらい歩いたらいいのかもわからず、それでも歩き続けていて、ふと、今まで聞こえなかった私の名前を呼ぶ声が聞こえてきた気がしたんだ。それが、お前だったんだね、黎」

「……っ」

それからは慌ただしかった。

医師が動かない黎を引き離し、素早く洸竣の容態を診る。その間に別の医師が悠羽を呼びに行って、目が覚めた洸竣との再会を果たした。

「悠羽殿まできてくださったのか」

今、部屋の中には悠羽と稀羅、そして、黎と同じように涙を流しながら洸竣に抱きつく莉洸がいた。

「……情けない。莉洸の様子を見ようと蓁羅まで乗り込もうとしたというのに、その稀羅王に助けられるとはな」

「……皇子は、莉洸の大切な兄だからな」

「兄でなかったら助けなかったとでも？」

「……わからん。しかし、莉洸の悲しむ顔が見たくなかったからこそ、最善を尽くしたということは言える」

正直な稀羅の言葉に笑う余裕もでき、洸竣はまず助けてもらった感謝を心から伝えることができた。

「ありがとうございました。おかげで再び愛《いと》しい者たちの顔を見ることができた」

目覚めた当初は少し記憶も混乱していたが、今はあの時の記憶はきちんと蘇《よみがえ》っていた。

盗賊に襲われるという、予想外のことに咄嗟《とっさ》の対処ができなかったとはいえ、毒矢を受けてもなおこうして生きながらえているのはやはり蓁羅の薬草のおかげだろう。

「莉洸」

莉洸は心配していたような、痩せて、青白い顔をしていることもなく、むしろ光華国にいた時よりも少しだけ大人びた表情をしていた。

大切にされていることが、それだけでもよくわかる。

「もう、泣くのはやめたらどう、莉洸」

「だ、だって……」

「お前が私のために涙を流すと、稀羅王が私を睨《にら》むんだよ」

「……嘘《うそ》。稀羅さまはそんな方ではないです」

少しだけ顔を上げて言い返すのは、きっと稀羅の名誉のためだ。

「恋する男というのはそんなものなんだよ」

洸竣の言葉に、莉洸の涙に濡《ぬ》れた頬が赤く染まる。その表情を見ると、もう莉洸は完全に自分たちの庇護《ひご》の中から飛び立ってしまったことがよくわかって、洸竣はじわりとした寂しさを味わった。

「でも、本当に良かったです」

「悪かったね、悠羽殿」

「いいえ、早く体調を戻されてください。国政が洸聖さまの肩ばかりに圧《の》しかかって大変なんですから」

これでようやく、光華国の王や洸聖に嬉しい報告ができると悠羽は安堵していた。

必ず毎日容態の報告をするようにと言われて早馬を頼んでいたが、昨日までのそれは目覚めぬ洸竣の様子を淡々と書き記すしかなかったのだ。

どうなってしまうのかと感情的なことはとても書けず、毎回かなり考えて筆を走らせていたが、ようやく本当に嬉しい報告をすることができる。

「はは、そうだね、兄上には予想外に大変な思いをさせてしまった」

軽く頭を下げる洸竣だが、彼が悪いことなど一つもない。

「早く……皆に元気な顔を見せに帰りましょう」

「ああ」

しっかりと頷いてくれた洸竣に、悠羽も顔を綻《ほころ》ばせた。


洸竣の容態は日増しに回復していった。

もともと、頑強な成人男子であったし、蓁羅の薬草の力も大きく、目が覚めて三日後にはもう寝台から立ち上がることができた。

あと二、三日すればほぼ体調も戻ると医師も言ったが、思いがけなく眉を顰める事態になったのが背中の傷だった。落馬した時、ちょうど落ちた場所に木か石があったのか、背中に傷ができてしまったのだ。

「……黎、そんなに溜め息をつかないでくれ。男の身体に傷があってもたいした問題はないよ」

滑らかな筋肉を引き裂いたような傷。それも、小さなものではなく背中の半分ほどに大きいものだった。薬草の効力には目を瞠るようなものがあるが、医術はまだ発展途上国の蓁羅の医師は、傷の化膿《かのう》止めをする他、手のほどこしようがなかったらしい。

思うことがあるのは洸竣本人だとわかってはいるものの、黎はどうにかならないのかと諦《あきら》めることができない。

再び、黎は溜め息をつく。

もう何度注意しても直らないので洸竣も諦めてしまったのか、背中の傷に薬葉を貼り替えてくれる黎に見えないように困ったような苦笑を浮かべた。

これが、ここ最近の二人の常だった。

昼食がすんでしばらく、莉洸は両手に大きな籠《かご》を持って足早に歩いていた。

美味《おい》しい果物が手に入ったと稀羅から手渡された莉洸は、早速それを洸竣に食べさせようと考えた。稀羅が莉洸のために用意してくれたというのはわかるが、まだ身体が全快ではない兄に、少しでも美味しい物を食べて欲しいと思ったのだ。

そんな莉洸の行動は予想できていたらしく、稀羅は少しだけ眉を顰めたものの怒りはしなかったが、今夜は覚悟をするようにと言われてしまった。

既に稀羅に抱かれている莉洸に、その言葉の意味がわからないはずがない。それでも、兄が共にいる今は、その腕に抱かれることは恥ずかしくてとてもできないと思っていた。

「兄さま？」

軽く、数度扉を叩いて部屋の中に入ると、洸竣は寝台の上で身体を起こしていて、莉洸に向って静かにと人差し指を唇に当てて見せる。ふと視線を落とすと、寝台の上に上半身を預けるようにしてうつ伏せている黎の姿がみえた。どうやら眠っているらしいその姿に、莉洸は困ったような眼差しを兄に向ける。

「誰かを呼んできましょうか？」

「いや……動かしたら起きてしまうかもしれない」

「兄さまは？　きつくはありませんか？」

「愛しい者の重みは、いつだって心地好いものだよ」

相変わらずの兄の言葉に莉洸は呆《あき》れながら、近くの台の上に果物の籠を置いた。

「そんな言い方でからかっては黎が可哀想《かわいそう》です」

嫌われてしまいますよという莉洸をじっと見ていた洸竣は、ふっと笑みを零す。

目覚めた時、洸竣に縋って泣き続ける莉洸は、昔と変わらず兄弟に甘える可愛い弟だったが、こうして落ちつきを取り戻すと随分雰囲気が変わっていた。

初めにそれに気がついた時は寂しいと思った洸竣も、今は莉洸の成長を喜ばなければならないと思うようになっている。

「兄さま」

「ん？」

「あの……黎のこと、ですけど」

「黎がどうかした？」

「……兄さま、黎を、あの……」

言いづらそうな莉洸に、洸竣は笑った。

「お前とこのような話をするとはね。お前の思っているように、私は黎を愛しいと思っている。それは兄上もご存知だし、黎本人にも伝えた。未だ、受け入れてはもらえていないけどね」

洸竣の告白に、莉洸は目を丸くする。

「兄さまを嫌いだと？」

「嫌われてはいないと思うよ。多分、好かれているだろうが……それが、恩ゆえと言うのが少し寂しいけれど」

「……でも、兄さま、洸聖兄さまが悠羽さまと結婚されて、僕も、蓁羅に嫁《とつ》ぐのに……兄さまも……」

「ああ、そうか」

不安そうな莉洸の様子に、洸竣は蓁羅に滞在している莉洸がその後の様々な出来事を知らないことにようやく気がついた。

「兄さま？」

父と、影である和季《わき》のことだけでなく、自分と黎のこと、そして、洸竣も意外だと思うほどに急展開した洸莱とサランのこと。

きっと、莉洸は光華国の未来、世継ぎのことに関して心配しているのだ。

（話しておかなければな）

男である悠羽に子はできないが、真面目な兄洸聖が他に妾妃《しょうひ》を娶《めと》るとは思えない。

莉洸は蓁羅の稀羅王のもとに、男でありながら花嫁として嫁ぐ。

無口で、感情の抑揚の少ない末の弟の洸莱が、花嫁を娶るとしてもはるか先で……そうなると、光華国の未来の世継ぎを作ることができるのは洸竣しかいないという結論になる。

その洸竣が、男である黎に本気の愛情を向けているとしたら、いったい光華国はどうなるのかと、一人光華国を出ている莉洸だからこそとても心配なのだろう。

離れていても愛する兄弟だ、隠すことは何もない。

まずは、莉洸が知らない、洸莱とサランの関係を告げた。

「こ、洸莱とサランがっ？」

「そう」

「あの二人が……」

（恋仲になるなんて、とても……信じられない……）

兄弟の中でも、特に洸莱と仲が良かったと思うが、そんな莉洸にさえも、洸莱はどこか遠慮したような……いや、兄弟というよりは王族の人間とその他という括《くく》りで自分を見ているように感じていた。

莉洸がどんなに家族としての愛を説いても、静かな笑みを浮かべて黙っていた洸莱。

幼少時の離宮での経験は、洸莱にとってかなり深い心の傷になっているようだと、莉洸は上二人の兄からくれぐれも洸莱を気遣ってやって欲しいと、言われていたくらいだ。

「信じられないか？」

「……はい。サランは、とても美しいとは思いますが、洸莱が、まさか……」

莉洸の驚きはわかるが、洸竣は洸莱にとって心を傾ける相手ができただけで良かったと思っている。あとのことは、すべて兄である洸竣が考えればいい。

洸莱はもっと、我儘になっていいのだ。

「父上は、結果的に私たち兄弟の誰もが子を生《な》すことができなかったとしても、責めることはないと思う。国のために自身の幸せを諦めるなど、父上もきっと望んではおられないだろうからね」

しかし、洸竣は心のどこかで決意していることがあった。

「……黎を泣かせることになるかもしれないが、兄弟誰も子ができないとわかった時、私が子を作るつもりだ

兄さま……」

「心は黎にだけ向けていても、身体は裏切ることになる。それでも、私は黎を離す気はない。泣かせても、逃がさない」

莉洸は何も言えなかった。おそらく、洸竣はとても深く考えた上でこう発言しているのだろうからだ。

本来、そう考えなければならないのは皇太子の洸聖だ。考えが固いとまでは言わないが、それでも王族としての自負も矜持《きょうじ》も強い長兄。

だが、悠羽という風が吹いて洸聖は変わった。人間的に深みを持つ、人の上に立つに相応《ふさわ》しい人格になってきた。ただ、頭が固いだけに、悠羽以外に目を向けろと言っても無理だろうと、莉洸にもわかる。

それで洸竣だけが重い荷を背負うのかと思えば心苦しいが、きっと洸竣はもう決めているのだ。たとえ黎を泣かすようなことがあったとしても。

きっと、もっと光華国は変わる。それはもちろんいい意味だと確信しているし、この蓁羅も、稀羅と自分の力でもっともっと良い国にしていきたいと強く思う。

莉洸は洸竣たちの兄弟だが、もはや光華国の人間ではないのだ。そんな己に、光華国の

未来に口を出す権利はない。

「竣兄さまが決められたことなら、僕は何も言うことはありません。でも、黎が怒ったら、僕は黎の味方をすると思います」

「それは手強《てごわ》いな」

頭上で交わされる言葉。

初めは確かに眠っていた黎だったが、いつしか自然と目覚めてしまい、二人の会話を黙って聞くことになってしまった。

本来、怪我人である洸竣の膝の上に頭を乗せるなどあってはならない失態なのに、優しく髪を撫でてくれる手つきに張っていた気が緩んでしまったのか、黎はそのまま眠ってしまった。

気がついたのは、遠くで聞こえていた会話がだんだん大きくなったからだ。さすがに会話の内容が内容なので、黎はそのままの体勢で動けない。

「竣兄さま、黎を大切にしてくださいね。くれぐれも、遊びがすぎないように」

「お前は真面目になった私を知らないな？　黎に想いを告げてから、私は身も心も清いよ」

「兄さまが？」

「真実の想いは人を変えるものだよ」

黎が目覚めたことを知らないまま、兄弟二人の会話は続いている。それを聞きながら、黎は自らの心の動きを顧みた。

洸竣に愛を告げられ、それを受け入れることが恩を返すことだと思っていた。しかし、それは違うと、反対に洸竣に距離を置かれてしまい、そのまま洸竣は外交のために国を出て、命の危機に晒されてしまった。

毒矢に射られたという報告を受けた時、黎は自分の心まで矢に打ち抜かれて止まってしまうかと思うほどの衝撃を受け……そして、蓁羅まできて彼の無事を確認した時、生きているとわかった時、心から神に感謝をした。

それは、自分の素直な感情だった。

（生きていてくださって嬉しいと……再び言葉を交わせる喜びを感じた……）

この方が、好きだ。

唐突に、心の中に答えが生まれた。

恩とか、感謝とか、そういった感情を省いても、黎は洸竣を……好きなのだ。

いずれ洸竣が自分以外の人と情を交わし、子を生したとしても、この気持ちはきっと消えることはない。

どんな立場でも、洸竣の隣にいたい。


目覚めてからの洸竣の回復はめざましかった。

身体の中の毒素はほぼ消え、背中の傷の痛みも薄れると、洸竣は蓁羅の国の中を見たいという希望を口にした。

洸竣にとっては初めて訪れる、隣国という名の遠い国。大切な弟が嫁ぐということもあるが、未知の国といわれる蓁羅を自分の目でしっかりと確認しておきたかった。

しかし。

「駄目です。まだ病み上がりのお身体で、無理をされるなんて許しません」

「悠羽殿……でもね、私はもうすっかり……」

「兄さま、蓁羅には私がいるのです。全快されてからまた訪れてくだされぱいいではありませんか」

悠羽も莉洸も、洸竣の言葉を即座に却下した。

確かに、一時はなかなか目覚めずに心配もさせたが、今はすっかり体調も回復し、寝台から起き上がって離宮の中を歩くこともできるのだ。

「……黎」

洸竣は、静かに側に控えている黎の名を呼ぶ。この中で唯一味方になってくれそうな黎に、後押しの言葉を言ってもらおうと思ったのだが。

「……僕も、反対です」

「黎？」

「お身体が心配です」

小さな声で言う黎の俯いた横顔を見つめ、洸竣は溜め息をつく。愛する者にこんな顔をさせてまで無理はできなかった。

「……しかたない、今回は諦めるとしよう」

「竣兄さま」

「莉洸、次にこの国を訪れた時は隅々まで検分させてもらうぞ？　愛しいお前を任せることができるかどうか、国を見れば治めている王の資質が見えるからね」

洸竣の言葉を受け、莉洸は稀羅のもとへ報告に向かう。

「明日？」

「はい。隣国ですので長い旅にはなりませんし、国では父や兄弟も心配していると思いますので」

政務を終えた稀羅は、莉洸の言葉に頷いた。ゆうべ、洸竣からぜひ蓁羅の国内を見たいと言われ、稀羅も構わないと承諾をしたのだが、この一日で洸竣の気持ちを変える出来事があったらしい。

「悠羽さまも、黎も、僕も、皆反対したのです。いくら容態が回復したといっても、一時は命に関《かか》わるほどだったのに……蓁羅の国を見たいと言ってくれたのはとても嬉しかったけれど、それは次の機会にしてくださいとお願いしました」

「……なるほど」

（この三人に懇願されれば折れるしかないかもしれぬな）

稀羅も莉洸の懇願には弱いし、悠羽のことも他の者よりも随分心安く思っている。おとなしそうなあの召使いのことはわからないが、一喝すれば泣き出しそうな子供に思え、強くは言えないかもしれない。

稀羅は側に立つ莉洸の身体を抱き寄せた。

「稀羅さま?」

「せっかくの兄との再会が、あまり良いものではなかったな」

「……でも、兄にこの国の自慢できるものを知ってもらいました」

「自慢できるもの?」

「薬草です」

「ああ、そのことか」

「兄は、この国の薬草の力をとても褒めてくれました。今後の流通のことも話したいとも。稀羅さま、この薬草を諸外国との取引に利用して、たくさん外貨を蓁羅に取り込みましょうね?」

少しだけ、莉洸とは思えない言葉に、稀羅はある面影が思い浮かぶ。

「……それは、お前の意見か?」

「悠羽さまが助言してくださって、私もそう思いました」

素直に誰の知恵かを話す莉洸に、稀羅は笑みを零した。自分に言ったように、悠羽は莉洸にもこの国の再建のため、自分なりの着想を伝えたらしい。

（あのしっかりとした皇太子妃らしいな）

やはり、あの存在は面白い。莉洸とはまったく違う意味で、自分に様々な刺激を与えてくれそうな気がした。

（あれで光華国の皇太子妃でなかったら、我が国のために働いてもらうのだが……）

それでも、縁があって義兄弟になるのだ。きっと、これまでのように面白い案を出してくれるだろうし、稀羅もそれに素直に耳を傾けるつもりだ。

翌日。

まだ朝早い国境の門で、稀羅と莉洸は光華国の一行を見送りに出ていた。

洸竣の身体の回復は嬉しくても、こうして再び別れの言葉を言うのは寂しいのだろう、莉洸の目には既に涙が浮かんでいる。

隣国といっても、莉洸の足では容易に行き来できない距離だ。感じる寂しさを想像してもきっとそれ以上になるのだろうが、稀羅はその寂しさを己が埋めることができるという自信があった。

そして、そのまま莉洸から視線を逸《そ》らすと悠羽を見やる。

「今度はゆっくりと遊びにくるがいい。お前との会話は面白いからな」

「そんなつもりはないんですけど」

悠羽はそう言って笑った。

「稀羅王が少し、人あたりが良くなられただけではありませんか？」

「そのようなことを言うのはお前だけだ」

「いずれ、莉洸さまもおっしゃられると思いますよ」

「……お前のようになられても困る」

本当に眉間に皺を寄せると、悠羽は楽しそうに笑い……やがて、きちんと頭を下げながら今回のことへの感謝の意を述べた。

「稀羅王、今回は本当にお世話になりました。今度の婚儀の折、我が国にいらっしゃったら、改めて王と洸聖さまより感謝の言葉が送られると思います」

「義兄に対してできることをしただけだ。恩など感じることはない」

「……稀羅王、どうか、莉洸さまを愛おしんでくださいね」

一方、洸竣も莉洸との別れを惜しんでいた。

「莉洸、世話になったね」

悲しそうな顔をする莉洸を見ていると、洸竣の胸にも寂しさが過《よ》ぎる。莉洸は今にも泣きそうだが、必死にそれを押し隠そうとしながら言った。

「お身体、くれぐれも大切になさってくださいね」

「ああ」

「黎、兄さまをお願い」

「莉洸さま……」

「兄さまは、黎の言葉ならば聞くと思うから……だから、どうか無理をしないように、ちゃんと見張っていてね？」

　黎に対する想いを告白したせいか、莉洸は洸竣が黎に頭が上がらないと思っているのかもしれない。もちろん、例外はあるだろうが、洸竣自身もそう思っていた。

（黎を泣かせるようなことだけはできないからな）

　ただ、傷の回復に必要以上に黎が責任を感じることはして欲しくなかったので、洸竣は笑いながら莉洸の頭を軽く撫でて言った。

「私の勝手気ままな性格はなかなか変わらないからね。お前も、黎にあまり期待はしないように」

「兄さまっ」

　冗談で誤摩化《ごまか》すなと莉洸は反論しようとしたが、その前に控えていた黎が、はいときっぱり頷く。

「大丈夫です、莉洸さま」

「黎？」

「僕……ちゃんと、洸竣さまのお側にいますから」

「ありがとう、黎」

「……」

（黎……無理をしなくてもいいのに……）

　しかし、遠く離れて簡単に様子が見えない莉洸にとって、この黎の言葉は心強くあるだろうと反論は控えた。

そんなに任務に縛られなくてもいいとあとで黎に伝えればいいかと、洸竣はこれが最後だというように莉洸の身体を強く抱きしめ、その額にくちづけを落とした。

「これを限りに会えないわけではない。莉洸、遠く離れていてもお前を愛しているよ」


病み上がりの洸竣の身体を気遣い、通常の旅程の二倍もの時間をかけて、一行はようやく王都に戻った。

「洸竣っ」

「洸竣さまっ」

「皇子！」

王以下、洸聖、洸莱、サラン、そして多くの衛兵や召使いがそこにはおり、皆口々に洸竣の無事の帰国を喜んでいる。

先に帰国の日程を知らせに使いを出したものの、これほどに盛大な出迎えがあるとは思わず、悠羽は改めてこの国での洸竣の人気を思い知ったような気がした。

「洸竣」

「父上、ただ今戻りました。ご心配おかけしまして、申し訳ありません」

洸竣はしっかりとした所作で馬から降り、出迎える洸英に頭を下げる。洸英は一瞬目を細め、洸竣の顔をじっと見つめて、その肩に手を置いた。

「こうして元気なお前の顔を見ることができて嬉しく思うぞ」

王としてよりもまず、父としての喜びを伝えるのが洸英らしい。洸竣がもう一度深々と頭を下げると、今度は横から伸びた手がその身体を抱きしめた。

「洸竣っ」

洸聖よりもわずかながら体格の良い洸竣だったが、髪をくしゃくしゃに撫でられ、帰国の喜びを告げられている顔は、甘える弟のものになっている。

次に、洸聖が腕を引っ張って前に押し出したのは洸莱で、普段はほとんど感情の起伏の少ない洸莱も、さすがに嬉しそうに洸竣に抱きしめられていた。

そんな家族の光景を見て、悠羽は本当に洸竣が無事で良かったと心から安堵していた。もしもこれが悲しい帰国だったとしたら、ここにある素晴らしい笑顔は永遠に見られなかったかもしれないのだ。

(稀羅王に感謝をしないと)

洸竣が倒れたのが蓁羅の国境であったのは、本当に幸運だった。

帰国早々、悠羽は洸英と洸聖へ報告をするために旅支度のまま執務室に向かった。

洸竣も同行すると言っていたが、まずは安静にするようにと洸英に窘《たしな》められてしまい、そうなると悠羽しか今回の顚末《てんまつ》を説明する者はいなかった。

洸竣の怪我の具合、そして無国籍地帯の盗賊の現状。さらには、蓁羅での莉洸の様子など、話すことは山ほどあった。

先に報告の書簡は送っていたので、洸英たちも時々疑問を口にする以外は悠羽の報告を黙って聞いてくれた。

「そうか」

すべてを話し終え、洸英は一度深く頷いたあと、悠羽に向かって頭を下げる。

「今回は、悠羽に助けられた。光華国の王として、心から礼を言う」

「そんな……私は、何も……」

「いや、悠羽がいなければ、蓁羅との関係は今でも冷えきっていたかもしれない。そう考えると、稀羅王に適切な処置をしてもらえたのは今日の関係があってこそだ」

洸英はそう言うが、悠羽は自身がそれほど特別なことをした覚えはなかった。むしろ、洸聖と対等でありたいと気を張って、時折暴走をしてしまったような気もする。結果的に良い方向へ事は進んだが、奢《おご》りを持ってはならないと自制しなければ。

「帰国早々疲れただろう。今日はゆっくり休むといい」

「ですが、まだ」

悠羽はすぐに今後の対処を話し合うと思っていたが、洸英は悠羽の身体を気遣ってくれた。

それから間もなく夕食の時間になり、久し振りの賑《にぎ》やかな食卓に腹も心も満たされた悠羽は、ようやく部屋に戻って洸聖と二人きりになる。

「あの、ただ今戻りました」

改めて言うのは変かとも思ったが、悠羽はきちんと帰国の挨拶《あいさつ》をしたくて頭を下げた。

「お役目を無事に果たしたかどうかはわからないんですけど」

「悠羽」

「え？」

不意に手を引かれた悠羽は、あっという間もなく洸聖の腕の中に抱き込まれる。

「無事で良かった」

「洸聖さま……」

「ご苦労だった、悠羽」

洸聖のその言葉に、悠羽は破願した。誰に言われるよりも、洸聖に労《ねぎら》われたことが嬉しくて、思わず自分からも洸聖に抱きついてしまう。

「ここに、無事戻ってくることができて……嬉しいです」

蓁羅へ旅立ち、洸竣の顔を自らの目で見るまで悠羽は心配で、不安で、胸が張り裂けそうだった。容易に国から出ることのできない王や洸聖の名代として、自らが行くしかないと決意はしたものの、もしもということを考えないわけにはいかず、そうなった場合の対応やら何やら考えて、頭の中はずっと混乱していたのだ。

（洸竣さまが無事で、本当に良かった……）

「洸聖さまも、洸竣さまのご無事な姿を見られて安心されたでしょう？」

「ああ。だが、安心したのは洸竣の顔を見ただけではないぞ。お前も無事に戻ってきてくれたことがもっと嬉しい」

「そ、そんなこと、洸竣さまが聞かれたら泣いてしまいますよ？」

「泣くような男か。それに、既に私の中で誰が一番大切なのかは、あ奴も知っているだろう」

嬉しいと思ったらいけないのかもしれないが、それでも悠羽はそう言ってくれる洸聖の気持ちが嬉しくてしかたがない。

（本当に……良かった……）

洸聖に抱きしめられてようやく、帰ってきた実感が湧《わ》く。

悠羽は、今こうして嬉しい気持ちで洸聖と抱き合えることが幸せでならなかった。


父や兄弟の優しい眼差しや言葉はくすぐったくも嬉しく、洸竣は無事に祖国に戻れたことを感謝した。

だが、敵対国に行くわけではなかった今回の訪問も、最後に盗賊とはいえ命を狙《ねら》われてしまったことを考えれば、己の認識の甘さを反省しなければならないだろう。

「洸竣さま」

「ん？」

「お身体を清めてお休みになられますか？」

「そうだなあ」

正門前での熱烈な歓迎のあと、皆はまだ本調子ではない洸竣を気遣って早々に解放してくれた。

洸竣自身、体調は万全ではないと思っていたが、それでも大丈夫だと己の体力を過信していた。しかし、やはり疲れていたのだろうか、先ほどから腰かけた椅子《いす》から立ち上がることができなかった。食欲もあまりなく、正直に言えばこのまま寝台に横になりたいが、そうすればそれほどに体調が悪いのかと黎が気にしてしまうだろうと思い、心の中で勢いをつけて椅子から立ち上がる。

「じゃあ、湯でも浴びよう」

「お手伝いします」

「え？」

「あ、あの、だから、お手伝いを……」

「……黎も疲れているだろう？　もう休んでいいよ。湯浴みくらい、一人で大丈夫だから」

（こんな時に黎と二人でなど……少し、困るな）

体調は万全ではないまでも、洸竣も健康な若い男だ。心底愛しいと思った相手に肌を見せるなど、それが色っぽい意味ではないだけに、結構辛《つら》いものがある。

「洸竣さま、あの、僕……」

「おやすみ、黎。今回はありがとう」

洸竣は黎の頭を優しく撫でたあと、ゆっくりとした足取りで湯殿に向かった。

世話はいいと洸竣に言われてしまった黎だが、そのまま自室に戻ることもできず、洸竣の部屋から少し離れた廊下に立ち尽くした。

部屋の前に立っていたら、洸竣が困ってしまうだろうと思ったのだ。

（洸竣さまが湯殿から戻られたら……そうしたら、部屋に戻ろう）

馬にも乗れ、数日ながら旅もして帰ってきたくらいだから、洸竣の体調はそれほど悪くはないはずだ。それでも、もしも湯殿で倒れていたらと考えると、どうしてもこの場から立ち去ることができなかった。

「……黎？」

どのくらい経っただろうか……それは、ほとんど時間は経っていなかったとは思うが、不意に名前を呼ばれた黎は慌ててそちらを振り向いた。

声で誰かはわかっていたものの、それでも静まり返った廊下での遭遇は驚いてしまう。

「サランさん」

「洸竣さまは？」

黎が一人で廊下に立っている姿に、サランの綺麗な眉がわずかに顰められた。

黎は洸竣が悪く思われないようにと、慌てて説明を始める。

「こ、洸竣さまは今湯殿に行かれていて、僕には休むようにおっしゃっていただいたんです。ただ、僕が勝手にここにいて……」

「黎」

「あの、なので、洸竣さまは」

「落ちつきなさい、黎。お前が、自分の意志でここにいることはわかった」

「あ……はい」

自分の拙《つたな》い説明で大丈夫かと不安でたまらなかったが、サランがそう言葉を返してくれたことで落ちつき、黎は小さな溜め息をつく。だが、次にはなぜサランがここにいるのだろうかと不思議に思った。

「あの、サランさんは？」

「私は洸莱さまの部屋へ伺おうと思っていたのだが……ちょうど良かった。黎に言っておきたいことがある」

「え？」

改めてそう言うサランの話がいったいどんなことなのか想像ができず、黎は戸惑《とまど》った眼差しを向けた。

（そんなに緊張することもないのに）

大きな目を不安そうに揺らしたまま、黎がじっとこちらを見てる。

彼がどんなことを考え、不安に思っているのかサランにはわからないが、今から言うことは少しでも黎の肩の荷を下ろすのではないかと思えた。

「私は、王家専属の医師に検査をしてもらうつもりだ」

「……検査？」

「そう。私の身体が、子を身籠《みご》ることができるのかどうか。幼い頃、母に町医者に連れて行かれ、そこで私は男としても女としても生殖機能がないと言われ、それきり、自身のことは諦めていた」

自分には悠羽が、その家族が周りにいる……そう思っていた。

それだけでもったいないほど幸運だと思っていた。

しかし、洸莱に求められ、サラン自身も年下の男に常にない想いを抱くようになり、実際に身体を重ねて、その気持ちの中に変化が生まれた。

自身の家族がというよりも、洸莱の家族を持てたらと。

「また、子を生すことは無理だと改めて言われるかもしれないが、少しでも可能性があるのならば診ていただこうと思っている」

「サランさん……」

思いがけないサランの言葉に、黎は大きく目を見開いた。

「私の子がというよりも、洸莱さまの子が王座に就くのも悪くはないだろう？　だから、お前は躊躇《ためら》わなくてもいい。強引に求められているわけではなく、お前も洸竣さまを想っているのなら、素直にあの方に身を委《ゆだ》ねてもいいと思う。あの方は遊び人らしいが、真実はとても誠実な方だそうだ」

洸莱さまがそうおっしゃっていたと言うサランは、いつものようにあまり表情はない。それでも、雰囲気が柔らかくなっているような気がして、黎はサランが本気で洸莱のことを想っているのだということがわかった。

感じたのは、羨ましさだ。誰かを想い、その相手に想われるということが、どれほど奇跡に近いことだろうか。

「……黎」

黙り込んでしまった黎に、サランは静かに声をかけてきた。

「洸竣さまがご無事で良かったな」

「……はい」

「少し、考えてしまっただろう？　今回は良かったが、もしもの時……お前は後悔しないか？」

淡々としたサランの言葉は、激しい感情が込められていないだけに黎の胸に深く響いた。

サランの言う通りだ。もしも今回、洸竣の命がもっと危なかったとしたら、黎は今までの己の行動を必ず後悔したはずだ。

それは向こうでも、何度も繰り返し考えていた。

「サランさん……」

「私も人のことを言えないがな」

そう言ったサランは、今度こそ口元に笑みを浮かべる。その綺麗な微笑みは性別を超越したもので、黎は思わず見惚《みと》れてしまっていた。


「お背中をお流しいたします」

「大丈夫だ」

「洸竣さま」

「構わないでいい。ゆっくり浸《つ》かりたいだけだ」

世話をするために控えていた召使いにそう言うと、洸竣は湯殿の中を人払いした。

「この肌を見られるわけにはいかないからな」

呟くように言った洸竣は、湯に浸かりながら肩にかけていた薄布を取った。

もう少し下……背中のその部分には、醜い傷が残っているはずだ。召使いはもちろん、この傷を見たらきっとまた心配するだろう黎の気持ちを思って、湯殿には連れてこなかった。

「……っ」

ほとんど痛みは消えたと思っていたが、熱い湯に浸かると鈍く痺《しび》れる痛みが背中に走る。それでも、苦痛の声は漏《も》らさずにいた。

男の身体に傷ができてもたいしたことではない。むしろ、油断していた己の気持ちを今後戒めるためにも必要だった傷かもしれない。

ただ、蓁羅にいた時にこの傷に薬を塗ってくれていた黎の顔はいつも苦痛に歪んでいて、さすがに洸竣も光華国に戻ってきてまで黎のそんな顔は見たくなかった。

簡単に汗と砂埃を流した洸竣は、夜着に着替えて部屋に戻った。蓁羅から持って帰った化膿止めの薬は部屋で自分で塗るつもりだ。

しかし、部屋の近くまで戻った時、廊下の隅に誰かが立っているのが見えた。

「……黎？」

小柄な影の主は黎だ。

黎の身体を気遣い、休んでいいと言ったのだが、生真面目なこの少年はどうしても主《あるじ》よりも先に休むということができないらしい。その健気《けなげ》さに胸をつかれ、洸竣の抑え込んでいた感情が頭をもたげた。

「黎」

目が合うと、黎が目を伏せる。言いつけを守らなかったことを申し訳なく思っているのが丸わかりだ。

洸竣は黎の肩を抱き寄せた。どのくらい待っていたのだろうか。おそらく、洸竣が湯殿に向った時からここにいたのであろうと想像できるくらい冷えた身体だ。

そのまま自室に黎を連れて入った洸竣は、椅子に無造作にかけてあった自身の上着をその身体にかけてやった。あまりにも大きさが違うものの、これで少しは温まれるだろう。

「洸竣さま、あの……」

勝手に待っていたことを怒ることなく、迷惑そうな顔をするでもなく、私室に招き入れて上着を着せてくれた洸竣を見上げ、黎は何を言おうか迷っていた。

「温かい物を用意させよう」

「い、いいえっ、大丈夫です。これ、とても温かいですし」

焦る黎とは対照的に、洸竣はいつもと変わった様子はない。そのことに安堵しながらも、どこかで物足りなさも感じている自分が愚かしく思えた。

「黎は無理をするからな」

「無理なんて……洸竣さま、だって……」

「私？」

「お背中の傷……本当は痛まれるのでしょう？」

帰国してからずっと、洸竣はにこやかな表情を崩さずに周りに応対していた。身体から毒素は消えたとはいえまだ背中の傷が痛むだろうと、傷口に薬を塗る役割をしていた黎だけはわずかな変化に気づいたが、洸竣が隠していることを自分が言うことはできないと口を噤《つぐ》んでいた。

しかし、ここにいるのは自分と洸竣だけだ。黎は心配でたまらなかったことを素直に口にした。

「痛みがあるのなら、おっしゃってください」

「黎」

「僕には……隠さないでください」

訴える黎に、洸竣は少し困ったというような笑みを浮かべる。

なおもじっと見つめていると、洸竣は近くの椅子に腰を下ろした。立っているのはまだ辛かったのかと思い、黎は慌てて駆け寄る。

「だ、大丈夫ですかっ？」

「……あまり、大丈夫でもないかな。苦しいし」

「あ、あの、あっ、医師をっ」

「黎」

すぐに部屋の外へと飛び出して行こうとした黎は、いきなりその腕を摑まれてそのまま引き寄せられてしまう。

いったい自分の身に何が起こったのかわからないまま、いつの間にか洸竣の膝の上に子供のように座る体勢になってしまい、改めて自分の姿を見下ろした黎は顔を赤くして慌てて謝罪した。

「す、すみませんっ」

皇子の膝の上に座ってしまうなど、召使いとしてあってはならない失態だ。それが洸竣のせいだったとしても、まだ身体が万全ではない彼の負担になってはいけない。

咄嗟に立ち上がろうとした黎だったが、洸竣の腕の拘束は簡単には解けなかった。

「こ、洸竣さま、早く医師を……」

「違う」

「え？」

「苦しいのは、私の心だ」

「……洸竣さま？」

洸竣が何を言いたいのか、すぐにくみ取ることができないのが悔しい黎は、その苦しみを少しでも自分に分けて欲しいと思って一心に洸竣を見つめ続ける。

その視線に負けたのか、それとも洸竣の気持ちの中に変化があったのか。

戸惑う黎の気持ちをさらに揺さぶるように、洸竣は膝に乗っているせいで少し目線が上になっている黎の唇に、下からすくうようにくちづけをした。

「黎……」

一度は、死をも意識した。

その時、もちろん家族のことを思ったが、その中で一番大きな存在として洸竣が頭に思い浮かべたのは他の誰でもない、黎のことだった。

まだ性的に幼く、義兄のこともあり、そして、何より黎の主人である己の立場を考えて、黎の気持ちがもう少し育つまで待とうと大人の態度を取っていたが、死というものに直面した時、後悔したのは黎のすべてを己のものにしていないことだった。欲望を押し殺していた自身を、愚かにさえ思ったくらいだ。

今、こうして生きて国に戻ることができ、再び自分らしくもなく臆病《おくびょう》な気持ちが黎を遠ざけようとしていたが、実際に華奢《きゃしゃ》な身体を抱きしめると駄目だ。

「……んっ」

黎は、くちづけを拒まなかった。無理もない、己の主人に逆らえる召使いなどいないだろう。それに、洸竣はこの光華国の皇子という立場でもあるのだ。

「私は、お前に無理を強《し》いることになるが……」

それでも、洸竣は黎が欲しかった。

この行為を恩返しだとして受け入れるか。それとも、嫌な気持ちを押し殺して嵐《あらし》がすぎ去るのを待つか。どちらにせよ、洸竣がしようとしていることは黎にとって苦痛でしかないが、永らえた生の中で後悔はしたくない。

「黎、私は……」

「洸竣さま」

不意に、黎は洸竣の言葉を遮った。おとなしく、従順な黎にしては珍しいことで、洸竣は眉を顰めたままその顔を見つめる。

普段取らない態度を見せるということは、黎はやはり洸竣を受け入れることができないのかもしれない。己の欲望はあれど、それでも泣かせてまで無理強いはしたくなかった。洸竣の中で黎は愛する存在だが、初めて会った時に感じた庇護欲はけして消えてはいない。

「……すまない」

抱きしめていた腕を解いた洸竣は、そのまま黎を膝の上から下ろそうとした。

「洸竣さまは、勝手です」

しかし、いきなりそう叫んだ黎は、洸竣の首にしがみついてきた。

「僕、僕……何が大切なのか、ちゃんとわかったんです」

黎が何を言いたいのか予想ができない洸竣は、不思議そうな表情になったのだろう。それに焦《じ》れたのか、顔を歪めた黎がそのままぶつかるように唇を合わせてきた。

(洸竣さま……っ)

本当はもっと色っぽく洸竣を誘いたかったのに、経験のない黎には無理だった。ただ、少しでも洸竣に自分の気持ちをわかって欲しい。

黎のこの行為が犠牲的な気持ちからでもなんでもなく、純粋に洸竣を想っているからだということは知ってもらいたかった。

「……」

「……」

自分からは洸竣の口腔《こうこう》に舌を入れる濃厚なくちづけはとてもできず、合わせた唇はすぐに離れた。それでも、驚いたように自分を見つめてくる洸竣の眼差しから、黎は頑張って顔を逸らさない。

「……お前は、少しは私のことを好いてくれているのか？」

普段余裕のある、遊び慣れた第二皇子とはとても思えない気弱な言葉だ。洸竣のこんな姿はもしかしたら自分しか見られないと思うと嬉しくて、黎は泣きそうになりながらも頬に笑みを浮かべて頷いた。

「少しなんかじゃないです。とても……大切に想っています」

「黎……」

「あの家から救い出してくれたことには、本当に感謝しています。でも、でも僕は、感謝だけで、男の人に身を委ねようなんて……思いません」

だからこれは、黎も望んでいることだ。

「どうか、僕の気持ちを疑わないでください。あなたが好きだと思う気持ちを、そのままお耳に入れてください」

余計な思惑は一切挟まずに、ただ好きだという言葉だけを聞いて欲しい。まっすぐに目を見つめながら祈るような気持ちでそう言った黎は、すぐに強く抱きしめられた。

「こ、洸竣さま」

「お前を欲しいと言ってもいいの？」

「……はい。僕も……洸竣さまが、ほ、ほし、い、です」

「このまま、私の部屋で夜を明かしても？」

「お側に、いたいです……」

強く、強く抱きしめられ、黎は嬉しくて涙が零れる。洸竣もそれに気づいたようだが、以前の時のように気遣って拘束を解くことはなく、そのまま宥めるように何度も優しく髪を撫でてくれた。

「私が意気地がないせいで、こんなにもお前を苦しめたんだね……悪かった」

「そんなこと……」

欲しいと思った洸竣の気持ちを受け入れてくれ、黎もこのまま……という雰囲気ではあるものの、洸竣には未《いま》だ躊躇いが残っていた。

それは、己の立場のせいだ。蓁羅で莉洸に告げた思いが、洸竣の胸の中に渦巻いている。

皇太子である兄洸竣は、男である悠羽を娶る。真面目な兄は、きっと悠羽だけを愛し、妾妃など受け入れはしないだろう。

下の弟莉洸は、隣国蓁羅の王、稀羅に嫁ぐ。独占欲の強い稀羅王が、莉洸に他に目をやる余裕など与えるわけがない。

末の弟の洸莱もまた、両性具有とはいえ、子ができる可能性の低いサランと恋仲になった。頑固で、排他的でもあるあの弟が唯一欲しいと思った相手だ、これもまた、他の女になど目を向けないはずだ。

父王にしても、やっと手に入れた最愛の伴侶《はんりょ》を泣かすようなことを……いや、和季は泣くことはないだろうが、身を引くということをさせないためにも、今後遊びを再開するとは思えない。

そうすると、この光華国の未来はまだ独身で妾妃もいない、洸竣にかかってくるのだ。この先、今までの遊びで付き合ってきた相手とは違い、子を生すだけにそれなりの身分の女を抱く日が絶対にないとは言いきれなかった。

考えれば考えるほど、このまま抱かずに淡い恋の今の状態で黎を手放してやるのも優しさではないだろうかとさえ思うのだ。

「……黎、私は、兄弟皆が幸せになって欲しいと思っている」

「……」

「もちろん、お前もだ、黎。だが……もしも、将来……」

「構いません」

黎は洸竣に最後まで言わせなかった。

「もしも、もしも将来……洸竣さまが妃さまを娶ることになったとしても、僕は今の自分の気持ちも、行動も、絶対に後悔しないと思います。洸竣さま……僕を、少しでも想っていてくださるのなら、どうか、僕のためにこの手を離すということだけはしないでください」

お願いしますと、黎は洸竣の腕を震える指先で掴みながら訴えてきた。

黎なりに洸竣の立場を考えてくれていたことに驚きつつも、これほどに想われ、求められて、洸竣ももう躊躇ってはいられなかった。

「黎……」

目を閉じて、黎は洸竣のくちづけを待っている。

洸竣はその黎の身体をそのまま抱き上げて寝台まで運ぶと、そっと横たえてやりながら先ほどよりももっと濃厚な、舌を絡める愛撫《あいぶ》のようなくちづけを与えた。小さな口いっぱいに己の唾液《だえき》を含ませ、息苦しさに喘《あえ》ぐ姿はとても哀《あわ》れだというのに、どうしようもない飢餓感に襲われる。

自分がこんな加虐性を持っているとは、今の今まで知らなかった。

「……嫌なら、すぐにそう言うんだよ」

くちづけを解いて濡れた小さな唇に指を触れながら言うと、黎は一瞬目を瞬《しばた》かせ、次に小さく笑った。

「僕も……望んでいます、から」

黎の言葉が嘘ではないということはわかる。しかし、気持ちと心が別だということも、洸竣は理解していた。身体だけの、快楽だけの関係を持ってきた己だからこそ言えることだし、黎もまた、義兄との関係で理不尽な目に遭ったことがある。

その恐怖は、なかなか忘れることはできないはずだ。

「洸竣さま……？」

黎が、自分を求めてくれて、とても嬉しいと思うと同時に、どうやってこの細い身体に快感を刻み込んでいっていいのか、洸竣自身もまだわからない。

ただ、泣かさないこと、傷つけないこと。

それだけはなんとしても守ろうと、洸竣は心に誓った。


黎は自身の服に指をかけ、少し迷った。

自分から服を脱ぐなど、誘っているように思われないかと心配になったが、考えてみれば今のこの状態も黎の方から仕掛けたといってもいいのだ。

いくらこの気持ちが純粋な恋で、皇子の……主としての洸竣への奉仕ではないと思っていても、やはり洸竣からしてもらうのは気が引けてしまう。

もちろん、この先どういったことをすればいいのか、具体的には何もわからない黎にとって、行為自体、洸竣に頼らなくてはならないが、その前までは自分がすべきではないかと考えた。

圧しかかるように見下ろしてくる洸竣の視線からぎこちなく目を逸らし、黎は震える手で一つ一つ、服の紐《ひも》を解いていく。

洸竣はそれを止めることはせず、ただじっと視線を向けてくるだけだ。それだけでも、とても恥ずかしい。

「こ、洸竣さま」

「ん？」

「ぼ、僕、まだ身体を清めていないので……」

もちろん、旅から戻って服を着替える時に簡単に身体は拭《ぬぐ》ったものの、きちんと湯に浸かって汚れを洗い流したわけではない。こんな汚い身体を洸竣に触れさせることはできないと今さらながら気づき、黎は少し時間を貰《もら》いたかった。

「す、すぐに、戻ってきます」

「……いや、そのままでも構わない」

「そ、そんなっ」

「黎はそのままで十分綺麗だよ」

そう言って、ほとんど脱げかかった首筋から胸元へと舌を這《は》わせてくる洸竣の肩を、黎はお願いですからと懇願しながら押し返した。

「黎、身体を合わせるということは、けして綺麗なだけの行為ではないよ」

泣きそうに顔を歪める黎に対し、洸竣は少しだけ笑う。

「お互いの吐き出したものを口に含むし、身体の隅々に舌を這わす。それにね、黎は男の子だから、私と繫がるためには……ここに」

「！」

洸竣の指先が、服の上から信じられない場所を撫でた。

「ここに、私のものを入れるんだ。ね？　いくら湯に入って身体を清めたとしても、すぐに互いが汚れてしまうんだよ。ねえ、黎。私と、そんなことができる？」

黎は身体を硬直させたまま、じっと洸竣を見上げてくる。

その眼差しに、洸竣は苦い笑みを浮かべた。

抱きしめることから、くちづけをして、身体に触れて。繊細な神経を持つ黎には、順番通りに行為を進めていく方がいいのだろう。

身体を繋げるのは、やはり少し早いか。

今日は、互いの想いを確かめ合っただけでも十分かもしれない。

洸竣は軽く黎の額に唇を押し当てると、そのまま身体を起こした。

「今日は、もうここで……」

やめようという言葉は、いきなり伸びてきた黎の手で途切れてしまう。黎は洸竣の腕を摑んで、自身の身体の上へと引き寄せた。

「や、やめないでください」

「黎……」

「……洸竣さまが、お嫌でなければ……この、ままで……」

何も知らないはずなのに、黎は洸竣の胸が高鳴るような誘い文句をかけてくる。せっかく逃がしてやろうと思っていた洸竣の理性は脆《もろ》くも崩れてしまった。

「……大切に抱くよ、黎」

痛みも、恐怖も、そして羞恥《しゅうち》も、黎に教えてやれるのは己しかいない。迷う自身の心にそう決着をつけると、洸竣は身体が強張る黎を宥めながら服を脱がした。

やがて、目の前に骨がうっすらと見えてしまいそうなほどに細い身体が現れる。以前少しだけ見た時よりも明らかに痩せてしまったのは、自分とのすれ違いが原因なのだろう。

申し訳ないと、可哀想だと思うことは後回しにした。それよりも、この愛に飢えた身体に、溢れんばかりの愛情を注ぎたい。

「……っ」

小さな胸元の飾りを口に含むと、薄い胸が反り返る。そのままましゃぶり続けると、小さな乳首は少しだけ立ち上がった。

それを見た洸竣は、もう片方の胸にも唇を寄せる。意識がそちらに向けられている間に黎の足の間に身体を滑り込ませ、足を閉じられないようにした。

「こ、洸竣さま」

「ん？」

「あ、あの……」

羞恥のために足を閉じたいのだろう。黎が口籠るのに笑みを浮かべ、洸竣は改めてその身体を見下ろす。上半身も骨が透けるようだったが、その腰はまるで洸竣の両方の指を回せば足りるのではないかというくらいに細い。血管の浮き出た太股《ふともも》も、これから行う行為に耐えきれるのだろうかと危ぶむほどだ。

それでも、決意してくれた。黎の気持ちを思い、いや、それ以上に高まった己の想いをこれ以上抑えることはできない洸竣は、もう迷わないと決める。

ここまできてこの行為をやめてしまう方が、黎の心に大きな傷を残してしまうだろう。

(洸竣さま……)

黙ったまま見下ろしてくる洸竣の眼差しをまっすぐ見返すことができなくて、黎は目を伏せてしまった。きっと、貧弱な自分の身体を見て、洸竣は抱くのを躊躇っているのだ。以前の黎なら、この場にいたたまれず逃げ出したかもしれない。いや、もしかしたら泣き出して、さらに洸竣を困らせてしまっただろう。

いくら覚悟を決めたといっても性分は簡単には変わらず、こんな身体を洸竣に差し出すのは申し訳ない……無意識のうちに身体を隠そうと身じろぎをした黎だったが、洸竣はそのまま手を伸ばして、浅ましく震えていた自分の陰茎を握りしめてきた。

「！　き、汚いですっ」

「そんなことはない。黎のこれは私のものと違って、とても綺麗な色をしている。形はまだ幼いが、それはこれから私が大人にしてやればいいことだろう」

私のようにねと言う洸竣の言葉につられるように下半身に視線をやると、まだ夜着を脱ぎ捨てていない洸竣のそこは明らかに形を変えて布を押し上げていた。男のそこが変化するということは、性的に興奮しているということだ。

(僕なんかに……感じてくださってる……っ)

「……あっ」

洸竣の変化に目を奪われていた黎は、陰茎を緩やかに扱《しご》かれて甘い声を上げた。

黎は、今まで自分のそこを慰めた経験はない。今までに何度か、朝目覚めた時に下着を汚していたことがあったが、明らかな意図を持ってここには触れなかった。

自分の両親の関係が性に対して黎を臆病にさせていたのかもしれないが、どうやら感じるという感覚はちゃんと備わっているようだ。

「……んっ……はっ」

ゆるゆると竿《さお》の部分を擦《こす》られ、先端を爪《つめ》の先で刺激される。

先端から何かが漏れてきて、それが洸竣の手を伝い、尻《しり》の狭間《はざま》まで濡らすのがわかった。

「よ……汚れ、ちゃう……っ」

「構わないよ。黎、気持ち良かったらそのままいきなさい」

「い……く？」

「その感覚がわからない？　じゃあ……排泄《はいせつ》する時のことを思い出して……ほら、出たくなった？」

「……っ」

洸竣の手淫《しゅいん》のせいか、それとも言葉で導かれたのかはわからないが、ふるりと腰を震わせた黎はそのまま熱の塊を陰茎から吐き出してしまう。

漏らしてしまったのだと、黎は半泣きになって洸竣に謝罪した。

「も、申し訳、ありませ……」

「構わないよ」

「ぼ、僕、あの、あの……」

「快感が深ければ、男はここから精を吐き出す。これは、黎が私の手で気持ちが良くなったという証《あかし》だ。それに……」

洸竣は服の中から濡れた手を引き出し、黎に見せつけるようにして舐《な》めた。自分の排泄物を洸竣が口にしたということに、黎は卒倒しそうになってしまう。

「ふふ、黎のこれはとても甘い。私にとっては甘露だな」

「こ、洸竣さま……」

「黎、私は言っただろう？　身体を合わせるということは綺麗事ではない。それでも構わないと思うほどの深い愛情がなければ、こうして己の恥部に触れさせることも、見せることもできない……そうは思わない？」

そう言うと洸竣は黎から身を離し、膝立ちのまま己の下穿《したば》きの紐を解いた。

「！」

京《きょう》に襲われた時は無我夢中だったし、勃起《ぼっき》した様子など考えもできなかったが、今目の前に見える洸竣のそれは、自分も同じ物を持っているとは申し訳なくて言えないくらいに大きくて、色も濃くて生々しい。

黎は驚きと同時に、恐怖も感じてしまった。

先ほど、洸竣は身体を繋げる方法を教えてくれた。だが、どう想像しようとしても、これほど大きなものがあんな場所に入るなんて考えられない。先ほど、洸竣は身体を繋げる方法を教えてくれた。だが、どう想像しようとしても、これほど大きなものがあんな場所に入るなんて考えられない。

だとすれば、洸竣がしてくれたように手で慰めればいいだろうか。それとも、口で奉仕した方がいいか。

戸惑う黎の気持ちが追いつかないまま、すべての衣を脱ぎ捨てた逞《たくま》しい洸竣の身体が再び重なってくる。優しいくちづけを目を閉じて受け入れながら、黎は腿《もも》に当たる生温かく硬い存在に、意識を向けないわけにはいかなかった。

「……黎」

黎は明らかに怯えている。射精させただけで泣きそうになっている黎に己を受け入れさせることはできるのかと思ったが、洸竣ももはやここでやめるという選択肢を選べなかった。

今できることは、できるだけ痛みを感じさせないようにするだけだ。

洸竣は手を伸ばし、寝台の枕元にあった傷薬を手に取った。背中の傷の化膿止めにもなるこれならば、黎の身体にも悪くないはずだ。

さらりと柔らかな黎の髪を撫でると、黎は声も出せずに洸竣を見上げてくる。

「力を抜いているんだよ」

できるだけ優しく言うと、洸竣は指先にたっぷりの傷薬をつけて、それを黎の尻の蕾《つぼみ》へと押し当てた。

「んっ」

「お前のここに、私の陰茎を入れるよ。怖い？」

「……だい、じょ、ぶ……だいじょ、ぶ……です」

自分の身体の一番汚い場所に、綺麗な洸竣の指が触れている。

申し訳なくて、怖くて、それでもやめてくれとは言えなかった。こんな貧弱な自分の身体でもいいと言ってくれるのならば、喜んで差し出したい。それに痛みが伴うとしても、きっと幸せだと思えるはずだ。

しかし、目で見た限りでもあんなにも大きなものが、自分のあそこに入るとはとても思えない。多分……いや、きっと、そこは洸竣の陰茎の形に裂けてしまうだろう。

それでも、いい。

洸竣のすべてを受け入れたいと思ったのは黎で、洸竣はその気持ちを受け入れてくれた。洸竣の欲望が自分の身体に対しても反応してくれるのなら、黎は自身が傷つくことも構わなかった。

顔色は真っ青を通り越して真っ白になっているものの、黎はけして嫌だと言うつもりはない。

「黎、深く息を吸って……ここに、力を入れないで」

洸竣が今まで夜の相手としてきたのは女ばかりだろうが、どうして男の抱き方を知っているのだろう？　そんな素朴な疑問を抱きながらも、黎は洸竣の言う通りに深呼吸を繰り返す。

初めは指一本さえ入らないと思っていたそこには今では二本も入っていて、洸竣はじっと観察するように黎の顔を見ながら、中の指を淫《みだ》らに動かした。

「……んっ」

あんな場所に指を入れられても、絶対に気持ちが悪いだけだと思っていたのに、指先が内壁を擦るたびに身体が反応してしまう。指が入り込んでいる入口は痛いくらいきついのに、中はそれとは正反対のように蠢《うごめ》いていて、黎はそのたびに縋るように掴んだ敷布を握る指先に力を込めた。

やがて、中に入り込む指の数は増え、三本になった時だった。

「ひゃぅっ」

ある場所を爪で引っ掻《か》かれ、今まで感じたことがない物凄い快感が、下半身だけでなく全身を襲った。

それはすぐに洸竣もわかったらしく、さらに執拗《しつよう》に同じ場所を弄《いじ》られた。

「……ここ？　ここが、いいのか？」

「よ……く、な……っ、や、やめ……っ」

「やめない。ここが黎のいい場所か」

洸竣はそう言うと、今黎が反応した場所をさらに強く刺激してきた。

「はっ、んっ、んぁっ」

初めは苦痛に歪んでいた顔も、今では頬を紅潮させて気持ち良さそうに喘いでいる。感じる場所ばかり攻めたので、黎の身体からはすっかり力が抜けてしまったようだ。気づくと、数回精も吐き出していたようで、黎の下半身はすっかりと濡れそぼっていた。

意識が朦朧としている間に挿入してしまった方がいいと判断した洸竣は、黎に一番負担がない背後に回り、膝立ちをさせようとしたが、

「……っ」

妙な身体の動かし方をしたのか背中の傷が痛んでしまい、思わず声を漏らしてしまう。

「こ……しゅ、さ、ま?」

すると、それまで洸竣の与える快感に溺《おぼ》れていたはずの黎が、敏感にその呻《うめ》き声に反応して濡れた眼差しを向けてきた。

「き……ず?」

「大丈夫だ」

「だ……め」

黎の頭の中には、いくら消し去ろうとしても洸竣が自分の仕える主だという事実が消えないらしい。自らがどうにかしなければと思ったのか、黎はのろのろと身体を起こした。

「ぼ……く、します」

「黎」

「こ……しゅ、さまは、動かな……で」

洸竣の背中の傷がまだ完全に癒《い》えていないことにようやく意識が向いた黎は、自分ばかり奉仕されているということがいたたまれなかった。いくら何も知らないとしても、洸竣に負担が少ないように動かなければと気持ちが急《せ》く。

「黎、気にしなくてもいい。これくらいの傷は……」

「ぼ、僕が、したい、です」

重く感じる身体を動かし、黎は寝台の頭部分に背を預けるように座った洸竣の腰を跨《また》いだ。視線の先には、既に支えるまでもなく育った洸竣の陰茎が、淫猥《いんわい》な蜜《みつ》をまとった姿で黎を欲っしている。

恐怖心は未だ消えていない。それでも黎は心を決めると、

「ふ……むっ」

勃《た》ち上がった洸竣の陰茎の上に、ゆっくりと腰を下ろした。

ぐちゅっと淫らな音を立てながら、先端部分をほんのわずかだけ呑《の》み込む。たったそれだけなのに、狭い尻の蕾がめりっと引き攣《つ》り、その大きさと熱さが、鮮明にわかった。

（く……るしっ）

膝立ちのまま、こうしていても恐怖と痛みを想像して動けない。同じ痛みを感じるならば一瞬の方がいいかもしれない。黎は強く目を閉じると、一気に陰茎の上に自分の体重を

乗せて腰を下ろした。

「！」

「れ……いっ！」

あまりの痛みに、黎の身体は強張り、蕾は痛いほど強く洸竣の陰茎を締めつけている。

痛みから逃れるように無意識に尻を揺すった黎に、洸竣はその腰を強く摑んだまま己の下肢に押しつけた。

「……っ」

その瞬間、洸竣の吐息を向き合った胸元に感じ、同時に、身体の中に熱い何かがいっぱいに溢れてくるのを感じる。

『快感が深ければ、男はここから精を吐き出す。これは、黎が私の手で気持ちが良くなったという証だ』

（洸竣さま……感じてくださったんだ……）

洸竣の言葉を思い出した黎はこれが洸竣の感じた証なのだとようやくわかり、無意識に頬に笑みを浮かべたまま、ふっと意識を手放してしまった。

「黎？」

「……」

名前を呼んでも黎は目を開けない。頬には笑みを浮かべたまま、幸せそうな顔をしている。

洸竣は締めつける中からようやく自身を引き抜いた。

まだ硬く勃ち上がっているものが、薄紅い液に濡れている。

汚れたまま寝かせては可哀想で、洸竣は力の抜けた身体を綺麗な布で拭ってやると、そのまま寝台へと横たわらせた。

「……黎」

今の気持ちをどういう言葉で言い表していいのかわからないが、洸竣は手に入れたものの重い価値をひしひしと感じていた。

黎が女ならばもちろん責任を取っただろうが、男ならばなおさらその責任は重い。もちろん、洸竣は黎を手放すつもりはないし、この先、妻と呼ぶ相手は娶らないと誓いたいが、そんな感情だけですべての決着がつけられるほどに己の地位は軽くはなく、洸竣は光華国の皇子という地位にいる自身を少しだけ恨めしく思う。

(民間ならば、男同士の結婚も許されているというのに……)

甘い、甘い、黎の身体。次に味わうのはいつになるだろうか？　今回は負担をかけてしまったが、次は大切に気遣ってやりたい。

「ああ、そういえば……あんなに早く気をいかされたのは初めてだったな」

黎が気を失ってくれたので良かったが、あのままだと経験が豊富なはずの己の情けなさに、なんと言い訳をしたらいいのかわからなかったくらいだ。

(本当に、黎は私を情けなくしてくれる)

皇子ではなく、ただの男にしてくれる黎という存在の大切さと愛おしさに、洸竣は深い笑みを浮かべた。

「……っ」


寝返りをうとうとした黎は、下半身に走った痛みに思わず目を開いた。

股《また》はまだ何かが挟まったように力なく広がっているような感覚で、その奥の、普段自分でも見ないような場所は、ずきずきと鈍い痛みが襲ってくる。それがどうしてなのか、黎はすぐに記憶が蘇った。

(僕、昨日《きのう》……)

自分から抱いて欲しいと願って、洸竣は黎を抱いてくれた。

実際に身体を重ねるという行為は黎が頭の中で想像していた以上に恥ずかしく、痛くて大変で、こんなことを本当に楽しく思えるのかと、それまで数々の浮名を流してきた洸竣を少し尊敬してしまった。

もちろん、受け入れる側の自分とは立場が違うだろうが、悠羽も、莉洸も、サランも皆幸せそうな顔をしていて、抱かれることに躊躇《ちゅうちょ》しているようにはとても見えない。

(僕も、同じ顔をできるのかな……)

またあんな痛みを受けることができるかと問われれば、やはり少し躊躇いはすると思う。

それに、そんな自分の気持ち以上に、洸竣が再び自分を抱こうという気になってくれるのかも心配だ。

知識がないせいで自分から何かをするということもなく、ただ洸竣の手を待つことしかできなかった。きっと、面白みもなく、気持ちも良くなかっただろう。そんな洸竣がもう一度、自分を抱いてくれる気持ちになってくれるだろうか。

深い息をついた黎は、そこで初めて自分がどこにいるのかに気づいた。

（……ここ、洸竣さまの寝台……）

いくら気を失ってしまったとしても、主である洸竣の寝台に自分がこんなにも大きな顔をして寝ているというのはとても失礼だ。黎はなんとか身体を動かし、自室に戻ろうと思った。

「……っ」

少しだけ頭を動かした時、初めて隣に誰かがいることに気づいた。ここは洸竣の私室の、それも寝台の上で、それが誰かなど考えなくてもわかる。

（洸竣さま……）

洸竣は片膝を立て、そこに腕を乗せてじっと窓の方を見ていた。

ほのかに漏れてくる外の明かりに照らされたその横顔はとても綺麗で、まさしく華の皇子と呼ばれるに相応《ふさわ》しい。

こんな綺麗な人に、この身体を愛されたのだ。

そう考えると、黎は自然に身体が熱くなった気がして、慌てて視線を逸らそうとしたが、

「……黎？」

同じ寝台にいた洸竣はその気配に気づき、こちらへと顔を向けてくる。その眼差しの中に確かな温かさと愛情を感じて、黎はなんだか泣きそうになってしまった。

「身体は？　痛むだろう？」

「い、いいえっ」

黎はすぐに否定した。

「ぜ、全然、痛くなん……っ」

しかし、そう言いながら起き上がろうとした黎は、すぐに眉を顰めて蹲《うずくま》る。

「こら、無理をしなくていいから」

洸竣はそう言いながら、枕元にあった傷薬を取った。化膿止めのこれに鎮痛剤の役割があるかどうかはわからないが、それでも何もつけないよりはましだろう。

「そのままおとなしくして」

「な、何を……？」

恐る恐る聞いてくる黎に、洸竣は手にしているものを見せた。

「薬をつけるんだ。身体を拭いた時に少し血がついていたんだが、起こしてはいけないと思ってあまりよくは見ていなかった」

「ま、まさ、か……やっ、だ、駄目ですっ」

「黎」

「じ、自分でしますからっ」

「自分では見ることができないだろう？　安心して、昨日のようなことは今はしないよ。ただ、手当てをしたいだけだ」

既に身体を合わせたのだ、それほど羞恥を感じなくてもいいと洸竣は思うが、初心な黎からすればそれとこれとは話が違うのかもしれない。確かに、しっかり明かりを点《つ》けた中で、熱に浮かされてはいない状態で身体を見られることに羞恥を感じるのはわかるものの、今は黎の身体を一番に考えたかった。

「黎、言うことを聞いて」

「洸竣さま……」

「すぐにすませるから」

そこまで洸竣に言われてしまえば、黎にはなおも頑強に断ることはできない。

「……っ」

明かりを点け、下半身を剝《む》き出しにした状態で、あろうことかその恥部を洸竣に見られてしまうという猛烈な恥ずかしさが黎を襲う。顔を真っ赤にし、無駄な努力とは思いながらもできるだけ敷布に顔を隠すようにして、黎は少しでも早く洸竣の言う手当てとやらをすませてもらおうとした。

「もう少し足を開いて」

黎としてはこれでも精一杯なのに、洸竣は無情にもさらにと促してくる。

「こら、黎、こんなに力を入れていては、私の手も入らないよ。それとも、赤子のように足を持ち上げて欲しい？」

濡れたおしめを換える姿を想像してしまった黎は、それだけは嫌だと、強張る足からなんとか力を抜いた。

すると、洸竣は素早く黎の腰を自身の膝の上まで持ち上げ、そのままわずかに開いた足の間に手を入れて、少し強引に大きく開く。

（……少し、腫《は》れているな）

顔を近づければもっと状態がよくわかるが、これ以上は黎が羞恥のためにますます萎縮《いしゅく》してしまいそうだ。薬を塗っておけば間違いはないだろうと、洸竣は昨日とは別の意味で薬をたっぷりと指先にすくい取り、それを黎の尻の蕾に押し当てた。

「んっ」

表面を何度か撫で擦り、続いて中にまで指を差し入れる。昨夜、陰茎を受け入れた小さなそこはまだその大きさを覚えているのか、洸竣の指一本をわりと容易に呑み込んだ。

「ふ……っ」

熱を持っている内壁とその入口に、薬が浸透するように何度も指を動かす。

すると、黎の幼い陰茎がわずかに勃ち上がってきた。

黎は目を強く閉じていて、自分の変化には気がついていないようだ。

まるで己の欲望を試されているような気がしたが、もちろんこの状態の黎を再び組み敷くことはできない。

洸竣はもう一回薬を取って塗りつけると、黎の腰を寝台の上に下ろし、下半身をかけ布で隠してやった。

「さあ、終わったよ。今からお前の着替えを取ってくるから」

「……すみません」

「お前の世話をするのは楽しいからね」

消え入りそうに礼を言う声に笑い、そっと髪をかき撫でながらそう言った洸竣は、しばらくの間黎を一人にさせてやろうと、寝台から立ち上がった。


「おはようございます、兄上」

「……洸竣？」

洸聖は書類から顔を上げると、妙ににこやかな顔で部屋に入ってきた洸竣を見た。

「お前、大丈夫なのか？」

朝食の時間に、黎と揃《そろ》って食堂に姿を現さなかった洸竣。その後、調理番から部屋に運ぶようにと申しつけられたと聞いた洸聖は、まだ洸竣の体調が思わしくないのだと思っていた。

出迎えた時はにこやかな表情をしていると思ったが、あれは皆を心配させないための偽りの姿だったのかもしれないと考え、あとで様子を見に部屋まで行こうとさえ思ったのだ。

しかし、こんなにも晴れやかな表情をして執務室にやってきた姿を見れば、己の心配はいったいなんだったのかとさえ思えてしまう。そう思ってしまうほどの元気の良さだった。

そう考えると、今度は心配させた洸竣に小言の一つでも言いたくなる。

「……食事は家族でとるものではないのか？」

暗に、不精を責めると、洸竣はすみませんと素直に謝った。

「どうしても部屋から出られなくて」

「何故《なにゆえ》だ？」

「黎がいましたから」

「黎？」

「負担を強いたので、その世話を」

「……」

じっと洸竣を見つめていた洸聖は黙って立ち上がると、そのまま洸竣の前まで歩いた。自然と眉間には皺が寄ってしまうが、今から言うことの意味を考えれば笑えという方が無理だ。

「お前、もしや黎と閨《ねや》を共にしたのか？」

「はい」

　誤魔化すつもりは一切ないらしい。弟の色恋事に口を挟むつもりはないし、以前黎への真摯《しんし》な想いを聞いていたので驚きはなかった。だが、秦羅から帰国したばかりで、それも酷い怪我をしていたのを思えば、疲れを知らない洸竣には呆れるしかなかった。

「……洸竣、あれはまだ子供だ。そんな相手に、お前は欲望をぶつけたのか？」

　十八歳という年齢自体は、実際子供とは言えないということを洸聖も理解している。それでも、黎の見た目や言動は彼を歳《とし》以上に幼く見せるのだ。

「ん～……同意があっても、兄上はそう思われるでしょうね」

「同意はあったというのか？」

「私が欲しいと思って、黎も、欲しいと思ってくれた。兄上、信じられないかもしれないけれど、私は改めて思いましたよ。私にとって今回の黎への想いは、やはり初めての恋に近いと」

「……あれほどに遊んでいたお前が言うか」

　町で身体を売っている女たちや、若い貴族の令嬢、それだけでなく、人妻とも浮名を流してきた洸竣が、初めての恋というのはあまりにも滑稽《こっけい》だ。

「兄上に嘘はつきません」

　しかし、そう言って少し気恥ずかしそうに笑う洸竣の表情は、余裕のある遊び人の顔ではなく歳相応で、昔よく見ていた弟のままだ。

それは、以前黎のことを好きだと自分に向かって言ってきた時以上に幸せそうに見えた。

「……それならば、私が言うことは何もない」

深く息をついた洸聖に、洸竣は内心安堵した。なんだかんだと文句を言っていても兄が自分を心配してくれていたのは知っていたし、その兄に、愛しい相手ができたと告げることができて本当に良かったと思えた。

もうすぐ結婚する兄は、近い将来この国の王になる。いずれ出てくるだろう後継問題や外交の問題も、今後は共に考えていけるはずだ。

「私は、黎と結婚しますよ」

「……」

「他国の姫は娶りません」

洸聖には悠羽という許婚《いいなづけ》がいたが、第二皇子である洸竣にも、今現在かなりの縁談が持ち込まれている。

以前の洸竣は、いずれ国のためになる相手との結婚を覚悟し、それまでは自由にしようと思っていたが、黎という存在はそんな身勝手な計画をすべて覆してしまった。

「国の利にならない相手ですが……お許しいただけますか？」

「父上にではなく、なぜ私に言う」

「兄上は私の味方でしょう？」

洸聖は溜め息をついた。明らかに呆れているようだ。

「まったく、お前は父上と同様、身勝手な心根の男だな」

「はい」

「だが、子を作る前に気づいたお前は、父上よりも誠実な人間かもしれない」

「兄上……」

その言葉に、自分たち兄弟の母親が皆違うということを皮肉っているのかと思ったが、洸竣の表情に気づいた洸聖はすぐに違うと否定した。

「私は三人の弟を持てたことは嬉しく思っている。ただ、それぞれの相手に愛情をまっとうできなかった父上は情けないと思っているが。洸竣、本当に愛する相手ならば、どのような結末があろうとも守り通せ」

「……はい」

真面目な兄の誠実な激励に、洸竣はしっかりと頷く。

それを見た洸聖が、ふと気づいたように言った。

「黎はどうしている？」

「まだ私の部屋で休ませています。本人は大丈夫だからと働きたがっているんですが、さすがに足腰が立たなくては無理のようですし」

「……悠羽に行かせよう。あれなら、細やかな気遣いもできるだろうし」

兄の気遣いに、洸竣は深く頭を下げた。

「いいかい、今日はこの部屋から出ないように。無理して動けば、明日も立てなくなってしまうかもしれないよ」

部屋を出て行く時、洸竣はそう言って黎を脅かした。

病気ではなく、ただ少し身体が痛いというくらいで、皆が働いている時に休むなど申し訳なくてたまらない。それでも、洸竣の命令に背くということはしたくないし、何より思った以上に下半身に力が入らなかった。

(身体を合わせるって……大変なんだ……)

あれだけ大きな洸竣のものを身体の中に受け入れたのだ、いや……多分、受け入れることができたと思う。最後に気を失ってしまう時、確かに中に熱いものを吐き出された感覚はあったのだが、すべてを覚えている自信がなかった。

だからこそ、洸竣が昨夜の性交についでどう思ったのか知りたかったが、今朝顔を合わせた途端、猛烈な羞恥が襲ってきてしまい、まともに視線を合わせることもできなかった。

結局、洸竣がこの身体を気に入ってくれたのかどうかも謎《なぞ》のままだ。

「……」

黎は溜め息をついた。

こうして一人でいるといろいろなことを考えてしまうので、どんなに身体が痛くても働いていた方がいい。

そう思った時、扉が叩かれる音がした。

黎は反射的に顔を上げるが、どうぞと言っていいのかと躊躇ってしまう。ここは黎の部屋ではなく、洸竣の部屋だからだ。

ここを訪ねるということは、当然洸竣に用がある人物だろう。そんな相手にこの恰好《かっこう》を見られてしまったら。着ているのは身体が余るほど大きな洸竣の夜着だし、何より寝台に横たわっている状況だ。とても誤魔化せるとは思えず、黎はただ焦るしかない。

「黎、黎？　いる？　私だ」

「！」

（悠羽さま？）

聞こえてきたのは、小さな悠羽の声だ。

なぜ、自分がここにいることを悠羽が知っているのか不思議に思うことも忘れ、黎は思わずどうぞと声をかけてしまった。

「黎」

部屋に入り、寝台の上で身を起こしている黎の姿を見た悠羽は、知らず安堵の息をついた。

黎の様子を見てやってくれと洸聖に言われた時、悠羽は黎が洸竣の看病疲れで倒れてしまったのかと思って焦った。しかし、その場所が洸竣の部屋で、なんと洸竣が黎と閨を共にしたということまで聞いてしまい、違う意味で心配になって慌てて駆けつけたのだ。

黎は夜着は着ているようで、枕元には水や果物も置いてあり、洸竣が気遣った様子は垣間《かいま》見える。

それでも、自分を見つめてくる黎の顔色は青白くて、悠羽はそっと手を伸ばして頬に触れた。

「大丈夫？」

「……あ、あの」

悠羽の気遣う言葉に頬を緩めた黎だったが、すぐにはっと気づいたように顔を強張らせる。そして、恐る恐るというように小さな声で訊ねてきた。

「悠羽さま……あの、どうして？　どうして、僕がここにいるって……」

「……あー、様子を見て欲しいと頼まれて」

「よう、す？」

「洸竣さま、心配されているようだよ、黎の身体のことを」

その瞬間、黎の青白かった頬に、ぱっと赤みがさした。

悠羽の言葉と表情で、彼が黎と洸竣の間で何があったのか知っていると悟ったからだ。

まさか、こんなにも早く洸竣が悠羽に話すとは考えもしなかったので、黎はどうしようもなく動揺してしまう。身体の心配をしてくれるのはもちろん嬉しいが、その理由まで知られるのはやはり恥ずかしくてたまらなかった。

「黎」

すぐにでもかけ布を頭から被って隠れてしまいたいが、ここまできてくれた悠羽に対してそんな失礼なことはできない。

辛うじて敷布を強く握りしめ、恥ずかしさを必死に耐える黎に、悠羽は少し困ったような顔をして笑いかけてくれた。

「気にしないで」

「ゆ、悠羽さま……」

「私は、洸竣さまの黎に対する想いは真実だとわかっているし、黎もそれを受け止めたのなら、こんなに嬉しいことはないよ」

ただ、帰国早々こうなるとは思ってもみなかったけれどと笑う悠羽に、黎はなんと答えていいのかわからない。

確かに、蓁羅から帰国してすぐ、それも洸竣はまだ身体が万全とはいえない状態でこんなことになってしまったのだ。蓁羅では共に看病をしてくれた悠羽に、洸竣が誤解されないようにと、黎は慌てて身を起こして訴えた。

「ぼ、僕が、お誘いしたんです」

「え？」

「僕が、僕がお願いして、洸竣さまに、あの、あの……」

「いいから」

「悠羽さま……」

「好き合っていれば時間など関係ないよ。ごめんね、黎。私が無神経だった」

悠羽は己の言葉こそ配慮が足りなかったと謝罪してくれる。その心遣いに、黎は自分の方こそすみませんと謝り、互いに頭を下げた恰好で、いつしか笑みが零れていた。


「医師に診せることを黎に？」

「いけなかったでしょうか？」

サランは洸莱を見上げながら淡々と言った。

洸聖の伝言を受けた悠羽が部屋を出て行って間もなく、洗い物を抱えて廊下を歩いていたサランは洸莱に会った。どうやら、サランに会いにきてくれる途中だったらしい。

自然と肩を並べて歩いていたサランは、ふと洸莱に伝えなければと口を開いた。

「サラン……」

普通の人間が見れば無表情ともいっていい表情だが、洸莱にはその中のわずかな困惑の色が見えた。二人のことなのに、独断で告白してしまってよかったのかと考えているようだ。それが読み取れるくらい、自分とサランは近い存在になったのだと思うと嬉しいが、洸莱自身、感情が表に出る方ではないので、見た目は少しも表情を変えないままいいやと答えた。

「いずれは伝えることだから」

「……」

「サランは？　本当にいいのか？」

両性具有という己の身体をずっと後ろめたく思っていたサランは、その身体を人に見せることを極端に嫌っている。もちろん、悠羽や、そしてようやく自分も許された形だが、医師という第三者の目で見られることをもしも苦痛に思っているのならば、洸莱はもう少し時間を置いてもいいと思っていた。

「はい」

しかし、サランの中では既にそれは納得ずみのことらしい。

「私も望んでいますから」

「望んでいる？」

「私が子を生むことができるのなら、悠羽さまや黎が苦慮することはなくなりますし」

「……」

(やはり、サランにとっては悠羽殿が一番大切な存在なのだな)

サランの口から悠羽の名前が出るのはもっともで、まだまだ自分の位置は低いと思う。

だが。

「あなたの御子を産んでみたいとも思っています」

「……サラン？」

「……」

「……」

その言葉の意味を考えて、洸莱は自分の顔が赤くなったのではないかと内心狼狽《ろうばい》してしまった。愛しいと思う相手にそう言われて、嬉しいと思わない男はいない。

「……私も、サランが産んだ子なら愛せると思う」

もっと他の言葉を告げたかったが、珍しく混乱してしまった洸莱は、片手で緩みそうになる口元を押さえてそうとしか言えない。

「嬉しいです」

そんな洸莱を見て、サランはゆったりと目元を緩めた。

「サランが？」

「は、はい」

サランが医師に身体を診せるということを悠羽に伝えると、悠羽は目を丸くして驚いていた。どうやらサランはまだ悠羽に伝えておらず、先に自分に言ってくれたということがそれでわかった。

もちろん、サランが自分の主人である悠羽に一番にそんな大切なことを伝えるのが本来の流れなので、黎もてっきり報告ずみだと思っていたのだ。

「す、すみません」

「え？」

「ぼ、僕なんかが、そんな大切なことを先に教えてもらって……」

自然と寝台に正座をし、頭を下げてしまう。焦っているせいか、それまで感じていた身体の痛みは、その時は消えてしまった。

そんな黎の態度を見、悠羽は考えるように空に視線を向ける。

表情豊かな悠羽の考える様子をただじっと見つめていた黎は、やがてにぱっと笑ってこちらを見た悠羽に、えっと身体を引いてしまった。

「サランは、黎が好きなんだな」

「え？」

「だから、早く黎を安心させたかったんだ」

どうやら自分の中でそう結論づけた悠羽に、黎はおずおずと聞き返す。

「……悠羽、さま」

「ん？」

「お、怒らないんですか？」

まず、主人である自分に報告すべきと、悠羽はそうは思わなかったのだろうか？

「どうして？　むしろ、何よりも早く黎に伝えてくれたサランが立派だと思うよ。うん、良かった」

心の底から、悠羽はそう思っていた。

「なんだか、嬉しいことばかりだ」

黎と洸竣の恋が上手くいったこともちろんだが、長い間自分自身のことを諦めてしまっていたサランが一歩踏み出す勇気を持ってくれたことが何よりも嬉しい。

悠羽の言葉で決心するのではなく、サラン自身が決めてくれたことも大きい変化だ。

今回、洸竣を迎えに秦羅へと向かう時、悠羽は常に側にいるサランの同行を退けた。それはけしてサランが邪魔だということではなく、光華国に残る洸聖の側についていてほしいという悠羽の我儘からだった。

その時のサランは一言の反論もしなかったが、もしかしたら一連の心境の変化で、悠羽だけに向けられていた目を、他にも向けるようになったのかもしれない。

今のサランには、洸莱がいる。

医師の診断の結果がたとえ以前と同じものになったとしても、きっとサランに絶望が襲いかかることはもうないだろう。

「あー、もう、すべてが上手くいった感じがする」

晴れ晴れとした顔で言うと、黎もはにかんだような笑みを浮かべた。

「悠羽さまの婚儀も、もうすぐですし」

「あ」

その途端、悠羽の表情が複雑に変化してしまう。あからさまなそれに、黎の方が慌てたらしい。

「も、もしかして、忘れてらしたのですか？」

「……洸聖さまと、論議の最中」

「え？」

「洸聖さまは盛大な式を執り行うとおっしゃって、もちろん、私も大国の婚儀だし、異論はないけれど……」

（洸聖さまはどんな立派な式をしてもお似合いになるほど存在感はあるけど、私は……とても、華美な場に相応しい容姿ではないものな）

洸聖と共に、この光華国を良くしていこうという強い決意はあるものの、それと、盛大な式の中で各国の要人と会うために洸聖の隣に立つ自分というものは、未だ想像ができないのだ。

どう化けても、悠羽は悠羽だ。

サランのように美しくないし、莉洸のように愛らしくもない。

必要以上に華美に装った自分を思うと、どうしても二の足を踏んでしまいたくなる。

（でも……洸聖さまの隣に、他の姫が立たれるのも……嫌だし）

妬きもちと羞恥と、容姿に対する劣等感が入り混じって、正直なところまだ式典の細部で洸聖と意見が合わない。

「……洸聖さまは、悠羽さまを皆さんに自慢なさりたいんです」

「私を？」

「はい」

生真面目に頷いてくれるものの、悠羽はとても黎のその言葉に頷けなかった。

「自慢というのは、価値のあるものだからこそだろう？　私はとても……」

「洸聖さまにとって、悠羽さまは何よりも価値のある方です」

「黎」

「ぼ、僕だって、そう思っています」

とても失礼かもしれませんがと謝ってくる黎は、どうやら本気でそう言ってくれているらしい。それがたとえ慰めの上の言葉だとしても、悠羽はくすぐったくて嬉しかった。

「ありがとう、黎」

結婚式まで、もう日はない。

それでも、悠羽はこれからまだ洸聖と意見を戦わさなければならないと、内心深い溜め息をついた。

洸聖と悠羽の婚儀まで、十日を切った。

様々な国からの祝いの品は途切れることなく届き、中には早めの来国をしてのんびりと王都見物をする使者もいた。

そんな来賓の世話はもちろん、婚儀自体の進行や警備にもすべて目を通している洸聖は、ここのところ睡眠時間もかなり少なく、政務室で少しだけ仮眠を取るという毎日を送っている。

唯一手に入れたいと思った悠羽との婚儀のために、通常の政務と合わせた婚儀の準備は苦痛ではない。しかし、洸聖の表情は日々浮かないものになっていた。

「兄上、先日各領地から報告が上がった作物の育成状態ですが……兄上？」

「……」

「兄上」

「ん？　ああ、どうした？」

珍しくぼんやりとしていた洸聖が何度か呼ばれてようやく視線を向けると、洸竣の眉間に皺ができている。

「……疲れているんでしょう？　だから、政務の方は私と父上に任せていただいていいのに……。兄上が手が足りていると言われるから、父上は和季を連れて、視察という名目の旅に出てしまわれたし」

呆れたように言う洸竣に、洸聖は溜め息をついた。

確かに、もうすぐ悠羽を娶るということで、心身共にだが、充実していた少し前まではどんなに多くの仕事量があっても構わないと思っていた。今は少しだけそれが憂鬱《ゆううつ》に感じる。

大変だからではない、自由になる時間がなくて、なかなか悠羽と向き合えないからだ。

（悠羽を捕まえて、いい加減きちんと話をしなければならないのだが……）

洸聖の憂鬱の原因は、まさにその悠羽だった。

『披露宴を五日することは了承しました。衣装も、五着と話し合って決めました。ですが、結婚後五十日もかけて各国を回るなんて非常識です』

『何を言う。これでも最少にしたんだぞ』

『それにしても、私の常識からすれば贅沢《ぜいたく》すぎです』

頑固に言い返す悠羽は、洸聖がどんなに睨みつけても目を逸らそうとはしない。こういうところが女ではなく男なのだと思い知るが、もちろん洸聖も引くことはできなかった。

婚儀には各国からの使者がやってくるし、光華国の皇太子の結婚ということで、そのほとんどが国王や王子など、身分の高い者の列席が予定されている。

そこで顔見せという本来の目的は達することができるのだが、洸聖は様々な国をその目で見て欲しいと、結婚の披露目と称して各国を回ることを提案した。

自ら謎《なぞ》の国とされていた蓁羅へも赴くと言った悠羽だ。きっと洸聖のこの提案を喜んでくれる———そう思ったのだが、予想外に悠羽の反発は大きかった。

披露目や、視察という名目をつけても、所詮《しょせん》遊びであると言うのだ。

『私だけそんな贅沢な旅はできません』

民と比べたらおかしいと言うが、自分たちは、いや、洸聖は光華国という大国の皇太子で、悠羽はその正妃という立場だ。このくらいの旅を贅沢とは言わないと説得をするが、悠羽はどうしても頷いてくれない。

それればかりか、しまいには五日間という披露宴も長いのではと再び言い出し、洸聖はまならない愛する者の心を、いったいどうすればいいのだろうかと思い悩んでいた。

洸聖の頑固さ以上に、悠羽は頑固だ。以前ならば力でもって押し通しただろうが、悠羽を愛する今はできるだけ話し合いで解決をしたい。

本当に、どうすればいいのか。

「どう思う？」

「……どうって……」

洸聖から話を聞いた洸竣は、苦笑を浮かべるしかなかった。

普通の姫ならば、各国を巡る旅など楽しいと喜ぶだろうに、周りの、それも民のことを考えて躊躇する悠羽。もちろん、それは悠羽の美徳だとは思う。

あまり裕福な国ではない奏禿の出だからかもしれないが、その心根は立派だが、兄の気持ちを考えると可哀想だと同情するしかない。

洸竣とは違い、色恋沙汰《ざた》には興味がなかった洸聖だ。それなりの経験はあるだろうが、真実好きになったのは、いや、心を動かされたのは悠羽が初めてらしい。その悠羽に、彼のための提案を却下され、説得も拒絶されて、そうかといって己の意志を曲げることもできず、洸聖は身動きが取れない状態のはずだ。

「兄上のお気持ちはわかります」

「そうだろう」

したり顔で頷く兄に、洸竣は言葉を続けた。

「ですが、悠羽殿がそう言うのも頷けます」

「……お前はどちらの味方だ」

「どちらとも、ですよ」

これだけ価値観の違う二人だ。結婚してからももっと多くの障害にぶつかりそうで、考えたら今のうちにもっとぶつかった方が後々いいのではないかと密かに思う。

常に見ることのない兄の姿ににやにやしていた洸竣だが、ふと思うことがあった。

(そもそも、どうして兄上の許婚が悠羽殿なんだ？)

今となってはお似合いの二人だと思うものの、当初聞いた時はあまりに格が違いすぎると疑問だった。今、自分に降りかかっている見合いを見ても、光華国の皇太子の許婚ならば、他にももっと相応しい相手がいたのではないか？

「兄上、父上から聞かれましたか？」

「何をだ」

「悠羽殿を兄上の許婚にした理由です」

唐突な洸竣の言葉に一瞬面食らってしまった洸聖だが、すぐに首を横に振った。

「……いや、聞いていない。聞こうとも思っていなかったしな」

結婚というものを、未来の王になる自分の子供を作るという意味に捉《とら》えていた洸聖は、その相手が裕福でない奏禿の王女だったとしてもたいして問題ではなかった。己の執務に邪魔にならなければいい、むしろ、興味がなかった……その言葉が一番合うのかもしれない。

まさか、その相手が自分と同じ男で、己の子を産むなどできないということがわかり、それでもなお欲しいと思うとは想像もしていなかった。

今では、悠羽以外に己の伴侶は考えられないが、洸竣の言葉に確かに不可解だと疑問が浮かぶ。

「一度聞かれたらどうですか？　もしかしたら、それで悠羽殿を説得できるかもしれませんよ」

「……父上は不在だ」

面倒なことは洸聖にすべて押しつけた父は、今は和季との蜜月にどっぷりとつかっている。

「兄上の婚儀に出席するために、ここ二、三日以内には戻られるでしょう？　できることはなさったらどうですか」

洸聖は眉間に皺を寄せたまま洸竣を見た。

弟のくせにどうしてこうもわかったふうなことを言うのかと思うが、なぜか言い返すことができない。洸竣の言うことももっともだと、洸聖自身も感じているからだ。

「悠羽殿は、我が光華国にとっても得難い方です。どうか、くれぐれもお手から逃されないように」

「わかっている」

洸聖はそう言って、先ほど洸竣が差し出した書類に目を向ける。

気にかかることがあったとしても、国の責任者としての責務はまっとうしなければならなかった。


その頃、悠羽は遠駆けに出ていた。

もちろん、その側には当然のようにサランもいる。

「明日は医師がこられるのだろう？　お前は心安らかに休んでいたらいいのに」

「いいえ、悠羽さまの行かれる場所には、ぜひお供させてください」

婚儀の直前だったが、一刻も早く確かめたいサランの希望と悠羽の願いに、洸聖は反対することなく手配をしてくれた。

そのことに感謝するものの、現状少し対立しているので、素直に礼が言えないままだ。

サランが言い出すのはわかっているので、悠羽自身も王宮内で静かにしているのが一番いいのだが、苛立《いらだ》ちそうになる気持ちを晴らすためにも思いきり身体を動かしたかった。

「はーっ！」

王宮から少し離れた丘の上までやってきた悠羽は、そのままごろんと草の上に寝転がる。敷布をしてからでは、草のよい香りがしないからだ。

奏禿にいる時は民と同じような暮らしをしていた悠羽にとって、この姿が一番自分らしいと思えた。

「気持ちいいな、サラン」

「ええ」

悠羽の側に腰を下ろしたサランが、微笑みながら見下ろしてくる。相変わらず美しい顔が、洸莱という大切な存在ができた今ではさらなる輝きを帯びたように見えた。

「たまには、こうして逃げ出すのもいい」

幸せなサランに愚痴を言うこともできず、悠羽は目を閉じて呟く。

「……悠羽さま」

「ん？」

「洸聖さまとお話しにならないのですか？」

サランの言葉に、悠羽は童顔の顔をしかめた。その表情は歳以上に幼く、サランは少しだけ笑みを浮かべる。

「お誘いをすべてお断りしているでしょう？」

常に一緒にいるサランには、すべての事情が知られていた。悠羽は誤魔化す言葉も見つからず、結局は素直に気持ちを吐露してしまう。

「……話したら、言い合いになってしまう」

「でも、会わなければ言い合いにもならないのでは」

「サランは、私の味方じゃないのか？」

「もちろん、私は悠羽さまの味方ですよ」

穏やかに言うサランは、まるで子供の我儘《わまま》を諭す親のようだ。

悠羽自身、自分が逃げているだけだとはわかっているものの、大切な洸聖とこれ以上険悪になりたくない。

（それでも、私にも譲れないことがあるのだと……そう、洸聖さまにもわかっていただきたいのに……）

「本当に……どうして私が洸聖さまの許婚に選ばれたんだろう」

そして、ついそんなことを口にしてしまう。

「光華国と、奏禿。……違いすぎると思うけれど……」

小さな悠羽の呟きを聞き逃さなかったサランは、手を伸ばして悠羽の柔らかな髪を撫でた。

身も心も結ばれた悠羽と洸聖。今さら離れることを悠羽が真実望んでいるはずないが、それでもそう愚痴を言ってしまうほどに気持ちが弱っているということは感じられた。

(私が、もう少し機転が利けばいいのだが……)

特に、こんな人の思いが関わるような話は苦手というか、自分では理解できないことばかりだ。それでも、サランはこれだけはと悠羽に言った。

「悠羽さま、人の優劣は国の大きさではありません」

「サラン?」

どんな小国でも、たとえそれがただの民でも、立派な者はいる。そして、サランにとって立派だと思う者は、今目の前にいる人以外はいないと言えた。

光華国の皇太子相手でも、けして引けを取らない。

「悠羽さまは素晴らしい方です。どんな大国の王族にも負けないくらい……心根も考えも、立派だと思います」

サランがきっぱり言うと、悠羽は目を丸くして耳まで赤くなっている。

(悠羽さまは、幼い頃と少しも変わらない)

容姿は成長しても、綺麗に澄んだ瞳《ひとみ》の輝きは少しも変わっていないと、サランは嬉しくなってふっと微笑んだ。

普段あまり表情を表に出すことのないサランの笑みはとても綺麗で、悠羽は思わず見惚れ、苦笑してしまった。

「サランは、変わったな」

「変わった？」

「とてもいい方に変化した。洸莱さまと出会えたことは、サランにとってはとても良いことだったんだな」

　自分や、その家族といる時は、表情の変化はないながらも穏やかな雰囲気を身にまとっていたが、今のサランにはその表情にも大きな変化が見られるようになった気がする。

　そう、とても人間らしくなった。

　穏やかな雰囲気に、悠羽は自然と話題を変えた。

「……明日、緊張している？」

「いいえ」

「洸莱さまがいらっしゃるから？」

「それもありますが……私には悠羽さまがいらっしゃいますから」

「私？」

「絶対に私を見放さないあなたがいてくれるから。私は何も心配していません」

「……」

「……悠羽さま？」

「なんでもない」

（そう言えるのが、洸莱さまの影響なのかも）

なんの迷いもなくそう言いきることができる根本に何があるのか、悠羽は笑ってそれ以上は言わなかった。

サランと王宮の外に出て気は紛れたものの、そもそもなぜ自分が煮つまっていたのかを忘れていない悠羽は、部屋に入る前に足を止めた。

「悠羽さま?」

今は洸聖の部屋で共に暮らしているので、彼が政務を終えて戻ってきていたとすればここで会うことになる。意見の擦《す》れ違いはあるが洸聖と喧嘩《けんか》はしたくなく、悠羽はどうしようかと後ろに控えているサランを振り返った。

「ここで立っていてもしかたがありません」

「……わかってる」

どちらにせよ、洸聖と絶対に会わないようにできるはずがなくて、悠羽は大きく深呼吸をしてから扉を開けた。

「……」

「……」

「……まだ、お帰りじゃないのかな」

部屋の中に洸聖の姿はなく、悠羽は出鼻を挫かれた感じになってしまう。

「……政務がお忙しいのか」

「最近、お部屋にお戻りになるのも遅いのでしょう?」

「私も、何かお手伝いしたいのだけれど……」

ここ数日は婚儀の件でどうしても反発してしまい、洸聖の仕事を手伝うとは言い出せていなかった。

政治のことをまったく知らない自分が、こんな大国の政《まつりごと》に協力できるとは思えないが、それでも雑用でもなんでも、自分ができることはしたい。

（洸聖さまは、婚儀が近いからゆっくりと休むようにと言われるけれど、私は動いている方が気が楽なのに）

女扱いではないだろうが、必要以上に気遣われている気がする。それが嫌なのではなく、もう少し洸聖の苦労の一端を背負わせて欲しいと思っていた。

「……」

洸聖は筆を置き、一息ついた。

結局、夕食の時間も惜しんで政務を続けていたが、空腹はほとんど感じていない。

既に陽はとっぷりと暮れ、王宮の中のざわめきも小さくなってきているような気がする。

このあとを考えて軽く食事をした方がよいかと、洸聖は召使いを呼ぶために机上の鈴を手に持った。このままここで食事をすませ、もう少し仕事を片づけてしまうつもりだった。

その時、扉が叩かれた。

洸聖は鈴を置き、そのまま扉へと向かいながら問う。

「誰だ」

「私です」

思いがけない声に洸聖は一瞬目を眇《すが》めたが、すぐに気を取り直して扉を開いた。そこにはサランが、手に籠を持って立っていた。

「どうした」

「夕食を取られていらっしゃらないので」

籠の中には、パンに肉を挟んだ軽食が綺麗に並べられている。これは悠羽が外に遊びに行く時によく作って持っていくもので、洸聖も初めてそれを食べた時は気軽にできる食事に驚いたものだった。

(では、これは……)

洸聖はちらりとサランを見る。サランは黙ったまま洸聖を見つめていた。

「……ありがとうと、伝えてくれ」

「はい。……洸聖さま、これと共に、伝言もお預かりしていますが」

「伝言?」

サランは頷き、ゆっくりと口を開いた。

「私も言いすぎた、ごめんなさい」

「……」

「でも、洸聖さまも頭が固すぎる」

洸聖の唇が、わずかに弧を描く。伝言などと可愛いことをするくせに、その内容はやはり悠羽らしい。

「それは、本当に悠羽の言葉か？」

「少し、私の思いも加わっていますが」

表情のないサランの気持ちは見ただけではわからないが、今はその目が少し楽しそうに細められているのに気づいた。悠羽の伝言を伝えると言っているが、もしかしたらそれよりも、もう少しだけ言葉は悪いのかもしれない。

「……それで」

その先を教えろと促すと、サランは言葉を続けた。

「話し合いましょう。眠れずとも、食事をせずとも、二人共に納得できるまで、話し合いたい……とのことです」

「……わかった」

そう応《こた》えた洸聖に、サランは一礼してから部屋を出る。あれ以上言わなくても、洸聖はもう間もなく自分の部屋に戻るはずだ。

（ゆっくり、お互いに理解できるまで……話し合いをされたらいい）

部屋に入る前、さすがに洸聖は一瞬躊躇したものの、決意したように扉を開けた。

「あ」

こんなに早く洸聖が帰るとは思わなかったのか、一人椅子に座っていた悠羽はいきなり開いた扉の方を振り向いて大きく目を見開いている。

それには何も言わず、いつもの飾り台に腰の剣を置いた洸聖は、一度大きく深呼吸してから、ようやく悠羽の方を振り向いた。

「すまなかった」

「……洸聖さま？」

「お前と言い争いをしたくなくて避けていた。この国に身内がおらぬお前にとっては、その方法がよりこたえるというのに……すまない。もう一度、よく話し合おう」

己の弱さを見せるようなことはしたくなかったが、もちろんこのまま悠羽と気まずいまではいたくない思いの方が強い。洸聖は悠羽の前の椅子に腰かけると、静かに話を切り出した。

「悠羽、お前は私との結婚を後悔しているか？」

「い、いいえっ」

突然の洸聖の言葉は思いがけないものだったのか、悠羽は弾《はじ》けるように顔を上げると慌てて頭を横に振った。

「では、この結婚はお前も望んでいると思って良いのだな？」

「はい、私も、洸聖さまとの結婚を嬉しく思っています」

きっぱりと言いきる悠羽に、洸聖は内心安堵する。この確かな思いがあれば、二人にとって最善の案はきっと出る。

「……それでは、婚儀のあとの視察旅行が気に食わないのか？」

「……気に食わないとか……そういうことではないのです」

悠羽は自分の考えをまとめるように少し黙って俯いていたが、やがて顔を上げると洸聖に向かって話し始めた。

「私と、洸聖さまとでは……少し、考え方が違うのだと思います」

「……」

「私の祖国、奏禿は、とても貧しい国です。主だった産業もなく、土地も痩せていて、民はいつも苦しい生活を強いられていました。それは、王族である私たちも同様で、父上のお考えからも贅沢はするものではなく、想像して楽しむものだと教えられてきました」

ゆっくりと語られる悠羽の言葉を、一つも聞き逃さないように洸聖は耳を傾ける。

愛しい者の心の内を、今きちんと聞いて、理解しなければならないと思っていた。

「……」

どう説明したら自分の気持ちを理解してもらえるか、悠羽はいったん言葉を止めて考える。

洸聖のことを尊敬し、好きになったからこそ、同性でも結婚しようと決意した。いや、もともと国のために名目だけの結婚はする気であったが、もちろん身体も、心も、許すつもりはなかった。

その思いがいつしか変わり、今は洸聖と共にこの光華国をより栄えさせようとまで考えている。

そこまで大切だと思う相手の、きっと悠羽のためを思っての視察旅行だからこそ、なぜ頷けないのかという自分の気持ちをちゃんと納得してもらいたかった。

「奏禿のような国ならばともかく、光華国は大国です。そして、洸聖さまはいずれはその王となられる方。視察旅行も、大勢の供や警備の者が同行するでしょう？」

「……それは、私の立場からすればやむを得まい」

「はい、それは理解しているつもりです。洸聖さまに万が一のことがあってはならないと思うし、そのためには様々な準備や時間もかかり、そして……お金もかかってしまうと思います」

「……」

「民がどれほどの苦労をして、租税を納めているのか……それを思うと、私は自分がそれを使って旅に出るなど考えられないのです」

「悠羽、今回の旅はお前の披露目の意味はもちろんあるが、同時に各国の世情を見ることも……」

「わかっています」

「悠羽」

「でも、私には……洸聖さまと一緒にいるということだけで、贅沢な旅だと思えてしまうのです」

自分の言っていることは、ただの感情的なものだと理解している。大国の皇子といえど堅実な洸聖が、ただ遊ぶだけに無駄な金を使うとは思わないし、豪奢な新婚の旅にするつもりもないとも想像できた。

それでも、悠羽の中では洸聖と共に旅をするということ自体とても楽しく、心躍ることで、働く民に申し訳ないと考えてしまうのだ。

これは育ってきた環境と同時に、想いの種類の違いもあるかもしれない。

(私にとって、洸聖さまは初めて好きになった方だから……)

共にいるだけで嬉しく、嬉しく思えば、楽しいだけの遊びに思えてしまう。

そんな遊びに、大切な民の税は使いたくない。

それが、悠羽が結婚後の視察旅行を渋る真の理由だった。

「……」

洸聖は眉間の皺を深くする。

正直に言えば、悠羽の言葉は半分わかるが、半分わからない。

無駄なことはできないというのは理解できるし、それが贅沢だということもわかる。

しかし、今回の視察旅行は洸聖にとって一緒に国を背負っていく悠羽に広い世界を見せたいからで、それがそのまま贅沢には繋がらないと思えた。

「……悠羽」

視野の狭かった自分に、こんなにも豊かな感情を芽生えさせ、新たな国づくりへの活力を与えてくれた悠羽だ。きっと世界を知れば、もっともっと様々に、鮮やかに変化してくれるだろうと洸聖は期待している。

その良いきっかけを、このまま潰してしまうのはやはり惜しい。

(……贅沢でなければいいのだろうか?)

洸聖と共に旅をすること自体を厭うていないのならば、もう少し考えようもあるのではないか。

「それならば、私と二人だけでならばいいのか?」

「え?」

突然の提案に、悠羽は驚いたように顔を上げた。

「何をおっしゃって……そんなことは無理です」

「無理かどうかは、私が決めればいいことだ」

「洸聖さまっ」

「王になれば、容易に国外に出ることも叶《かな》わなくなる。それならば今のうちに、お前と二人、苦労しながらも様々な国を回るのも良い経験になるかもしれない」

唐突に思いついたことだったが、考えれば考えるほど良い提案に思えた。

「よし、そうしよう」

早速手配をしなければと言う洸聖に、悠羽は戸惑った眼差しを向ける。

（洸聖さま、本気でおっしゃってるのか？）

大国の皇太子が、一人も供をつけないで旅に出ることなど到底できるはずがない。たとえ洸聖が強引に話を進めたとしても、必ず反対の声が出てくるだろう。

だが、今の洸聖は、強引にでも話を進めそうな勢いだ。

「洸聖さま、私は……」

「悠羽」

悠羽の言葉を遮ると、洸聖は手を伸ばした。卓の上で固く両手を握り締めていた悠羽の手を取ると、そっと自分の口元へと運んでくちづけをする。

「私は、お前を自慢したい。お前が世界一素晴らしい伴侶だと、世に知らしめたいのだ。私の自慢の宝を隠さないでくれ、悠羽」

洸聖にとってそれは、嘘偽りのない思いだ。

「私が……宝、など……」

「何よりも得難い、私の宝だ」

包み込まれている手が熱く、俯く首筋が染まる。

まっすぐな洸聖の言葉は飾りがないだけに真摯に心に響き、悠羽は己の固い決意が脆く崩れ落ちそうになるのを止めることが困難になってきた。

勝ち負けではなくなり、洸聖の言葉に悠羽の気持ちが自然に寄り添おうとする。

「式までにはまだ間がある。ゆっくりと考えて答えを出してくれ」

「……」

「だが、できるはずがないという答えは無用だ。お前が頷けば、私は必ずそれを断行してみせる」

きっぱりと言いきった洸聖は、そっと手を離した。温かい温《ぬく》もりが急に薄れたようで、悠羽は反射的に顔を上げてしまう。

そんな悠羽に、洸聖は笑みを向けた。

「お前と話せないのは辛い。今日からは、また一緒に休もう」

「……はい」

悠羽は頷いた。

確かに、まだ問題がすべて解決したわけではないが、それでも、悠羽も洸聖と口を利けないのは辛い。側にいるのに視線を交わすことさえしないなんて、寂しくてたまらないのだ。

「私も、あなたと一緒が、いいです」

「ああ」

悠羽の言葉に満足げに頷いた洸聖は、立ち上がると悠羽の座っている椅子の側に立つ。無言のまま手を伸ばされ、それに少しだけ躊躇ってから手を重ねた悠羽は、そのまま強引に手を引かれて洸聖の腕の中へとすっぽりとおさまった。


洸竣の帰りを待ち、その無事な顔を確かめてからすぐに和季と旅立った光華国の現王、洸英は、洸聖と悠羽の婚儀が三日後と迫った時に帰国した。

ようやく手に入れた初恋の相手との旅はとても充実したものだったらしく、洸聖が政務を放り出して出かけたことを諌《いさ》めても笑いながらすまぬと言うだけで、その様子から反省しているとはまったく思えなかった。

「父上……」

「洸聖、申し訳ありません。私が洸英さまをお止めしなければならなかったというのに」

洸英を名で呼び、継子のことを敬称で呼ばなくなった和季だが、慣れてしまった丁寧語だけは変えることができないままに洸聖に謝罪する。もちろん、悪いのは父だと思っている洸聖は、和季に謝られてしまうと申し訳なく感じた。

「和季……殿、あなたが頭を下げられる必要はない」

まだ正式に式を挙げてはいないが、事実上の洸英の伴侶となった和季を呼び捨てにはできず、洸聖は戸惑ったように敬称をつけて呼ぶ。

そんな洸聖に、和季は目を細めた。

「では、洸英さまに頭を下げていただこう」

「おい、和季」

「よろしいですね？」

重ねて言われ、洸英は意外にも素直に頭を下げた。

「……すまなかったな、洸聖。式の準備で忙しく、洸竣もまだ完全な身体ではないというのに、お前にだけ無理をさせてしまった、申し訳ない」

今度の謝罪は、初めよりもかなり実感がこもっている。

既に和季に尻に敷かれているようだが、ふわふわと落ちつきのない父にはそれぐらいがちょうど良い。

しばらくすると、執務室に洸竣も現れた。

「父上、お帰りでしたか」

「ああ、身体も完全ではないというのに、お前にも迷惑をかけた」

洸竣に向かってすぐにそう言った父に驚いた様子だが、洸聖の顔を見、続いて和季の顔を見て現状を把握したらしい。

「そうだ、兄上、いい機会ではありませんか」

「いい機会？」

「父上にお聞きになられたらどうです？　理由を」

「……ああ、そのことか」

洸聖はあまり興味がなかったが、洸竣は違うようだ。洸英がどういう理由で貧しい国の王女である悠羽を皇太子である洸聖の許婚にしたのか、この機会に聞いてしまおうと考えたらしい。

「なんだ？」

自分たちの会話の意味がわからない洸英は、怪訝《けげん》そうに何事かと訊ねてくる。洸竣は洸聖が話し出さないのを見て自ら切り出した。

「父上が、悠羽殿を兄上の許婚にした理由です」

「理由？」

「悠羽殿が素晴らしい方であるというのはわかりますが、生まれてすぐの赤ん坊の頃ではわからなかったことでしょう？　光華国と奏禿の国力を考えても、あまりに不釣合いな縁組です。父上、何か理由があるのではありませんか？」

洸竣の言葉を聞いて、なぜか洸英は苦々しく眉を顰めた。それとは反対に、和季の口元が緩む。

洸聖はその様子を見逃さなかった。

「……父上」

怪訝そうに呼んでも、洸英は口を引き結んだままなかなか話さない。

「父上」

どんな秘密を隠しているのだろうか。さらに重ねて呼べば、なぜか和季がそっと洸英の肩に手を置いて静かに口を開いた。

「諦めて、話された方がよろしいのでは？」

少しだけ楽しそうな和季を、洸英は恨めしく見る。

もともとの発端は和季で、そのことは和季自身も知っているはずなのに、洸英にとって面白くない話を子供たちにしろと促すのが憎らしい。

それでも、それがただの興味本位ではないということも洸聖の眼差しからは感じ取れ、洸英は軽く咳払《せきばら》いをして渋々切り出した。

「それは、奏禿の現王妃、叶《かのう》殿が原因だ」

「奏禿の……悠羽の母上のことですか？」

「そうだ」

洸聖の生母だった王妃が亡くなった時、洸聖は三歳で、洸竣はまだ話もできない年頃だった。

そのすぐあとに和季が光華国の影として現れ、美しく、神秘的な和季に惹《ひ》かれた洸英は、すぐに彼を欲しいと告げたが、和季は身体を与えてくれても、その心だけは明け渡してくれようとしなかった。

どんなに愛を乞《こ》うても応えてくれない和季に焦れてしまい、それから洸英はかなり派手な女遊びをするようになり、その頃、第三国の即位式に招待された洸英は、そこで偶然夫妻で参加をしていた奏禿の王妃、叶を見初《みそ》めたのだ。

まだ子を産んでいないせいか初々しく、それでいて毅然とした態度の彼女に好感を持った洸英は、彼女が一人の時を狙って一時の遊びに誘った。それまで、光華国の王という立場と、若く美しいといわれる容貌《ようぼう》で、一度も誘いを断られなかった洸英だったが、その時は呆気《あっけ》なく叶に断られてしまった。

その国に滞在している間、何度誘っても断られ、結局そのまま別れてしまったのだが、数年後、奏禿に王女が生まれたとの報告を受けた時、その時の無念を晴らすというわけではないが、己の思いを息子に投影させて叶えようと思ってしまったのだ。

「叶殿はとても美しく、賢い方だったからな。その娘である悠羽殿も、きっと将来はそうなるだろうと思った。人格というものは、国の大きさでは測れぬということは感じておったしな」

きわめて独善的な言い分を語る洸英に、洸聖も洸竣も呆れるばかりだ。

そんな父の過去の色恋の因縁のせいで悠羽との縁が結ばれたというのも複雑な思いだが、そういった経緯がなければ唯一の者として出会わなかったのかと、父の奔放な遍歴も良しとしなければならないのかもしれない。

「……悠羽と王妃は、似ておりません」

「ああ、外見はそうだが、その心根は通じている。悠羽をお前の許婚としたことを私は後悔しておらぬぞ」

「父上……」

己の求愛があっさり拒絶されたことはあまり楽しい話ではなかったが、洸英としても心の内にしまっていたことを話したことで気持ちが軽くなった。

しかし。

「洸英さま、もう一つ、お話しされないと」

「もう一つ？」

眉を顰める洸英に、和季は目を眇める。

「あなたが求愛し、断られたのは叶王妃だけではなかったでしょう？　あの時の王妃の侍女、確か……小夏《しょうか》という方にも、あっさりと断られてしまったではありませんか」

「和季……」

洸英にすればもう二十年ほど前の話で、こうして訊ねられなければ頭の片隅に追いやってしまっていたはずの話だ。それを今こんなふうに追及されるとは、時を経て責められている気分になってしまう。

「お前があの時、私の手を取らなかったことが悪い」

「……物は言いようですね」

和季の方こそ、今頃何をと文句を言いたいが、くすくす笑いながらそっと手を握りしめてくる行動に免じて、この思いは忘れてやることにした。

「まったく……父上には呆れます」

結局は、父の遊びの意趣返しだということだ。

もちろん、報復という強いものではなかっただろうが、それでも、受け入れてもらえなかった思いを晴らすという気持ちがまったくなかったとは思えない。

無軌道な父の、あまりにも私的な感情で己の将来が決まっていたことには呆れてしまうが、その相手が悠羽だということは、洸聖にとって運命の相手だったと他ならない。

「父上の行動にはいろいろと進言したいことはありますが、それは和季殿から言っていただいた方が効き目があるでしょう。よろしいか？」

「ええ、もちろん」

和季は口元に笑みを浮かべたまま頷いてくれる。それを見届けた洸聖は、これがいい機会だと父に伝えた。

「父上、婚儀のあとのことですが」

「なんだ？」

「お願いがあるのです」

「……無茶なことではないだろうな？」

用心をして言っているのだろうか、そういう父が子供っぽく思えてしまう。そう思えるようになった自分は、多少、大人になったのかもしれない。

「……それは、父上に判断していただくしかありませんが」

洸聖は口元を緩める。

今の自分はあくまでも王である父の代理で、まだ即位をしたわけではない。父にはまだ雑務をしてもらわなければと思いながら、洸聖は己の願い事をゆっくりと口にした。


体力も回復した洸竣は、あまり落ちつきのない父の代わりに国政に取り組んでいる兄、洸聖を手伝うため、数日前から執務室へと向かうことが多くなった。

その間、黎はこれといってすることがないので様々な召使いの仕事を手伝っていたのだが、今も洗い物を干し終わった帰りに、偶然連れ立って歩く悠羽とサランの姿を見つけた。

「黎」

「あ、悠羽さまっ」

駆け寄った黎に、悠羽はいつもと変わりない笑顔を向けてくれたが、なぜか少しだけその表情が硬い気がした。隣に立っているサランに視線を向けると、サランの方はどこか楽し気に表情を緩めている。

(どうされたんだろう……)

どこか様子の違う二人に戸惑っていると、サランの方から口を開いた。

「今から結果を聞くところだ」

「結果？」

「私の身体の診断結果」

「あ……」

そこでようやく、黎は悠羽が硬い表情である理由がわかった。

そして、黎自身もその瞬間、心臓の鼓動が飛び跳ねた気分になる。サランの診断の結果は、悠羽と洸聖にとってだけでなく、洸竣と自分の関係にも大きな意味があるからだ。

（お世継ぎのことを、サランさんだけに押しつけるなんて申し訳ないのに……）

洸竣の側から離れることはできない……身体を重ねてからその自覚のある黎は、最終的に洸竣が正妃を娶ってもしかたがないという覚悟はしていた。

この光華国という大国には、やはり王族の血を引く者が必要で、それが他の兄弟に望めないとしたならば、洸竣しかいないということは十分わかっているからだ。

それでも、心のどこかで、洸竣には自分だけを見ていて欲しいという我儘もあって、それはサランが妊娠可能な身体だとしたら叶うことなのだが。

（僕は、自分のことしか考えていない……）

そんな自分が黎は情けなくて、嫌いだった。

「黎も、来るか？」

そんな黎に、サランが穏やかに告げた。

「で、でも」

「私の主人である悠羽さまと、友人である黎と。共に聞いていただいた方がいいと思う」

「サランさん……」

「悠羽さま、よろしいですよね？」

「……お前がいいのなら」

悠羽は強張った笑みで頷いた。

本来は、診察当日に告げられるはずだった結果だが、医師の方が念には念を入れたいと言ってきて、結局今日まで延びてしまった。この時間の延長が結果的に良いものか、悪いものなのか、判断のつかない悠羽は落ちつかない。

（なんだか、私が審判を待っているかのようだ……）

サランが、改めて医師の診断を受けたことは良いことだと信じている。しかし、その中に自身の利己の心がなかったとはいえない。サランが子を生むことができるのならば、洸聖が側室を迎えることはないと、そんなふうに考えてはいないだろうか。

（サランにとって、これは大切な身体のことなのに、私の事情を押しつけているような気がして……）

サランにも、そして、洸聖にも言えない己の心のうち。

悠羽はこの己の心の決着がつかない限り、洸聖のための花嫁衣裳は着ることができないとさえ思っていた。

「悠羽さま」

「……」

「悠羽さま、着きましたよ」

「え、あ、うん」

サランに声をかけられた悠羽は慌てて足を止めた。

サランの身体のことという極個人的な、微妙で細心の注意を要する話なので、医師は窓のない、重要な会議をする部屋へと通してある。

「……サラン」

扉を開けようとするサランの名を思わず呼ぶと、サランは穏やかな眼差しを向けてきた。

「悠羽さま、ご心配なさらずともよいのです。私の心は、とうに覚悟はできていますので」

『お前は呪《のろ》われた子よ、サラン。お前のせいで、私はお父さまと離縁しなければならなかったし、こんなにも辛い生活を強いられてしまった』

幼い頃、まるで呪いのように日々向けられた母の言葉。男でも女でもない身体を持つ自分は、このまま生きているだけでも罪なのだと思っていた。

それを、悠羽の母である奏禿の王妃に拾われ、王家の中で温かく迎えられて、それまでの苦しく、色のない世界が一気に広がり、サランはそれだけでも勿体《もったい》ないほどの幸運だと思っていた。

『サランの身体は、とても綺麗だと思うよ』

そして、そう言ってくれる人が現れた。

自分の身体が常人とは違っていても、それでも好きだと言ってくれる実直な人。彼のためにも、サランはもう一度自らの身体と向き合わなければならない。

「先生」

「遅くなりまして、申し訳ありません」

王室専属の医師は、まず悠羽に頭を下げた。

腕が良く、そして正直な医師だと、洸聖が悠羽に説明しているのを共に聞いたサランは、悠羽の後ろで深く頭を下げて今回の礼を述べた。

「このたびは、お手を煩《わずら》わせてしまいました」

「いや、こう言っては失礼だが、私にとっても興味深いものでしたし」

「……」

「まず、結果の前に、診断の内容を説明いたしましょう」

悠羽は頷くと、椅子に腰かける。その隣にサラン、後ろに黎が座った。

「幼き頃に一度診断を受けられたという話ですが、確かにその時点での診断は正しかったものだと思います」

「先生、それは……」

「私も今まで数例ほど、サラン殿と同じような身体を診断してきました。五歳ほどの幼い頃から今もずっと、経過観察してきています。その例からいえば、両性は男と女、同じ程度の機能を持っているので、どちらの性も本来の働きをしないとの結果が出ています。例外はあるでしょうが、両性という存在は、そういった者が多いのです」

「同じ……」

男でもなく、女でもないと思っていたが、言葉を変えれば、男であり、女でもあるのだろう。ただ、そのせいで機能が相殺されて、結局は無性ということになったのだと思うと、苦笑しか漏れてこない。

（……洸莱さまには申し訳ないけれど……）

せっかくこんな身体を愛してもらったというのに、彼の腕に子を抱かせることはできないというのは申し訳ないが、これで一つの区切りがついたような気がした。

「悠羽さま、申し訳ありません」

「サラン……」

「せっかく、こうしてお心遣いいただいたのに、結局以前と変わらぬ……」

「いや、サラン殿、話はまだ終わってはいませんよ」

「え？」

悠羽に謝罪しようとするサランの言葉を止めた医師は、手にしていた書類を置いてまっすぐにサランを見つめた。

「確かに、両性というのは、幼き頃は両方の性が同等に機能し、その結果、生殖という機能は相殺されていますが、身体が成熟していくとそのうちのどちらかの性が強くなる……

そういう結果が出ています」

「え……？」

「あまり知られてはいませんが、これまでの研究結果なのです。もともと両性は数少なく、身体が弱い者が多いので、成人する前に亡くなるのがほとんどです。ですが、生き残った者はほぼどちらかの性にわかれるんですよ」

医師の言葉は聞こえているのに、その意味がよく伝わらない。困惑しているサランに、医師はもっと嚙《か》み砕いて説明をした。

「サラン殿の場合は、男よりも女の生殖機能の方が強く働いているようです。必ず子を産めるということは言えませんが、かといって、絶対に産むことができないとも言えません」

「先生……」

「言いきることができなくて申し訳ないが、君は子を作ることはできないが、産む可能性はある……診断結果はそう出ました」

ようやくその意味を汲《く》み取ったサランが、大きく目を見開く。同時に、

「サラン！」

飛び跳ねるように椅子から立ち上がった悠羽が、サランを強く抱きしめた。

「凄い！　凄いよっ、サラン！　洸莱さまの御子を産むことができるかもしれないって！　可能性はあるって！」

「私が……洸菜さまの御子を？」

何度もその言葉を口の中で繰り返していると、じわじわとした熱い感情が胸の中を満たしてきた。この世に何も残せないと思っていたが、自分を愛してくれた人の新しい命を生み出すことができるかもしれない。

そう思うと、サランの瞳からは無意識の内に涙が浮かび、頬を伝って流れ落ちた。

「悠羽さま……」

「良かった……良かった、サラン……ッ」

サランには申し訳ないが、悠羽はもしかしたら駄目なのではないかと覚悟をしていた。

サランが何度も自分自身で言っていたということもあるが、悠羽の中では世継ぎ問題でサランだけに負担を強いるのは申し訳ないという思いが強く、駄目ならばそれでもいいと考えていた。

しかし、医師から妊娠も可能という言葉を聞いた瞬間、感じたのは喜びだった。

生きる価値がないと言っていたサランの、生きていく価値が新たに見つかったということへの喜びや、天涯孤独のサランにも家族ができるかもしれない未来。

もしも、それが結果的に駄目だったとしても、大きな未来が面前に広がった可能性に、悠羽は嬉しくて嬉しくて、サランを抱きしめることしかできなかった。

「良かった……っ」

「……」

背中に回ったサランの指先が、強く自分にしがみついてくる。普段冷静なサランのこみ上げる歓喜がその力強さでも伝わって、悠羽は知らずに自分もぼろぼろと涙を流した。

「……良かった……サランさん……」

歓喜に涙を流す二人を見つめながら、黎も涙を流していた。

穏やかに、冷静に、自分に助言してくれるサランのことを頼りにしていて、いつも頼ることしかできなかったが、こんな幸運がサランにやってきたことが自分のことのように嬉しい。

(サランさん、洸莱さまの御子さまを産めるんだ……)

今まで両性として生きてきた彼がどんな苦労をしてきたかは黎には想像もできない。しかし、これでサランの人生は大きく変わるということは確実だろう。

(神さま……どうか、どうかサランさんに子供を授けてください……)

優しい彼なら、きっと素晴らしい母親になれる気がした。

「……先生」

ひとしきり喜びを噛みしめた悠羽は、ふとあることに気がついて顔を上げた。

「はい」

医師は黙って三人の様子を見つめていたが、悠羽に声をかけられて視線を向ける。

「両性の方は、成長すればどちらかの性が強く出るということですよね？」

「その傾向が強いということです。もちろん例外はあると思いますが」

「それならば、和季殿はどうなんですか？」

悠羽の言葉に、泣いていたサランも黎もはっと気づいた。確かに、和季もサランと同じ両性だった。

「あの方も、もしかしたらどちらかの性を？」

「ええ、あの方も、女性の性の方が勝っておられます」

「……それは、王はご存知なのでしょうか？」

「いいえ、和季殿に王だけには口止めをされておりまして。ですが、今回のご依頼を受けた際に、悠羽さまとサラン殿、そして黎には話してもよいと言われました」

洸英の妾妃が洸莱を身籠った頃、和季は心労から風邪《かぜ》にかかってしまい、かなり重い症状になったらしい。

洸英はただちに何人もの医師を集め、必ず和季を助けよという命令を下したが、この機会に身体の隅々まで検査もすることになった。その時は命の危険はなかったものの、洸英は不安になって医師にそう命令し、身体が自由にならなかった和季も否応なく検査を受けることになったようだ。

その結果、両性である和季が女の性を強く持ち、もしかすれば懐妊できるかもしれないという検査結果が出たのだが、和季はそれを洸英に報告することを強く拒否した。

「影である自分は両性という名の無の存在であることが望ましいとおっしゃられて……。その、王と交渉があることもわかっていたのですが、その頃、妾妃さまが懐妊されておりましたので……」

「和季殿が、その事実を隠せと？」

「自分は王の妾妃ではないのだから、懐妊するかどうかは関係ないと」

あまりにも和季らしい。

洸英の女遊びに呆れていたのか、それとも可能性というだけでは言いたくなかったのか、その時の和季の気持ちは悠羽には想像もできないが、洸英の子を抱きたいという気持ちがなかったとは思えなかった。

「王は今もご存知ないのですか？」

「はい」

「……そうですか……」

悠羽の言葉で医師もいろいろな思いが過ぎったらしく、眉間に皺を寄せて重々しく続ける。

「おそらく、このことを他の方に知られることも、和季殿にとっては望まないことかもしれませんが、こうしてあの方と同じ両性のサラン殿の身体を診ることになったのも縁かと思いました」

医師としては患者個人の秘密を他人に暴露することは倫理に背くことになるだろうが、きっとこの医師は和季のことがずっと気がかりだったのだろう。

（今、和季殿が実質的な王の妃という立場だと知ったら……）

すぐにでも、洸英にこのことを進言するかもしれない。

もちろん、とても良いことだとは思うが、和季の気持ちを聞かないままで自分が言うことは少し違うかもしれないと、悠羽は曖昧《あいまい》な笑みを浮かべた。


（サラン……どうだったんだろう……）

部屋でじっとしていることができず、剣を振るうために訓練場にやってきた洸莱だが、落ちつかないままに真剣を扱うのは相対している相手にとっても危険だと、ただ素振りを続けていた。

「……っ」

ビュッ、ビュッ。

剣が風を切る音がする。

その音を聞きながら、洸莱は考えた。

自分のために、改めて身体を診てもらうことを決意してくれたサラン。それは彼にとってとても重い決断だったと思う。結果が良いのならばまだしも、再び否定する事実を突きつけられてしまえば、彼の悲しみや絶望がさらに深くなってしまうのではないか。

もちろん、自分の子供を産んでもらえれば嬉しいが、それが無理だとしても洸莱の気持ちにまったく変わりはない。欲しいのはサランで、この国を継ぐ子供ではないのだ。

実際に身体を重ね、その想いはさらに強くなっている。

「洸莱さま」

「！」

いきなり、名前を呼ばれた洸莱は、慌てて剣を下ろすと振り返った。

「……サラン」

ここにサランがいるということは、もう医師から結果を聞いたということだ。いったいどんなことを言われたのか、洸莱はゆっくりとサランの前に立つと、その顔をまっすぐに見つめた。

「お待ちいただいて、ありがとうございます」

本当は、自分も共に診断結果を聞きたいと洸莱は言っていたのだが、サランは悠羽と二人でその結果を聞くからと断ったのだ。その願いを聞いてくれた洸莱に、サランは心からの感謝の言葉を告げた。

『早く、洸莱さまに伝えてこないと！』

そう言った悠羽の声は弾《はず》んでいたが、ここにくるまでのサランの足取りも、いつになく軽かった。

「サラン、俺は……」

「……洸莱さまには、頑張ってもらわなければなりません」

「え？」

どんな結果でも受け止めると言おうとした言葉を遮られ、洸莱は思わず呆《ほう》けた声を出してしまった。

「この国の未来を継ぐ御子の誕生は、あなたにかかっているのですから」

少しだけ綻んだサランの唇から零れた言葉。その意味が、じわじわと洸莱の耳から頭へと伝わる。

「では……」

「確実とは言えないとのことですが、それでも、可能性はあると」

「サラン……」

「今度は、私の女の部分も抱いていただかなければなりませんね」

洸莱はサランを抱きしめた。言葉が出てこなかった。いや、この気持ちに意味などつけられず、洸莱はただサランを抱きしめる。

「……煩いぐらい、大勢の子供を作ろう。サランが困って……困って、笑うくらい」

「……ええ」

賑やかな家族の風景を口にするとサランは何度も頷いて、思わずというように頬を綻ばせてくれた。

「そうか、サランは女性か」

「そういう言い方は変です。サランさんは、サランさんです」

「ああ、すまない」

控えめながら抗議をしてきた黎に笑いながら謝罪した洸竣だが、もちろん今回のことを喜んでいた。それは、自分と黎の関係がこれで大きく変わるということだけではなく、それ以上に弟である洸莱のためだ。

同じ光華国の皇子とはいえ、母親が皆違う兄弟。その中でも、洸莱は生まれもっての眼のせいか、一人だけ離れて離宮で暮らすことになった。

その後、洸莱は王宮に引き取られてからも感情の起伏を見せず、同じ兄弟でも莉洸以外には心の底からの笑顔は見せてくれない日々がずっと続いていて——。

「洸莱に、家族ができるのか」

「洸竣さま？」

「嬉しいな、そうなれば……」

自身の血が繋がった家族ができれば、あの頑《かたく》なな洸莱の心も柔らかく解けてくるはずだ。サランと出会い、驚くほど人間らしくなった洸莱のさらなる変化が楽しみでならない。

「黎も喜んでくれるんだろう？」

「も、もちろんです」

「……ありがとう」

洸竣が笑いかけると、黎は顔を赤くして深く俯いてしまう。

身体を重ねても慎ましい性格は変わらないものだなと思った洸竣は、一刻も早く洸莱に祝いの言葉を告げたいと思った。

その頃、嬉しい報告は悠羽から洸聖にも伝えられた。

「……そうか」

執務室で悠羽の報告を聞いた洸聖が深く安堵し、またそれ以上に喜んでいるのが伝わってくる。

サランがこの結果を洸聖や洸竣にも伝えて欲しいと言ってくれ、黎と自分はそれぞれわかれてやってきたが、今頃は洸聖と同じように洸竣も喜んでくれているのではないかと思う。それぞれが個性のある兄弟だが、その結びつきは悠羽が思っている以上に強いのだ。

(莉洸さまが知られたら、きっと驚いてしまわれるだろうけど)

洸莱とサランがそこまで深い関係だとは知らない莉洸は、大きな目を驚いたように見開くかもしれないが、きっと祝福してくれるはずだ。

(今度の私たちの婚儀には帰国していらっしゃるだろうから……)

そこまで考えた悠羽はふと、洸聖とはまだ冷戦中だったことを思い出した。

二人の気持ちをお互い言い合ってから避けることはやめようということになり、今も同じ部屋ですごしているものの、心のどこかで割りきれないものは残っていたのだ。

途端にぎこちなくなった悠羽の雰囲気に気づき、洸聖が椅子から立ち上がって悠羽の前に立った。

「悠羽」

「……はい」

「あのことだが」

いったい、洸聖はどんな決着をつけようとしているのか、悠羽は自然と緊張してしまい、前で組んだ両手を強く握りしめる。

「二人きりというのは、やはり無理だ」

「……はい」

それは想像していたので、悠羽も静かに頷いた。

「だが、私とお前、それぞれに一人の護衛をつけるという条件ならば、旅をしても良いという許可を父上からいただいた。悠羽、新婚の旅に護衛がいるのは無粋だと思うだろうが、どうか、私の気持ちを受け入れてはくれないだろうか」

「洸聖さま……」

光華国の皇太子が、たった二人の供だけで旅をすることなどとても信じられなかった。本来なら数十人の供を連れなければ国の外に出ることなど不可能だろうに、洸聖は悠羽の我儘を聞いてくれて、ここまで譲歩してくれたのだ。

「悠羽」

少しだけ気弱そうな洸聖の声に、悠羽は胸がつまった。

「……」

（これでも、まだ駄目なのか……？）

悠羽の望む二人きりの旅行はどうしても許可が下りなかった。

それぞれに一人ずつ、光華国でも指折りの護衛兵をつけること。

友好国だけを回ること。

旅行の期間は、長くとも三十日以内とすること。

これだけでも、国王である父が、次期王位に就く皇太子である洸聖に許せる最大の譲歩だと思い、悠羽にはこれで納得をしてもらおうと思っていた。

しかし、まだ受け入れられないのだろうか。

「悠……」

再び名前を呼ぼうとした時、洸聖は強い衝撃と共に悠羽に抱きつかれていた。

「悠羽？」

「洸聖さま……っ」

眼下にある赤毛が揺れている。ふわふわと柔らかく揺れているそれごと強く抱きしめてやると、悠羽はますます強くしがみついてきた。

「う、嬉し……っ」

「……これで、許してくれるのか？」

「洸聖さまが、私のことをそこまで……そこまで考えてくださったことが、とても、とても嬉しくて……っ」

「お前のことを考えるのは当たり前だろう。お前は私の大切な伴侶で、私と共にこの光華国をさらなる繁栄へと導く者だ」

それでも、おそらく悠羽に出会う前だったならば、己の伴侶に対してもっと高圧的に接していたかもしれない。悠羽と出会ってから、確実に自分は変わったのだ。

そして、洸聖は変わった己が気に入っている。

「たくさんの世界を共に見よう」

「……はい」

「どんなに大変な旅になったとしても、お前ならば笑って私の側にいてくれるだろう。悠羽、王宮の中に居座り、贅沢な装いをしてただ笑っているだけの妻よりも、泥まみれ、草まみれになっても私の隣で笑ってくれるお前の方がずっと美しい」

どんなに言い合っても、癇《かん》に障ることがあったとしても、悠羽とならば何度も話し合い、言葉をつくして、共に成長できるはずだ。

そんな相手に出会えた自分が、洸聖はとても幸運に思えた。

「兄さまっ、竣兄さまっ、洸莱！」

洸聖と悠羽の婚儀が二日後と迫った日の午後、隣国にいる莉洸が帰国してきた。

もちろん、その後ろにはやがて莉洸の夫ともなる奏羅の王、稀羅がいる。

「莉洸」

「洸聖兄さまっ、お元気そうで何よりです」

「お前も……」

強く抱きしめてくる洸聖の腕の中でくすぐったそうに笑った莉洸は、その後ろにいる洸竣へと視線を向けた。

あの日、死にそうなくらい弱っていた洸竣からは想像できないほど顔色も良く、すっかり傷も癒えているような堂々とした所作だ。

「竣兄さま、お身体はどうですか？　もう、大丈夫なのですか？」

「お前の婚約者の国の薬はよく効いた」

婚約者と言われ、莉洸は真っ赤になって稀羅を振り返る。そんな莉洸の視線に返す稀羅の眼差しは驚くほどに甘く、二人の仲睦《なかむつ》まじさが垣間見えた。

「……なんだか、あちらの方が新婚みたいだ」

少し離れた場所で兄弟の再会を見ていた悠羽は思わず呟いたが、すぐにサランが穏やかに言葉を挟んでくる。

「蓁羅の王は随分莉洸さまを可愛がっておられるようですね。……しかし、相も変わらず、この国のご兄弟は仲がよろしいようで」

今、目の前では莉洸と洸莱が抱擁《ほうよう》している。どちらが兄か弟かわからない体格差の二人を見、悠羽はちらりとサランを見上げた。

「妬けるか？」

「……そうですね」

「えっ？」

自分で聞いたことだが、悠羽はサランの素直な返答に驚いてしまった。まさか、サランの口から妬くという言葉が出るとは思わなかったからだ。

そんな驚く発言をしたというのにサランの表情はほとんど変わらないままだが……目元は少しだけ笑っている。

「サランも妬くのか……」

「悠羽さまも、でしょう？」

「……ん～、まあ、少しだけ」

（家族愛だとはわかっているんだけれど……）

ほんの少し、仲間外れにされているような気がして、妬くというよりは寂しいと感じていた。

「悠羽さまっ」

しかし、そこまで考えていた悠羽の思考は嬉しそうな莉洸の声と、抱きついてくる柔らかな身体の感触ですぐに切り替わり、自身も愛しい義弟を強く抱きしめた。


青く晴れ渡った空に、青々と茂った草木。

そして、美しい花々を見た瞬間に、莉洸は大好きな祖国に戻ってきたことを実感していた。

もちろん、想いを交わしている稀羅の国、蓁羅も、今の莉洸にとってはもう一つの祖国として大切な場所になっているが、生まれ育った国への愛はまた別のものだった。

それに、ここには自分の愛しい家族がいる。その中には、もちろん今回長兄の洸聖と婚儀を挙げる悠羽も含まれていて、太陽の下で眩《まぶ》しく光る赤毛を見た瞬間、莉洸は嬉しくなってその身体に抱きついてしまった。

「り、莉洸さま？」

「悠羽さまっ、おめでとうございますっ。こうしてお祝いに駆けつけることができて光栄ですっ」

「……ありがとう」

突然の莉洸の行動に驚いた表情を見せた悠羽だが、己が告げた祝いの言葉にはくすぐったそうな笑みを浮かべて答えてくれる。

その表情はとても幸せそうで、莉洸はこの結婚が悠羽にとってとても幸せなものであることが自分のことのように嬉しかった。

(あ……)

柔らかく、甘い香りのする莉洸の身体を抱きしめていると、悠羽は横顔に視線を感じた。顔を上げればそこには稀羅が立っており、少し複雑そうな表情でこちらの方を見ている。

(……困っている稀羅殿の顔、初めて見るかもしれない)

これが洸聖や洸竣相手ならば堂々と嫌味を言ってきたのかもしれないが、悠羽相手ではなんと言っていいのか迷うのだろう。そもそも、悠羽相手に妬きもちをやくということもおかしい。

「稀羅殿」

そんな稀羅に、悠羽は自分から声をかけた。

「わざわざご足労いただき、ありがとうございます」

「……いや、莉洸が帰郷したがっているのはわかっておったし、お前の婚儀にはぜひ出席したかった」

「ありがとうございます」

本来ならばここは光華国の皇太子である洸聖のと言うべきだろうが、悠羽の名前を前面に出すところが稀羅らしくて思わず笑ってしまう。

そのまま悠羽が洸聖に視線を向ければ、少しだけ眉を顰めた彼は、それでも想像したよりもずっと落ちついてこちらの方へと歩み寄ってきた。

「長旅、お疲れであろう。部屋を用意していますので、そちらに」

「わかった。莉洸」

「はい」

当然のように稀羅が莉洸の名を呼べば、洸聖が動きかけたその腕を掴む。

「兄さま？」

「この国は莉洸の祖国。滞在している間は己の部屋の方が気が休まるだろう。第一、莉洸と貴殿はまだ婚儀を挙げていない間柄だ」

「に、兄さまっ」

「莉洸、ゆっくり疲れを癒すがいい」

そう言いながら莉洸の肩を抱いて洸聖が歩き出すと、莉洸はどうしようというように稀羅を振り返っている。

（……本当に、兄馬鹿だ）

ここで口を挟んでも莉洸が困るだけだと、悠羽は肩を竦《すく》めるしかない。

莉洸がどんな目で稀羅を見ているのか知らない、いや、知りたくないらしい洸聖には、己の行動が愛する者たちを引き裂く真似だという自覚はないのだろう。

自分自身も置いていかれた形になった悠羽は呆れたように溜め息をつき、隣で同じように立っている稀羅を見上げて苦笑交じりに言った。

「私でよろしければご案内しますが」

「……頼む」

（……まとっている雰囲気がまるで違う）

以前ならもっと殺伐とした殺気を感じていたが、今はこうして莉洸を洸聖が強引に連れ去っても恐ろしいほどの怒りの気配はない。

きっと、それだけ莉洸の己への愛情を信じているのだろうと、二人がすごした時間を考えると感慨深かった。

「では、どうぞ」

「……」

歩き出した悠羽の後ろを、稀羅は黙ってついてくる。

なんだか人馴れしていない獣《けもの》を従えているような気分になって、楽しくなった悠羽の足取りはとても軽かった。

いったん部屋に落ちついた莉洸は、改めて父に挨拶をしに行った。しかし、その隣に当然のように立っている和季の姿に少し戸惑ってしまう。

もちろん、父にとって和季が大切な存在であることは知っていたが、その反面、父が和季を厭うていたことも感じていたからだ。

そんな二人のあからさまな雰囲気の違いに、莉洸は落ちつきなく視線を彷徨《さまよ》わせる。

（どうして？）

すると、莉洸の視線の意味にすぐに気づいた和季が父に言った。

「洸英さま、私は席を外していた方がよろしかと」

（洸英、さま？）

「莉洸」

父の名を呼ぶ和季の顔を目を丸くして見つめると、今度は父が莉洸を呼んだ。

「お前は今隣国にいるゆえ、我が国の変化に応対しきれないこともわかっているが、この機会にお前にも伝えておこう。ここにいる和季は今まで我が影して寄り添っていたが、今は新たな正妃として私の隣にいる」

「……え？」

莉洸は穴のあくほど父を見たあと、戸惑ったように訊ねる。

「あ、あの、父上、それでは影……和季、さまは、父上、と？」

「今までの女たちとの遊びは、和季との進まぬ関係に苛立ったゆえの私の愚行だ。もちろん、莉洸、子供であるお前たちを愛おしいと思っているが、私が昔からただ一人求めていたのはこの和季だけだ」

莉洸に向かって真摯な想いを告げる父を呆然と見、そのままその視線を和季へと向けた。

光華国にいる時も、蓁羅に助けにきてくれた時も、あまりじっくりとその姿を見たことはなかったが、莉洸の和季への印象は、とても美しいが、その存在は無としか思えず、どこか不可思議なものとして目に映っていた。

あくまでも和季は父の影で、光華国の王である父のために生きているのだと思っていた。しかし、今父の隣にいる和季は、表情こそあまり変化はないもののその雰囲気はとても柔らかく、確かに生きている人間に見えてしまう。

「莉洸」

「あ……あの、ごめんなさい、父上。僕、驚いてしまって、和季さまに失礼を……っ」

「いいえ、莉洸さま」

「は、はい」

艶《あで》やかな声が自分の名を呼ぶ。莉洸はなぜか緊張して、人形のように美しい和季をじっと見つめた。

「智の第一皇子、洸聖さま。艶の第二皇子、洸竣さま。楽の第三皇子、莉洸さま。剛の第四皇子、洸莱さま。どのお一人が欠けても、この光華国という国は成り立ちません。もちろん、それは洸英さまの人生もということです。ご自分の生があることを否定なさらぬようだ、莉洸さま。あなた方がいるからこそ、私は今、洸英さまのお側にいることが許されるのですよ」

それは、莉洸にというのと同時に、父にも聞かせているのかもしれない。

欲しかったのは和季だけだと。

他の、関係を持ってきた女性には愛はなかったと言う父に、どこかで自分の母のことを思ってしまった莉洸だが、和季の言葉はそんな母の存在も忘れないようにと父を諌めているように感じた。

なんだか、胸の底から嬉しさがこみ上げてくるような感じがする。肩にそっと触れる和季の手が、とても……とても、温かかった。

（和季……）

涙で瞳を潤ませる莉洸の肩を抱く和季を見ながら、洸英は己の言葉の足りなさを少し後悔していた。

たとえ、子供たちの母との関係が愛を伴っていなかったとしても、生まれてきた子供たちにはそれぞれに愛情を感じている。そのことをもっと強く説明してやらなければならなかったのに、その後始末を和季にさせてしまった。

今さらながら、和季には頭が上がらない。

「洸英さま」

和季に名を呼ばれて洸英が顔を上げると、美しい青い瞳が優しく細められた。

「抱きしめて差し上げないと」

「和季」

「大切な、愛おしい御子さまでしょう」

こんな時にも、背中を押してもらわなければ動けなかった己がとても情けないが、洸英はそのまま二人のもとへと歩み寄ると、細い二つの身体ごと己の腕の中に包み込んだ。

「父上……」

「莉洸、お前を、お前たちを愛しているぞ」

いつもの冗談交じりの言葉ではなく、本気で思いを伝えるように口を開く。

すると、しばらくして小さな手が背中に回ってきて……強くしがみついてきた。その強さが、莉洸の思いそのままのような気がする。

「莉洸……」

「おめでとう、ございます……父上……和季さま」

小さな祝福の言葉に洸英は深い笑みを口元に浮かべて、さらに抱きしめる腕に力を込めた。


父と和季のことに驚いていた莉洸だったが、さらなる驚きがその先に待っていた。

「え？」

「……そういうこと」

「そういうこと、って、え？　洸莱？」

父の部屋から出た莉洸は、そこで待っていた洸莱に促されて部屋を訪ねた。

本当は置いてきてしまった稀羅のことが気になっていたが、洸莱のこともまた気にかかっていたので、少し話をしようと思った。

しかし、訪ねた洸莱の部屋には、既に思いがけない先客がいた。

「莉洸、私はこのサランと結婚するつもりだ」

並び立つ洸莱とサランに、莉洸はただただ驚くしかない。

「け、結婚って」

「……そういうこと」

「そういうこと、って、え？　洸莱？」

たったそれだけを言って、すべて伝え終わったかのような顔をしている洸莱を呆気に取られたように見つめ、莉洸はその視線をそのまま洸莱の隣に静かに佇んでいるサランへと移した。

(洸莱が、このサランと？)

確かに、とても美しい人だとは思っていた。

初対面では奏禿の姫だと思い込み、悠羽に申し訳ないことをしてしまったのだが、それほどに美しく、気品のあるサランに洸莱が好意を持つことはありえた。

一方で、洸莱よりも年上で、さらにどこか人間嫌いのような冷めた感情の持ち主であるサランを、愛情に飢えている弟が選ぶとはとても想像ができなかったのだ。

しかし、そんな莉洸の困惑をよそに、洸莱は続けて驚くべき事実を告げてくる。

「サランは、和季殿と同じ、両性具有なんだけど」

「え……」

「医師に診ていただいて、妊娠する可能性はあるという言葉を貰った」

「い、医師って、あの」

「兄上たちは、皆同性を伴侶に選ばれただろう？　だから、光華国の洸聖兄上の次、未来の王は、私の子供がなると思うんだけれど、莉洸は許してくれるだろうか？」

私の子……そう言う限りは、洸莱はサランと閨を共にする覚悟もしているのだろう。いや、もしかして。

「こ、洸莱、あの、もう？」

「？」

口籠る莉洸を不思議そうに見る洸莱は、自分が知っている弟のままだ。そんな洸莱になんと切り出していいものか、莉洸は困ってしまった。

「あ、あの……」

何かを聞きたそうにしているのになかなか言葉を切り出さない莉洸を、洸莱は黙ったままじっと見下ろす。

自分よりも年上の兄を可愛らしいと言ってはおかしいのだろうが、蓁羅へ行ってからこうして再び会った莉洸は、とても綺麗になっていた。国としては、はるかに光華国よりも劣っている蓁羅だが、莉洸はきっとそんな国情など関係ないほどに愛されて、今の状況に満足しているのかもしれない。

「莉洸」

ふと、そのことを兄に確かめたくなった。

「な、なに？」

「稀羅王に愛されて幸せ？」

答える前に真っ赤に頰を染める莉洸を見れば、答えなど聞かなくてもいい。洸莱が思っている以上に、莉洸は今が本当に幸せなのだ。

洸莱は兄の顔から、自分の隣にいるサランに視線を向ける。黙って佇んでいるサランだが、その雰囲気の中には冷たさも虚無感もない。莉洸ほどではないかもしれないが、確かな温かさも感じ取れた。

その変化に、洸莱は自然に口を開いていた。

「私も、サランを莉洸のような顔ができるほどに愛したいと思っている」

「こ、洸莱」

莉洸が慌てたように名を呼ぶが、洸莱はそのまま言葉を続ける。

「よろしく、サラン」

「……私も、あなたの顔を稀羅さまのように変えたいと思います」

サランは、それは無理だとは言わない。共に前に進もうと言った言葉通りの答えに、洸莱も思わず頰を緩めていた。

部屋に戻ってきてから、莉洸の様子が少しおかしかった。

それは、稀羅とのことを家族に責められたというわけでもなさそうな、心がここにない、呆けた幼い表情だ。

悠羽に部屋に案内された稀羅は、

「莉洸さまはこちらにこられますからご心配なく」

との言葉を信じておとなしく待っていた。その言葉通り、莉洸は以前の己の私室ではなく、稀羅の通された客間にやってきてくれたのだが。

いつまで経っても直らない表情に、稀羅は立ち上がってその身体を抱きしめた。

「……稀羅さま？」

ようやく、莉洸の眼差しが自分に向けられた。それに満足して、稀羅はさらに腕に力を込める。

「何があった？」

できるだけ、優しく訊ねた。

「……」

「莉洸」

己の中だけで抱え込まず、自分にもその心のうちを吐露して欲しい。それが新しい家族となる証ではないのかと思っていると、まるでその心の中の訴えが聞こえたかのように莉洸がおずおずと切り出した。

「僕の知らない間に……いろいろあったのだなと思って……」

「いろいろ？」

少し、考えるように言葉を止めた莉洸は、少しずつ胸の中に抱えている言葉を吐き出した。

「実は……」

たった今経験したばかりのことだというのに、改めて稀羅に話すために言葉を切り出せば、先ほどよりもずっと落ちついて物事を見ることができる。そして、そうできたことによって、莉洸自身も改めてその幸福感を実感した。

「……なるほど」

すべてを話し終えると、稀羅は感心したように頷いた。どうやら莉洸が最初に感じたような衝撃はないらしい。

「驚かないのですか？」

「驚くことはないな。光華国の影が王と一心同体だという噂は聞いたことがあるし、その二人が結ばれても不思議ではない。お前の弟とサランのことは、多少意外な取り合わせとも思うが、歳以上にしっかりしているような男ならば、少々年上の相手でもいいのではないか」

「……それは、僕がしっかりしていないということでしょうか？」

少しだけ拗《す》ねてみたくなってそう言い返せば、稀羅は声を上げて笑った。

「お前は、そのままがいい」

「それでは、答えになっていません」

「しっかりしている、ぞ」

笑みを含んだ声で言われても信憑性《しんぴょう》はないが、莉洸はいつの間にか自然に笑っている自分に気がついた。

嫌なことではなく、むしろ喜ばしい出来事とはいえ、自分がいない間にこれだけ劇的に人間関係が変わってしまっては、莉洸自身取り残されたようで寂しく感じた。それが、こうして稀羅と共に気持ちを分かち合えば、素直に祝福したいという思いになれる。

「……稀羅さまが一緒にきてくださって良かった」

莉洸はその背に腕を回し、すりっと厚い胸に頬を寄せた。

「私が一緒で？」

「驚くのが、僕だけじゃなかったから」

「ははは、そうか」

稀羅の笑い声が心地好く耳に響く。莉洸は抱きしめてくれる腕の温かさにゆっくりと目を閉じた。今の莉洸にとって、一番に考えるのはここにいる相手のことだ。

「……いい式になると良いですね」

「……それは無理だな」

「え？」

「一番良い式は、私とお前の婚儀だからな」

「き、稀羅さま」

　普段の稀羅からはとても考えられないような軽口に莉洸は呆気に取られ、次の瞬間には顔を綻ばせた。

「はい、ぜひそうしましょうね」


　婚儀前夜────。

　洸聖と悠羽の婚儀が明日に迫った前夜、王宮内の食堂では家族での晩餐《ばんさん》が開かれた。

　本当に身内だけの、温かな夕食。その場で洸聖は一同に向かって、婚儀のあと悠羽と旅に出ることを伝えた。

「え？」

「供が二人だけ？」

　このことは父にしか伝えておらず、兄弟には初めて聞く話だ。どうやら、悠羽はサランには話していたらしく、どんな時にも常に悠羽の側にいることを望んでいるサランは、今は静かに控えていた。

そして、そんなサランの横顔を見た洸莱も、兄の言葉に反意や疑問をぶつけることはなかった。

「……思いきったことをされるんですね」

洸竣は呆れたように肩を竦めている。普段、身軽に町を歩く奔放な弟の目からしても、今回の決断はかなり驚くようなものらしい。

ただ、洸聖にとってはいずれ王となる己の将来の構想があってのことなので、そう思われることの方が少し心外な気がした。

「お前に言われたくはない」

「洸聖兄さま、大丈夫なのですか？」

一方、莉洸は心配の方がかなり大きいらしく、眉根を寄せながら訊ねてくる。洸竣とは違い、莉洸には甘い洸聖は声音を柔らかくして答えた。

「大丈夫だ、莉洸。今回は友好国だけを回るという条件もあるしな」

「……悠羽さま」

「大丈夫、莉洸さま。洸聖さまは私が守るから」

悠羽がきっぱりと言いきると、すぐに洸聖が遮る。

「何を言う、悠羽。私がお前を守るんだ」

「洸聖さま、私は一方的に守られるだけでは……」

「もう良い、お前たちが互いを想う気持ちが強いのはわかった」

呆れたように言う父の言葉に、洸聖はさすがに口を噤んだ。

今の悠羽との言い合いは単に惚気《のろけ》ているとしか聞こえないだろうとようやく気づき、横を向いて小さく咳払いをした。

「そういうことだ。私たちが留守の間、洸竣、お前が父上を監視して、しっかりと政を行え」

「私が？」

その途端、名指しをされた洸竣が情けなさそうな声を上げた。

「……」

（皇太子と悠羽が……）

杯《さかずき》を傾けながら、稀羅も思いがけない話に内心驚いていた。

普通、光華国くらいの大国の皇子の旅には、少なくとも数十人の供がつくはずで、そこに娶ったばかりの妃も同行するとなればそれこそかなりの旅団となるはずだ。

それを、いくら友好国だけとはいえ二人しかつけないとはかなり大胆な行動だと、言葉には出さないが感心もしていた。

「……」

そこまで考えた稀羅は、洸聖の隣で笑っている悠羽に視線を向ける。

（多分、あれの言葉だな）

おそらく悠羽が洸聖に進言し、洸聖がそれを呑んだという形なのだろう。皇太子が小国の出の妻に従う……ただ、悠羽はおとなしいだけの姫、いや、人間ではないので、その関係性は成立しないのかもしれないが。

「あの、稀羅さま」

その時、莉洸が稀羅の袖《そで》を軽く引いてきた。

稀羅の意識を自分に向ける幼い仕草に、稀羅は目を細めて聞き返す。

「どうした？」

「あの、洸聖兄さまと悠羽さまを、蓁羅にご招待いただけないでしょうか？」

「……二人を？」

「竣兄さまと洸莱は、以前蓁羅にきて、その目で内情を見てくれました。でも、洸聖兄さまは話にしか聞かれていなくて……もしかしたら僕のことを心配してくださるのも、今までの根拠のない噂が原因かもしれませんし……」

莉洸の言いたいことはわかる。

稀羅自身、今もって蓁羅が他国にどういう目で見られているか、常々唇を噛み締める場にも立ちあってきた。きっと、莉洸はこれからずっと己が住む世界を大切な兄にその目で見てもらい、変な偏見など打ち消してもらいたいと思っているのだろう。

（私としては、反対する意味がないが）

莉洸を離すつもりのない稀羅にとって、己や、己の国がどう見られても構わないが、兄弟思いの莉洸の気持ちは大切にしたい。

見られて困るものもなく、洸聖が訪問したいというのならば受け入れても良かった。

「構わぬ」

「本当にっ？」

「お前の兄は、私の義兄でもあるからな」

ただし、それを決めるのはあくまでも洸聖だ。

「兄さまっ」

そうと知ってか知らずか、早速洸聖に自分の思いを伝える莉洸を、稀羅は穏やかな心境で見つめていた。

もう一人、洸聖の発言に複雑な思いを抱く者がいた。第二皇子、洸竣だ。

(兄上の不在か……かなり忙しくなりそうだなあ)

生真面目な洸聖はすべての仕事に目を通さなければ気がすまない性格だが、反対に父は感性で政を行うので、手伝う人間の負担はかなり大きくなる。

はあと、深い溜め息をついたと同時に、膝の上にそっと柔らかな感触がした。

「……」

そこには、今夜特別に同じ席に黎が座っている。

洸竣が父にはっきりと黎との関係を告げ、黎はいずれ洸竣の伴侶となる、婚約者のような立場としてそこにいた。本人は最初とても恐縮していたが、今は洸竣の反応を宥めることに心を傾けてくれているらしい。

同じような理由で、サランも洸莱の側に座っている。こうして改めてその場にいる者を見ていると、洸竣は思わず頬が緩んでしまった。

(見事に、男ばかりだな)

もちろん、サランや和季の身体のことは承知しているものの、性別は男に振り分けられるだろう。ただし、サランや黎、そして莉洸も和季も、綺麗といっていい容姿をしているので、華やかさが失われるということはなかった。

「……洸竣さま」

「わかっているよ」

まったく別のことを考えていた洸竣は、今度は名を呼ばれてすぐに頷いた。

兄の留守の間、同じような性格の洸竣と父だけでは心許《こころもと》ないかもしれないが、きちんとこの国を守っていよう……そう思う気持ちを伝えるように、洸竣は黎の手を握った。

そんな洸竣の気持ちと同じように、末皇子の洸莱も考えていた。

長兄と悠羽の不在。

言葉を聞いただけではサランは同行しないようなので、その間は自分がその存在を独占できるらしい。

男としてまだ未熟な自分が肉欲だけに溺れることは許されないだろうし、自分自身もそうは思っていない。サランも、そんなことを考えてもいないだろう。それでも、悠羽がいるのといないのとではまるで違う。今よりももう少し、サランの眼差しは自分に向けられるはずだ。

サランに認めてもらえるように、男としての基盤をきちんと築かなければならない。洸莱は改めてそう自分自身に誓うと、まだ途中の食事を続けた。

そんな我が子を、洸英は感慨深げに眺める。

（まったく、我が子は皆、春のようだな）

洸聖と、悠羽。洸竣と、黎。莉洸と、稀羅。洸莱と、サラン。

洸英は、身分というものは己が和季を選んだ時から関係ないと思っていたが、さすがに全員の伴侶が男だというのには苦笑が漏れてしまった。ただし、サランは懐妊する可能性もあるという。まだ若いのでいくらでも時間はあるし、ゆっくりと愛を育んでもらえれば、いずれ良い報告を受けるかもしれない。

それよりも、だ。

（和季め……もしかして、私を謀《たばか》っていないか？）

洸英にはある疑問が浮かんでいた。

サランと同じ両性である和季にも、もちろん未熟ながら女性器はある。身体を重ねるようになった当初、和季のすべてを己のものにしたくて、誰も押し入ったことのないそこを強引に破瓜《はか》したが、かなりの出血と痛みを伴わせたようで、それ以降はいつも男の部分を可愛がってきた。

しかし、今考えるとそれは、和季の巧妙な誘導からかもしれない。

(もしも、和季も女性の性が強いのならば、私の子を懐妊する可能性もあるのではないか？)

そうだとすれば、もちろん愛する和季には己の子を産んで欲しい。

子が欲しいわけではない。二人の間に子ができることによって、和季が二度と離れない――そんな利己主義な思いの方が強かった。

「……」

「……」

和季を見やれば、どうしましたかと穏やかな眼差しを向けてくる。この幸せな時を永遠に続けるためにも、試してみるのも悪くない。

それは、自身にとっては楽しいものになりそうだなと、洸英はふっと口元を緩めた。

「……」

不穏な空気を悟ったのか、和季の表情がわずかに変わった……気がする。

(さすがだな)

長年共にいたからこそ、何も言わなくても洸英の思いを感じ取っているのかもしれない。

それがまた楽しく、洸英は今度は声を漏らして笑った。

夜が明けるにはまだかなり時間がある。

そんな、静まり返った廊下に、鐘の音が鳴り響いた。

「……悠羽さま」

それを合図に、悠羽は椅子から立ち上がる。

ゆうべは洸聖の部屋ではなく、以前宛がわれていた部屋で休んだ悠羽は、これから婚儀の儀式に赴かねばならなかった。

この部屋を一歩出れば、悠羽は挙式前の洸聖と会うまで、一切口が利けない。その前にと、気がかりであることをサランに告げた。

「サラン、今日は父上たちがいらっしゃるが……」

「お任せください。皆さまのお世話は私が」

「うん、頼む」

本当はもっと早く来国してもらい、愛しい家族にこれから悠羽が生きていく国をじっくりと見て欲しかったし、洸聖も書面でそう促してくれた。だが、光華国とはあまりにも国力が違いすぎる奏禿の一行が早く到着してしまうと、悠羽が余計な気を遣ってしまうだろうからと、父はわざと結婚式当日にやってくることにしたらしい。

（洸英さまも洸聖さまも、そんなことを気になさる方じゃないし、私も大丈夫なのに……）

身分違いということは、今でも堂々と言われている言葉だ。

宮殿に仕えている者は悠羽のことを受け入れてくれているが、滅多に会うことのない高官の中には未だ悠羽の存在に眉を顰める者たちもいる。光華国ほどの大国の、しかも皇太子である洸聖の相手ならば、奏禿の王女以上の姫が他にも数多くいると思っているらしい。

今回の婚儀に列席する各国の王族の中には、わざわざ娘や歳若い親類の女性を連れてきている者もおり、きっと遠からず悠羽は妾妃に、そして、正妃は大国の姫をと、改めて娶るだろうと考えている者は少なからずいるのだろう。

『洸聖さまほどの方が選ばれた花嫁さまはどのような方かと思っていましたが……』

『ふふふ、まるで、まだ子供のような』

『あら、あの赤いふわふわの髪は、婚儀の時にきちんと結うことができるのかしら』

洸英や洸聖がその場にいない時、何度そのような嫌味を言われたかわからない。ただし、悠羽も言われてばかりいる方ではないので、その言葉にいちいち丁寧に返答した。

「どうしても私が良いと望まれたので。お断りする言葉も見つかりませんでした」

「胸だけが発育されている年上の方よりは、これから成長する身体の方が育てる楽しみもあるのでしょう」

「一応、櫛《くし》は通りますので、光華国の技術の粋を結集すれば、なんとか見られるようになると思いますよ」

悠羽の反論に黙ってしまうのなら、陰口など叩かなければいいのにと思うものの、傍《はた》から見ればそれほど自分が洸聖に不似合なのだろうと痛感する出来事だった。

扉に向かいながら悠羽がそんなことを思い出していると、

「悠羽さま」

その声に振り向いた悠羽は、歩み寄り、己の足元に跪いてその爪先《つまさき》にくちづけするサランを驚いて見た。召使いというより、義兄弟のように思っていたサランにそんな服従の態度を示されても戸惑ってしまうだけで、悠羽はどうしようかと自身もその場に膝をつこうとする。

その前に、サランは深く頭を下げたまま言った。

「このたびは、光華国皇太子、洸聖さまとのご結婚、真におめでとうございます」

祝いの言葉に、悠羽は動きを止める。

「あなたの幸せを、心より祈っています」

「……ありがとう」

主と召使いという関係。サランはそれを前提にしてこんなふうに祝いの言葉を贈ってくれたのだろう。もちろん、その気持ちは嬉しいが、悠羽はまた別の思いがあった。

「サラン」

悠羽はサランと同じようにその場に膝をつく。

サランが困ったような表情になったのに少し笑って、悠羽はサランの肩を抱きしめた。

「私も、お前の幸せを願っている」

ただの使用人ではなく、一心同体の大切な存在として、サランに向かって真摯に告げる。

「お互いを羨ましがらせるほどの幸せを、互いに大事にしていこう。サラン、これからもよろしく」

「……私の方こそ」

サランのほっそりとした手が伸びて、悠羽と同じように抱きしめてくれた。


「洸聖さま、お時間です」

鐘の音が鳴ってしばらくして、洸聖の部屋の扉が叩かれた。

これから夜が明けるまで、神に対しての祈りや、誓約の書類を共に作るということをしていかなければならない。花嫁の悠羽と顔を合わせるのはおそらく昼近くだろう。

(どんな花嫁になるだろうか……)

衣装合わせの時、自分にはとても似合わないというような複雑な表情で衣装を見つめていた悠羽だが、洸聖の目から見ればどんな花嫁衣裳でも悠羽は悠羽らしくなると思う。

絶世の美女を手に入れようとしているわけではなく、愛しい魂を持った悠羽という人間を花嫁にするのだ。もちろん、愛しい悠羽の晴れの姿を人々に披露目したいと思っているが、それは表面上だけ飾り立て、本来の悠羽の面影をまったく消し去ってしまうということとは違うのだ。

ただし、そんなことを言えばなんのためにあれほどの衣装替えをするのかと、頬を膨らませた悠羽に文句を言われたことだろう。

その様子が容易に想像できて、洸聖は思わず頬を緩めた。

「洸聖さま」

「今参る」

（さて、意識を切り替えねばな）

今回、婚儀に参列という名目ではあるが、この光華国の次期王となる洸聖を見にきた者も多い。そんな者たちに国力と結束力を見せつけるためにも、今日の婚儀は滞りなく行わなければならない。

洸聖は表情を改めて扉を開けく。

「それでは、参りましょう」

婚儀の世話係をする男の言葉に軽く頷いた洸聖は、そのまま黙ってあとに続いた。

「ん〜」

「こ、洸竣さま」

「ん？　もう少しじっとしていて」

「あ、あの……」

　黎は落ちつきなく視線を彷徨わせるが、洸竣の言った通り身体を動かすこともなく、固まったようにその場に立ち尽くしている。

『どんな服で列席するの？』

　ゆうべ洸竣がそう言うまで、黎は悠羽と洸聖の結婚式に参列するとは夢にも思わなかったらしい。縁あって互いを想い合うようになり、今ではこんなにも側にいるというのに、黎の意識は未だ洸竣の世話係というものだ。

　現状、まだ婚儀を挙げておらず、正式に婚約者と公表もしていないので、普通に考えれば黎が王族の婚儀に出席することは難しいのもわかっている。

　しかし、悠羽とも親しい間柄の黎を影の存在にしたくない洸竣は父を始め、洸聖と悠羽にも許可を取りつけ、今回特別に黎を出席できるようにした。

　そんなことなどまったく知らない黎は、ゆうべ呼んだ仕立て屋に突然礼服を合わせられて、焦って助けを求めてきた姿が可愛らしかった。

『本当は生地から選んで、黎が一番可愛く見える衣装にしたかったんだけれどね。それは次の機会にしよう』

そして今朝《けさ》、まだ遠慮する黎に選んだ衣装を着せ、洸竣自ら髪も梳《す》いてやった。

自然と俯きがちになる黎の顎《あご》を取り、上を向かせた洸竣は満足して頷く。お仕着せの衣装だが、可愛らしい黎にはよく似合っていた。

「うん、似合う」

「そ、そうでしょうか」

「明るい緑が、色白の黎の肌によく似合う。あとは、俯かなくて、今のようにきちんと前を向いていれば、どこの貴族にも負けないくらいだよ」

大袈裟《おおげさ》に褒めると、黎が少しだけ頬を緩める。

「あ」

洸竣がさらに顔を覗き込むと黎は急いで笑みを隠したが、洸竣は大袈裟に天を仰いでみせた。

「そんな笑顔を浮かべたら、皆がお前を欲しがってしまいそうだ」

「え？」

驚く黎に洸竣は視線を合わせて、眉を顰めながら告げる。

「黎、私の前以外では膨れた頬をしているように。可愛いお前の可愛い笑顔は、私だけが知っていればいいことだからね。他の人間に目をつけられてはいけないよ？　わかった？」

洸竣の軽口に、ようやく黎は笑ってくれた。

「もう、そんな時間か」

洸英は窓を開け放ち、眩しい朝日を全身に浴びながら欠伸《あくび》をした。

王である洸英が、今日の儀式の中ですることはそう多くはない。今日一番忙しいのは、花嫁の悠羽と、儀式を取り仕切る神官くらいなものだろう。

自身も一度だけだが経験のある洸英は、あの時のことをふと思い出した。

既に亡くなってしまった、唯一正妃の地位にいた妻。皇太子を産むという役目を立派に務め上げながら、その数年後には若い命を散らしてしまった。

初めから決められてしまっていた婚約者の妃に燃えるような愛情は抱いていなかったのも確かだが、今から考えればもう少し優しくしてやれば良かったと思う。

「……」

「洸英さま？」

今、目の前には、長い間欲しいと思っていた唯一の存在がいる。この存在と比べれば、やはり妃への愛情は親愛の域を超えなかったと感じる。

「目が覚めましたか？」

「お前がくちづけをしてくれたらな」

「……また、そんな戯言《ざれごと》を」

「戯言ではないぞ、私の本当の気持ちだ」

甘えるように言うと、冷たい外見とは違って心の優しいこの存在は、困ったような表情をしながらも歩み寄ってくれる。誰でもない、自分だからこそわかるわずかな変化に、洸英は思わず笑ってしまった。

「今日は洸聖さまと悠羽さまの大切な日です。王としてのお務め、立派に果たしてください」

「わかっておる」

手を伸ばせば届くほどに近寄ってきた時、洸英は待ちきれずに和季の腕を掴むと、そのまま強引に身体を抱き寄せて冷たい唇を奪った。


莉洸は目の前の礼装の服の山に思わず溜め息をついた。

ゆうべから続くこの溜め息は、夜が明けても変わることはない。あれは夢だったのかもしれないと、目が覚めて服が消えていることを願ったが、やはりそれはそのままそこにあった。

『莉洸、式にはぜひこの衣装で出席してくれ』

最初に部屋を訪れてきたのは長兄、洸聖だった。

莉洸が稀羅と同じ部屋にいることを面白く思っていないようだったが、それでも表立っては文句は言わないまま、洸聖は以前莉洸が好んで着ていた、明るい黄色の礼装を数種類持参してきてくれた。

『莉洸、ちょうど可愛いお前に似合いそうな服を見つけてね。これを着て兄上を祝ってやってくれないか？』

洸聖が部屋を辞して間もなく、やってきたのは次兄、洸竣だ。

洸竣は鮮やかな紫色と瑠璃《るり》色の礼装を一着ずつ持ってきてくれた。

『莉洸、お前の礼装は父がちゃんと用意している。安心していなさい』

続いて現れたのは王である父、洸英だ。

合図と共に中に入ってきた召使い数人が運んできたのは、数を数えることもできないくらいの大量の礼服と装飾品。

父はすぐに兄たちが持ってきた服に視線がいったようだが、自信たっぷりに笑うと莉洸の髪を優しく撫でながら言った。

『お前に似合うものは、この父が一番よく知っている。莉洸、洸聖たちのことなど気にせず、己が一番好きなものを着て列席しなさい、いいね？』

皆の気持ちはもちろん嬉しい。離れていても莉洸のことをきちんと考えていてくれたことが胸の中を温かにし、自分の家族はここにいるのだとちゃんと確認できた。

しかし、この服の攻撃には参ってしまう。

「……凄いな」

「稀羅さま」

途方にくれたように服の山を見つめていた莉洸は、肩を抱き寄せてくれた大きな手に振り返る。そこにいたのは、この世で一番愛しいと思える相手だ。

「あの兄弟の、お前への愛情は凄いな」

「……困ります」

「ん？」

「僕には、ちゃんと蓁羅の礼装があるのに……」

今回の婚儀に列席するため、稀羅が恥ずかしくないようにと精一杯の気持ちで用意してくれた莉洸の蓁羅の礼服。もちろん、仕立ても生地も、光華国で用意されているこれらの物の方がはるかに上等だとはわかるものの、それでも莉洸は稀羅の用意してくれたものを着るつもりだ。

ただ、兄たちや父の気持ちも嬉しいことは本当で、せっかくの好意をどう断っていいのか、何を着ようか悩んでいるのではなく、そのことに悩んでいるのだ。

莉洸が再び溜め息をつくと、稀羅は笑いながら助言をしてくれた。

「悩むことはない。ゆうべ、光華の王もおっしゃられていただろう、己が一番好きなものを着て列席しなさいと」

（まったく、あの兄弟にも困ったものだな。……いや、王もか）

山と積まれた衣装を見れば、彼らの莉洸に対する愛情に少しの翳《かげ》りもないことは窺《うかが》えるものの、いずれ莉洸の夫となる稀羅からすれば厄介なものだ。

だが、これで莉洸の気持ちが揺れてしまっていたならば多少は困るが、幸いにというか莉洸の気持ちに揺れはなく、そのことに稀羅は驚くほど安心して鷹揚な態度がとれていた。

「……そうだ、莉洸」

「はい」

「お前は秦羅の礼服を着てくれるようだが、兄弟や王の用意してくれたものも、少しずつ身につけるというのはどうだ？」

「少しずつ？」

「例えば……」

稀羅はまず洸英が持ってきた服の山の中から、礼服の中に着る中衣を取った。柔らかな肌触りで優雅な形のそれは、きっと秦羅の礼服をさらに良いものへと見せてくれるだろう。

「次は……」

洸聖の持ってきたものからは、靴だ。どうしても硬い革しか用意できなかったが、この上等な靴ならば莉洸の足の指を痛めることもない。

「こちらからは……」

華やかな容姿の洸竣は用意したものは随分派手なものが多いが、その中で白い花の胸飾りは、清楚《せいそ》な莉洸によく似合うように思えた。

「……でも、皆の分を受け入れていては、蓁羅の礼服の意味が……」

「お前が私の隣で着ている服が、蓁羅の礼服だ」

「稀羅さま……」

「ほら、早く着替えなければ遅れてしまうぞ」

稀羅がきっぱりと言いきれば、莉洸は安心したように頷く。

どちらにせよ、見える大部分は蓁羅のものなので、稀羅は光華国の人間がどんな顔をして莉洸の艶姿を見るか、想像するだけで楽しくなった。


礼服に着替えた洸莱は、腰に短剣を携える。

まだ成人になっていない洸莱は、正式な場では長剣を持つことは許されていないのだ。

結果的に、それはまだ自身が子供だということを思い知ることになるのだが、洸莱はもう焦ることはなかった。いや、早く大人になりたいという気持ちは消えてはいないが、それに確かな理由がつくことになったからだ。

いずれ一緒になるサランと、生まれるかもしれない己の子供を守るために、急ぐというよりも確実に、ちゃんとした大人になりたいと思う。

幸いにして、周りには尊敬できる大人がたくさんいるのだ。

支度が終わった頃、扉が叩かれた。

もう一度、己の服を見下ろした洸菜が扉に向かい、それを開くと、そこには既に奏禿の青い礼服を身にまとったサランが静かに立っていた。

「サラン」

サランをじっと見た洸菜は、小さく綺麗だと呟く。その洸菜の言葉はサランの耳にも届いたらしく、少しだけ驚いたような表情になったが、それはすぐに消えてしまった。

「式をお手伝いする前に、洸菜さまのお顔を見たくて」

「……どう？」

「落ちつきました。今から悠羽さまのお世話をしに参ります」

「気をつけて」

洸菜はそう言うと、そっとサランの頬へくちづける。それをおとなしく受け入れたサランは、少しだけ微笑んでゆっくりと一礼すると、洸菜に背を向けて歩き始めた。


「サラン！」

「悠仙《ゆうぜん》さま」

悠羽の仕度の手伝いに向かったサランは、その途中で召使いに来客を告げられた。その名前を聞いた途端、サランの足は迷わずまずそちらへと向かった。

「元気そうだな、サラン」

「はい、ありがとうございます」

目の前にいるのは懐かしい顔。サランにとっても大切な奏禿の王族一行は、相変わらず本当の家族のようにサランを受け入れてくれる。

悠羽の弟である悠仙に丁寧に頭を下げたサランは、その後ろにいる一行にさらに深く頭を下げた。

「長い旅路、お疲れでしょう」

「いや、せっかくの悠羽の晴れ舞台だ。想像しているだけで足も軽くなった」

そう言って笑うのは、奏禿の王で悠羽の父でもある悠珪《ゆうけい》だ。

「まあ、サラン、少しふくよかになったんじゃなくて？」

「叶さま」

からかうように言って笑ったのは奏禿の王妃で、悠羽の育ての親である叶。

「叶さま、その物言いはサランに失礼です。まるで、奏禿よりもこの光華国の水の方が合っているというように聞こえますよ。サランの故郷はあくまでも奏禿ですから、そうでしょう？　サラン」

王妃である叶に堂々と意見を述べているのは、悠羽の産みの親である小夏だ。

召使いが主に、それも王妃に意見をするというのは他国ではないかもしれないが、国全体が家族のように親密な奏禿ではごく当たり前のことで、サランはその見慣れた光景に頬を緩めた。

「皆さん、お変わりなく」

「サランも」

「小夏さまもいらしていただいて、悠羽さまもきっとお喜びになるでしょう」

「……初めはご辞退しようと思ったのだけれど」

「あら、小夏がこなければ意味がないわ。悠羽にとって大切な存在ですもの、ねえ、悠珪さま」

「ああ。悠羽の旅立ちの時だ、家族全員で見送らなければな」

各国の来客が大勢いる控え室から、花嫁の家族の控え室へと一行を案内する。

無数の視線が様々なところから突き刺さってくるが、奏禿の誰もがそれに過敏に反応することもなく、本当に今日の日を喜んでいるふうに見えた。

人の質というものは、こういう時によくわかる。

けして身にまとっている礼服が立派だというわけではなく、叶や小夏の装飾品もわずかなものしかない。それでも、その態度が少しも卑屈《ひくつ》に見えないのは、堂々と胸を張り、前を向いている眼差しでも感じられた。

悠珪はどの王族よりも威風堂々として。

叶と小夏は、どの女たちよりも美しく、気品に満ちている。

（さすが……悠羽さまのご家族）

身贔屓《みびいき》かもしれないが、サランはこの家族の一番端に連なっていることが誇らしく、自分もなんだか胸を張って歩いてしまった。

そのままサランは、奏禿の一行を洸英のもとへと案内する。

今日の花婿と花嫁の家族だ。そこには国の大小など関係なく、めでたい日を祝う者たちの和やかな会話があった。

「久し振りにお目にかかる」

まずは奏禿の王である悠珪が、洸英に対して頭を下げた。

「洸英王、このたびは悠羽を受け入れてくださり、本当に感謝している」

「……いや、こちらこそ、私の無茶な要求を受け入れてもらい、ありがたく思っている。そのおかげで、我が息子は本当に愛しく、大切に思える相手を手にすることができた」

洸英自身、奏禿の王妃と会うということは己の過去の悪行と向かい合うということにもなるが、今の己には和季がいるし、何より大切な我が子の花嫁となる相手の家族と顔を合わせないのもおかしい。

かつて二国の王が直接対面したのはもう二十年以上前のことだが、その時の洸英の印象はとても強かったらしく、悠珪は頭を下げて今回の婚姻《こんいん》の許可に礼を述べる洸英に苦笑しながら言った。

「まさか、本当にこちらが悠羽を迎え入れてくださるとは思わなかった」

「悠珪王」

「我が国と光華国はあまりにも国力に差がある。今回のことも、他国との均衡を取る繋ぎとして、ひとまず悠羽を呼び寄せたと思っていたのだが」

そこまで聞き、洸英は叶を見た。

「……王に何も言われておらぬのか？」

あまりに穏やかな悠珪の言葉に、今回の縁談の裏には気づいていないのかと思った。

「あなたさまがわたくしと小夏を、妾妃にとおっしゃられたこと？　悠珪さまはわたくしのことはすべてご存知ですわ」

「……これは、参ったな」

どうやら、この国王夫婦の間には秘密というものはないらしい。

「確かに、あの時は美しい二人の美女に心を揺さぶられもしたが、今の私には生涯を共にする愛しい相手がいる。悠珪王、過去のことをここで謝罪するよりも、これからの私を見て欲しい。我が子の花嫁を、私も共に大切にすることを誓う」

「……随分変わられたと噂には聞きましたが、とても良い方がお側にいらっしゃるのですね」

叶の言葉に、洸英の少し後ろに立っていた和季が深く頭を下げた。洸英の言葉が誰を指すのか、ここにいる者はその一連の動作でよくわかったようだ。

「小夏、悠羽のことは心配はいらないようね。奔放な王には、どうやら美しい監視人がいらっしゃるようですもの」

「ええ」

「それに、一度お会いした洸聖殿はとても真面目な方だったし、きっと末永く悠羽を可愛がってくださるはずだわ」

しかし、洸英の立場では何を言われても言い返すことはできなかった。

「広間へとご案内しよう」

「王自ら？」

「我らは今日から家族だ。肩書きはなしの付き合いをしていきたいが」

「……そうだな」

洸英の言葉に悠珪も笑み、二人は肩を並べて談笑しながら歩き始める。そんな二人を見送った叶が、控えていた和季の腕を軽く摑んで微笑みかけた。

「わたくしたちもご一緒しましょう」

「はい」

新しい家族という形に収まった二カ国の王族は、これから晴れの式を迎える二人のために、心から祝う温かな気持ちで披露宴の行われる広間へと連れ立った。

清浄な空気に包まれた、宮殿の裏手にある泉。

湧き水なのか澄んでいるが、凍えるほどに冷たい。

「さあ」

「……っ」

悠羽は爪先を入れただけで全身が凍るかとも思ったが、花嫁になるためにはこの清浄な水で身体を清めなければならない。また、そこに浸かる者を王族に嫁ぐ資格があると神が認めれば、その冷たさもじきに気にならないものになるという言い伝えがあるようだ。

（そ、そんなの、本当に言い伝えだと思うけど……）

歯が震えてぶつかりそうになるのを防ぐため、しっかりと唇を噛み締めた悠羽は、意を決して泉の中に足を進めた。

「……？」

（あれ……？　本当に、意外と……）

泉の表面はそれこそ氷のように冷たいのに、足首を入れ、膝が浸かるくらいに入っていけば、不思議と温《ぬる》く感じてきた。いや、上の方はまだ冷たいが、中の水は温いのだ。

（もしかしたら、泉の地下から湯が沸き出ているとか……）

どうしてなんだろうと悠羽は不思議に思ったが、声を出して神官に聞くことはできないし、ここで儀式の流れを止めてもいけないので、疑問を抱いたまま足を進めた。これくらいなら、最初の冷たさを我慢すれば耐えられる。

(確か、頭まで入って、しばらくそのままにしていなくちゃいけないんだったな)

悠羽は大きく息を吸い、思いきってそのまま泉の中に身体を沈めた。

神官の許可があるまで身体を清めた悠羽は、今度は宮殿内の、ある一室に連れて行かれる。濡れた服のままなのでかなり身体は冷えているものの、悠羽は初めて見る部屋を興味深げに見つめてしまった。

(ここ……)

「こちらは花嫁の控え室です」

悠羽の心の中の疑問に答えるように、同行した神官が答える。

「王族の婚儀の時にだけ開かれる場所です。さあ、身体を温めてからこちらに」

どうやら部屋の中には軽く身を清める場所があるようで、悠羽はそこで濡れた服を脱ぎ、冷えた身体に沸いた湯を何度もかけてなんとか息をついた。

まだまだ儀式は今からだというのに、既にここまでで疲れてしまった気がする。

「悠羽さま」

(あっと、のんびりしていてはいけない)

数多くの列席者がいる婚儀の時間を遅らせてはならない。

悠羽は慌てて濡れた身体を綺麗な布で拭き、その上に用意されていた薄布を羽織って部屋の中に戻った。

そこには先ほどまではいなかった女の召使いが数人控えている。

「今からお衣装にお着替えください。仕度が終わられましたら、またお迎えに参ります」

神官の言葉に頷いた悠羽は、顔見知りの召使いににっこりと笑って頭を下げた。

こんな赤毛にそばかすだらけの顔がどれだけ化けることができるのかわからないが、願わくば洸聖が笑われることがないようにと思う。

(洸聖さまは……何をされているんだろう……)


「お次は、これを」

「……」

洸聖は次々に差し出される書面に躊躇いなく署名していく。

花嫁である悠羽はその身を清めることに重点を置かれるが、花婿である洸聖は実務的な手続きをすることが義務づけられているのだ。

後から悠羽も署名する結婚の誓約書に、夫婦共通の財産になる自身の所有財産の譲渡に関する書類。そして、王位継承の順位変更の同意書だ。

光華国では、長兄が次期王になるのは決定している。

ただし、その王に世継ぎがいない場合は、妻に王位認証権が与えられるのだ。つまり、洸聖が死亡した場合、次の王には誰がなるのかを決めるのは悠羽になる。

もちろん、王位任期時に独身であれば兄弟があとを継ぐのだが、正式な夫婦となればその関係は大きく変わるのだ。

(……これを知ったら、悠羽はまた怒るだろうな)

死後のことを今から考えるなんてと悠羽は言うだろうが、光華国ほどの大国の場合、過去には王位継承を巡って血生臭い出来事もあり、それを防ぐためにもこうして正式に書類にして残すようになったのだと聞く。

「……はい、結構です」

署名を終えた書類を確認し、事務官が頷いて退出した。

これは、あくまでも、もしもの場合だ。

洸聖は悠羽を残して死ぬつもりはなかったし、ある程度歳がいけば、洸莱の子に譲位をして、悠羽と自由に生きていきたいという夢もできた。

ここまでの神事を終えた洸聖は控室に戻る。そこには妙ににこやかな洸竣がおり、洸聖の顔を見ると楽し気に笑った。

「立派な花婿さんだなあ、兄上」

「……」

「睨まないでください、本当にそう思っているんですよ」

眉を顰める洸聖に、洸竣は言った。

花嫁に比べて花婿の拘束は緩く、こうして準備を終えた洸聖の顔を見るためにやってくることも可能だった。真っ先に兄に祝辞を告げたかった洸竣は、改めて正装した洸聖を見つめる。

濃紺を基調にした衣装は洸聖の凜々《りり》しい容貌を引きしめ、金の装飾は気高さを演出していた。代々の皇太子に譲られてきた長剣を携えた洸聖は、時折窓の外へと視線を向けている。

(悠羽殿が心配なんだろうな)

洸聖も悠羽も、もちろん婚儀を挙げるのは今回が初めてで、それに伴う儀式も同様だ。その上、光華国のような大国の婚儀では様々な行事もあり、きっと悠羽は今頃大変なめに遭っていることだろう。

「悠羽殿なら大丈夫ですよ」

「……」

「きっと、可愛らしい花嫁になるんじゃないかな」

洸竣の軽口に、洸聖は目を眇める。

「また～、兄上の大切な人に手を出したりしませんよ？」

「当たり前だ」

自分の言葉にも、いちいち反応する兄がなんだか可愛らしく思える。

(本当に、きっと可愛らしくなると思うけどな)

顔の美醜など関係ない。内面の美しさというものは自然に顔に出てくるというのもわかるので、洸竣は早く悠羽の花嫁姿が見たいと思っていた。


扉を叩くと、見慣れた召使いが顔を覗かせた。

「あの」

「お支度はほとんどできました。サランも早くご覧なさい」

「すみません」

奏禿一行の世話をしていたために少しくるのが遅れてしまい、その間に悠羽の仕度はあらかたすんでしまったようだ。

申し訳ないと思いながらサランは部屋の中に入り、そのまま奥に足を進める。そして、後ろ向きに椅子に腰かけている花嫁を見つけた。

「悠羽さま……？」

サランの言葉が聞こえたのか振り返った悠羽はその名を呼びかけ、慌てて口を閉じる仕草をする。

「とても可愛らしい花嫁さまでしょう？」

己の成果を自負するような召使いの言葉にサランは眩しそうに目を細め、素直に頷いていた。

純白の花嫁衣裳は細身の悠羽の身体に合わせたもので、裾《すそ》の部分が大きく広がっており、わざと性別が分からないように首筋と胸元は装飾で隠してある。赤毛は綺麗に撫でつけられて結い上げられ、白い項《うなじ》が綺麗に見えた。

「悠羽さまは肌が綺麗でいらっしゃるし、普段は白粉《おしろい》など塗られないから、見違えるほどに変わられたわ」

「ええ……本当に」

悠羽がいつも気にしているそばかすは白粉で綺麗に消されている。少し赤くした頬と、赤い唇……ほんの少し手を入れるだけで、悠羽はとても愛らしく変わった。絶世の美女ではないものの、これならば誰が見ても可愛らしいと思うはずだ。

それでいて、悠羽自身が持つ芯《しん》の強さというものは消えていない。強い眼差しのせいで女性には見えないことに、サランはどこか安堵していた。

「悠羽さま……とてもお綺麗です」

サランがそう言うと、悠羽は照れたように目を伏せる。その表情はいつもの悠羽と変わらない。悠羽が綺麗に変貌《へんぼう》するのはもちろん嬉しいが、悠羽という存在の輝きが変わらないことが嬉しかった。

「奏禿のご一行がお着きになられました。皆さん、とても喜ばれておりますよ。洸英王もわざわざ出迎えられて、今は王同士がお話をされています」

家族の無事の到着に、悠羽もうんうんと頷いている。本当ならすぐにでも会いに行きたいだろうが、儀式の最中である今は動くことができない。

そんな悠羽に、サランは今会ったばかりの一行の話を聞かせる。

最後の仕上げを施されながら、悠羽はじっとサランの言葉に耳を傾けていた。


「お時間です」

再び迎えにきた神官のあとに続き、洸聖は大広間へと向かう。

今から親族と主だった臣下、そして、各国の列席者を前に結婚式が執り行われのだ。

(悠羽の仕度は無事に終わったんだろうか)

途中、なんの連絡もなかったということは無事にすんだのだろうと思うが、この目で見ていないのでまだ安心はできなかった。

「こちらへ」

大広間のすぐ隣にある控え室に案内されれば、扉の向こうのざわめきが聞こえてくる。三百人はいる列席者を前に、悠羽を上手く先導しなければと考えていると、扉を叩く音がし、先ほどとは違う神官が姿を現した。

「花嫁さまのお着きです」

洸聖は振り向き、中に入ってくる悠羽の姿を待つ。

最後の最後まで、華やかな花嫁衣装を着るのを拒んでいた悠羽がいったいどんな顔で現れるのか、どこか楽しみな心境だった。

「……！」

しかし、そんな洸聖の余裕は、神官の背後から現れた花嫁姿の人物によって呆気なく崩れた。

「悠……羽」

白い花嫁衣裳を着た悠羽。その姿はいつもの明るく朗らかな悠羽とはまるで違う、可憐《かれん》でおとなしやかな姿だった。

特徴である赤毛の色はそのままだが、いつも柔らかく飛び跳ねているそれは艶やかに梳かれ、愛嬌《あいきょう》のあるそばかすも化粧で綺麗に隠れてしまっている。大きな目はそのまま、小さな唇は赤く紅をひかれていた。

（本当に、悠羽なのか？）

あまりの変貌に、洸聖はすぐに声が出なかった。

「間もなく、ご入場です」

「……」

「……」

じっと洸聖を見つめていた悠羽は、緊張に強張った笑みを浮かべ、そっと手を伸ばしてくる。

その手を反射的に掴んだ洸聖は馴染みのある肌にようやく安堵して、改めて悠羽をじっと見つめて唇を動かした。

《キレイダ》

声にならないその言葉を、悠羽はきちんと読み取ってくれただろうか。そう思っていると、悠羽の赤い唇がゆっくりと動く。

《バケタデショウ？》

悠羽らしい返答に、洸聖は思わず噴き出してしまう。

（まったく、見事にな）

それに驚いたらしい神官がこちらを見たのに気づき、洸聖は悠羽と視線を合わせて共に悪戯《いたずら》っぽい笑みを浮かべた。


「静粛に」

大広間の中に、神官の声が朗々と響いた。

同時に、中央の大きく重たい扉が左右から神官によって開かれた。神官長を先頭に、五人の神官が中央の空けられた道をゆっくりと歩く。

「……っ」

いよいよ、式が始まる。

扉が開いた瞬間に己に向けられる無数の眼差しに、さすがに悠羽はその場に足が貼りついてしまったかのように動かなくなった。大丈夫、心配ないと、何度も心の中で繰り返すが、これほどまでの緊張感が薄れることはなかなか難しい。

「悠羽」

「……っ」

すると、握られている手に力が入り、悠羽はようやく隣にいる洸聖を見上げた。扉が開くまで目を見交わし、笑い合っていたのに、開いた瞬間それらがすべて吹き飛んでしまった自身の目に、まっすぐに視線を向けてくる洸聖の姿がはっきりと映る。

「私がいる」

「洸聖さま……」

「他のものなど見なくていい。お前は、私の姿だけを見、私の声だけを聞いていろ」

「……はい」

(そう、だ、洸聖さまが……いる)

傲慢《ごうまん》な言いようだが、洸聖なりに悠羽を鼓舞してくれているのだ。

悠羽は頷き、洸聖の手を強く握り返す。本来は、洸聖と腕を組むことになっているのだが、なんだか自分たちにはこうして手を繋ぐ方が合っているような気がした。

大きな深呼吸を二度し、最後にふっと息を吐いた。

するとようやく覚悟が決まり、悠羽はしっかり顔を上げる。

「行くぞ」

数百人の列席者の前を、洸聖はまっすぐ前を向いて歩き始めた。

悠羽の手を強く握り、時折、慣れない靴に歩きずらそうになる悠羽をそのたびに待ち、共に足を前に進める。悠羽を引っ張るのは簡単なことだが、洸聖は悠羽と共に並んで歩きたいと思っている。もちろん、それはこの場だけのことではなく、この先長い人生も同じだ。片方だけの強い想いではなく、お互い同じほどの想いで歩きたいのだ。

人々のざわめきの中には、あれは誰だ、本当に奏禿の姫かと囁《ささや》く声が聞こえてくる。式の前に光華国に来国し、素の悠羽を見ている者は特に、着飾った悠羽の姿に驚きを感じているのだろう。

洸聖からすれば、いつもの悠羽も、今隣にいる悠羽も同一人物だ。豪華で、高価な衣装や装飾品で美しく見えるのではなく、内面が輝いているからこそ、さらに美しくなっただけだ。

この日を迎えた洸聖は、改めて己の幸運に感謝した。

悠羽の真の価値を見出すことができ、そして悠羽が自分を受け入れてくれて、これ以上の果報はない。

早く、正式に誓いの言葉を告げ、国内外共に悠羽を己のものだと、己も悠羽のものだと知らしめたい。

洸聖はただそれだけを考えていた。

やがて、二人は祭壇の前に並び立つ。待っていた神官長が、恭しく名前を呼んだ。

「光華国皇太子、洸聖」

「はい」

「奏禿国王女、悠羽」

「……はい」

悠羽の緊張が再び高まる。

式の流れはすべて把握しているし、昨日は簡単な予行演習をすませた。それでも、列席者はいなかったし、こんな荘厳な雰囲気ではなかった。

(声、震えないようにしないと……)

ここに自分が立ってもいいのだろうかという不安は、今はもう考えないようにする。悠羽が選んだのは確かに光華国皇太子だが、愛したのは洸聖という個人だ。彼が良い国を作ろうという強い思いを持っているからこそ、悠羽も微力ながら自分も手伝っていきたいと思った。

この大国を共に支えるのに、今この婚儀で震えていてはこの先何もできない。

「誓いの言葉を」

神官長の言葉に、隣に立つ洸聖が力強い声を出した。

「我、光華国皇太子、洸聖は、神の御前で誓う」

洸聖は誓いの言葉を言いながら、悠羽と初めて出会った時のことを思い出していた。

父が勝手に決めてしまった許婚。出会った瞬間に悠羽が男だとわかったが、所詮名目上の関係だと思い、子は別の女に産ませればいいいと思っていた。

痩せた、とても容姿がいいとは思えない、それでも目の輝きだけは強い少年。洸聖よりも容姿も立場も劣っていると思った相手に、突然投げつけられた強い言葉。

『今のあなたが次代の王となるのならば、光華の未来は暗闇《くらやみ》に閉ざされてしまいかねない』

『すべて己だけが正しいとは思わないでくださいませ。世には不思議で常識外のことが山ほどございます。安全で快適な王宮の中でしかものを考えていないのならば、あなたの世を見る目はきっと生温く腐っていくだけでしょう』

ずいぶんな言いように、感情のまま、まだ子供のような身体を陵辱した。

許婚という縛りと、身体を奪ったことによって、完全に己の支配下におけると思ったが、悠羽は見かけとは正反対に図太く、しなやかで、いつの間にか洸聖の考えを変えてしまった。

今では、悠羽を許婚としてくれた父に感謝をしている。

人の価値は容姿などではなく、その内面だと今ならばよくわかるし、装った悠羽は誰が見ても可憐な花嫁だ。しかし、これは化けたのではなく、悠羽の本来の美しさが表に出ただけだ。

（あまり美しいと、誰かに取られてしまいかねない）

内面も外見も美しければ、悠羽を欲しいと思う者が現れかねない。

「奏禿国王女、悠羽を我が妃とし、生涯添い遂げることを神に誓う」

これほどに大切な存在を、他の誰にも渡す気などまったくない。きっぱりと言いきった洸聖は、隣に立つ悠羽をまっすぐに見つめた。

続いて、悠羽も応えるように口を開く。

「我、奏禿国王女、悠羽は、神の御前で誓います」

まさか、本当に洸聖と式を挙げるとは思わなかった。

王女として育てられたが、実際には自分は子を産めない男で、きっと近い将来用ずみになって放り出されるだろうと思った。それならば愛する祖国のために、最大限光華国を利用しようと、己を奮い立たせてこの大国に乗り込んだのだ。

頭が固く、尊大な洸聖に、自身の意見を曲げることなく伝えた直後、まさか強引に身体を奪われるとは思わなかったし、自分があんなにも早く立ち直るとも思わなかった。

今思えば、初めから洸聖に惹かれていたのかもしれない。

凝り固まった考えながら、己の理想を突きつめようとする、何よりも自国を愛する洸聖の熱い眼差しに、悠羽もいつしか同じものを見つめるようになった。

そして、光華国との国力の差を思い悩んで奏禿に帰ってしまった悠羽を、洸聖がわざわざ単身で迎えにきてくれた時の、言葉にならない喜び。

『私が悠羽を欲しいと思っているのは、御子を産ませるためではない。私自身が一生の伴侶として悠羽を望んでいるのです』

悠羽の負い目を、負い目とさせない力強い洸聖の言葉に、自身の未来も託す覚悟ができた。

国力の差など、初めからわかっている。それでも、一人の人間として、洸聖の隣に立つのに相応しい人間でありたい。

「光華国皇太子、洸聖さまを我が夫とし、生涯添い遂げることを神に誓います」

二人の誓いの言葉のあと、その前に現光華国王、洸英がゆっくりと進み出た。

「我、光華国王、洸英は、光華国皇太子、洸聖と、奏禿国王女、悠羽の結婚をここに見届け、了承する」

その瞬間、部屋の中には拍手と祝福の声が響いた。

「ありがとうございます、父上」

歓声に包まれながら、洸聖は父に感謝の意を述べた。

その中には悠羽を許婚としてくれたことや、この結婚を正式に許してくれたことも含んでいたが、父は相変わらずの笑みを浮かべたまま、洸聖にではなく悠羽に向かって祝福の言葉を告げる。

「おめでとう、悠羽。面白味のない息子だが、どうか見捨てないでやって欲しい」

「……父上」

何を言い出すのだと思ったが、悠羽は父に合わせるように笑みを浮かべて頷いた。

「はい。絶対に見捨てませんから」

「悠羽、お前まで……」

「ですから、洸聖さまも私を見捨てたりなさらないでくださいね？」

向けてくる悠羽の目は潤んでいる。今にも涙が溢れそうな、しかし、きっとその姿は見せないだろう悠羽に、洸聖はすぐに当たり前だと言いきった。

「私がお前を手放すはずがないだろう」

「……」

「どんなことがあっても、この手は離さない」

悠羽の手を摑んで言えば、悠羽は顔を背ける。流れるその涙はきっと綺麗だろうが、今は悠羽の気持ちを尊重して、見ないふりをした。


サランは、この目に悠羽の晴れ姿を焼きつけようと、思わず身を乗り出してしまった。

仕度を手伝った悠羽は誰の前に出しても恥ずかしくないほど愛らしく、凜々しい洸聖の隣に並べば似合いの一対だ。彼が自慢の主人だと、周りに言いふらしたいほどに気持ちが逸《はや》るのは、生まれて初めてのことだった。

「サラン、そんなに身を乗り出してしまうとこけてしまう」

その声に、サランはようやく周りに視線が向き、すぐに後ろに下がろうとする。すると、洸莱がその腕を掴み、自身の隣へとサランを押し止めた。

「洸莱さま」

「大切な人の晴れの姿だろう？　ちゃんと前で見たらいい」

「……」

「俺の隣にいた方がよく見える」

「……ありがとうございます」

サランは小さな声で礼を言った。

洸莱の心遣いが嬉しくて、ここで遠慮をしてしまうと申し訳なく、それ以上に、悠羽の晴れの姿を間近に見たいという強い思いもあって、サランは一度頭を下げたあと、そのまま洸莱の隣に立って悠羽の姿を見続けた。

「綺麗だな」

洸莱の言葉に、サランは深い笑みを浮かべる。普段口数が少ない洸莱だからこそ、その言葉の中に深い意味が込められている気がして、サランはまるで自分が褒められたかのように嬉しくなった。

「はい、本当に」

「綺麗な心の持ち主だとは思ったけれど……」

「……」

「でも、サランの方が綺麗だな」

何気なくつけ足したような洸莱の言葉に、サランは思わず視線を向ける。無意識に口説き文句を言ったはずの洸莱は、じっと二人に眼差しを向けたままだ。

「早く、俺たちもこんなふうに、皆の前を歩けたらいいな」

「……」

「……」

「……」

何と答えたらいいのだろうか難しい。もしかしたら本当にただの呟きかもしれないがサランは珍しく困惑してしまった。

その隣では、呆けたように黎が悠羽を見つめている。

「悠羽さま、綺麗……」

「女性は着飾れば変わると聞くが、男も同じなんだな」

「洸竣さま」

黎は思わず声を上げて、周りのいくつかの視線が向けられたことに慌てて俯いた。

確かに、悠羽は絶世の美女という容姿ではないが、黎はとても可愛らしい方だと思っている。特に洸聖のことを話す悠羽は、綺麗にさえ見えた。

今目の前を歩く悠羽は美しく化粧を施されて、それこそ、普段の彼を知っている者は気づかないかもしれない。しかし、黎はむしろ普段の悠羽のままの方が良かったようにさえ思っていた。

（……悠羽さま、とても幸せそう……）

「黎」

「はい」

「黎も、白い衣装がいい？」

「え？」

「今から衣装を考えていても早くはないからなあ」

何しろ、私たち兄弟の婚儀は順番待ちのようだからと言って笑う洸竣に、黎は他の列席者にその言葉が聞こえなかっただろうかと真っ赤になりながら焦った。

周りにいる何人かの視線を強く感じてしまうのは、きっと気のせいではないはずだ。

（こ、こんなところで……）

恥ずかしくて困るのに、嬉しい。

そんな日が本当にくるとはまだ黎自身考えられないが、それでも、きたらいいと思うほどには、黎も洸竣の想いを信じられるようになっていた。

そして、もう一人。

「兄さま……」

生真面目で、洸竣ほどに笑わせてくれたわけでもなく、洸莱ほどに側にいたわけでもないが、莉洸は長兄が大好きだ。

国を思う真摯な姿勢を尊敬していたし、自分たち家族を思う気持ちを溢れるほど感じていた。

その大好きな長兄が結婚する。それも、あんなにも優しくて、強い悠羽とだ。それをこの目で見届けることができて、莉洸は胸がいっぱいだった。

「莉洸」

「……」

「大丈夫か？」

ずっと泣き続けている莉洸を気遣ってくれる稀羅が、肩を抱いている手に力を込めた。

嬉しくてたまらないだけで、本当に大丈夫だと伝えたいのに、口から出てくるのは嗚咽だけで、そうすればさらに稀羅が心配してしまう……そう思って焦るものの、莉洸はただその服を摑むことしかできない。

「……兄の挙式でこうでは、私たちの時はどうなるだろうな」

「……」

「花嫁が泣き通しでは、花婿の私は慰めることに精一杯で、誓いの言葉さえ言えぬかもな」

「……わかりません」

（想像、できない）

神の前で言葉につまる稀羅の姿は想像もできなくて、莉洸は涙を流しながらふっと笑みで顔を緩める。それを見た稀羅は、まあそれも良かろうと呟いた。

「お前が私のものになるのなら、それこそ列席者の前で舞いでも踊ってやりたいほどだ」

それほどに浮かれるだろうという稀羅に、私もですと言い返したい。莉洸は言葉を返す代わりに、稀羅の指先を取って握りしめた。

「お疲れさまでした」

戻ってきた洸英に労いの言葉をかけ、和季は穏やかに口元を緩める。

影の衣装ではなく、正装に身を包んでいる和季は眩しいほど美しく、既に周りの視線を集めていた。

洸英はわざと見せつけるように和季の肩を抱くと、大袈裟に息をついてみせた。

「洸聖が花嫁を娶るとは……私も歳をとったな」

珍しく殊勝なことを言う我儘な王は、我が子の晴れ姿に感慨深いものがあったのかもしれない。和季はそんな洸英の姿に少しだけ笑んで、まだまだお若いですよとお世辞ではなく告げた。

「私を、これからも可愛がってくださるのでしょう？」

「和季」

「他の女性に目がいかなくなるのは結構ですけれど」

「それを言われると、な」

二人の神への誓いの場に、王として立ち会った。立派に成人し、妻も娶るということの段になっても、まだもう少し王である……いや、父である自分の力が必要なのだ。

和季との蜜月に浸りたい気持ちの一方で、それが妙に嬉しくもある。

「まだまだ、隠居はできないかもしれんな」

洸英は神妙な顔つきで目の前を通りすぎる二人に、小さく呟いた。

「似合いの一対だぞ、洸聖、悠羽」


無数の祝福の声に見送られながら、花婿と花嫁が退出していく。

その姿を涙を拭って見送っていた莉洸は、ふと己に向けられる視線の強さに気づき、身体を小さくしてしまった。

親族側に居並んだ光華国の王族の面々。

いつもは華やかなその容姿に感嘆と賛美の眼差しだけが向けられるのだが、今回に限りざわめきの中には困惑と疑念の驚きの声が漏れ聞こえてくる。間違いなく、それは莉洸が原因だ。

（僕を、見てる……）

もともとは人見知りで、家族や宮殿に仕えている人々以外にはなかなか笑顔も向けられない莉洸は、身体が弱いという名目で表舞台に立つことも少なかった。

そんな自分が公の場に姿を現すのは稀《まれ》なことだった。しかも、今回は蓁羅の礼服を着てだ。

深紅を基調とした蓁羅の礼服は、簡素なだけにかなり目立つ。隣にいる漆黒の礼服を着た赤い瞳の稀羅と一対の存在として、どういうふうに見られているのか莉洸は気になってしまい、そうなるとますます萎縮してしまって……無数の視線から逃れるように、深く顔を伏せた。

そんな莉洸の気配に目ざとく気づいた稀羅は、無遠慮にこちらを見て噂をたてている者を赤い瞳で睨みつける。

魔の赤い瞳といわれるそれを向けられると、列席者は面白いほど慌てて視線を逸らしていった。

（はっきりと口で言えないのならば、陰口も控えておけばいいものを）

胸の飾りや剣の紋章、何よりもこの赤い瞳で、稀羅が何者かということはすぐに気づくはずだ。

忌み嫌われ、恐れられている蓁羅の王がなぜ光華国の王族と同列に並んでいるのか、いや、莉洸がなぜ蓁羅の礼服を着ているのか知りたくてたまらないのだろうが、それを口にすることもできない臆病者にわざわざ説明するつもりはない。

「莉洸、休むか？」

稀羅が唯一、甘い声をかける莉洸は、健気にもいいえと首を横に振った。

「これから、披露宴もあります」

「緊張しているのだろう？」

「大丈夫ですから」

硬い笑みを向けてくる莉洸に、稀羅はどう声をかけようかと考える。

すると、そんな二人の会話を聞いていたらしい洸竣が、どうしたと横から声をかけてきた。

「疲れたのか、莉洸」

「いいえ、竣兄さま、大丈夫です」

「……」

洸竣は莉洸から稀羅へと視線を移す。その洸竣の視線を受け止めた稀羅は、黙って周りに目をやって顎を上げた。

「……なるほど」

それだけで聡《さと》い洸竣はすべてを理解し、少し考えるように空を見ていたが……やがて小さな咳払いをすると、なあ莉洸と予想外に大きな声で話しかけてきた。

「兄上の式が終われば、次はお前の番だな」

「に、兄さま？」

「蓁羅の王宮で式を挙げることになるだろうが、今日の悠羽殿とお前と、どちらが美しい花嫁になるか楽しみだな」

その声はかなり大きく響き、ざわついていた大広間がしんと静まり返って、続いて「おお」と歓声が沸いた。

莉洸と稀羅の結婚のことはまだ内々のことで、他国の者は今初めて聞いたはずだ。長年対立してきた——とされる、光華国と蓁羅。その二つが姻族として結びつくというその驚きは稀羅も想像でき、知能犯なこの年下の義弟になる男を稀羅はやってくれると睨んだ。

莉洸との関係が公表されるのは構わないが、そのことでいっそう莉洸が萎縮してしまうと懸念したからだ。

しかし、そんな稀羅の睨みなどどこ吹く風と、洸竣は光華国の王、洸英に向かって華やかな笑みを向けた。

「父上ももう、お認めになられましたよね」

「洸竣」

息子の言葉に、突然巻き込まれた洸英も苦々しい顔をしながら頷いた。

実を言えば、愛しい莉洸の蓁羅への嫁入りを、今でもできれば阻止したいと思っている。だが、光華国より格段に貧しい蓁羅での辛い生活を莉洸は耐え、今現在泣き言も言ってこない。稀羅との約束は百日としていたが、ここまでくればきっと認めざるをえないだろう。

(……しかたあるまい)

未知の国、蓁羅への畏怖《いふ》は、まだ広く根づいている。これから莉洸が暮らしていく国を少しでも住み良い国にするために、父親として己ができることはいくらでもあるはずだ。

「確かに、次はお前の番だな、莉洸」

「……っ」

莉洸の大きな目が驚いたように見開かれる。

その瞳に優しく頷き返すと、ついでにと洸英は周りも固めてしまおうと考えた。

「光華国は華やかで嬉しい話ばかりだな。洸竣も、洸莱も、既に相応しい相手がいるし、この私もようやく愛しい妃を手に入れることができた」

「王」

少し後ろに控えていた和季が諫めるように声をかけてきたが、洸英は和季との関係を外へと向けて知らしめることに躊躇いはまったくなかった。いや、こうすることで和季が逃げないようにできるならば好都合だ。

「そうであろう、和季」

「……」

今もって、洸英には見合いの話がやってくる。

繁栄する大国、光華国の王の正妃になりたいという者は、相手が四十をすぎた男だというのにひっきりなしに現れる。そんな煩い周りから逃れるためにも、洸英は自身と和季の関係を公にした。

「今日の花嫁よりも美しいぞ、和季」

笑いながらその肩を抱き寄せると、和季は苦笑を浮かべながらもその身を任せてきた。

驚く周りの視線もまったく気にしない洸英は、いいきっかけをくれたと、洸竣に向かって見せつけるような晴れやかな笑みを頬に浮かべた。

「……まったく」

(父上には敵《かな》わないな)

利用するつもりが利用された洸竣は苦笑を浮かべたが、ついでのように自分のことも父が口にしてくれたので、これから見合いの話はぐんと減るだろうと思った。

長兄である洸聖が正妃を娶れば、順番からいって次は洸竣で、そうなれば今でも煩い花嫁の売り込みが多くなることは目に見えていた。だが、今の父の言葉で自分にも相手がいることを対外的にも知られたのは良かった。黎もきっと安心してくれるだろう。

洸竣の背中に隠れるようにして立っていた黎は、ますます身体を縮こまませるようにしているものの、それでも逃げ出さないというのは彼も成長してくれたと思いたい。

「黎、今の話、聞いた？」

洸竣は声を落として黎に言った。

「次は誰だろうね」

「……」

「黎？」

「……僕たちでは、ありません」

「なんだ、残念だなあ」

僕たち……その言葉が妙に嬉しく、洸竣は口元が緩むのを止められなかった。

このあとは早速盛大な披露宴が始まる。光華国という大国の披露宴だけに、式には列席しなくても披露宴には出るという者も多く、この王宮だけではなく隣接する離宮にも席は準備されていた。

「私は、悠羽さまの着替えのお手伝いに参ります」

「わかった」

隣から聞こえてきたサランの声に、すぐさま黎が反応した。

「僕も行きます」

「黎」

サランと黎は悠羽のあとを追ってその場を辞し、

「僕も、顔を洗ってきます」

式の間中、泣き通しだった莉洸がそう言って、稀羅と共に自分たちに用意された部屋へ戻る。

「……」

「……」

洸竣は弟を見た。

「洸莱、私たちはどうする？」

「披露宴に出席しなければなりませんよ」

「おいおい、さすがの私も、大切な兄の披露宴を欠席する気はないよ」

日頃の怠惰を指摘されたような気がして、洸竣は苦笑しか浮かばない。真面目になったと口で言っても、それを行動に移していかなければなかなか信じてもらえないだろう。

「父上」

そんな自分と同じ性格の父を振り返れば、年甲斐《としがい》もなく和季の腰を抱いたまま、にやけた顔でなんだと言ってきた。

「王であるあなたが、各国の来客の相手をしなければなりませんよ」

「ん？　息子が三人もいるんだ、私がしなくても……」

「駄目ですよ」

「駄目です」

「駄目でしょう」

ほぼ同時に聞こえてきた言葉。

洸竣と、洸莱と、和季。三人いっせいにそう諌められてしまえば、今から祝いの美酒を和季と共にゆっくり……そう思っていたらしい父の考えは白紙に戻ったことだろう。

(私たちの言葉よりも、きっと和季殿の言葉一つで変わっただろうけど)

「……行くか」

洸聖と悠羽のめでたい席だが、王族の一員として、各国の客人と杯や挨拶を交わすのはやはり気疲れしてしまう。それでも、きっとそれは心地好い疲れになるはずだ。

覚悟をするように一度深呼吸をした洸竣は、行くぞと言うように洸莱の肩を軽く叩いた。

「とても綺麗でしたっ。ねえ、サランさんっ」

興奮したように言う黎の言葉に、

「ええ。どの国の王女にも負けてはいないくらい、愛らしい花嫁さまでした」

サランも、頬に笑みを浮かべたまま答えている。

二人の手放しの賛美に、悠羽はさすがに苦笑してしまった。

「今回は化粧をしてくれた者の腕が良かっただけだよ。でも、少しでもいつもの私よりも見られる容姿になっていたのなら、洸聖さまに恥をかかせることもなかったかな」

自らの容姿を、おそらく正確に把握していると思う悠羽は、着飾った己は偽物だと冷静に見ているつもりだ。本物の女性ではないのだし、常に美しいと言われなくてもいっこうに構わないが、やはり、光華国の皇太子である洸聖が恥ずかしいと思うのは申し訳ないと感じていた。

サランと黎の評価は多分に身贔屓もあるだろうが、一応少しは見られる恰好だったのかもしれないと思うことにする。

それよりも、これから数日続く披露宴を思った悠羽は憂鬱だった。ずっと出なくてもいいとは言われたものの、それでもまったく出ないというわけにはいかない。

主役は洸聖だが、自分も付属でついているのだ。

「はい、手を上げてください」

「ん」

白い花嫁衣裳から、今度は披露宴用の紫の衣装に衣替えだ。できるだけ簡素にという悠羽の注文通りの衣装だが、細やかな金の刺繍《ししゅう》や装飾品など、高価なものだということは一目でわかる。

贅沢はしたくないとあれだけ洸聖に伝えたものの、どうもそこは洸聖も譲ることはできなかったらしい。洸聖にはいくつも譲歩してもらった手前、悠羽もこの程度は受け入れるしかないと、今の段階では諦めの境地になっていた。

「……はい、できました」

「ありがとう」

目の前の鏡に映っているのは、自分であって自分でない、綺麗に装った人間だ。

(……頑張らないとな)

「行こうか」

披露宴が終わるまで気を抜いてはならないと、悠羽は気を引きしめて身を翻した。


披露宴が始まった。

洸聖と悠羽が大広間にきた時は、既に各国の関係から計算されつくした席で酒が酌み交わされていた。

「おめでとうございます、洸聖殿」

「おめでとう」

「ありがとうございます」

光華国ほどの大国の結婚式には、王族が使者として訪れている国も多く、洸聖も言動に十分注意しながら礼を言って歩いていく。その後ろで、悠羽も笑みを浮かべたまま頭を下げた。洸聖や洸英から、何も話さなくていいと言われていたからだ。

正式な皇太子妃となっても、まだ悠羽の位置を狙う者はいる。子ができるまでは安寧の地位ではないと聞かされては、揚げ足を取られないようこういう場に慣れない悠羽は黙っているのが一番らしい。

挨拶の有無でさえ国同士では大きな問題になるので、かなり気を遣うのだ。

「次は洸竣皇子、あなたでしょう」

「もう、婚約者がおられるというのは本当ですか」

「ええ、可愛い婚約者が」

少し離れた場所では、洸竣も来客に捕まっている。華やかで話し上手な洸竣はどこでも引っ張りだこで、婚約者がいるという話を聞いてもまだ正式に式を挙げていないのならと、娘や姪《めい》を売り込んでくる王族や貴族も多い。

そんな彼らを上手くあしらいながら、洸竣は一箇所に留《とど》まることなく酒を注ぎ、今回の祝辞への礼を述べていた。

洸聖や洸竣とは対照的に、莉洸と洸莱は王族の席で静かに食事をしている。

明日からの披露宴には出席をしなくてもいいが、今日ばかりは新郎親族としてこの場に最後まで座っていなくてはならない。

洸莱は隣にいる莉洸に視線を向けた。

莉洸の隣には当然のように稀羅が座っている。黒ずくめの礼服を着て、赤い目の稀羅はそれだけでも目立っていて……いや、彼に向けられているのは、よく見れば奇異の視線だけではないようだ。

（……確かに、見惚れるような美丈夫だからな）

もしかしたら今回が初めて、公に姿を現した謎多き蓁羅の王、稀羅。蓁羅の名前は知っていても、王である稀羅の顔を知っている者は皆無と言ってもいいくらいで、初めて見る蓁羅の王に人々は興味津々なのだ。

さらに言えば、稀羅はきつい眼差しと赤い目で初対面では敬遠されがちだが、その容姿は成熟した男の魅力に溢れているといってもよく、女たちからは別の意味での熱い眼差しを向けられていた。

「どうしたの？　洸莱」

じっと視線を向けている洸莱に、莉洸が首を傾《かし》げて聞いてくる。

見慣れない深紅の礼服は兄をいつもよりもずっと大人びて見せていたが、こうやって垣間見える表情は常と変わらなかった。

洸莱はそれに安堵し、大変だなと呟いた。

「え？」

「今回で稀羅殿の顔が知られてしまって……違う意味で騒がれそうだ」

洸莱の言葉に莉洸は稀羅を振り返って、また洸莱に視線を戻す。

「洸莱、それは……」

「稀羅殿は未婚でいらっしゃるから、花嫁候補が湧《わ》いて出てくるかも」

「……っ」

そう言った瞬間、莉洸の顔がくしゃりと崩れてしまった。自分の言葉が思った以上に莉洸の不安を突いてしまったのだとわかり、洸莱はすぐにごめんと謝る。

「言いすぎた。俺はただ、二人は早く式を挙げた方がいいと思って……」

「洸莱……」

「お互いに想い合っているのなら、時間を空けることはないと思う。父上も本当はそう思っていらっしゃると思うから」

上手く言えないのがもどかしいが、洸莱は兄弟の中でも一番大切に思う莉洸に、一刻も早く幸せになって欲しかった。

離宮からこの王宮にきた時、誰もが不吉な瞳を持つ洸莱を奇異の目で見た。父は優しく、兄たちも気遣ってはくれたものの、生真面目な洸聖は近寄り難く、陽気な洸竣相手では気疲れして、自然と莉洸とばかり一緒にいた。

兄ではあるものの、莉洸はとてもか弱く、愛らしかった。いつしか、自分が莉洸を守らなければと思うようになったが……莉洸には今、守ってくれる強い男が側にいる。

洸莱にもサランという大切な存在ができたが、莉洸が大切な兄だということは変わらなかった。

その洸莱の気持ちがわかったのか、莉洸の隣にいる稀羅が洸莱に笑みを向けてくる。

大人の男の深い笑みに、洸莱は莉洸が手の届かないところに行くのだなという思いが、今度こそじんわりと胸に染み入った。

「お」

披露宴のところどころで舞いを踊っている踊り子たち。

その中に一時可愛がっていた女の姿を見つけ、洸英は思わず苦笑いを浮かべてしまった。

実際に身体を重ねたのは二、三度で、あとは若い女の明るさをわけてもらいに話し相手をしに行っていただけだ。

和季を手に入れたあと、それまで王宮にいた数人の妾妃たちは皆宿下がりをさせ、手をつけた者にも相当のものを与えた。金を渡すだけで己の身が綺麗になったとは思わないが、それでも一時、自分を慰めてくれた女たちには精一杯のことをしてやりたいと思った。

女たちも、もともと洸英には真実愛する存在がいるとわかっていた者が多く、目の前にいる踊り子も、

「短い間だったけれど、楽しかったわ、王さま」

と、こちらが拍子抜けするほどに呆気なく別れてくれた。

それきり、薄情と言われようとすっかり忘れていたが、目の前に現れると鮮やかに記憶は蘇る。

いったい誰が選んだのかとじっと見ていると、その視線に気づいたらしい女が洸英の方

を向いて笑いながら手を振ってきた。王に向かって不敬な態度だが、今夜ばかりは許してやろうと思える。

それよりも、今の短いやり取りを和季が見ていないかと、その方が気になった。己のものにしたとはいえ、和季の遠慮深さは相当なもので、いつどんなきっかけで離れていこうとするのか、洸英は常に気を配っていなければ心配だった。

しかし、ふと視線を動かした先に和季の姿はない。いったいいつ立ち上がったのか、まったく気づかなかった。

今回初めて、和季は国外の人間の前で顔を晒した。その美しさに目を奪われている様子の男たちも大勢いたように思う。自身の行動を差し置いて言えることではないが、和季が己以外に目を向けることはどうしても我慢ができず、その姿を捜して大広間を見渡すものの、どれほど見ても和季の姿は見つからない。

手に入れた愛する者を見せびらかしたいという身勝手な思いを差し置いて、洸英は眉を顰めて立ち上がった。


悠羽を見送り、自身も別の扉から大広間に入って手伝おうと思っていたサランは、

「サラン」

後ろから声をかけられて足を止めた。

「和季殿」

「今日は疲れただろう。もう少し、頑張ってくれ」

「はい」

サランは力強く頷いた。もちろん、言われるまでもなく、悠羽の晴れの舞台に自分は協力するつもりだ。

そして。

「ありがとうございました」

深く頭を下げて言うサランに、和季は目元を緩める。

「……なんのことだろう」

「あなたの存在のおかげで、私は救われました」

幼い頃に奏禿の王妃に拾われたサランとは違い、おそらくそれ以上に過酷な人生を送ってきただろう和季の言葉は、サランの心に深く強く、沁《し》み渡った。悠羽がサランの心の主ならば、和季は同じ性を持つ同志だ。

「悠羽さまという大切な主人の存在も、洸莱さまという愛しい方も、私にとってはとても大切な方々です。ですが、私にとっては、私と同じ性を持つあなたの存在が……とても心強かった」

両性という、男でも女でもない、中途半端な存在。この世に生きていてもしかたなく、ただ、自身を家族のように愛しんでくれる悠羽のためだけに生きていこうと誓っていた。

そんなサランが洸莱の手を取ろうと決心したのは、間違いなく和季のおかげだ。

「この国であなたに出会えて、本当に良かった」

「……それは、私も同じ思いだ、サラン」

サランよりももっと無表情な和季の美しい青い目が、本当に嬉しそうに細められた。

同じ両性の性を持つ存在として、和季もサランが気になっていた。

どんなに類《たぐい》まれな美貌《びぼう》を誇っても、その物腰までも匂《にお》うように美しくても、人間として認められていないような孤独感。この世に己の血を受け継ぐ者を作り出すことも産み出すこともできない存在は、ひっそりと生き、死ぬことが定めだと思っていた。

思いがけなく洸英という愛しい男を手にできた今、和季はサランの幸せも心から祈っている。

しかし、和季の隣にいる男は、容姿も地位も申し分ないものの、サランの目から見るとどうしても誠実に思えない人物だ。そんな男が本当に和季だけを愛してくれるのか、サランは気になってしかたがないらしい。

「あの、和季殿」

「……」

少しして、サランが珍しく言い澱《よど》んだ。それほど言いづらいこととはなんだろうと思いながら和季がじっと見つめていると、サランは決意したように顔を上げて口を開いた。

「和季殿は、医師に診ていただいたのですか？」

「医師に？」

「私は、確実ではないものの、懐妊する可能性があると言っていただきました。洸菜さまは、私を子を産むだけに欲しているわけではないと言われましたが、私は……洸菜さまの子を産みたいと思っています」

たとえ、その結果が残念なことになろうとも、サランは己が未来を貰ったのだと思っている。

だからこそ、サランは和季はどうなのだろうかと思ってしまった。和季も、サランのようにどちらかの性が強いという可能性はあるのではないか。

サランはそう話しながら、じっと和季の顔を見つめている。やがて無表情の顔に、自然と浮かぶ苦笑のようなものが見えた。

「……両性は、年頃になるとどちらかの性が強くなる……か」

「……っ」

それは、医師の口から出た言葉だ。

期待を込めたサランが強い眼差しを向けると、和季は顔を綻ばせて人差し指を自身の唇に当てる。

「洸英さまには内密にと頼んだ」

「どうして……ですか」

「このことがわかってしまうと、あの方は私を昼夜離してくださらなくなる。いくら女の性が強くなるといっても、私たちのそこはとても幼いから……サラン、お前も洸莱さまに、優しく愛してもらうように言いなさい」

直接的な言葉にサランがぎこちなく目を伏せると、和季はその肩に手を置いた。

「……いや、洸莱さまは父君と違って優しい方だから、問題はないのかもしれないな」

そう言いながらも、和季の声は楽しげだ。側にいるだけでサランも嬉しくなってしまい、自然と頬を緩めていた。


「あ」

洸竣から、今日は花嫁の身内として振る舞えばいいと手伝いから外された黎だったが、それでも酒の瓶がなくなってしまえば気になって率先して動いてしまう。

そんな時、来賓の中に貴族である父と異母兄、京《きょう》の姿を見つけてしまい、一瞬身体を強張らせてしまった。

「……黎？」

その黎に初めに気づいたのは義兄の京で、父はその声に顔を上げて初めて黎に気づいたようだ。

「黎、か？」

「……ご無沙汰をしております」

妾《めかけ》の子である黎にとって、二人はもとの主人という存在だ。丁寧に頭を下げると、なぜか少し落ちついた気がした。

「よく……して、いただいているようだな」

父は、黎の着ている服に目をやって呟く。確かに、普通の召使いならば着ることもないような上等な礼服を身にまとっていれば、洸竣の黎に対する深い寵愛《ちょうあい》が嫌でもわかるはずだ。

そう言って後ろめたそうに目を逸らす父は、邪魔な黎を王宮に差し出したという負い目があるのかもしれないが、黎自身、洸竣に大切にされていると信じられるので、その眼差しに改めて心を痛めることはなかった。

「……黎」

そして、最初の驚きがすぎると、黎は京に対しても静かな心境で対峙《たいじ》できた。

「本日は、洸聖さまと悠羽さまのご成婚の日です。心から喜んでくださっていることを信じています」

そう言って頭を下げた黎は、そのまま立ち去ろうとした。これ以上、京に言うことは何もない。

しかし、どうやらそれは黎だけの気持ちだったようだ。

「待てっ」

少し離れた場所であとを追いかけてきた京に腕を摑まれ、黎は足を止める。

「お前は、皇子と……洸竣皇子とできているのか？」

「京さまっ」

大勢の目がある場所で何を言うのだと慌てた黎の目の前に、大きな背中が忽然《こつぜん》と現れた。

「こ、洸竣さま……」

「酔っ払いに絡まれた？」

来賓に次々と酒を注ぎ、会話をしていた洸竣は、一方で黎の姿を眼差しで捜していた。今日くらいは接待される側として楽しんでいればいいと言ったが、働き者の彼が率先して動き回っていないのか気になったからだ。

案の定、見つけた華奢な後ろ姿は忙しそうに動いていた。洸竣はそれをやめさせようと、動くたびにかかる誘いの言葉にいちいち言葉を返しながら近づいていき、

「……っ」

一瞬姿が見えなくなった黎が誰と対峙しているのかわかった瞬間、ゆっくりだった歩みを速めた。

いきなり現れた洸竣の姿に京は一瞬目を瞠ったが、すぐに目の力を強くしてこちらを睨みつけてくる。自国の皇子に向けるにしては、多少物騒な色だ。

以前、黎を力任せに押し倒した時は思いつめたような病的な雰囲気がしたが、今目の前にいる男は随分と顔つきがしっかりしている。短くはないこの期間で京自身何を思い、考

えたのか。

ただ、それは洸竣にとってあまり嬉しい変化ではないかもしれないが、黎の身も心も己のものだという自信がある洸竣は、京の強い眼差しを鷹揚に受け止めることができた。

「……兄弟の、久し振りの対面ですから」

「兄弟？」

背中にいる黎が服にしがみついてくる。今の京の言葉が、黎にとっても意外なものだったということがそれだけで伝わった。

「……なるほど」

「わかっていただけたのなら……」

「黎の身内ならばちょうどいい。いずれ私の花嫁となる黎の身内には挨拶をしておきたかったからね」

「こ、洸竣さまっ」

「花嫁？」

その言葉に驚いたのは京だけではなく、黎も、だったらしい。

（……驚いた顔は、どことなく似ているな）

黎の驚きの声を聞きながら目の前の京を見、今度は意識的に強く背中の服を引く黎を振り向いた。驚いて、焦って、もしかしたら恥ずかしそうにしていると思っていた黎の顔は、なぜか怒って眉が顰められている。

「こんなところで、変なことをおっしゃらないでください」

「私にとっては、変なことではないんだけど」

事実を述べただけだと堂々と言い放つと、黎はますます眉間の皺を深くした。

（どうして京さまにそんなことを……）

洸竣が向けてくれる愛情は思いがけなく深く、日々戸惑いと嬉しさを感じている黎だ。いずれは妃にという言葉も何度も伝えてもらったが、黎にとってそれは夢のような遠い未来の話だった。

しかし、それを異母兄とはいえ外部の者に言ったとしたら、もしかしたら取り返しのつかない事態になってしまうかもしれない。自分のためというよりも洸竣のために、黎は今の話をすべてなかったことにしなければと焦った。

「洸竣さま、今の話はご冗談ですよね？」

「黎」

「京さまも違うんです、僕は、結婚なんて……」

とにかく、今の話をすべて忘れて欲しいと願って黎は言うが、洸竣はじっとその顔を見つめていたかと思うと、いつもより声を落として名前を呼んだ。

「黎」

「あ……」

その声が胸に痛く、黎は息を呑む。洸竣のことだ、きっと黎に話を合わせてくれると思ったのに、見上げる瞳には悲しさが色濃く浮かんでいる。

「……洸竣さま……」

「他の誰に虚言だと言われるのは構わないけど、当の本人に言われては私も言いようがないな。黎、お前はまだ私の気持ちを疑っているの？」

あっと、黎は思わず口の中で叫んだ。洸竣の気持ちは誰よりも信じている。だが、こうして否定することは、洸竣の立場は守れるかもしれないが、その心を深く傷つけてしまいかねないと今さらながら気づいた。

「ご、ごめんなさい」

今さら謝っても遅いのかもしれないが、黎は洸竣の想いを口先だけで誤魔化そうとしたことを謝罪する。縋るように服を摑むのは見捨てないで欲しいと言葉ではなく行動でいっているようで、洸竣は大丈夫だというようにその手を軽く叩いた。

その時、そんな自分たちをじっと見つめる京の視線に気づき、大人げないとは思ったものの、洸竣は見せつけるように黎の肩を抱き寄せる。

「……っ」

一瞬、京の眉が痛みを感じたかのように顰められたこともわかったが、洸竣から声をかけるつもりはない。事実として己の気持ちを伝えたからには、もう二度と黎に触れることは許さないし、もしもこの先黎と会うにしても、それはもとの雇い主と召使いという関係だけになるはずだ。

肉親ということを伏せたのは、あちら側が先なのだ。

（それでも、黎が望めば……認めるしかないかもしれないが）

「行こうか」

「……はい」

「れ……っ」

「京、今宵《こよい》はゆっくりと楽しんでくれ。それと、黎のことは心配しないでいいから。黎は私が絶対に幸せにする」

京に背を向け、洸竣は黎を抱くように歩き始める。やっと見つけた最愛の者を二度とこの手から離さないように、洸竣は京の視線を感じなくなっても黎の身体を離そうとはしなかった。


「父上、母上、遠路はるばるお越しいただいて、本当にありがとうございます」

「お前の晴れの姿だ。私たち家族がこなくては話にならないだろう？　なあ、叶」

「ええ。とても可愛らしい花嫁だったわ。おめでとう、悠羽」

大広間に入った悠羽は、洸聖と共にまず洸英に挨拶をしたあと、すぐに奏禿の両親のもとへと足を運んだ。衣装替えをした悠羽の晴れ姿に両親は目を瞠り、嬉しそうな笑みを浮かべて祝福の言葉をくれる。

本来は奏禿の第一王子という立場ながら、複雑な出生の事情で王女として育てられた悠羽。その悠羽が本当の花嫁、それも、光華国という大国の皇太子妃となることに戸惑いを覚えないでもないだろうが、悠羽の幸せを一番に願う両親は、わざわざ自国まで悠羽を迎えにきた洸聖の誠実さと愛情を信じ、心からの祝福の言葉をくれた。

「洸聖殿、結婚おめでとう。どうか、末永く悠羽を慈しんでやって欲しい」

「ありがとうございます。ご心配には及びません。悠羽を必ず幸せにします」

飾らない、誠実な言葉でそう言った洸聖が深々と頭を下げる。悠羽もその隣で同じように両親に頭を下げた。

どれだけ仲が良くとも、意見がぶつかることはあるかもしれない。それでも二度と、洸聖を置いて国に逃げ帰るようなことはしないと誓った。帰るのなら二人で、幸せな里帰りしかするつもりはない。

「少しはお転婆《てんば》を慎むようにね」

「母上……」

母は笑いながらそう言い、後ろに控えていた悠羽の生母に促した。

「……小夏、あなたも」

「……洸聖さまに愛されるよう、懸命に尽くされてください」

最後まで親としての甘い言葉をかけないものの、小夏のその目は涙でしっとりと濡れている。

普段は親子の会話などないのに、悠羽も胸の中に熱いものがこみ上げて涙が溢れそうになった。しかし、せっかく綺麗に化粧をしてくれたのが崩れてしまうと思い、光華国の皇太子妃としての威厳を損ねてはならないと、懸命に泣くのを堪《こら》える。

「悠羽……」

そんな悠羽の代わりのように、既に自分よりも大きい悠仙が子供のようにぼろぼろと泣いていた。

「悠仙……お前が泣いてどうするんだ」

悠仙に対しては、どうしても兄としての感情の方が先に立つ。悠羽が手を伸ばして目線よりも上の頭を撫でてやると、男らしい顔がさらに歪んだ。

「本当に、花嫁になったんだ……」

「……馬鹿だな。お前と兄弟であることには変わりないのだから、そんなに寂しがることはないぞ」

悠仙の気持ちを純粋な兄弟愛だと信じている悠羽に、悠仙もこの場で何も言うことはなかった。それでも、大好きな悠羽の花嫁姿はあまりにも可愛らしくて、どうしても洸聖に妬きもちをやいてしまうのだ。

先日のように、悠羽が辛い思いで帰ってきたら。

強い悠羽が泣くようなことがあったら、絶対に洸聖を許さない。

その時は無理やりでも奏禿に連れ帰ってしまおうと心の中で決意しているということは、悠羽も、そして両親も想像することはできなかった。しかし、洸聖だけはその意図を正しく捉え、悠仙の鋭い視線にも誤魔化すことなく応える。

「心配することはない。唯一無二の伴侶として、この命尽きるまで悠羽と共にいることを誓う」

あまりにも堂々と告げる洸聖に悠仙はたじろぐが、側で聞いていた悠羽は嬉しさと羞恥に一瞬で燃えるように顔が熱くなった。

両想いになってから、洸聖はきちんと自身の想いを悠羽に告げてくれるようになったが、こんなにもあからさまな愛の言葉を、それも悠羽の身内に対して言ってくれるとは予想外だ。

普段は生真面目すぎるほど真面目で、色恋沙汰など歯牙《しが》にもかけそうにない洸聖のそれは悠羽の胸に響き、本当に想われ、乞われて結婚できる幸せを感じた。

「はは、悠仙、お前は少し兄離れをした方がいい。悠羽にはもう、洸聖殿がついてくださるからな」

父である悠珪に言われて子供のようにふてくされる悠仙に、悠羽はもう一度心を込めて告げる。

「ありがとう、悠仙。でも、心配することはない。私には洸聖さまがいらっしゃるから」

「……わかっている。おめでとう、悠羽」

「うん、ありがとう」

　悠羽と共にその家族に挨拶をすました洸聖は、そのまま祝いの輪から少し離れた一角へと向かった。

　そこには様々に装った数人の女たちがいる。誰もが美しく、気高い雰囲気だが、悠羽は会うのは初めてだ。

　それでも、こうして改めて引き合わされるということには意味があるのだろう。いったい彼女たちは誰なのだと、悠羽は洸聖の顔を見上げた。

「父の妾妃方だ。いや、だったと言った方がいいだろうな」

「え……」

「一応、お前も面通しをしておいた方がいいだろうと思って招待した。左から、洸竣の母、宮路《みやじ》、莉洸の母、笹芽《ささめ》、洸莱の母、加都《かづ》だ」

「は、初めまして」

(び、びっくりした……そうだ、洸英さまは最近まで妾妃方を持っていらしたんだった)

自身の父が王妃の母一筋な人なので、数多くの妾妃を持っていた洸英のことはその部分では尊敬はできなかったが、和季と結ばれた今、既に妾妃や愛人とは手を切ったらしいということは洸聖から聞いていた。

　だからこそ、この結婚式に彼女らが姿を現すとはまったく考えていなかったのだが、洸聖にとってそれはまた別の問題らしい。

「弟たちの母だ。皆の成長した姿も、しばらく見ることは叶わなかっただろうからな。特に、莉洸は蓁羅に滞在しているし、もうすぐ式を挙げるので、笹芽殿には会っていただいた方がいいだろうと思った」

「洸聖さまのお心遣い、大変感謝をしております」

三人の中では一番おとなしそうな笹芽が丁寧に頭を下げた。

「莉洸とは話されたのか？」

「はい。稀羅殿にも紹介していただきました。母として、何もしてやらなかったのが心残りですが……あの子の幸せそうな姿を見て安心いたしました」

「そうか。宮路殿は、洸竣とは？」

「あの子は、我が子といえど既に子離れ、母離れをしておりますので。ですが、最近華やかな噂話を聞かないと思いましたら、どうやら可愛らしい方を見つけた様子。心配はしておりません」

聡明《そうめい》そうな洸竣の母は、そう言って笑っていた。

さっぱりとした気性らしい彼女とはなんだか気が合いそうだなと悠羽も思ったが、二人とは反対に気難しそうな表情をしている最後の妾妃、加都のことが気になった。自分の大切な友、サランの、将来の夫になるかもしれない洸莱の母だ。

彼女は洸莱のことをどう思っているのだろうか。

「加都殿、洸莱とは会われたか？」

「……いいえ」

「なぜに？　しばらくぶりだろう」

洸聖がそう言うと、加都は神経質そうな眼差しを向けてきた。

「あの子は生まれた時から忌み子として離宮に追いやられてしまいました。皇子を産んだわたくしも、肩身の狭い思いをして暮らしてきましたわ。宿下がりをさせていただき、新しい主人に嫁いで、ようやく昨年子を儲《もう》けました。こちらに参りますのは、今回が最後だと承知していただきたいのです」

その言葉に、悠羽は眉を顰めた。

湧き上がってくるのは、怒りよりも寂しさや悲しみだ。過去の洸莱のことはわからないが、今の彼を見ればどんなに充実した生活を送っているのか、母親ならば嬉しくないはずがない。

それを、最初から会う気がないなんて、本当に母親なのだろうかと疑いたくなった。

「……洸莱と会わずとも良いのか」

「はい。洸聖さまからあの子にそう伝えておいてくださいませ」

それぐらい自分で言えばいいと思ったが、洸聖はわかったと短く答えただけだったし、悠羽も黙って頭を下げた。

生まれてからすぐに子供と引き離されてしまった彼女には、洸莱の母としての気持ちが育たなかったのかもしれない。そう思うと、反対に悠羽は強い気持ちを持った。

（私たちが、洸莱さまの家族なのだから）

もしも、サランと洸莱が将来結ばれなくても、自分は、いや、きっとサランも、洸莱の家族になっているはずだ。この先、母親と別れる以上に彼に寂しい思いをさせないと、悠羽は強く心の中で誓った。

「すまなかったな」

「え？」

彼女たちの席から離れた時、洸聖はそう謝った。せっかくの晴れやかな時に、あまり面白くないことを聞かせてしまった後悔からだ。

宮路や笹芽のことは心配しなかったが、加都のことは内心危惧していた。他の弟たちとは違い、洸莱は生まれてすぐに離宮にやられてしまった。そのため、己の王宮内での権限がほとんど失われたと、本来は庇護すべき自身の子供に対しても反対に恨みが募ってしまったのだろう。

そう思わせたのは父と、そして周りにいた人間だ。その中には己も入っていると、洸聖は今さらながら重い責任を感じていた。

「……いいえ、会わせていただいて良かったです」

だが、悠羽は首を横に振る。

「そうか？」

「大切な弟君たちの母上方ですから。少しは驚きましたが……それでも、さらに愛情が増したくらいです」

悠羽は笑った。普段見ることはない綺麗に化粧した顔だが、その笑い方はいつもとまったく変わらない。

「でも、洸英さまは妾妃さま方だけでなく、町にもお相手がおられたんでしょう？　なんだか……凄いですね」

「あの方は無節操な子供だ」

幼い頃は、父に対して尊敬と威厳を強く感じていた。もちろん、今も一国の王として敬愛はしているものの、男としてはその心理が未だ理解できない。一人を幸せにできずに幾人もの女を渡り歩くなど、絶対に手に入らないものを求めているのと同じではないか。

自然と眉が顰まってしまう洸聖に、悠羽がふと訊ねてきた。

「……洸聖さまは？」

「ん？」

「あとからどなたかが出てくるなんてこと、ないですか？」

「ば……っ」

馬鹿なと、すぐに反論しようとした洸聖だったが、見つめる悠羽の顔が笑ったままなのに気がついた。どうやら今の発言は、悠羽が自分をからかったものらしい。

（まったく、性質《たち》が悪すぎる）

伴侶を不誠実だとは、冗談でも思って欲しくない。もちろん、今まではそれなりに女を知っているが、父のように無節操に手を出したりはしなかった。

一方で、悠羽はそんな洸聖を信じてくれているのだとも思え、二人の間の信頼感は強いと嬉しくも感じる。しかし、さすがに今顔を綻ばせることはできなかった。

「あるはずがない」

きっぱりと言いきると、さらに悠羽が何か言ってくるかと思ったが、意外にもそうですねと頷いている。

「……信じるのか？」

「洸聖さまが嘘をおっしゃるはずがありません」

「悠羽……」

「それに、もしもそういう方がいらっしゃったとしても、私はこの手を離すつもりはありませんから」

そう言った悠羽が、しっかりと洸聖の手を握りしめてきた。その手の力に、洸聖も負けじと力を入れて握り返す。

「当たり前だ。神の前で誓い合った私を、そう簡単に見捨ててもらっては困る」

「洸聖さまも、ですよ」

宴もたけなわ、飲んで騒いでいる来賓は既に洸聖と悠羽のことを忘れてしまっているかもしれないが、そこかしこで響く楽しげな声は聞いていても悪いものではない。

洸聖はそう感じる自分に苦笑しながらも、悠羽の手を取って大広間からそっと抜け出した。


「ん～っ」

「疲れたか？」

大きく手を広げて深呼吸する悠羽の姿に、洸聖は苦笑してそう聞いた。

「大丈夫です、このくらいは覚悟していましたから」

大広間から抜け出した洸聖と悠羽は、そのまま王宮の屋上へと向かった。

そこは、緑が好きだったらしい洸聖の生母が、洸英に願い出て緑化した場所で、降り注ぐ陽の光をなんにも隔たれることなく咲き誇る花々や木々で埋め尽くされていた。一見しただけでは、とてもここが屋上とは思わないだろう。

「凄いですね」

今はまだ闇が外を覆っている。いや、そろそろ夜明けかもしれない、遠い空が白々明けてくるさまが見えた。

「ここが、我が国で一番良い眺めの場所かもしれない」

「洸聖さまのお母さまもよくここに？」

「父上と二人でよくこられていたらしい。その頃は、父上も遊びは控えておられたようだから」

洸聖の言葉に、悠羽は思わず笑ってしまった。今でこそ精力的で、どれほど愛《め》でた花々がいるかもわからない光華国の王、洸英は、まだ若い頃は洸聖の母一人を慈しんでいたのだろう。

それが愛情からか、それとも情愛からかはわからないが、その頃はきっと、洸聖を挟んで幸せな家族だったということは想像がつく。今は事情が変わってしまい、洸聖の伴侶が自分のような男になってしまって、その血を受け継ぐ子供を与えることはできないが、きっと幸せな一対になってみせると悠羽は思っていた。

(本当は、式の直前まで迷っていたけれど……)

神の前で結婚を誓った時、悠羽はある意味吹っきれたのだ。絶対に、洸聖を幸せにしてやる、それができるのは自分しかいないのだと。

「これからは、私たちもここにきましょうね」

「悠羽」

「洸聖さまは政で忙しくなられると思いますが、この景色は二人で見たいです」

どういった思いから悠羽がそう言うのか、洸聖はわかるような気がした。

光華国という大国の領土を見下ろせるこの場所に立てば、いつでも真摯な気持ちに戻れる。人々の上に立つ人間として、一国を統べるものとして、恥ずかしくない気持ちでいられるように、その重い覚悟を悠羽は洸聖と共に背負ってくれるつもりだ。

「……そうだな」

「洸聖さま」

「言い争いをしても、ここにくればお前の機嫌は直りそうだ」

洸聖としては冗談のつもりだったが、悠羽はその言葉にしんなりと眉を顰める。

「それでは、私が子供だと言われているようです」

「そういう意味では……」

「そもそも、言い争う原因を作るのは洸聖さまのような気がします。私はそんなにわからず屋ではないつもりですから」

わからず屋という言葉に引っかかった洸聖は、胡乱《うろん》な目で見上げてくる悠羽を見下ろす。愛らしい花嫁姿のその顔は見慣れないものだが、睨むようなまっすぐな眼差しはいつもの悠羽だ。

「……それでは、私が頭が固いと言うのか？」

「ご自分でもわかっていらっしゃいます？」

即座に言い返され、洸聖は口を噤んだ。

「……」

「……」

「……」

（……どちらが頭が固いと思っている。お前も十二分に頑固だぞ）

今までの洸聖ならば、そう思えばすぐに口に出した。しかし、これでも悠羽の影響でかなり寛大になったつもりだ。いや、

（こんな言葉も、心地好いと思うとは）

悠羽の言葉をすべてそう思ってしまうのは、今が幸せの絶頂だからかもしれない。もちろん、その絶頂がこの先もずっと続くようにと、洸聖は己に強く誓う。

「悠羽」

機嫌が悪いはずなのに、潤んだ瞳が誘っているように見えてしまい、意図して細い身体を抱きしめようと伸ばしかけた洸聖の手は、

「主役が抜け出してこられるとは感心しませんよ」

笑みを含んだ声に、直前で止まってしまった。

「……洸竣」

「ね？　黎、やっぱりここにいただろう？」

「は、はい」

今しがた自分たちが開けて入ってきた同じ扉から現れた洸竣は、笑いながら後ろにいる黎を振り返っている。

「す、すみません、悠羽さま」

せっかくの二人きりの時間を邪魔してしまったと恐縮しているらしい黎に、悠羽も怒った顔を向けることはできなかったらしく、構わないよと慌てたように宥めている。

（せっかくのところを……）

こんな野外で不埒《ふらち》な行為に及ぼうとは思わないものの、それでもくちづけで悠羽の機嫌を直そうと思っていた洸聖は、堂々と邪魔してきた弟を大人気なく睨んだ。

今日の花婿と花嫁の姿が見当たらなくなったのに気づいた洸竣は、しなだれかかっている他国の姫に丁寧に断って席を立った。

真面目な兄が自分のように公務を放り出すとは考えられないし、新婚初夜の儀式は明日行われるはずだ。今日は夜が明けるまでは宴席にいるはずだということを考えれば、息抜きに席を立ったのだろうとは想像できた。

（私だけここにいるのも、なあ）

そうすると、真面目にここにいることが、なんだかつまらなくなってくる。だいたい、既に酒が回ったこの場から自分がいなくなっても不都合はないはずだ。

そう考えた洸竣は、今頃悠羽と甘い時間をすごしているかもしれない兄を邪魔してやろうと、再び働いている黎の腕を掴んだ。

「こ、洸竣さま？」

「兄上を捜しに行こう」

「え?」

二人がいるだろう場所は見当がついていた。もしも黎と式を挙げたのなら、きっと翌日の朝日を自分たちも見るだろうと思ったからだ。

初めて向かう王宮の屋上。洸竣がその扉に手をかけた時に聞こえてきた声に、さすがにまずいと思ったのか、黎は咄嗟に洸竣の腕を摑んできた。振り向くと黎は焦ったように頭を振っていたが、洸竣は笑って片目を閉じながら扉を開けた。

案の定、屋上の庭園にいた兄は、不機嫌そうにこちらを見る。無理もない、洸竣も同じ立場だとしたら、邪魔をするなと思うに違いない。

「誰かが呼んでいるのか?」

「いいえ、私も逃げてきましたから」

「洸竣」

「せっかくだし、兄上と……義姉上《あね》と、一緒に朝日を見ようかなと」

笑いながらそう言うと、洸聖は顰めた眉を自然に解いて、深い笑みを口元に浮かべた。

「しかたない、今日だけだぞ」

しかし、まったく頓着《とんちゃく》しない洸竣とは違い、黎は居たたまれない思いでその場に立ち竦んでいた。式を挙げたばかりの二人の居場所に入り込んでしまったということが申し訳なくて、深く頭を下げて謝罪する。

「あ、あの、悠羽さま、すみません、僕……」

「ここから見る朝日は素晴らしいそうだ。せっかくだから一緒に見よう」

「……よろしいのですか？」

「当たり前だろう。黎も私の家族なんだから」

「悠羽さま……」

家族……なんという優しい響きの言葉だろうか。

母も、そして父も自分という存在を持て余し、父の本妻には疎まれ、異母兄には思いがけない欲を向けられた。もはや黎にとって家族というものはいないと諦めの思いでいたが、ここには自分を温かく迎えてくれる存在がある。

嬉しいと素直に思い、黎は頷いた。

「はい、悠羽さま」

「あ……じゃあ、サランも呼ぼうかな」

サランは、悠羽にとってこの先もこの国で共に暮らす大切な存在だ。黎もそれをよくわかっているので、すぐに呼んできますと言ったが。

「……このような場所があったのですか」

「サラン？」

「サランさんっ」

振り向いた黎の目に、洸莱に手を取られたサランの姿が映った。

「悠羽さまの姿が見えなくて、洸莱さまにお聞きしたらここではないかと……」

「なんだ、洸莱もきたのか」

「……お邪魔でしたか」

「馬鹿なことを」

大きな声で笑った洸竣はすぐに打ち消すと、少し遠慮がちに立つ洸莱の肩を抱き寄せる。

そこに洸聖も歩み寄って、二人の弟の肩を苦笑しながらそれぞれ両手で叩いた。

「お前たち、少しは新婚の兄を気遣え」


夜が明けるまでは宴席にいなければならない悠羽の姿が見当たらなくなった時、洸聖もいなかったので二人は一緒なのだろうとサランは思った。

二人きりの時間を邪魔してもいいのかどうか悩んだが、このままずっといないとなるとあとあと何か言われかねない。サランは話していた奏禿の王夫妻、悠珪と叶に、その場を辞する言葉を告げて悠羽たちを捜すことにした。

「サラン」

そこに現れたのは洸莱だ。

式の前、顔合わせをしたので互いに見知った洸莱と悠珪と叶は、目線を合わせてお互いに頭を下げた。

「どうかしたのか？」

「悠羽さまを捜そうと思いまして」

「……それならば、俺に心当たりがある。案内しよう」

「よろしいのですか？」

　頷いた洸莱はそのまま背中を向けて歩きかけたが、ふと足を止めてこちらを見ている悠珪の前に再び歩み寄ると、一礼してから切り出した。

「近いうちに、奏禿にお伺いしたいと思っています」

「我が国に？」

　どうして光華国の四男がそう言うのか、さすがに悠珪はわからずに聞き返す。サランも、洸莱が何を言おうとしているのか想像できなかった。そもそも、あまり人と関わらない洸莱が、悠羽の両親とはいえ初対面の相手に自ら話しかけたことにも驚いた。

　しかし、その驚きは、洸莱の次の言葉でさらに大きなものになった。

「はい、結婚の申し込みは、相手の両親に申し出るものでしょう。サランの親代わりはあなた方だと思いますので」

「……結婚？」

「洸莱さまっ」

　何を言うのだとサランは洸莱を止めようとしたが、洸莱は驚いたような表情をしている悠珪に向かってさらに言葉を継いだ。

「そうです。すぐにとは言いませんが、私はサランと結婚したいと思います。二人でなら、家族を作れると思うんです。お許しをいただくためなら何度でも伺う覚悟でいますので、どうか、話だけはお聞きください」

「サラン……今の話は本当なのか？」

「悠珪さま……」

母親に捨てられたサランを見つけてくれたのは叶と小夏だが、王宮に引き取ってくれ、家族というものを感じさせてくれたのは、王である悠珪の寛大な気持ちのおかげだ。

その、親代わりといっては申し訳ないほどに大切な人々にずっと心配をさせていたという自覚があるサランは、ここで言葉を誤魔化してどうするのかと自問自答した。愛する人を、未来を共に生きようと思える相手に出会えたことを、大切な人々にはきちんと伝えておきたい。

「……はい、悠珪さま。私はこの洸莱さまと……共に生きようと思っています」

普段は表情を動かさないサランが、頬を染め、その目の中に必死な想いを込めて伝えただけで、どれだけ真剣な想いなのか、悠珪は感じ取ってくれたらしい。

サランの髪を撫で、何度か頷いた悠珪は、年若い洸莱に対し頭を下げる。

「私の大切な家族であるサランを、どうか、どうか大切に慈しんで欲しい」

「お前、もう結婚の申し込みをしたのか？」

洸莱が先ほどの出来事を兄たちに伝えると、長兄の洸聖は呆れたように呟き、洸竣は笑いながら遠慮なく肩を叩いてきた。二人の兄は対照的な表現をしているものの、その目は嬉しげに笑っている。

洸莱は、まだ先のことですけれどと断りながらも、兄たちが一番懸念しているだろうことを告げた。

「世継ぎのことは心配なさらないでください」

「洸莱」

上の三人の兄の伴侶は皆同性であり、この先のことを考えると光華国の将来を憂う者も出てくるかもしれないが。それでも、自分とサランの間には必ず子が生まれる……洸莱はそう信じていた。もちろん、サランに無理を強いるつもりはないし、もしかしたら結局子ができない可能性もあるかもしれない。

しかし、不思議と確信できた。

「ああ、お前に期待している」

洸莱の宣言に次代の王になる洸聖はしっかりと頷き、

「たくさん生まれたら、一人くらい私の養子にくれないかな」

などと、洸竣は言ってくる。もちろん、冗談だとはわかっていたが、洸莱はきっぱりと首を横に振った。

「駄目です」

「頭が固いなあ、洸莱は」

そういう兄が柔らかすぎだと思うが、さすがにそれを言うのはやめておこう……そう思っていた洸莱の耳に、

「あー、みんなここにいたんだっ」

怒ったように、いや、それ以上に弾んだ声に、洸莱はすぐに視線を向けてその名を呼んだ。

「莉洸」


普段公の席に顔を見せることが少ない莉洸なだけに、こういう時には引っ張りだこになるのが普通だった。しかし、今日は違う。莉洸の後ろに影のようについてきている蓁羅の王を皆怖がり、遠巻きに見ているだけでなかなか声をかけてはこなかった。

自分のせいだとわかっているらしい稀羅は、先ほどすまないと短く言ってくれたが、莉洸としては見慣れない人々に次々と声をかけられ、それに答える心労を考えれば随分と気が楽だった。

それに、稀羅は恐れられていると言うものの、それだけではないことを莉洸は感じている。稀羅に向ける女性の眼差しは恐怖だけではなく、明らかな熱っぽさも含まれていたからだ。

蓁羅でも、稀羅はとても慕われている。彼本来の気質を知れば恐れなどなくなるし、そうなると男らしく整った容貌と逞しい身体を魅力的だと思う者は数多くいるはずなのだ。

稀羅の自分への想いは信じているが、その視線はあまり嬉しいものではない。胸に微かな痛みを感じて視線を逸らした莉洸は、その視界の先に見慣れた姿を捉えた。

「洸莱？」

呟くような莉洸の声に、稀羅は即座に反応した。

「どうした？」

「洸莱とサランが出て行くのを見かけて……」

そう言いながら何気なく辺りを見回せば、目に見える範囲では今日の主役である洸聖と悠羽も、ずっと女性たちに言い寄られていた洸竣の姿もない。

（……黎も、いない？）

皆が皆、揃ってどこに行ったのかと考えた莉洸は、ふと頭の中に浮かんだ場所があった。

「稀羅さま」

「どうした？」

「光華国の特等席にご案内します」

「特等席？」

美しく華やかな光華国。この愛すべき母国の中でも一番美しい風景が見られる場所がすぐ近くにある。

兄弟がどこにいるのか考えた莉洸はすぐに頭の中にその場所が浮かび、その通り皆が勢揃いした姿を見ると笑ってしまった。その時の莉洸は、先ほど感じた胸の痛みはいつの間にか消えていた。

「どうですか、稀羅さま。とても素晴らしいでしょう？」

莉洸に促されて見回したそこは、確かに言葉の通り、いや、それ以上に美しく見事な光景だった。

白々と明けてきた夜空。

薄靄《うすもや》に包まれる緑。

広がる町並みの色は鮮やかで、眼下に広がるその風景はまさに花と光の国と称えられるのに相応しく、美しく、繁栄していることがわかった。

（この国に追いつくのは、まだ当分先だろうな）

おそらく、稀羅が王座に就いている間も敵わないというのが現実だろうが、己のあとに続く者がきっと、この光の国に負けない国を作ってくれると信じる。そのために自らが礎《いしずえ》になるのは構わなかったし、隣にいるこの愛しい人が己の支えになってくれるだろうと思った。

「稀羅さまっ」

兄たちと話していた莉洸が、景色を見ていた稀羅の側に駆け寄ってくる。

「皆、朝日をここで見るつもりなんですって。僕たちも一緒に見ませんか？」

「……」

その言葉にすぐには頷かず、稀羅は洸聖を見た。

「私も、いいのか？」

「……あなたも、私たちの家族ですから」

「……それは、光栄だな」

皮肉ではなくそう言うと、洸聖も笑みを浮かべている。

智の第一皇子と。

艶の第二皇子。

楽の第三皇子に。

剛の第四皇子。

どの皇子も国を誇る存在だとして、世界にその名を轟《とどろ》かせている光華国の四兄弟の中に、蔑《さげす》まれ、恐れられた自分が加わっている。いや、その中の尊い一人を己のものにしているのだ。

稀羅は自分だけを見つめてくれる美しい莉洸の瞳に微笑みかけると、強くその肩を抱き寄せた。

「兄上」

「ん？」

「もう、誰もこないと思いますか？」

洸竣の言葉に、洸聖は一時だけ間を置いて、いいやと答えた。自然にその眉間に皺が寄ってしまうのは、こういう時に来客を率先してもてなすべき者が、一番の遊び人だということを知っているからだ。

「じきにこられるだろう」

「新しい義母上を連れてこられますかね」

「父上だけだったら追い出してやる」

「洸聖さま？」

洸聖と洸竣の会話が聞き取れなかったらしい悠羽は首を傾げるが、その意味は間もなく聞こえてきた笑い声によってすぐに理解したらしい。

「おいおい、お前たち。揃いも揃って客人を放り出してくるというのはどういうことだ？」

「……それは、あなたにも言えることですよ、父上」

「私は、せっかくの素晴らしい夜明けを、一番愛しい者と共に見にきただけだが」

何を言っても、この豪快な父にはまったく意味はない。その父を、たった一言だけでただの男にしてしまう存在は、大きな背の後ろに静かに佇んでいる。

ただ、いつもは能面のように表情のない顔に、苦笑が浮かんでいるのが見えた洸聖は、世話をかけますと思わず言ってしまった。この先、式は挙げずとも、この人が、和季が、父の伴侶だということは間違いないからだ。

「……いいえ、そのお人柄も、愛しく思っていますから」

「和季」

そんな思いがけない和季の惚気の言葉に父が動揺し、わずかに顔を赤らめたことは、四兄弟だけではなくその伴侶も皆、気がついた。

光華国の王と、四兄弟。

そして、式を挙げたばかりの皇太子妃と、それぞれの恋人たち。

本来は大広間の中で来客相手のもてなしをしていなければならないはずなのに、皆がそれを言わなかった。今はここに、この家族で一緒にいることが大切だと思っているからだ。

「父上もお認めになられたし、莉洸の挙式は早くなるかもしれないな」

洸竣が言うと、洸聖は少しだけ眉を顰める。しかし、それはどこか芝居がかったものに見えて、隣にいる悠羽は笑みを隠すのが大変だった。

「約束は約束だ。そうですね、父上」

「そうだ。まだ早いぞ。蓁羅の王も待つ覚悟はできておろう？」

洸聖の言葉にのるように、洸英も少しだけ胸を張って鷹揚《おうよう》に言った。

「……父上」

だが、まだ許してもらえないのだろうかという莉洸の悲しそうな眼差しを受けると、洸英はすぐに違うぞと苦笑しながら莉洸を抱きしめる。

「既に皆、お前と稀羅王のことは認めている」

「ほん、とうに？」

「ああ。ただ、私たちがお前をまだ手放したくないだけだ。光華国の皇子、莉洸ではなく、蓁羅の王妃、莉洸となることが寂しいのだよ、莉洸」

「父上……」

莉洸も強く父の背中に抱きつく。

親子の微笑ましい姿に、少しばかり驚いたのは黎だ。

「王さまは、本当に莉洸さまに甘いんだ……」

思わず呟くように言った黎は、慌てて自分の口を塞《ふさ》いだ。今の自分の言葉が大変不敬なことだと自覚したからだ。しかし、一度口から出た言葉は消えることはなく、また、そこには黎を咎《とが》める者は一人としていなかった。

「莉洸さまはお身体が弱いお子さまだった。洸英さまにとっては、未だに幼子のように見えているのかもしれない」

黎の疑問に答えるかのように、少しだけ笑みを含んだ口調で言ったのは和季だ。

黎にとってこれまであまり接点のない相手だが、王である洸英にとっては大切な人だと洸竣からも聞いている。それに、蓁羅では大変世話になった相手なので、今の自分の言葉を聞かれたことへの焦りと、急に話しかけられたことへの緊張に、黎は知らずに顔が真っ赤になってしまった。

「も、申し訳ありません」

「ん？」

「王に対して、た、大変失礼なことを……っ」

「構わない。そなたは洸竣さまの大切な存在でしょう？　洸英さまにとっては新たな息子となるかもしれない方の少々のたわごとに、大人気なく目くじらなど立てないだろう」

「……っ」

洸竣も、そして、周りも黎と洸竣のことを認めてくれている。

当初は戸惑う思いがほとんどだったが、今では黎も、ここにいる尊い方々と家族になれたらいいなという未来を考えるようになった。

（洸竣さまを支えられるように……この国で、皆が幸せになれるように、僕もお手伝いできたら……）

「黎」

「は、はい」

名前を呼ばれ、黎は慌てて和季を見つめる。綺麗に整った和季の頬には、綺麗な笑みが浮かんでいた。

「洸竣さまのことを頼む。あの方は常ににこやかに笑っておられるが、本当は洸聖さま以上に真面目で、傷つきやすい方だ。あの方がいつも笑っていられるように、しっかりと支えて欲しい」

「……はい」

素直に頷いた黎は、そうできる立場になった自分が嬉しかった。


「ねえ、少しこちらに」

父の嬉しい言葉に気持ちが高揚したまま、莉洸はサランの手を摑み、少し離れた場所へと誘った。

「サラン」

改めて向き合うと、サランの美しさがとてもよくわかる、だが、きっとこの美しさを洸莱が欲したわけではないだろうと、兄として、ずっと側にいた莉洸はわかる気がした。

「サランと洸莱がなんて……とても驚いたけれど、こんなにもはっきりと洸莱が口にするならとても深い想いからだとわかるから。サラン、洸莱をよろしく頼みます」

「……はい」

静かに頷くサランの感情はその表情からでは相変わらず読めないが、それでも莉洸がこの国にいた頃のサランから比べればさらに綺麗に、そして柔らかい雰囲気になったと思う。

(サランの方が随分と年上だけれど、洸莱には合っているのかも)

弟ながら、育ってきた環境のせいか妙に大人びている洸莱。そんな洸莱には、同じ年頃の姫よりも、少し年上の落ちついた相手が似合うのかもしれない。ただ、自分だけに懐いていた洸莱の眼差しがサランに向けられるのは、少しだけ寂しい気もした。

「莉洸さま」

「え？」

そんな莉洸に、今度はサランが声をかけた。

「洸莱さまにとって、莉洸さまはいつまでも特別な存在です」

「と、特別？」

「ええ。兄弟の絆《きずな》は永遠。とても……羨ましいです」

「サラン……」

考えてもいなかったこと、いや、あまりにも当たり前だった兄弟という言葉に、莉洸は改めて気づかされる。

洸聖と悠羽が結婚し、洸竣も黎という相手を見つけ、洸莱はサランという伴侶を得ている。そして、莉洸自身も、再び愛しい稀羅と共に蓁羅へと帰っていく。

それでも、自分たちの兄弟という絆は永遠なのだ。

寂しいと思う必要など、どこにもない。

「……うん、そうだね。でも、今度はそこに、サラン、あなたも入っているんだよ」

莉洸が笑うと、サランは目を細めて小さく頷いた。

(……何を話しているんだろう……)

サランと莉洸が何を話しているのか聞こえないが、洸莱は自分の好きな二人を見ていることが嬉しかった。

これまで、この国にとって自分という存在がそれほど必要とされていないと思っていたが、そうでもないのかもしれないとようやく実感している。莉洸以外の兄たちも、そして父も、ちゃんと洸莱という存在を受け入れて、愛してくれていると信じられる。

サランのことを想うようになって、洸莱の心に余裕ができたのだ。

「洸莱さま」

「……悠羽殿」

声をかけてきた悠羽を洸莱は見下ろす。悠羽も、まっすぐに洸莱を見た。

「あの、ここで言うことではないかもしれないいんですが……」

いつも明るく、穏やかな雰囲気の悠羽だが、今日は可憐に化粧をしているせいか、まったくの別人のように感じていた。しかし、もちろん変わったのは外見だけで、話せば内面はいつもの悠羽だとすぐにわかる。

「もしも、サランが子供を産めなくても……いつまでも愛おしいんでくださいね。サランはもう、あなたを受け入れ、愛しているのですから」

「……もちろん」

「洸莱さま」

「一生、サランを愛し、共に生きていくことを誓う。悠羽殿、あなたも側で見ていてください」

「……はいっ」

悠羽はしっかりと頷き、洸莱に向かって深く頭を下げてきた。

主人として召使いの未来を心配するというよりも、本当の兄弟を思うような悠羽の気持ちが、同じ相手を大切に想う者として嬉しい。

「悠羽殿、洸聖兄上がこちらを見ている」

「あっ」

洸莱の言葉に悠羽は振り向き、嬉しそうに笑って、再び自分の方へと向き直った。

「今日からは本当の兄弟ですね、洸莱」

「……はい、義姉上」

「名前で呼んでくれて構わないよ」

じゃあと言いながら、洸聖のもとへと走っていく悠羽を、洸莱は穏やかな気持ちで見送った。

「どうだ、悠羽」

「……ぅわ……」

美しい朝日を真正面に眺め、悠羽は無意識の内に声が漏れた。

その様子から、この光景の美しさを感じてくれているのは十分に伝わり、洸聖も眼差しを真正面に向けたまま、しっかりとその肩を抱き寄せる。

「自分が光華国の人間になったという実感は湧いたか？」

「……まだ、です」

「悠羽？」

「昨日の今日で、まだはっきりとした実感はないんですが、でも……この光景を洸聖さまと……いえ、皆と一緒に見られたことがとても嬉しいです」

悠羽の言葉に、洸聖は隣に視線を向けた。

そこには父、洸竣、莉洸、洸莱の他、和季、稀羅、サラン、黎が、それぞれにとって一番大切な者に寄り添いながら同じ光景を見つめている。

出生も、その立場もすべて違うのに、こうして同じ光景を見ることは奇跡だ。しかも、その奇跡は偶然の産物ではなく、それぞれが涙を流し、努力して引き寄せたものだ。

「悠羽」

「……はい」

「愛している」

改めて言うのは恥ずかしいが、どうしても今、この言葉を伝えたかった。

「神の前で誓ったが、この光華国の美しい太陽の前でも誓おう。私はお前を一生愛し、守り、生きていくことを誓う」

「洸聖さま……」

「お前は？　どうだ、悠羽」

そこで、ようやく洸聖は悠羽に視線を向けた。

悠羽は少し俯いていて、華奢な肩を震わせている。泣いているのかと思ったが、不意に顔を上げてこちらを見た悠羽は瞳を潤ませながらも泣いてはおらず、精一杯の笑みを向けてきた。

「私も、あなたを愛しています」

「悠羽」

「一生、共に生きてください」

「……ああ」

洸聖はそのまま悠羽に顔を寄せ、そっと唇を重ねる。

それはこの先長い未来、ずっと共に生きていくという、互いにとっての神聖な誓いでもあった。

光と華の国、光華国。

その国に咲いた、五つの花。

その花々は形も、色も、香りも、それぞれに違うものであったが、多くの人々に愛でられ、この先永遠に枯《か》れることなく、鮮やかに咲き誇り続けた。

終幕

あとがき

こんにちは、ｃｈｉ－ｃｏです。今回は「光の国の恋物語　悠久の愛心」を手にとっていただいてありがとうございます。

大変、大変お待たせしてしまい、本当に申し訳ありません。前編から間が空いてしまいましたが、光の国の四兄弟の恋の結末もようやく決着。本当に……長かった（汗）。

そして、イラストを描いてくださった巡先生。延び延びになってしまったのに、完璧なイラストを描いてくださって、感謝しかありません。ありがとうございました。

長い長い物語、ぜひ、前編と合わせて楽しんでください。

ｃｈｉ－ｃｏ

サイト名『your songs』 http://chi-co.sakura.ne.jp

ラルーナ文庫

この本を読んでのご意見・ご感想・ファンレターなどお待ちしております。**〒111-0036 東京都台東区松が谷1－4－6－303 株式会社シーラボ「ラルーナ文庫編集部」**気付でお送りください。

※光の国の恋物語～悠久の愛心～：WEB作品より加筆修正

光《ひかり》の国《くに》の恋《こい》物語《ものがたり》 ～悠久《ゆうきゅう》の愛心《あいしん》～

2018年4月7日　第1刷発行

著　　　者｜chi-co
装丁・DTP｜萩原 七唱
発　行　人｜曺 仁警
発　行　所｜株式会社 シーラボ
〒111-0036　東京都台東区松が谷1-4-6-303
電話　03-5830-3474／FAX　03-5830-3574
http://lalunabunko.com
発　　　売｜株式会社 三交社
〒110-0016　東京都台東区台東4-20-9　大仙柴田ビル2階
電話　03-5826-4424／FAX　03-5826-4425
印刷・製本｜中央精版印刷株式会社

　ISBN978-4-87919-015-4